REPARAÇÃO

IAN McEWAN

# Reparação

*Tradução*
Paulo Henriques Britto

*13ª reimpressão*

Copyright © 2001 by Ian McEwan
*Proibida a venda em Portugal*

*Grafia atualizada segundo o Acordo Ortográfico da Língua Portuguesa de 1990,
que entrou em vigor no Brasil em 2009.*

*Título original*
Atonement

*Capa*
Raul Loureiro
sobre *sem título*, de Farnese de Andrade,
nanquim sobre papel, 32,5 x 23,5 cm,
coleção Patricia Telles, Rio de Janeiro

*Preparação*
Eliane de Abreu Santoro

*Revisão*
Nestor Turano Jr.
Maitê Acunzo

*Atualização ortográfica*
Verba Editorial

Dados Internacionais de Catalogação na Publicação (CIP)
(Câmara Brasileira do Livro, SP, Brasil)

McEwan, Ian
    Reparação / Ian McEwan ; tradução Paulo Henriques Britto.
— 1ª ed. — São Paulo : Companhia das Letras, 2002.

    Título original: Atonement.
    ISBN: 978-85-359-0235-8

    1. Romance inglês I. Título.

02-1617                       CDD-823.91

Índices para catálogo sistemático:
1. Romances : Século 20 : Literatura inglesa 823.91
2. Século 20 : Romances : Literatura inglesa 823.91

Todos os direitos desta edição reservados à
EDITORA SCHWARCZ S.A.
Rua Bandeira Paulista, 702, cj. 32
04532-002 — São Paulo — SP
Telefone: (11) 3707-3500
www.companhiadasletras.com.br
www.blogdacompanhia.com.br
facebook.com/companhiadasletras
instagram.com/companhiadasletras
twitter.com/cialetras

*Para Annalena*

"Cara senhorita Morland, pense o quanto são horrorosas as suspeitas que tem nutrido. Em que se fundamentam tais julgamentos? Pense em que país e em que era vivemos. Lembre que somos ingleses, que somos cristãos. Consulte seu próprio entendimento, seu senso do que é provável, sua observação do que se passa à sua volta. Como nossa formação poderia nos preparar para tais atrocidades? Como nossas leis seriam coniventes com elas? De que modo coisas assim poderiam ser perpetradas sem que ninguém delas soubesse num país como este, em que as relações sociais e literárias são como são, em que cada homem está cercado por toda uma vizinhança de espiões voluntários, e as estradas e os jornais deixam tudo às claras? Querida senhorita Morland, que ideias a senhorita tem se permitido conceber?"

Haviam chegado ao final da galeria, e com lágrimas de vergonha ela foi embora correndo para seu quarto.

Jane Austen, *Northanger Abbey*

PRIMEIRA PARTE

# 1.

A peça — para a qual Briony havia desenhado os cartazes, os programas e os ingressos, construído a bilheteria, a partir de um biombo dobrável deitado de lado, e forrado com papel crepom vermelho a caixa para guardar dinheiro — fora escrita por ela num furor criativo que durara dois dias e que a levara a perder um café da manhã e um almoço. Terminados todos os preparativos, só lhe restava contemplar o texto pronto e aguardar a vinda dos primos do Norte longínquo. Só haveria tempo para um dia de ensaios antes de seu irmão chegar. A peça, emocionante em alguns trechos, de uma tristeza desesperada em outros, era uma história do coração, cuja mensagem, expressa num prólogo rimado, era a de que todo amor que não fosse fundado no bom senso estava fadado ao fracasso. A paixão imprudente da heroína, Arabella, por um malvado conde estrangeiro é punida pelo infortúnio quando ela contrai cólera numa viagem impetuosa com seu amado a uma cidade costeira. Abandonada por ele e por praticamente todo mundo, acamada numa água-furtada, Arabella descobre que tem senso de humor. A fortuna lhe apresenta uma segunda oportunidade na pessoa de um médico sem dinheiro — o qual, na verdade, é um príncipe disfarçado, que optou por trabalhar para os pobres. Curada por ele, Arabella dessa vez faz uma escolha sensata e é recompensada pela reconciliação com a família e pelo casamento com o príncipe-médico "num dia primaveril de vento e sol".

A sra. Tallis leu as sete páginas de *Arabella em apuros* em seu quarto, sentada à penteadeira, com o braço da autora em seu ombro o tempo todo. Briony observava com atenção o rosto da mãe para detectar qualquer sinal de emoção, e Emily Tallis não a decepcionou, reagindo com expressões de espanto, risos maliciosos e, no final, sorrisos de gratidão e acenos de sábia aprovação. Abraçou a filha, colocou-a no colo — ah, ela se lembrava daquele corpinho infantil, quente e macio, e que por ora não a havia deixado, não de todo ainda —, disse que a peça era "estupenda" e permitiu imediatamente, cochichando no pequeno remoinho da orelha da menina, que seu comentário fosse citado no cartaz a ser posto sobre um cavalete no hall de entrada, junto à bilheteria.

Briony não sabia no momento, mas seria esse o auge da gratificação que lhe haveria de proporcionar o projeto. Nada chegaria perto disso em matéria de contentamento; todo o resto seriam sonhos e frustrações. Havia momentos no crepúsculo de verão, depois que se apagava a luz, em que ela, entocada na escuridão deliciosa de sua cama de baldaquino, fazia seu próprio coração disparar com fantasias luminosas e ávidas, cada uma delas uma pequena peça completa, todas contracenadas por Leon. Numa, o rosto largo e simpático dele derretia-se de sofrimento enquanto Arabella mergulhava na solidão e no desespero. Em outra, ele aparecia com uma taça na mão em algum bar da moda na cidade, vangloriando-se num grupo de amigos: É, minha irmã mais moça, Briony Tallis, a escritora, vocês certamente já ouviram falar nela. Na terceira, ela o via socando o ar em êxtase quando descia a cortina ao final, embora não houvesse cortina, não houvesse sequer a possibilidade de cortina. A peça não era para os primos, era para o irmão, para comemorar sua volta, despertar sua admiração e afastá-lo daquela sucessão descuidada de namoradas, orientá-lo em direção a uma esposa adequada, aquela que o convenceria a voltar para o interior, que requisitaria, com doçura, a participação de Briony como dama de honra.

Briony era uma dessas crianças possuídas pelo desejo de que o mundo seja exatamente como elas querem. Enquanto o quarto da irmã mais velha era um caos de livros abertos, roupas jogadas, cama desfeita e cinzeiros sujos, o de Briony era um santuário erigido a seu demônio controlador: a fazenda em miniatura, espalhada no largo parapeito da janela, continha os animais tradicionais, porém todos virados para o mesmo lado — para a dona —, como se estivessem prestes a começar a cantar, e até mesmo as galinhas estavam muito bem dispostas em seu galinheiro. Na verdade, o quarto de Briony era o único cômodo arrumado do andar de cima. Suas bonecas, de costas bem eretas, dentro de sua mansão de muitos quartos, pareciam obedecer à injunção de jamais se encostar nas paredes; os diversos bonequinhos que habitavam sua penteadeira — caubóis, mergulhadores de escafandro, ratos humanizados —, de forma tão ordenada, mais pareciam um exército de cidadãos aguardando ordens.

O gosto pelas miniaturas era um dos aspectos de seu espírito organizado. Já outro era a paixão pelos segredos: numa escrivaninha envernizada, objeto de sua predileção, havia uma gaveta secreta que se abria apertando-se numa junta em cauda de andorinha contra o sentido dos veios da madeira, e ali Briony guardava um diário trancado com cadeado e também um caderno no qual escrevia num código que ela própria inventara. Num cofre de brinquedo, com segredo de seis números, arquivava cartas e cartões-postais. Uma velha lata de guardar trocados ficava escondida sob uma tábua corrida removível, debaixo de sua cama. Dentro dessa lata havia tesouros por ela acumulados desde o dia em que fizera nove anos, quatro anos antes, quando dera início à coleção: uma bolota dupla, mutante; um pedaço de ouro besouro; uma fórmula mágica para fazer chover, comprada num parque de diversões; um crânio de esquilo, leve como uma folha.

Porém não havia gaveta oculta, diário com cadeado nem sistema de criptografia que pudesse esconder de Briony a verdade pura e simples: ela não tinha segredos. Seu desejo de viver num mundo harmonioso, organizado, negava-lhe as possibilidades perigosas do mal. A violência e a destruição eram caóticas demais para seu gosto, e além disso lhe faltava crueldade. Vivendo, na prática, como filha única, e numa casa relativamente isolada, permanecia, ao menos durante as longas férias de verão, afastada das intrigas com as amigas. Não havia nada em sua vida que fosse interessante ou vergonhoso que chegasse para merecer ser escondido; ninguém sabia do crânio de esquilo debaixo de sua cama, mas também ninguém queria saber. Nada disso era particularmente aflitivo; ou melhor, só passou a ser visto assim em retrospecto, depois que uma solução foi encontrada.

Aos onze anos de idade Briony escreveu sua primeira história — uma bobagem, imitação de meia dúzia de narrativas folclóricas; faltava-lhe, ela percebeu depois, aquele vital conhecimento do mundo que faz jus à admiração do leitor. Mas aquela primeira tentativa desajeitada lhe mostrou que a própria imaginação era uma fonte de segredos: quando ela começava a escrever uma história, ninguém podia saber. Fingir com palavras era uma coisa tão hesitante, tão vulnerável, tão constrangedora, que ninguém podia ficar sabendo. Só de escrever *disse ela* ou *e então*, Briony envergonhava-se, sentia-se ridícula, por fingir conhecer as emoções de um ser imaginário. Cada vez que falava sobre a fraqueza de um personagem, inevitavelmente se expunha; era fatal que o leitor imaginasse estar ela descrevendo-se a si própria. De que outra maneira poderia ter descoberto aquilo? Era só quando a história ficava pronta, todos os destinos resolvidos, toda a questão encerrada do início ao fim, tornando-se, pelo menos sob esse aspecto, semelhante a todas as outras histórias concluídas no mundo, que Briony se sentia imune, pronta para fazer furos nas margens, encadernar os capítulos com barbante, pintar ou desenhar a capa e levar a obra pronta para a mãe, ou o pai, quando ele estava em casa.

Suas tentativas eram incentivadas. Aliás, eram muito bem recebidas, pois os Tallis começavam a se dar conta de que a caçula da família tinha uma inteligência incomum e certa facilidade com as palavras. As longas tardes gastas folheando dicionários resultavam em construções absurdas, porém de certo modo fascinantes: as moedas que o vilão levava no bolso eram "esotéricas"; um marginal preso em flagrante roubando um carro chorava com "desavergonhada autoescusa"; a heroína, montada em seu garanhão puro-sangue, cavalgava "célebre" pela noite; a testa franzida do rei era um "hieróglifo" de reprovação. Pediam-lhe que lesse suas histórias em voz alta na biblioteca, e os pais e a irmã mais velha ficavam surpresos ao ver aquela menina tão quietinha representar com tamanha desenvoltura, esboçando gestos largos com o braço livre, arqueando as sobrancelhas quando fazia as vozes dos personagens, levantando a vista por alguns segundos durante a leitura para examinar os rostos dos ouvintes, cobrando sem nenhum pudor a atenção total da família enquanto exercia a magia da narrativa.

Mesmo sem a atenção, os elogios e o prazer evidente de seus familiares, teria sido impossível para Briony não escrever. Aliás, estava começando a perceber, como tantos escritores antes dela, que nem todo elogio ajuda. O entusiasmo de Cecilia, por exemplo, parecia um pouco exagerado, talvez marcado por condescendência, e também intrometido; sua irmã mais velha queria que cada história encadernada fosse catalogada e colocada nas estantes de livros, entre Rabindranath Tagore e Tertuliano. Se a intenção era fazer graça, Briony fingia não perceber. Agora já havia deslanchado, e também encontrava satisfação em outros níveis; escrever histórias não apenas envolvia o segredo como também lhe proporcionava todos os prazeres da miniaturização. Era possível criar todo um mundo em cinco páginas, um mundo que dava mais prazer que uma fazenda em miniatura. A infância de um príncipe mimado era apresentada em meia página; um galope ao luar, passando por várias aldeias adormecidas, era uma só frase marcada por ênfases rítmicas; o ato de apaixonar-se cabia numa única palavra — um *olhar*. As páginas de uma história recém-terminada pareciam vibrar em sua mão, de tanta vida que continham. Também conseguia desse modo satisfazer sua paixão pela organização, pois o mundo caótico ficava exatamente como ela queria. Uma crise na vida da heroína podia coincidir com uma chuva de granizo, vendavais e trovões; já os casamentos eram normalmente abençoados por sol e brisas suaves. O amor à ordem também estava por trás dos princípios de justiça: a morte e o casamento eram seus principais instrumentos de implementação, aquela reservada exclusivamente aos que eram moralmente questionáveis, este um prêmio que só era conferido na última página.

A peça escrita para comemorar a volta de Leon era sua primeira incursão no teatro, e a transição lhe parecera bastante simples. Era um alívio não ter de estar escrevendo *disse ela*, nem descrevendo o tempo, a chegada da primavera, o rosto da heroína — a beleza, Briony constatara, ocupava uma faixa estreita. A feiura, por outro lado, continha infinitas variações. Um universo reduzido ao que nele era dito era o máximo em matéria de ordem, quase a ponto de anular-se; para compensar, cada fala era proferida no auge de algum estado afetivo, cuja presença era necessariamente assinalada pelo ponto de exclamação. *Arabella em apuros* era certamente um melodrama, mas a autora ainda não conhecia o termo. O objetivo era inspirar não o riso, mas terror, alívio e edificação, nessa ordem, e a intensidade inocente com que Briony se entregou ao projeto — os cartazes, os ingressos, a bilheteria — tornava-a particularmente vulnerável ao fracasso. Ela poderia simplesmente receber Leon com mais uma de suas histórias, mas a notícia de que os primos do Norte vinham ficar com eles lhe havia instigado a explorar uma forma nova.

Briony deveria ter dado mais importância ao fato de que Lola, então com quinze anos, e Jackson e Pierrot, os gêmeos, de nove anos, eram refugiados de uma verdadeira guerra civil familiar. Ela já ouvira a mãe criticar o comportamento impulsivo de sua irmã mais moça, Hermione, lamentar a situação das três crianças e fazer acusações a seu cunhado Cecil, homem fraco e evasivo, que havia fugido da situação para o refúgio do All Soul's College, em Oxford. Briony ouvira a mãe e a irmã analisar as mais recentes peripécias e barbaridades, acusações e contra-acusações, e sabia que a visita de seus primos não tinha prazo para terminar, podendo até se estender após a volta às aulas. Ouvira dizer que na casa cabiam facilmente mais três crianças, e que os Quincey podiam ficar o tempo que quisessem, desde que os pais, se alguma vez viessem ao mesmo tempo ver as crianças, não brigassem naquela casa. Dois quartos perto do de Briony haviam sido espanados, instalaram-se cortinas novas e móveis foram transferidos de outros cômodos. Em circunstâncias normais Briony teria participado desses preparativos, mas eles coincidiram com seus dois dias de surto criativo e também com o início da construção do teatro. Briony tinha uma vaga ideia de que o divórcio era um problema sério, mas não o considerava um assunto apropriado e, portanto, não pensou mais naquilo. Era um desenredo mundano que não podia ser desfeito, e desse modo não oferecia oportunidades para o contador de histórias: fazia parte da esfera da desordem. Já o casamento, sim, esse interessava, uma cerimônia formal e organizada em que se recompensava a virtude, com pompas e banquetes emocionantes, e a promessa fascinante de união para toda a vida. Um bom casamento era uma representação disfarçada de algo ainda impensável — o êxtase sexual. Em igrejas rurais e magníficas catedrais na cidade grande, com a aprovação de toda uma sociedade de parentes e amigos, as heroínas e os heróis de Briony chegavam a um clímax inocente e não precisavam ir adiante.

Se o divórcio se manifestasse como a antítese vil de tudo isso, poderia facilmente entrar no outro prato da balança, juntamente com a traição, a doença, o roubo, a agressão e a mentira. Porém era apenas um processo de uma complexidade tediosa, cheio de disputas intermináveis, sem nenhum glamour. Tal como o rearmamento, a questão abissínia e a jardinagem, o divórcio simplesmente não servia como tema, e quando, após uma longa espera numa manhã de sábado, Briony por fim ouviu o som de rodas no cascalho à sua janela, pegou as páginas de seu texto e desceu correndo a escada, atravessou o hall e saiu à luz deslumbrante do meio-dia, foi menos por insensibilidade do que por ambição artística concentrada que gritou para os jovens recém-chegados, perplexos, parados ao lado de sua bagagem: "Já preparei os papéis de vocês todos, tudo pronto. A estreia é amanhã! Os ensaios começam daqui a cinco minutos!".

Imediatamente, a mãe e a irmã propuseram outro horário menos rígido. Os visitantes — todos os três ruivos e sardentos — foram conduzidos a seus quartos, suas malas foram levadas para cima por Danny, o filho de Hardman; depois beberam refresco na cozinha, conheceram toda a casa, tomaram um banho de piscina e almoçaram no jardim do lado sul, à sombra das trepadeiras. O tempo todo Emily e Cecilia Tallis falavam incessantemente, por certo impedindo que os recém-chegados se sentissem à vontade, como era a intenção delas. Briony sabia que, se tivesse viajado trezentos quilômetros, estivesse chegando a uma casa desconhecida e fosse submetida a um sem-fim de perguntas animadas e comentários espirituosos, e lhe dissessem de cem maneiras diferentes que ela estava livre para fazer o que quisesse, certamente se sentiria oprimida. As pessoas não percebiam que o que as crianças mais queriam era serem deixadas em paz. Porém os Quincey se esforçavam ao máximo para dar a impressão de que estavam se sentindo alegres e à vontade, o que era bom para *Arabella em apuros*: aqueles três claramente levavam jeito para ser o que não eram, muito embora não tivessem a menor semelhança com os personagens que deveriam representar. Antes do almoço, Briony deu uma escapulida e foi até o quarto vazio onde teriam lugar os ensaios — o antigo quarto das crianças — e ficou andando de um lado para outro sobre as tábuas pintadas no chão, pensando quem faria qual papel.

Sem dúvida, Arabella, cujo cabelo era tão negro quanto o de Briony, não teria pais sardentos, nem haveria de fugir com um conde estrangeiro sardento, nem alugar uma água-furtada de um taberneiro sardento, nem se apaixonar por um príncipe sardento e ser casada por um vigário sardento diante de uma

19

congregação sardenta. Mas tudo teria de ser assim. A cor de seus primos era viva demais — praticamente fluorescente! — para que fosse possível disfarçá-la. O melhor que se podia dizer era que a *ausência* de sardas do rosto de Arabella era o sinal — e era o hieróglifo, como Briony poderia ter escrito — de sua distinção. Sua pureza de espírito jamais estaria em dúvida, embora ela vivesse num mundo maculado. Os gêmeos levantavam um outro problema, pois só as pessoas que os conheciam sabiam distinguir um do outro. Como poderia o conde mau ser tão parecido com o belo príncipe, ou os dois serem parecidos com o pai de Arabella *e também* com o vigário? E se Lola interpretasse o príncipe? Jackson e Pierrot pareciam ser meninos bem típicos, que provavelmente fariam tudo o que lhes fosse pedido. Mas será que a irmã deles aceitaria fazer papel de homem? Tinha olhos verdes e rosto ossudo, as faces cavadas, e havia algo de frágil em sua reserva que parecia indicar uma vontade firme e um gênio difícil. Talvez a simples ideia de Lola assumir aquele papel gerasse uma crise, e estaria Briony realmente disposta a ficar de mãos dadas com ela diante do altar, enquanto Jackson recitava passagens do *Livro de oração comum*?

Foi só às cinco da tarde que Briony conseguiu reunir seu elenco no quarto das crianças. Havia disposto três bancos numa fileira e acomodou seu próprio traseiro numa velha cadeirinha alta de criança — um toque boêmio que lhe conferia a vantagem da altura, como se fosse o árbitro numa partida de tênis. Os gêmeos vieram com relutância da piscina, onde haviam permanecido três horas sem interrupção. Estavam descalços, de camiseta e calção, e por onde passavam deixavam uma trilha de água no assoalho. Dos cabelos emaranhados a água escorria-lhes pescoço abaixo; os dois tiritavam e esfregavam um joelho no outro para se esquentar. Com a longa imersão na água, sua pele ficara engelhada e esbranquiçada; assim, à luz relativamente pobre do quarto das crianças, suas sardas pareciam negras. A irmã, por outro lado, sentada entre eles, perna esquerda apoiada no joelho direito, estava perfeitamente à vontade, tendo se perfumado abundantemente e colocado um vestido de guingão verde para disfarçar o alvor da tez. As sandálias deixavam à vista uma tornozeleira e unhas pintadas de vermelho. Ao ver aquelas unhas, Briony sentiu uma constrição no peito e percebeu na mesma hora que não podia pedir a Lola que fizesse o papel do príncipe.

Estavam todos sentados, e a dramaturga estava prestes a dar início a seu pequeno discurso, em que resumiria o enredo e evocaria a emoção de apresentar-se para uma plateia de adultos no dia seguinte, à noite, na biblioteca. Mas foi Pierrot quem falou primeiro.

"Eu detesto teatrinho, essas coisas todas."

"Eu também, e botar fantasia", disse Jackson.

Na hora do almoço, fora explicado que era possível distinguir os gêmeos graças ao fato de que faltava um pequeno triângulo de carne no lóbulo esquerdo da orelha de Pierrot, por causa de um cachorro que ele havia atormentado quando tinha três anos de idade.

Lola desviou a vista. Argumentou Briony, razoável: "Como é que você pode detestar teatro?".

"É coisa de quem gosta de se mostrar." Pierrot deu de ombros ao enunciar essa verdade evidente.

Briony reconheceu que ele tinha uma certa razão. Era justamente por isso que ela adorava peças, ou pelo menos a peça dela; todo mundo ia adorá-la. Olhando para os meninos, vendo a água formar poças embaixo de seus assentos antes de escapulir por entre as tábuas do assoalho, deu-se conta de que eles jamais compreenderiam a sua ambição. A misericórdia suavizou seu tom de voz.

"E o Shakespeare, ele estava só querendo se mostrar?"

Pierrot olhou para Jackson, do outro lado de sua irmã. Aquele nome feroz, que evocava a escola e as certezas adultas, lhe era vagamente familiar, mas a presença de um dos gêmeos dava coragem ao outro.

"Estava, sim. Todo mundo sabe."

"É mesmo."

Quando Lola falou, dirigiu-se primeiro a Pierrot e, no meio da frase, virou-se para o outro lado, concluindo sua fala com Jackson. Na família de Briony, a sra. Tallis jamais tinha algo a dizer que precisasse ser dito simultaneamente a ambas as filhas. Agora Briony sabia como era.

"Vocês vão trabalhar na peça, senão vão levar um cascudo e depois vou contar para Os Pais."

"Se você der cascudo na gente, *nós* é que vamos contar para Os Pais."

"Vocês vão trabalhar na peça, senão eu vou contar pros pais."

Embora tivesse sido discretamente atenuada, nem por isso a ameaça perdera sua força, ao que parecia. Pierrot mordeu o lábio inferior.

"Por que é que a gente tem que trabalhar?" Havia naquela pergunta uma concessão infinita, e Lola tentou despentear-lhe o cabelo grudento.

"Lembra o que Os Pais disseram? Nesta casa nós somos convidados, e aqui a gente tem que ser... o que é mesmo que a gente tem que ser? Vamos lá. O que é que a gente tem que ser?"

"Flequi-cível", responderam os gêmeos num coral desanimado, tropeçando na palavra difícil.

Lola virou-se para Briony e sorriu. "Por favor, conte para nós como é a sua peça."

Os Pais. A força institucional contida nesse plural estava prestes a rachar ao meio, o que talvez até já tivesse acontecido, mas por ora o fato não podia ser admitido, e mesmo os mais jovens tinham de ser corajosos. Briony de repente teve vergonha do egoísmo daquela sua iniciativa, pois jamais lhe ocorrera a possibilidade de que seus primos não quisessem desempenhar seus papéis em *Arabella em apuros*. Mas também eles estavam em apuros; acontecera uma catástrofe em suas vidas, e agora, como convidados na casa de Briony, julgavam lhe dever um favor. Pior ainda, Lola deixara claro que também ela estava agindo por obrigação. Os Quincey, vulneráveis, estavam sob coação. E no entanto — Briony esforçava-se para apreender a ideia complexa — não estaria havendo uma manipulação, não estaria Lola usando os gêmeos para transmitir alguma coisa a ela, algo hostil ou destrutivo? Sentia a desvantagem de ser dois anos mais moça que a outra menina, dois anos a menos de refinamento a pesar contra ela, e agora sua peça parecia uma infelicidade, um constrangimento.

Evitando o olhar de Lola o tempo todo, pôs-se a resumir o enredo, embora a consciência de que a peça era uma idiotice já começasse a avassalá-la. Não tinha mais ânimo de tentar convencer os primos de que a estreia seria emocionante.

Assim que terminou, Pierrot disse: "Quero ser o conde. Quero ser uma pessoa má".

Jackson disse apenas: "Eu sou um príncipe. Eu sou sempre um príncipe".

Briony teve vontade de abraçá-los e beijar seus rostinhos, porém arrematou: "Então está combinado".

Lola descruzou as pernas, alisou o vestido e se levantou, como se estivesse indo embora. Com um suspiro de tristeza ou resignação, disse: "Imagino que você, porque escreveu a peça, vai ser a Arabella…".

"Não, não", disse Briony. "De jeito nenhum."

Embora dissesse não, queria dizer sim. Claro que ia fazer o papel de Arabella. O que estava negando era o "porquê" de

Lola. Ela não ia ser Arabella porque havia escrito a peça, e sim porque nenhuma outra possibilidade jamais lhe passara pela cabeça, porque era assim que Leon tinha de vê-la, porque ela *era* Arabella.

Mas o fato era que tinha dito não, e agora Lola dizia, toda dengosa: "Se é assim, então você me deixa ser ela? Eu acho que vou saber fazer muito bem. Aliás, de nós duas...".

Não concluiu a frase, e Briony ficou olhando fixamente para ela, incapaz de conter uma expressão de horror, incapaz de falar. Estava perdendo o controle, sabia disso, mas não conseguia pensar em nenhum comentário que tivesse o efeito de reverter a situação. Lola aproveitou aquele silêncio para insistir.

"Ano passado fiquei um tempão doente, por isso eu acho que vou saber fazer direito essa parte também."

Também? Briony não conseguia fazer frente à menina mais velha. A infelicidade do inevitável turvava seus pensamentos.

Um dos gêmeos disse, orgulhoso: "E você inclusive fez aquela peça na escola".

Como lhes dizer que Arabella não era sardenta? Tinha pele clara e cabelo negro, e pensava os pensamentos de Briony. Mas como poderia ela dizer não a uma prima vinda de tão longe, cuja vida familiar estava destroçada? Lola estava lendo seus pensamentos, pois agora descartou o último trunfo, o ás irrecusável.

"Deixa. Vai ser a única coisa boa na minha vida nos últimos *meses.*"

Está bem. Incapaz de forçar a língua a articular as palavras, Briony só conseguiu assentir com a cabeça, e nessa hora sentiu uma emoção pesada de autoaniquilamento se espalhar por toda a sua pele e depois se expandir, como um balão, a latejar, escurecendo o quarto. Tinha vontade de ir embora, de se deitar de bruços e ficar sozinha, na cama, saboreando o azedume atroz naquele momento e ir retrocedendo na cadeia bifurcante de causalidade até chegar ao ponto em que a destruição começou. Precisava imaginar de olhos fechados toda a riqueza do que havia perdido, do que havia entregado de mão beijada, e antever a nova situação. Não apenas Leon, mas também o que seria daquele vestido antigo, de cetim cor de pêssego e creme, que sua mãe estava preparando para ela, para o casamento de Arabella? O vestido agora iria para Lola. Como poderia sua mãe rejeitar a filha que a amava havia tantos anos? Vendo o vestido adaptar-se perfeitamente às formas de sua prima, testemunhando o sorriso desalmado de sua mãe, Briony deu-se conta de que nesse caso, como a única coisa a fazer seria fugir, ia viver debaixo das sebes, comendo frutas silvestres e sem falar com ninguém, e ser encontrada por um mateiro barbudo numa madrugada de inverno, toda encolhida ao pé de um carvalho gigantesco, linda e morta, e descalça, ou talvez de sapatilhas, aquelas com as fitas rosa...

Autocomiseração exigia atenção concentrada, e só na solidão ela poderia evocar de modo vívido os detalhes torturantes, mas, no instante em que concordou — como um movimento de cabeça podia mudar toda a vida! —, Lola pegou no chão o manuscrito de Briony, enquanto os gêmeos se levantavam e seguiam a irmã até o espaço central do cômodo, que Briony havia preparado na véspera. Ousaria ela ir embora agora? Lola andava de um lado para o outro, com uma das mãos na testa, enquanto folheava as primeiras páginas da peça, murmurando o texto do prólogo. Disse então que não se perderia nada começando no início, e pôs-se a investir seus irmãos nos papéis dos pais de Arabella, explicando-lhes a cena inicial, como se já soubesse tudo. A usurpação de Lola era implacável e tornava irrelevante a autocomiseração. Ou a situação estaria ainda mais arrasadoramente deliciosa? Pois não restara para Briony nem mesmo o papel da mãe de Arabella, e aquele certamente era o momento de ir embora dali e mergulhar de bruços na escuridão da cama. Porém foi o jeito despachado de Lola, seu desinteresse por qualquer coisa que não fosse sua própria atividade, juntamente com a certeza de Briony de que seus sentimentos não seriam nem sequer percebidos, muito menos gerariam qualquer sentimento de culpa, que lhe deu forças para resistir.

Em toda a sua vida, quase sempre agradável e protegida, Briony nunca havia de fato enfrentado alguém. Agora ela entendia: era como mergulhar na piscina ainda no fim da primavera; era necessário obrigar-se a fazer o que tinha de ser feito. Enquanto desentalava-se da cadeirinha alta e caminhava em direção à prima, seu coração batia com força, inconveniente, e sua respiração estava ofegante.

Tirou o texto das mãos de Lola e disse, com uma voz apertada, mais aguda do que de costume: "Se você vai ser a Arabella, então eu vou ser a diretora, muito obrigada, e eu leio o prólogo".

Lola levou à boca a mão sardenta. "Desculpe!", gemeu. "Eu estava só tentando começar logo o ensaio."

Briony não sabia como reagir, por isso virou-se para Pierrot e arriscou: "Você não parece nem um pouco a mãe da Arabella".

Aquela contraordem que anulava a decisão de Lola, tal como o riso dos meninos por ela provocada, modificou o equilíbrio de poder. Lola deu de ombros com certo exagero e foi até a janela, onde ficou olhando para fora. Talvez ela também estivesse sentindo-se tentada a ir embora dali correndo.

Embora os gêmeos dessem início a uma sessão de luta livre, e sua irmã suspeitasse de que estava ficando com dor de cabeça, assim mesmo o ensaio começou. Foi num silêncio tenso que Briony começou a ler o prólogo.

*Esta é a história de Arabella, a espontânea,*
*Que fugiu com um nativo de terra estranha.*
*Seus pais muito sofreram ao constatar*
*Que ela havia escafedido-se do lar*
*Sem permissão...*

Ao lado da esposa, junto ao portão de ferro de sua propriedade, o pai de Arabella primeiro insistia com a filha para que ela
pensasse bem, implorando, e em seguida, desesperado, ordena-
va-lhe que ficasse. À sua frente, a heroína, triste mas obstinada;
o conde ao lado dela; enquanto isso, os cavalos do casal, amarrados a um carvalho ali perto, relinchavam e escavavam o chão
com as patas, impacientes. Os sentimentos mais ternos do pai
faziam sua voz tremer quando ele dizia:

*Filha querida, és jovem e formosa,*
*Porém inexperiente, e, embora penses*
*Que o mundo está a teus pés,*
*Ele pode se levantar e te pisotear.*

Briony posicionou seus atores; ela própria segurou o braço
de Jackson; Lola e Pierrot estavam a alguns metros deles, de
mãos dadas. Quando os olhares dos meninos se encontraram,
eles tiveram um acesso de riso, e as meninas os mandaram se
calar. Muita coisa já tinha dado errado, mas Briony só começou
a se dar conta do abismo que se interpõe entre a ideia e sua
concretização quando Jackson começou a ler suas falas num
tom de voz apático e monótono, como se cada palavra fosse um
nome numa lista de pessoas falecidas, e não conseguiu pronunciar "inexperiente" mesmo depois que a palavra lhe foi repetida
várias vezes, e omitiu as últimas palavras de sua fala, terminando
com "ele pode se levantar". Lola, por sua vez, leu suas falas de

modo correto, porém displicente, e às vezes sorria na hora errada, de algum pensamento interior, decidida a demonstrar que sua cabeça quase adulta estava em outro lugar.

E assim prosseguiram, os primos do Norte, por meia hora, destruindo aos poucos a criação de Briony, de modo que foi um alívio quando sua irmã mais velha veio chamar os gêmeos para o banho.

# 2.

Em parte por ser ela jovem e por estar fazendo um dia glorioso, em parte porque a necessidade de fumar um cigarro florescia dentro dela, Cecilia Tallis meio que corria com suas flores pelo caminho que margeava o rio e também a velha piscina, com sua parede de tijolo coberta de musgo, antes de fazer uma curva e perder-se em meio ao bosque de carvalhos. A inatividade acumulada das semanas de verão que se estendiam após as provas finais também a apressava; desde que chegara em casa sua vida permanecia imobilizada, e um dia bonito como aquele a deixava impaciente, quase desesperada.

A sombra densa e fresca do bosque era um alívio; os troncos das árvores, esculpidos em formas intricadas, eram encantadores. Tendo passado pelo portão de ferro e pelos rododendros no fosso, atravessou o parque aberto — vendido para um fazendeiro vizinho que o utilizava como pasto para vacas — e chegou atrás da fonte, emoldurada por um muro e uma reprodução, em escala reduzida, do *Tritão* de Bernini instalado na Piazza Barberini em Roma.

A figura musculosa, comodamente acocorada em sua concha, emitia através do búzio um jato d'água que não subia mais do que três centímetros, de tão fraca que era a pressão, e a água caía de volta em sua cabeça, descendo pelo cabelo cacheado de pedra e escorrendo pela espinha poderosa, deixando uma mancha brilhante de um verde-escuro. Estava muito longe de sua terra, naquele clima setentrional tão estranho, mas era belo à luz matinal, como eram belos os quatro golfinhos que sustentavam a concha de bordas onduladas na qual se instalava o tritão. Cecilia contemplou as escamas improváveis dos golfinhos e das coxas do tritão, depois voltou a vista para a casa. A maneira mais rápida de se chegar à sala de estar era atravessar o gramado e o terraço e entrar pelas portas envidraçadas. Mas seu amigo de infância e colega de faculdade Robbie Turner estava lá, ajoelhado, arrancando ervas daninhas junto a uma sebe, e ela não queria conversar com ele. Pelo menos não naquele momento. Desde que ele chegara, a jardinagem era sua penúltima mania. A última era a ideia de fazer medicina, o que, após a obtenção de um diploma em literatura, parecia um tanto pretensioso. E presunçoso também, já que era o pai dela que teria de pagar.

Cecilia refrescou as flores mergulhando-as na bacia da fonte, que era do tamanho da original, profunda e gelada, e evitou Robbie contornando a casa para chegar a ela pela frente — era uma desculpa, pensou, para ficar ao ar livre por mais alguns minutos. O sol da manhã, como qualquer outra iluminação, não conseguia disfarçar a feiura da casa dos Tallis — mal completara quarenta anos de existência, tijolos de um laranja vivo, uma estrutura atarracada, janelas com caixilhos de chumbo, estilo gótico baronial; um dia seria condenada num artigo de Pevsner, ou de um membro de sua equipe, como uma tragédia de oportunidades dispensadas, e seria qualificada por um autor mais jovem da escola moderna como "totalmente desprovida de charme". Antes havia ali uma casa do século XVIII, que fora destruída por um incêndio no final da década de 1880. O que restava era o lago artificial com sua ilha e duas pontes de pedra por onde passava o caminho da garagem, além de um templo de estuque, em ruínas, à margem do lago. O avô de Cecilia, que fora criado num sobrado de uma loja de ferragens e fizera a fortuna da família patenteando diversos cadeados, fechaduras, trincos e ferrolhos, impusera à nova casa seu gosto por tudo que é sólido, seguro e funcional. No entanto, quem voltasse as costas para a entrada da frente e olhasse para o caminho, ignorando as vacas que já se reuniam à sombra das árvores, gozaria de uma bela vista, que dava a impressão de uma paz atemporal e imutável, a qual fortalecia em Cecilia a convicção de que ela precisava ir embora dali logo.

Entrou em casa, atravessou depressa o piso de ladrilhos pretos e brancos do hall — como era familiar o eco de seus próprios passos, como era irritante! — e fez uma pausa para recuperar o fôlego à entrada da sala de estar. Pingando gotas frescas em seus pés calçados em sandálias, o desengonçado buquê de carurus-amargosos e íris melhorou seu humor. O vaso que procurava encontrava-se numa mesa de cerejeira americana junto às portas envidraçadas, que estavam ligeiramente entreabertas. Elas eram voltadas para o sudeste e permitiam que paralelogramos de sol matinal avançassem pelo carpete azul-claro. A respiração de Cecilia estava mais lenta, e seu desejo de fumar, mais forte, mas assim mesmo ela se deteve à porta, absorta por um momento na contemplação da cena perfeita — os três sofás desbotados em torno da lareira gótica quase nova, enfeitada com carriços, ao lado do cravo desafinado e abandonado, com as estantes de jacarandá igualmente abandonadas, junto às pesadas cortinas de veludo, tenuemente presas por uma corda laranja e azul que terminava em bolas, emoldurando uma visão parcial do céu sem nuvens e do terraço amarelo e cinzento onde brotava camomila e monsenhor-amarelo nas rachaduras do cimento. Uma pequena escada levava ao gramado onde Robbie continuava trabalhando, e que se estendia até a fonte do tritão, a cinquenta metros dali.

Tudo isso — o rio e as flores, a corrida, pois raramente ela corria agora, a textura dos troncos de carvalho, o pé-direito alto da sala, a geometria da luz, o latejar em seus ouvidos morrendo pouco a pouco no silêncio —, tudo isso lhe dava prazer, à medida que o familiar ia se transformando numa deliciosa estranheza. Porém Cecilia sentia-se também culpada pelo tédio que a casa lhe inspirava. Tinha voltado de Cambridge com a vaga consciência de que sua família merecia sua presença por um longo período ininterrupto. Mas seu pai permanecia na cidade, e sua mãe, quando não estava curtindo uma enxaqueca, parecia distante, até antipática. Cecilia levava bandejas de chá ao quarto da mãe — tão espetacularmente bagunçado quanto o seu — na esperança de entabular alguma conversa mais íntima. Porém Emily Tallis só queria lhe contar pequenos aborrecimentos domésticos, ou então ficava largada sobre o travesseiro, com uma expressão no rosto que a penumbra tornava inescrutável, esvaziando sua xícara num silêncio lânguido. Briony estava totalmente entregue às suas fantasias literárias — o que antes parecia ser uma mania passageira se transformara numa obsessão absorvente. Cecilia os vira na escada naquela manhã, sua irmã menor levando os primos, coitados, que tinham chegado na véspera, ao quarto das crianças para ensaiar a peça que Briony queria representar naquela noite, quando Leon e seu amigo eram esperados. Tinham chegado havia muito pouco tempo, e um dos gêmeos já tinha sido posto de castigo por Betty por ter aprontado alguma coisa na cozinha. Cecilia não tinha vontade de ajudar — estava muito quente, e, fizesse ela o que fizesse, o projeto haveria de terminar em catástrofe, pois as pretensões de Briony eram excessivas, e ninguém, muito menos os primos, estava à altura de sua visão frenética.

Cecilia sabia que não podia continuar desperdiçando os dias no caos de seu quarto, deitada na cama, numa nuvem de fumaça, queixo apoiado na mão, sentindo o braço formigar enquanto avançava na leitura de *Clarissa*, de Richardson. Havia começado, sem muito empenho, a esboçar uma árvore genealógica; mas do lado paterno, antes de seu bisavô abrir sua humilde loja de ferragens, os ancestrais perdiam-se num pântano indevassável de trabalhadores rurais, com mudanças de sobrenome suspeitas e confusas, e casamentos informais jamais registrados nas paróquias rurais. Ela não podia continuar ali; sabia que tinha de elaborar planos, mas não fazia nada. Havia várias possibilidades, nenhuma delas premente. Cecilia tinha um pouco de dinheiro no banco, o bastante para lhe garantir uma vida modesta por um ano, mais ou menos. Leon vivia insistindo para que ela passasse um tempo com ele em Londres. Os colegas de faculdade se ofereciam para lhe arranjar um emprego — sem dúvida seria um emprego besta, mas lhe daria independência. Tinha tios e tias interessantes por parte de mãe que sempre gostavam de recebê-la, inclusive a doida da Hermione, mãe de Lola e dos gêmeos, que no momento estava em Paris com um amante que trabalhava no rádio.

Ninguém retinha Cecilia, ninguém se incomodaria muito se ela fosse embora. Não era o torpor que a mantinha ali — por vezes sentia-se tão indócil que chegava a ficar irritada. Ela simplesmente gostava de sentir que a impediam de partir, de que tinham necessidade dela. De vez em quando se convencia de que estava ali por causa de Briony, ou para ajudar a mãe, ou porque aquela era de fato sua última estada mais prolongada na casa dos pais e por isso valia a pena ficar até o fim. Na verdade, a ideia de fazer as malas e partir no trem da manhã seguinte não a animava. Partir só por partir. Ficar ali, entediada e acomodada, era uma forma de autopunição mesclada com prazer, ou com a expectativa de prazer; se ela fosse embora, alguma coisa ruim poderia acontecer, ou, pior ainda, uma coisa boa, algo que ela não podia perder. E ainda por cima Robbie, que a irritava com sua afetação de distância e seus planos mirabolantes que só discutia com o pai dela. Eles se conheciam desde os sete anos de idade, ela e Robbie, e era incômodo constatar que os dois ficavam constrangidos quando conversavam. Embora achasse que a culpa era mais dele — será que o diploma de primeira classe lhe subira à cabeça? —, sabia que aquele era um assunto que seria necessário pôr em pratos limpos antes de pensar em partir.

Pelas janelas abertas vinha o cheiro suave e áspero de esterco de vaca que só desaparecia nos dias mais frios e era apenas percebido por quem havia passado algum tempo fora. Robbie havia largado a colher de jardineiro e se levantado para enrolar um cigarro, um remanescente de sua passagem pelo Partido Comunista — mais uma mania que deixara para trás, juntamente com a ambição de estudar antropologia e o plano de viajar de carona de Calais a Istambul. E os cigarros dela estavam dois lances de escada acima, em um de vários bolsos possíveis.

Cecilia entrou na sala e enfiou as flores no vaso. O vaso pertencera ao tio Clem; ela se lembrava muito bem do dia em que ele fora enterrado, ou reenterrado, no final da guerra: a carreta chegando ao cemitério rural, o caixão envolto na bandeira do regimento, as espadas erguidas, o toque de corneta junto à sepultura e — o mais memorável de tudo para uma criança de cinco anos — seu pai chorando. Clem era o único irmão dele. A história daquele vaso era contada numa das últimas cartas que o jovem tenente escreveu para a família. Estava atuando como oficial de ligação no setor francês, organizando, na última hora, uma evacuação de uma cidadezinha a oeste de Verdun antes que fosse bombardeada. Talvez cinquenta mulheres, crianças e velhos tenham sido salvos. Mais tarde o prefeito e outros funcionários da cidadezinha levaram o tio Clem até um museu semidestruído. O vaso foi retirado de uma vitrine estraçalhada e entregue a ele em sinal de gratidão. Não havia como recusar o presente, por mais inconveniente que fosse combater com uma peça de porcelana de Meissen debaixo do braço. Um mês depois, o vaso foi guardado numa casa de fazenda, e o tenente Tallis atravessou um rio que estava em cheia, a vau, para pegá-lo depois, e tornou a atravessá-lo à meia-noite para voltar a sua unidade. Nos últimos dias da guerra, ele foi enviado em missão de patrulha, deixando o vaso com um amigo. Por etapas, o vaso acabou sendo reencaminhado para o quartel-general do regimento e foi entregue à família Tallis alguns meses depois do enterro do tio Clem.

Realmente, não tinha sentido tentar fazer um arranjo com flores silvestres. Elas haviam encontrado uma simetria toda sua, e estava claro que se os íris ficassem para um lado e os carurus-amargosos para o outro, a coisa perderia a graça. Cecilia passou alguns minutos fazendo ajustes para conseguir um efeito caótico natural. Enquanto isso, pensava em ir ter com Robbie. Era mais prático do que subir correndo dois lances de escada. Porém sentia-se desconfortável e encalorada, e antes queria olhar-se no espelho grande, de moldura dourada, acima da lareira. Mas se ele se virasse — estava de costas para a casa, fumando —, olharia diretamente para dentro da sala. Por fim Cecilia terminou, e deu um passo para trás outra vez. Agora o amigo de seu irmão, Paul Marshall, poderia acreditar que as flores tinham sido simplesmente largadas dentro do vaso com a mesma espontaneidade com que haviam sido colhidas. Não fazia sentido, ela sabia, dispor as flores no vaso antes de colocar água — mas não tinha jeito; não conseguia resistir à tentação de mexer nelas outra vez, porque nem tudo que as pessoas faziam se dava na ordem certa, lógica, principalmente quando elas estavam sozinhas. Sua mãe queria flores no quarto de visitas, e era um prazer para Cecilia fazer sua vontade. Para pegar água, precisava ir à cozinha. Mas Betty estava começando a preparar o jantar, e seu mau humor era aterrorizante. Não seria apenas o menininho, Jackson ou Pierrot, quem ficaria acuado, mas também a empregada contratada na aldeia especialmente para aquele dia. Mesmo da sala de estar, já dava para ouvir de vez em quando um grito de raiva abafado e o barulho de uma panela largada com força excessiva. Se Cecilia entrasse agora na cozinha, teria de encontrar uma posição intermediária entre as vagas instruções de sua mãe e o estado de espírito despótico de Betty. Sem dúvida, era mais sensato sair de casa e ir encher o vaso na fonte.

Uma vez, quando Cecilia era adolescente, um amigo de seu pai que trabalhava no Victoria and Albert Museum viera examinar o vaso e o aprovara. Porcelana de Meissen autêntica, obra do grande artista Höroldt, que a pintara em 1726. Era quase certo que pertencera ao rei Augusto. Muito embora valesse mais do que os outros objetos que havia na casa, em sua maioria quinquilharias colecionadas pelo avô de Cecilia, Jack Tallis resolvera que o vaso continuaria sendo usado, em homenagem à memória de seu irmão. Não ficaria preso numa vitrine. Se havia sobrevivido à guerra — raciocinava ele —, então conseguiria sobreviver aos Tallis. Sua mulher não se opôs. Na verdade, por mais precioso que fosse, e à parte seu valor sentimental, Emily Tallis não gostava muito do vaso. As figuras chinesas reunidas numa pose formal num jardim, em torno de uma mesa, em meio a plantas ornamentais e pássaros improváveis, lhe pareciam excessivas e opressoras. De modo geral, não achava graça em motivos chineses. Cecilia não tinha nenhuma opinião formada, embora às vezes ficasse imaginando por quanto aquela peça seria arrematada na Sotheby's. O vaso era respeitado não pela maestria de Höroldt revelada nos esmaltes multicor, na barra ornamentada com folhas entrelaçadas em azul e dourado, mas pelo tio Clem, que havia salvado várias vidas, atravessado um rio à meia-noite e morrido apenas uma semana antes do armistício. As flores, especialmente por serem silvestres, eram certamente uma homenagem adequada.

Cecilia segurou o vaso fresco com as duas mãos, equilibrada sobre um dos pés, enquanto escancarava as portas envidraçadas com o outro. Saindo ao sol, sentiu um cheiro de pedra quente que era como um abraço. Duas andorinhas faziam voos rasantes sobre a fonte, e o canto de um pássaro perfurava o ar, vindo da penumbra pesada sob o gigantesco cedro-do-líbano. As flores balançavam-se na brisa leve, roçando-lhe o rosto enquanto ela atravessava o terraço e descia cuidadosamente os três degraus desmoronados que levavam ao caminho de cascalho. Ao ouvi-la se aproximar, Robbie virou-se de repente.

"Eu estava com a cabeça longe", ele começou a se explicar.

"Você enrola pra mim um desses seus cigarros bolcheviques?"

Robbie jogou fora o cigarro que estava fumando, pegou a lata de fumo, jogada sobre seu paletó no gramado, e caminhou ao lado de Cecilia até a fonte. Ficaram em silêncio por alguns instantes.

"Lindo dia", disse ela, suspirando.

Robbie a olhava com uma desconfiança bem-humorada. Havia algo entre eles, e até mesmo Cecilia teve de reconhecer que seu comentário inócuo sobre o tempo era descabido.

"O que você está achando de *Clarissa*?" Ele olhava para os dedos enquanto enrolava o cigarro.

"Chato."

"Não é coisa que se diga."

"Não sei por que ela não age logo de uma vez."

"Ela vai agir. E a história vai ficar melhor."

Diminuíram o passo e pararam para que Robbie pudesse fazer os arremates finais no cigarro.

Disse ela: "Sou muito mais o Fielding".

Sentiu que tinha dito uma bobagem. Robbie estava com o olhar distante, voltado para o parque, as vacas junto ao bosque de carvalho que margeava o vale do rio, o bosque que ela atravessara correndo naquela manhã. Talvez estivesse pensando que ela lhe falava em código, dando a entender que preferia coisas mais robustas e sensuais. Fora um erro, claramente, e agora, sem jeito, Cecilia não sabia como remediar a situação. Gostava dos olhos de Robbie, pensou, aquela justaposição de laranja e verde sem haver mistura, ainda mais granuloso à luz do sol. E agradava-a também ele ser tão alto. Era uma combinação interessante num homem: inteligência e tamanho. Cecilia pegou o cigarro pronto, e Robbie o acendia para ela.

"Entendo o que você quer dizer", ele observou enquanto se aproximavam da fonte. "Fielding tem mais vida, mas a psicologia dele às vezes é grosseira em comparação com a de Richardson."

Ela colocou o vaso sobre um dos degraus irregulares que levavam à bacia da fonte. A última coisa que queria agora era uma discussão acadêmica sobre literatura setecentista. Fielding não lhe parecia grosseiro, nem a psicologia de Richardson, sofisticada, mas ela se recusava a se deixar envolver, a defender, definir, atacar. Estava cansada desse tipo de coisa, e Robbie era persistente nas discussões.

Em vez disso, Cecilia comentou: "O Leon chega hoje, você sabia?".

"Ouvi dizer. Fantástico."

"Ele vem com um amigo, um tal de Paul Marshall."

"O milionário do chocolate. Ah, não! E você dando flores pra ele!"

Cecilia sorriu. Estaria ele fingindo sentir ciúmes dela para ocultar o fato de que sentia mesmo? Ela já não o compreendia. Eles haviam se tornado distantes um do outro em Cambridge. Teria sido difícil agir de modo diferente. Ela mudou de assunto.

"O velho diz que você vai fazer medicina."

"Estou pensando nisso."

"Você deve adorar a vida de estudante."

Ele desviou a vista outra vez, mas agora só por um segundo ou menos, e, quando voltou a encará-la, Cecilia julgou perceber um toque de irritação. Teria ela adotado um tom condescendente? Olhou para os olhos de Robbie de novo, laivos verdes e laranja, como bolas de gude. Quando falou, foi num tom perfeitamente simpático.

"Eu sei que você nunca gostou dessa vida, Cee. Mas pra ser médico não tem outro jeito, não é?"

"Justamente o que eu estou dizendo. Mais seis anos. Por quê?"

Ele não estava ofendido. Era ela que estava fazendo interpretações excessivas, que estava insegura na presença dele, e essa constatação a fez se irritar com seu próprio comportamento.

Ele estava levando a pergunta a sério. "Ninguém vai me empregar como paisagista. Não quero dar aula nem virar funcionário público. E a medicina me interessa..." Interrompeu-se, como se uma ideia lhe tivesse ocorrido. "Olhe, eu falei com o seu pai que depois eu pago o que ele gastar. Foi o que ficou combinado."

"Não foi nada disso que eu quis dizer."

Cecilia surpreendeu-se por ele estar levantando a questão financeira. Isso era falta de generosidade da parte de Robbie. O pai dela custeara os estudos dele a vida toda. Alguém algum dia reclamara? Ela achava que estava imaginando coisas, mas na verdade tinha razão — havia mesmo algo de desagradável na conduta de Robbie nos últimos dias. Sempre que podia, ele dava um jeito de desconcertá-la. Dois dias antes havia tocado a campainha da frente — o que por si só já era estranho, pois sempre entrara como se a casa fosse sua. Quando Cecilia foi chamada e desceu, ele estava em pé do lado de fora pedindo um livro emprestado, falando alto e num tom impessoal. No momento, Polly estava de gatinhas, lavando os ladrilhos do hall. Robbie fez questão de tirar as botas, que não estavam de modo algum sujas, e depois, como se pensando melhor, tirou as meias também, e atravessou o assoalho molhado na ponta dos pés, num exagero cômico. Tudo o que fazia tinha a intenção de distanciar-se dela. Estava representando o papel do filho da faxineira que vinha à casa grande a mando da mãe. Entraram juntos na biblioteca, e, quando ele encontrou o volume que queria, ela o convidou a ficar para tomar café. Era fingimento, aquela recusa constrangida — Robbie era uma das pessoas mais cheias de confiança que ela conhecia. Cecilia sabia que ele estava zombando dela. Sentindo-se rejeitada, saiu da sala e subiu para seu quarto; deitada na cama com *Clarissa* nas mãos, lia sem entender uma só palavra, sentindo que sua irritação e sua confusão estavam cada vez maiores. Robbie estava zombando dela, ou então castigando-a — ela não sabia o que era pior. Castigando-a por ela ter um círculo de amizades diferentes em Cambridge, por não ser filha de faxineira; zombando dela por não ter um diploma de primeira classe — aliás, a universidade não concedia tais diplomas a mulheres.

Desajeitadamente, pois ainda estava com o cigarro, pegou o vaso e equilibrou-o na beira da fonte. Faria mais sentido tirar as flores primeiro, mas ela estava irritada demais para isso. Suas mãos estavam quentes e secas, o que a obrigava a segurar o vaso de porcelana com mais força. Robbie estava calado, mas ela percebia, com base em sua expressão — um sorriso forçado, esticado, sem separar os lábios —, que ele estava arrependido do que tinha dito. Mas isso não lhe servia de conforto. Era o que acontecia quando conversavam agora; ou um ou o outro sempre dizia o que não devia, e depois tentava retirar o comentário já feito. Não havia espontaneidade nem estabilidade naquelas conversas, nenhuma possibilidade de relaxar. Tudo eram farpas, armadilhas e desvios desconfortáveis que tinham o efeito de fazer Cecilia ficar com quase tanta raiva de si própria quanto de Robbie, embora não tivesse dúvida de que era ele o principal culpado. Ela não havia mudado, mas estava claro que ele, sim, mudara. Estava se distanciando da família que se abrira completamente para ele e lhe dera tudo. Fora só por esse motivo — porque já esperava que ele dissesse não e já antevira seu próprio aborrecimento com essa recusa — que não o havia convidado para jantar naquela noite. Se ele queria distância, então que aguentasse.

Dos quatro golfinhos cujas caudas sustentavam a concha sobre a qual se equilibrava o tritão, o mais próximo a Cecilia estava com a boca escancarada cheia de musgos e algas. Os olhos de pedra esféricos, grandes como maçãs, eram de um verde iridescente. Toda a estátua havia adquirido, no lado voltado para o norte, uma pátina de um azul esverdeado, de modo que, visto de certos ângulos, na penumbra, o musculoso tritão parecia de fato estar cem léguas abaixo da superfície do mar. Certamente a intenção de Bernini era de que a água escorresse das bordas irregulares da concha larga, gotejando sonora sobre a bacia. Mas a pressão era muito pequena, e a água escorria silenciosamente pela face inferior da concha, onde um limo oportunista pendia dos pontos de que a água pingava, como estalactites numa caverna de calcário. A bacia tinha mais de um metro de profundidade e era límpida. O fundo era de uma pedra clara e cremosa, e sobre ela retângulos ondulantes de sol refratado, com bordas brancas, se dividiam e superpunham.

A intenção de Cecilia era debruçar-se sobre o parapeito e segurar as flores dentro do vaso enquanto o afundava na água, mas foi nesse momento que Robbie, tentando remediar a situação, resolveu ajudá-la.

"Deixe que eu seguro", disse ele, estendendo a mão. "Eu encho pra você, e você segura as flores."

"Não precisa, obrigada." Ela já estava segurando o vaso acima da bacia.

Mas Robbie insistiu: "Olhe, eu já peguei". E de fato estava segurando o vaso com força, entre o indicador e o polegar. "O seu cigarro vai se molhar. Pegue as flores."

Tentou dar um tom de urgência e autoridade masculina a essa ordem. O efeito que teve sobre Cecilia foi fazê-la segurar com mais força ainda. Ela não tinha tempo, e certamente não tinha vontade, de explicar que, mergulhando o vaso com as flores na água, seria acentuado o efeito natural que ela desejava no arranjo. Agarrou o vaso com força e afastou-se dele, curvando-se para trás. Não era tão fácil livrar-se de Robbie. Com um ruído que lembrava um galho seco se partindo, uma parte da borda do vaso soltou-se na mão dele e quebrou-se em dois pedaços triangulares, que caíram na água e desceram para o fundo num movimento oscilante sincronizado, e lá ficaram, afastados um do outro por alguns centímetros, tremulando à luz fragmentada.

Cecilia e Robbie imobilizaram-se em pleno combate. Seus olhares encontraram-se, e o que ela viu na mistura raivosa de verde e laranja não era susto nem culpa, e sim uma forma de desafio, até mesmo de triunfo. Teve presença de espírito suficiente para recolocar no degrau o vaso quebrado antes de enfrentar a gravidade do acidente. Era irresistível, ela sabia, até mesmo delicioso, pois, quanto mais grave fosse, pior seria para Robbie. Seu tio morto, irmão querido de seu pai, a guerra desastrosa, a travessia do rio traiçoeiro, o valor incomensurável que ia além do dinheiro, o heroísmo e a bondade, todos os anos de história acumulados naquele vaso, até chegar ao gênio de Höroldt, e, antes dele, à mestria dos alquimistas que haviam reinventado a porcelana.

"Seu idiota! Olha o que você fez."

Robbie olhou para dentro da água, depois para ela, e limitou-se a balançar a cabeça enquanto levava a mão à boca, cobrindo-a. Com esse gesto ele assumia a total responsabilidade, mas naquele momento Cecilia odiou-o por aquela reação inadequada. Ele olhou para a bacia e suspirou. Por um momento Robbie pensou que ela fosse dar um passo para trás e esbarrar no vaso, e por isso levantou a mão, apontando, embora não dissesse nada. Em vez disso, começou a desabotoar a camisa. Imediatamente, ela percebeu o que ele pretendia fazer. Intolerável. Ele viera até a casa e tirara os sapatos e as meias — pois bem, ela iria lhe dar uma lição. Descalçou as sandálias, desabotoou a blusa e tirou-a, abriu a saia e despiu-a, e foi até a beira da fonte. Ele ficou parado, com as mãos nos quadris, olhando, enquanto ela entrava na água só com a roupa de baixo. Recusar a ajuda dele, recusar qualquer possibilidade de reparação, era o castigo dele. A água inesperadamente gelada, que a fez conter um grito, era o castigo dele. Cecilia prendeu a respiração e mergulhou; seu cabelo abriu-se em leque na superfície. Se ela se afogasse, seria o castigo dele.

Quando Cecilia voltou à tona alguns segundos depois com um pedaço de porcelana em cada mão, ele nem tentou se oferecer para ajudá-la a sair. A frágil ninfa branca, da qual a água escorria numa cascata bem mais vistosa do que a que descia do robusto tritão, cuidadosamente pôs os cacos ao lado do vaso. Vestiu-se depressa, enfiando com dificuldade os braços molhados nas mangas de seda e metendo a blusa desabotoada dentro da saia. Recolheu as sandálias e colocou-as debaixo do braço, guardou os cacos no bolso da saia e pegou o vaso. Seus movimentos eram ferozes e seu olhar evitava o dele. Ele não existia, tinha sido banido, e isso também era o castigo. Robbie permaneceu parado e mudo enquanto ela se afastava, caminhando descalça pelo gramado, e ficou vendo o cabelo escurecido de Cecilia caindo pesado sobre seus ombros, encharcando a blusa. Então se virou e olhou para dentro d'água para ver se havia algum pedaço que ela não tinha pegado. Era difícil ver, porque a superfície perturbada ainda não recuperara sua placidez, e a turbulência era mantida pelos vestígios da raiva que ela deixara para trás. Ele encostou a mão espalmada na superfície, como que para tranquilizá-la. Ela, nesse ínterim, já havia entrado na casa.

# 3.

De acordo com o cartaz no hall, a estreia de *Arabella em apuros* seria apenas um dia após o primeiro ensaio. Porém não era fácil para a autora-diretora achar hora para concentrar-se em seu trabalho. Tal como na tarde anterior, o problema era reunir o elenco. Durante a noite, Jackson, o severo pai de Arabella, havia urinado na cama, como é comum acontecer com meninos pequenos em crise quando dormem fora de casa, e foi obrigado, segundo a praxe da época, a levar seus lençóis e seu pijama até a lavanderia e lavá-los ele próprio, à mão, sob a supervisão de Betty, que fora instruída a ser distante e firme. Tudo isso fora apresentado ao menino não como uma punição, e sim como uma maneira de mostrar a seu inconsciente que qualquer deslize no futuro implicaria inconveniências e trabalho pesado; mas Jackson certamente julgava estar sendo castigado, ali diante do grande tanque de pedra que chegava até a altura de seu peito, a espuma cobrindo seus braços nus e molhando as mangas arregaçadas, os lençóis encharcados pesados como um cachorro morto, e a sensação geral de calamidade a embotar sua vontade.

Briony ia de vez em quando ver como ele estava se saindo. Estava proibida de ajudá-lo, e Jackson, naturalmente, jamais lavara coisa alguma em sua vida; as duas lavagens, os incontáveis enxágues, a luta corporal com a massa de pano molhado, bem como os quinze minutos trêmulos que ele passara depois sentado à mesa da cozinha comendo pão com manteiga e tomando um copo d'água, consumiram duas horas do tempo de ensaio.

Betty disse a Hardman, quando ele entrou, após uma manhã trabalhando sob o sol, para tomar uma cerveja, que já não bastava ela ter de preparar um jantar especial com carne assada naquele calorão, e que na sua opinião aquele castigo era excessivamente severo; melhor seria dar umas boas palmadas no traseiro do menino e depois ela própria lavar os lençóis. Essa solução também teria agradado a Briony, pois a manhã estava quase perdida. Quando sua mãe desceu para ver se a tarefa fora cumprida, era inevitável que uma sensação de libertação se apossasse de todos os participantes, e que a sra. Tallis fosse tomada por um certo grau de culpa não reconhecida, de modo que, quando Jackson perguntou, com uma vozinha tímida, se podia tomar banho de piscina e se seu irmão podia ir também, seu desejo foi imediatamente atendido, e as objeções de Briony generosamente postas de lado, como se fosse ela a pessoa que estava impondo tarefas desagradáveis a uma pobre criança. Assim, foram para a piscina, e depois estava na hora do almoço.

O ensaio havia continuado sem Jackson, mas era um problema não poder elaborar até a perfeição a importante primeira cena — a despedida de Arabella —, e Pierrot estava tão preocupado com o destino de seu irmão nas profundezas da casa que não foi muito convincente no papel de um malévolo conde estrangeiro; o que quer que acontecesse com Jackson haveria de ser o seu futuro também. A toda hora ele ia ao banheiro no final do corredor.

Quando Briony voltou de uma de suas visitas à lavanderia, o menino perguntou-lhe: "Ele já levou a surra?".

"Ainda não."

Como seu irmão, Pierrot tinha o dom de esvaziar totalmente o sentido de suas falas. Transformava as palavras em listas de chamada: "Pensas-que-és-capaz-de-escapar-de-minhas-garras?". Tudo no lugar, tudo correto.

"É uma pergunta", interveio Briony. "Você não entende? Tem que subir no final."

"Subir no final?"

"Isso. Você acabou de fazer. Você começa embaixo e termina em cima. É uma *pergunta*."

Pierrot engoliu fundo, prendeu a respiração e fez uma outra tentativa, e dessa vez saiu uma lista de chamada que ia subindo numa escala cromática.

"No final. Só sobe no final!"

Dessa vez saiu uma lista de chamada num tom só, como antes, com uma súbita quebra de registro, um grito agudo, na sílaba final.

Lola fora ao quarto das crianças naquela manhã vestida como a adulta que no fundo acreditava ser. Trajava uma calça de flanela franzida, boca de sino, larga à altura das cadeiras, e uma suéter de caxemira de manga curta. Entre outros sinais de maturidade havia uma gargantilha de veludo cravejada de pérolas minúsculas, um prendedor de esmeralda fixando as melenas cor de gengibre atrás da nuca, três pulseiras de prata frouxas em torno do pulso sardento e mais o fato de que, aonde quer que ela fosse, o ar a sua volta tinha gosto de água de rosas. Sua condescendência, por estar totalmente contida, tornava-se mais potente do que nunca. Ela reagia com frieza às sugestões de Briony, dizia suas falas, que parecia ter decorado da noite para o dia, com uma expressividade suficiente, e incentivava com jeito o irmãozinho, sem interferir de modo algum com a autoridade da diretora. Era como se Cecilia, ou mesmo a mãe delas, tivesse resolvido passar algumas horas com as crianças assumindo um papel na peça e estivesse decidida a não trair o menor sinal de tédio. O que faltava era toda e qualquer demonstração de entusiasmo infantil escancarado. Quando, na véspera, Briony mostrou aos primos a bilheteria e a caixa do dinheiro, os gêmeos brigaram pelos melhores postos antes do início do espetáculo, mas Lola, de braços cruzados, fez elogios decorosos e adultos com um meio sorriso nos lábios opaco demais para deixar entrever qualquer ironia.

"Que maravilha. Você é mesmo muito sabida, Briony, para pensar nisso. Você jura que fez tudo sozinha?"

Briony suspeitava que por trás dos modos perfeitos de sua prima houvesse uma intenção destrutiva. Talvez Lola estivesse certa de que os gêmeos estragariam a peça na mais completa inocência, e que ela não precisava fazer nada, só assistir.

Essas suspeitas impossíveis de confirmar, a detenção de Jackson na lavanderia, o péssimo desempenho de Pierrot e o calor colossal daquela manhã oprimiam Briony. Além disso, ela ficou incomodada quando percebeu que, da porta, Danny Hardman estava assistindo à cena. Teve de pedir-lhe que saísse dali. Não conseguia penetrar no distanciamento de Lola, nem arrancar de Pierrot as inflexões da fala cotidiana. Foi um alívio, pois, ver-se de repente sozinha no quarto. Lola dissera que precisava repensar seu cabelo, e o irmão dela saíra pelo corredor afora, rumo ao banheiro, ou a algum lugar mais distante.

Briony sentou no chão, encostou-se num dos armários embutidos de brinquedos e se abanou com as páginas de seu texto. O silêncio na casa era completo — não havia vozes nem passos no andar de baixo, nenhum murmúrio vindo do encanamento; no espaço entre as vidraças de uma das janelas de guilhotina abertas, uma mosca aprisionada desistira de lutar, e lá fora o som líquido do canto do pássaro tinha evaporado no calor. Briony esticou as pernas à sua frente e deixou que as dobras de seu vestido de musselina branca e a imagem simpática da pele frouxa de seus joelhos enchessem seu campo de visão. Ela devia ter mudado o vestido daquela manhã. Pensou que devia cuidar mais de sua aparência, como Lola. Não ligar para a aparência era coisa de criança. Mas isso exigia muito esforço. O silêncio sibilava em seus ouvidos, e sua visão estava ligeiramente distorcida — as mãos em seu colo pareciam grandes demais e ao mesmo tempo longínquas, como se ela as estivesse vendo de uma distância imensa. Levantou uma das mãos, flexionou os dedos e ficou a se perguntar, como já fizera algumas vezes antes, de que modo aquela coisa, aquela máquina de segurar, aquela aranha de carne na extremidade de seu braço, podia ser algo seu, totalmente controlada por ela. Ou teria a mão uma vidinha própria? Dobrou o dedo e esticou-o. O mistério estava no instante antes de ele se mexer, quando sua intenção surtia efeito. Era como uma onda a se quebrar. Se ela conseguisse surpreender-se na crista da onda, pensou, talvez descobrisse o segredo de si própria, daquela parte dela que realmente mandava. Aproximou o indicador do rosto e olhou fixamente para ele, ordenando que se mexesse. O dedo permaneceu imóvel porque ela estava fingindo, ela não estava de todo falando sério, e porque mandar o dedo se mexer, ou estar prestes a mexê-lo, não era a mesma coisa que mexê-lo de verdade. E quando por fim ela dobrou o dedo, a ação parecia ter início no próprio dedo e não em alguma parte de sua mente. Quando era que ele resolvia se mexer, quando era que ela resolvia mexê-lo? Não havia como pegar a si própria em flagrante. Era ou isso, ou aquilo. Não havia uma dobra, uma costura, e no entanto ela sabia que por trás da textura lisa e contínua havia um eu verdadeiro —

seria a alma? — que tomava a decisão de parar de fingir e dar a ordem final.

Esses pensamentos lhe eram tão familiares e tão confortadores quanto a configuração exata de seus joelhos, sua aparência igual porém contrastante, simétrica e reversível. Um segundo pensamento sempre vinha após o primeiro, um mistério gerava outro: seriam todas as demais pessoas realmente tão vivas quanto ela? Por exemplo, seria sua irmã realmente importante para si própria, tão valiosa para ela mesma quanto Briony era? Ser Cecilia seria uma coisa tão intensa quanto ser Briony? Sua irmã também teria um eu verdadeiro por trás da onda que se quebrava, e passaria tempo pensando nisso, com o dedo quase encostado na cara? E as outras pessoas, inclusive seu pai, e Betty, e Hardman? Se a resposta fosse sim, então o mundo, o mundo social, era insuportavelmente complicado, dois bilhões de vozes, os pensamentos de todo mundo a se debater, todos com igual importância, investindo tanto na vida quanto os outros, cada um se achando o único, quando ninguém era único. Era possível afogar-se naquele mar de irrelevância. Mas se a resposta fosse não, então Briony estava cercada de máquinas, inteligentes e agradáveis vistas de fora, mas sem aquele sentimento vivo oculto, *interior*, que Briony tinha. Era uma ideia sinistra e desoladora, além de improvável. Pois, por mais que seu senso de ordem se sentisse agredido, ela sabia que era muitíssimo provável que todo mundo tivesse pensamentos como os dela. Isso ela sabia, mas apenas de um modo um tanto árido; não conseguia senti-lo de verdade.

Os ensaios também agrediam seu senso de ordem. O mundo autossuficiente que ela havia traçado com linhas claras e perfeitas fora desfigurado com os rabiscos de outras mentes, outras necessidades; e o próprio tempo, no papel tão fácil de dividir em atos e cenas, naquele exato momento estava escapulindo por entre seus dedos, de modo incontrolável. Talvez ela só conseguisse ter Jackson de volta depois do almoço. Leon e seu amigo estariam chegando à tardinha, ou até mesmo antes, e o espetáculo fora marcado para as sete horas. E ainda não tinha havido um ensaio decente, e os gêmeos não sabiam atuar, nem sequer falar, e Lola se apossara do papel que por direito cabia a Briony, e nada dava certo, e fazia calor, um calor absurdo. A menina remexeu-se, inquieta, na sua opressão; então se levantou. A poeira do rodapé sujara suas mãos e seu vestido atrás. Perdida em seus pensamentos, limpou as palmas das mãos na frente do vestido enquanto caminhava em direção à janela. A maneira mais simples de impressionar Leon teria sido escrever uma história para ele, colocá-la em suas mãos e ficar olhando para ele enquanto lia. As letras do título, a capa ilustrada, as páginas encadernadas, *amarradas* — essa palavra por si só continha o fascínio daquela forma clara, limitada e incontrolável que ela deixara para trás ao decidir escrever uma peça. Uma história era algo direto e simples, que não permitia que nada se intrometesse entre ela e seu leitor — nenhum intermediário incompetente e cheio de ambições próprias, nenhuma pressão de tempo, nenhuma limitação de recursos. Na história era só querer, era só escrever e ter um mundo inteiro; numa peça era necessário utilizar o que estava disponível: não havia cavalos, não havia ruas, não havia mar. Não havia cortina. Agora que era tarde demais, a ideia lhe parecia óbvia: uma história era uma forma de telepatia. Por meio de símbolos traçados com tinta numa página, ela conseguia transmitir pensamentos e sentimentos da sua mente para a mente de seu leitor. Era um processo mágico, tão corriqueiro que ninguém parava para pensar e se admirar. Ler uma frase e entendê-la era a mesma coisa; era como dobrar o dedo, não havia intermediação. Não havia um hiato durante o qual os símbolos eram decifrados. A gente via a palavra *castelo* e pronto, lá estava ele, visto ao longe, com bosques verdejantes a se estender a sua frente, o ar azulado e embaçado pela fumaça que subia da forja do ferreiro, e uma estrada com calçamento de pedra a serpentear à sombra das árvores...

Briony havia chegado a uma das janelas escancaradas do quarto e certamente viu o que estava diante de seus olhos por alguns segundos antes de registrar o que via. Era uma paisagem que facilmente poderia conter, ao menos a distância, um castelo medieval. A alguns quilômetros das terras dos Tallis elevava-se a serra de Surrey, com suas multidões imóveis de carvalhos de copas espessas, seu verde suavizado por uma névoa quente e leitosa. Então, mais perto, o parque aberto da propriedade, que hoje tinha uma aparência seca e selvagem, tórrido como uma savana, onde árvores isoladas projetavam sombras curtas e abruptas, e a grama alta já estava tocaiada pelo amarelo leonino do verão. Mais perto, dentro dos limites da balaustrada, ficavam os jardins de rosas e, mais perto ainda, a fonte do tritão e, ao lado do muro da bacia, estava sua irmã, e, bem à frente dela, Robbie Turner. Havia algo um tanto formal na sua posição, a alguns metros da moça, a cabeça um pouco para trás. Uma proposta de casamento. Briony não ficaria surpresa. Ela própria havia escrito uma história em que um humilde lenhador salvava uma princesa que estava se afogando e terminava se casando com ela. O que se apresentava ali fazia sentido. Robbie Turner, filho único de uma humilde faxineira, pai desconhecido, Robbie, cujos estudos haviam sido financiados pelo pai de Briony, desde a escola até a universidade, que antes queria ser paisagista e agora queria estudar medicina, tinha ambição e ousadia suficientes para pedir a mão de Cecilia. Fazia muito sentido. Essas violações de fronteiras eram comuns nos romances cotidianos.

Menos compreensível, porém, foi o gesto de Robbie, que agora levantava a mão com autoridade, como se desse uma ordem a que Cecilia não ousaria desobedecer. Era extraordinário ela não poder resistir a ele. Por insistência de Robbie, ela estava tirando as roupas, e muito depressa. Já havia despido a blusa, agora deixava a saia cair no chão e saía de dentro dela, enquanto ele olhava, impaciente, as mãos nos quadris. Que estranho poder ele teria sobre ela. Chantagem? Ameaças? Briony levou as duas mãos ao rosto e afastou-se um pouco da janela. Devia fechar os olhos, pensou, para não ver a vergonha de sua irmã. Mas isso seria impossível, porque mais surpresas estavam acontecendo. Cecilia, felizmente ainda com a roupa de baixo, estava entrando no laguinho, a água até a cintura; estava fechando as narinas com os dedos — e então sumiu. Agora só se via Robbie, e mais as roupas jogadas sobre o cascalho, e, ao longe, o parque silencioso, a serra azul na distância.

A sequência era ilógica — a cena de afogamento, seguida do salvamento, deveria ocorrer antes do pedido de casamento. Foi a última coisa que Briony pensou antes de aceitar que não conseguia compreender e que só lhe restava assistir. Sem que ninguém a visse, do andar de cima, à luz reveladora de um dia de sol, ela estava tendo acesso privilegiado ao comportamento adulto, a ritos e convenções sobre os quais nada sabia, ainda. Sem dúvida, aquilo era o tipo de coisa que acontecia. No momento exato em que a cabeça de sua irmã irrompeu na superfície — graças a Deus! —, Briony pela primeira vez se deu conta, de modo ainda tímido, de que para ela agora não poderia mais haver castelos nem princesas como nas histórias de fada, e sim a estranheza do aqui e agora, o que se passava entre as pessoas, as pessoas comuns que ela conhecia, e o poder que uma tinha sobre a outra, e como era fácil entender tudo errado, completamente errado. Cecilia havia saído do lago e estava ajeitando a saia, e com dificuldade vestia a blusa sobre a pele encharcada. Virou-se abruptamente e pegou, na sombra profunda projetada pelo muro da fonte, um vaso de flores que Briony não havia visto antes, e veio com ele em direção à casa. Não trocou nenhuma palavra com Robbie, nem sequer olhou em sua direção. Agora ele estava olhando para dentro d'água, e também ele caminhava com passos rápidos, sem dúvida satisfeito, contornando a casa. De repente o cenário estava vazio; o trecho molhado no chão onde Cecilia havia saído do lago era o único sinal de que alguma coisa havia acontecido.

Briony encostou-se numa parede e olhou para o outro lado do quarto, sem nada ver. Era uma tentação para ela mergulhar no mágico e no dramático, e encarar a cena que havia testemunhado como algo encenado só para ela, uma moral especial para ela envolta num mistério. Mas sabia muito bem que, se não tivesse se levantado na hora exata em que se levantara, a cena teria acontecido assim mesmo, pois nada tinha a ver com ela. Apenas o acaso a levara a se aproximar da janela. Aquilo não era uma história de fadas, era a realidade, o mundo adulto em que sapos não falavam com princesas e onde as únicas mensagens eram aquelas que as pessoas enviavam. Havia também a tentação de correr para o quarto de Cecilia e exigir uma explicação. Briony resistiu porque queria explorar sozinha a vaga e emocionante possibilidade que havia sentido antes, a excitação evanescente diante de algo que ela estava quase definindo, ao menos no plano emocional. A definição haveria de se refinar com o passar dos anos. Ela admitiria que talvez tivesse atribuído mais deliberação do que lhe seria possível aos treze anos de idade. Na ocasião, é possível que as palavras não tivessem se colocado de modo preciso; na verdade, talvez ela tivesse sentido a vontade impaciente de voltar a escrever de novo.

Parada no quarto, aguardando a volta dos primos, Briony deu-se conta de que poderia escrever uma cena como aquela ocorrida junto à fonte e que poderia incluir um observador oculto, como ela própria. Imaginava-se agora correndo para seu quarto, pegando um bloco de papel pautado e sua caneta-tinteiro de baquelita marmorizada. Já via as frases simples, os símbolos telepáticos se acumulando, fluindo da ponta da pena. Poderia escrever a cena três vezes, de três pontos de vista; sua excitação era proporcionada pela possibilidade de liberdade, de livrar-se daquela luta desgraciosa entre bons e maus, heróis e vilões. Nenhum desses três era mau, nenhum era particularmente bom. Ela não precisava julgar. Não precisava haver uma moral. Bastava que mostrasse mentes separadas, tão vivas quanto a dela, debatendo-se com a ideia de que as outras mentes eram igualmente vivas. Não eram só o mal e as tramoias que tornavam as pessoas infelizes; era a confusão, eram os mal-entendidos; acima de tudo, era a incapacidade de apreender a verdade simples de que as outras pessoas são tão reais quanto nós. E somente numa história seria possível incluir essas três mentes diferentes e mostrar como elas tinham o mesmo valor. Essa era a única moral que uma história precisava ter.

Seis décadas depois, ela mostraria como, aos treze anos de idade, havia atravessado, com seus escritos, toda uma história da literatura, começando com as histórias baseadas na tradição folclórica europeia, passando pelo drama com intenção moral simples, até chegar a um realismo psicológico imparcial que descobrira sozinha, numa manhã específica, durante uma onda de calor em 1935. Ela teria perfeita consciência do quanto havia de automitificação nesse relato, que apresentava num tom irônico ou herói-cômico. Suas obras de ficção eram conhecidas por sua amoralidade, e, como todos os escritores a quem é sempre feita a mesma pergunta, sentiu-se obrigada a produzir uma história, um enredo de sua autoria, que contivesse um momento em que ela se tornara a pessoa que reconhecia como ela própria. Sabia que não era correto falar em suas peças no plural, que seu tom zombeteiro a distanciava da criança séria e pensativa, e que o que estava evocando agora não era aquela manhã tão distante, e sim os relatos que havia feito dela posteriormente. Era possível que a contemplação de um dedo dobrado, a ideia insuportável da existência de outras mentes e a superioridade das histórias sobre as peças fossem pensamentos que lhe haviam ocorrido em dias diferentes. Sabia também que o que quer que houvesse ocorrido de verdade ganhava importância a partir de sua obra publicada, e não teria sido lembrado se não fosse ela.

Porém não conseguia trair-se por completo; não havia dúvida de que alguma forma de revelação ocorrera. Quando a menina voltou à janela e olhou para baixo, a mancha úmida sobre o cascalho já havia evaporado. Agora não restava nada da cena muda ocorrida junto à fonte senão o que sobrevivia na memória, em três lembranças separadas que se sobrepunham. A verdade se tornara tão espectral quanto a invenção. Ela podia começar naquele momento, anotando o ocorrido tal como o vira, e enfrentar o desafio recusando-se a condenar a quase nudez chocante de sua irmã, em plena luz do dia, bem perto da casa. Então a cena podia ser refeita, vista pelos olhos de Cecilia, e depois pelos de Robbie. Mas agora não era a hora de começar. Seu senso de responsabilidade, bem como seu instinto de ordem, era poderoso; era necessário completar o que havia começado a fazer; um ensaio estava em andamento, Leon estava a caminho, toda a casa aguardava um espetáculo aquela noite. Era preciso descer mais uma vez até a lavanderia para ver se Jackson continuava em apuros. Ela escreveria depois, quando estivesse livre.

# 4.

Foi só à noitinha que Cecilia deu o vaso por consertado. Ele passara toda a tarde numa mesa junto a uma janela da biblioteca voltada para o sul, pegando sol, e agora só se viam três finas linhas sinuosas, convergindo como rios num atlas, riscando a superfície vitrificada. Ninguém jamais saberia. Enquanto atravessava a biblioteca segurando o vaso com as duas mãos, ouviu o que lhe pareceu ser o som de pés descalços no corredor junto à porta da sala. Após passar muitas horas esforçando-se para não pensar em Robbie Turner, pareceu-lhe uma ofensa pessoal que ele tivesse voltado para a casa, mais uma vez tendo tirado as meias. Foi até o corredor, decidida a encarar a insolência ou o deboche de Robbie, e em vez dele deu de cara com sua irmã, visivelmente atormentada. Suas pálpebras estavam inchadas e avermelhadas, e ela apertava o lábio de baixo entre o polegar e o indicador, algo que em Briony, desde pequena, indicava que ela estava prestes a abrir o berreiro.

"Meu amor! O que foi?"

Na verdade, os olhos dela estavam secos e eles baixaram alguns milímetros para ver o vaso; depois a menina seguiu em frente, até o cavalete que sustentava o cartaz, com o título alegre, multicolorido, e uma montagem de cenas da peça à Chagall em torno das letras — os pais chorosos dando adeus à filha, a viagem enluarada rumo ao litoral, a heroína acamada, um casamento. Briony parou diante do cartaz e então, com um gesto violento, rasgou o papel pelo meio, na diagonal, e jogou no chão o pedaço arrancado. Cecilia largou o vaso e veio depressa, ajoelhando-se para recolher o papel antes que sua irmã pudesse pisoteá-lo. Não seria a primeira vez que ela salvava Briony da autodestruição.

"Maninha. É por causa dos primos?"

Ela queria confortar a menina, pois sempre adorara mimar a caçula. Quando Briony era pequena e sofria de pesadelos — aqueles gritos terríveis no meio da noite —, Cecilia corria para seu quarto e a acordava. *Passou*, sussurrava ela. *Foi só um sonho. Passou*. E então a carregava para sua própria cama. Teve vontade de pôr o braço sobre os ombros dela agora, mas Briony não estava mais puxando o lábio inferior; havia caminhado até a porta da frente e apoiado uma das mãos na grande maçaneta de latão em forma de cabeça de leão, que a sra. Turner havia polido naquela tarde.

"Os primos são uns bobocas. Mas não é só isso, não. É..." Ela se atrapalhou; não sabia se devia confessar a revelação que tivera pouco antes.

Cecilia analisava o triângulo de papel pensando no quanto sua irmãzinha estava mudando. Teria preferido que Briony chorasse e deixasse que ela a confortasse na chaise longue de seda da sala de estar. As carícias e os murmúrios tranquilizadores teriam sido um alívio para Cecilia após um dia frustrante, cheio de sentimentos contraditórios que ela preferia não examinar. Dedicar-se aos problemas de Briony com palavras doces e chamegos faria com que ela se sentisse mais dona da situação. Havia, porém, um toque de autonomia no sofrimento da irmã. Ela lhe dera as costas e estava escancarando a porta.

"Mas então o que é?" Cecilia percebeu o tom de súplica em sua própria voz.

Lá fora, do outro lado do lago, o caminho de cascalho atravessava o parque em curva, estreitava-se e convergia, subindo, e ali um vulto diminuto, distorcido pelas ondas de calor, foi aumentando aos poucos, depois estremeceu e pareceu se afastar. Certamente era Hardman, que dizia estar velho demais para aprender a dirigir, trazendo as visitas na carruagem.

Briony mudou de ideia e virou-se para a irmã. "Foi uma péssima ideia. Não devia ter escolhido esse..." Ela prendeu a respiração e desviou a vista — sinal, percebeu Cecilia, de que uma palavra aprendida no dicionário ia fazer sua primeira aparição. "Não devia ter escolhido esse gênero!" Porém atrapalhou-se com a proparoxítona e engoliu parte da segunda sílaba.

"*Genro?*" Cecilia exclamou enquanto a irmã se afastava. "Que história é essa?"

Mas Briony já caminhava, com as solas dos pés muito brancas, pelo cascalho em fogo.

Cecilia foi até a cozinha, encheu o vaso e levou-o até seu quarto, para pegar as flores no lavabo. Quando as largou dentro dele, mais uma vez as flores se recusaram a formar um padrão artisticamente desordenado, como ela queria, e, em vez disso, imersas na água, se dispuseram com uma simetria teimosa, os caules mais altos uniformemente distribuídos em torno da boca. Cecilia levantou as flores e soltou-as outra vez, e de novo elas formaram um padrão ordenado. Mas não tinha tanta importância assim. Era pouco provável que o tal sr. Marshall reclamasse porque as flores na sua cabeceira estavam dispostas numa simetria excessiva. Cecilia levou o arranjo ao segundo andar, passando pelo corredor cheio de rangidos, até chegar ao cômodo conhecido como o quarto da tia Venus, e pôs o vaso sobre uma cômoda ao lado de uma cama de baldaquino, finalmente atendendo ao pedido que sua mãe lhe fizera naquela manhã, oito horas antes.

Porém não saiu de imediato, porque o quarto estava agradavelmente vazio, e não amontoado de objetos pessoais — na verdade, fora o quarto de Briony, era o único na casa que não era bagunçado. E estava fresco ali, pois o sol agora batia do outro lado da casa. Todas as gavetas estavam vazias, todas as superfícies expostas estavam livres da menor impressão digital. Sob a colcha de chintz, os lençóis estariam puros e engomados. Cecilia sentiu um impulso de enfiar a mão por entre as cobertas para apalpá-las, mas em vez disso continuou avançando quarto adentro. Ao pé da cama de baldaquino, o assento do sofá Chippendale fora tão cuidadosamente alisado que sentar-se nele seria uma verdadeira profanação. O ar estava suave com o cheiro de cera, e àquela luz cor de mel as superfícies luzidias dos móveis pareciam ondular e respirar. À medida que ela ia caminhando e seu ângulo de visão se modificava, as figuras pintadas na tampa de um velho baú de enxoval começavam a dançar. A sra. Turner certamente havia passado por ali naquela manhã. Com um dar de ombros, Cecilia afastou da mente a associação com Robbie. Estar ali era uma espécie de invasão, quando o futuro ocupante do quarto se encontrava a apenas algumas centenas de metros da casa.

De onde estava, junto da janela, Cecilia viu que Briony havia atravessado a ponte e chegado à ilha, e estava caminhando pela margem coberta de grama, já quase sumindo por entre as árvores que cercavam o templo. Mais ao longe, Cecilia conseguiu divisar dois vultos de chapéu sentados no banco atrás de Hardman. Agora via uma terceira figura em que não havia reparado antes, caminhando com passos largos em direção à carruagem. Certamente seria Robbie Turner indo para casa. Ele parou, e quando as visitas se aproximaram, seu contorno pareceu fundir-se com os delas. Cecilia podia bem imaginar a cena — os socos másculos no ombro, os risos. Irritou-se por seu irmão não saber que Robbie havia caído em desgraça; virou-se da janela com uma interjeição de contrariedade e foi para seu quarto em busca de cigarros.

Ainda lhe restava um maço, e foi só depois de vários minutos de busca exasperada em meio à bagunça que ela o encontrou, no bolso de um robe de seda azul jogado no chão do banheiro. Acendeu o cigarro enquanto descia a escada em direção ao hall, cônscia de que não ousaria fazer tal coisa se seu pai estivesse em casa. Ele tinha ideias muito firmes a respeito de onde e quando uma mulher podia ser vista fumando: não na rua, nem em qualquer outro lugar público, nem ao entrar numa sala, nem em pé, e apenas quando alguém lhe oferecesse um cigarro, jamais um cigarro seu — ideias que lhe pareciam evidentes, ditadas pela natureza das coisas. Apesar dos três anos vividos entre as pessoas sofisticadas do Girton College, ela não havia criado coragem suficiente para enfrentá-lo. Os comentários levemente irônicos de que ela se valeria entre suas amigas evaporavam na presença do pai, e sua própria voz, ela percebia, ficava frágil quando arriscava alguma contradição suave. Na verdade, quando discordava de seu pai a respeito do que quer que fosse, mesmo o mais insignificante detalhe doméstico, sentia-se incomodada, e nada do que a grande literatura fizera no sentido de modificar sua sensibilidade, nenhuma das lições da crítica prática, conseguia libertá-la da obediência filial. Fumar na escada enquanto seu pai estava no ministério, em Whitehall, era o máximo de revolta que sua educação permitia, e mesmo assim isso lhe custava um certo esforço.

Ao chegar ao patamar largo que dava vista para o hall, viu Leon aparecer com Paul Marshall na porta da frente. Danny Hardman vinha atrás com a bagagem. O velho Hardman estava lá fora, contemplando em silêncio a nota de cinco libras em sua mão. A luz indireta da tarde, refletida no cascalho e filtrada pela bandeira da porta, inundava o hall com os tons amarelados de uma fotografia sépia. Os homens tiraram os chapéus e ficaram esperando por ela, sorrindo. Cecilia perguntou-se, como fazia às vezes quando era apresentada a um homem, se seria com aquele que ela terminaria se casando e se haveria de se lembrar daquele momento pelo resto de sua vida — com gratidão ou com um arrependimento profundo.

"Man... Cecilia!", gritou Leon. Quando se abraçaram, ela sentiu contra a clavícula, através do tecido do paletó do irmão, a presença de uma caneta-tinteiro grossa, e percebeu um cheiro de fumaça de cachimbo nas dobras de suas roupas, que por um instante a fez relembrar, com nostalgia, os chás das cinco em quartos das faculdades masculinas, ocasiões um tanto formais e insossas, de modo geral, mas assim mesmo alegres, principalmente no inverno.

Paul Marshall trocou um aperto de mãos com ela e fez uma pequena mesura. Havia algo de comicamente melancólico em seu rosto. Sua primeira fala foi desinteressante e convencional.

"Já ouvi falar muito na senhorita."

"E eu no senhor." Tudo de que ela se lembrava era uma conversa telefônica com o irmão alguns meses antes, durante a qual discutiram se já haviam alguma vez comido, ou alguma vez viriam a comer, uma barra Amo.

"A Emily está deitada."

Nem era necessário dizê-lo. Quando crianças, diziam que desde o outro lado do parque sabiam se a mãe estava ou não com enxaqueca, só de ver se as janelas estavam escurecidas.

"E o velho está na cidade?"

"Talvez ele venha mais tarde."

Cecilia tinha consciência de que Paul Marshall estava olhando fixamente para ela, mas antes de olhar para ele era necessário preparar algo para dizer.

"As crianças iam montar uma peça, mas tenho impressão que a coisa desandou."

Disse Marshall: "Acho que foi a sua irmã que eu vi perto do lago. Ela estava dando uma boa surra nas urtigas".

Leon deu um passo para o lado para que o filho de Hardman entrasse com as malas. "Onde é que vamos instalar o Paul?"

"No andar de cima." Cecilia havia inclinado a cabeça de modo que essas palavras fossem dirigidas ao jovem Hardman. Tendo chegado ao pé da escada, ele se virara para trás e, com uma mala de couro em cada mão, olhava para os três, agrupados no meio do assoalho de piso em xadrez. Tinha no rosto uma expressão de incompreensão tranquila. Cecilia o tinha visto aproximando-se das crianças ultimamente. Talvez estivesse interessado em Lola. Estava com dezesseis anos e certamente não era mais um menino. Não havia mais em suas faces aquelas bochechas arredondadas de que ela ainda se lembrava, e o arco de seus lábios se tornara alongado, com uma crueldade inocente. Na sua testa, uma constelação de espinhas parecia nova em folha, o tom vermelho suavizado pela luminosidade sépia. Aquele dia todo, Cecilia se deu conta, ela estava se sentindo estranha e vendo tudo com estranheza, como se as coisas que a cercavam já estivessem num passado distante, tornadas mais vívidas por ironias póstumas que ela não compreendia bem.

Disse, paciente, ao rapaz: "O quarto grande depois do quarto das crianças".

"O quarto da tia Venus", disse Leon.

A tia Venus fora, durante quase meio século, uma enfermeira muito atuante nos territórios do Norte do Canadá. Não era tia de ninguém em particular; ou melhor, era tia da falecida prima em segundo grau da sra. Tallis, mas ninguém questionou, depois que ela se aposentou, seu direito de ocupar o quarto no segundo andar, onde, durante a maior parte da infância de Leon e Cecilia, ela vivera acamada, uma velhinha simpática que foi definhando até morrer, sem queixas, quando Cecilia tinha dez anos de idade. Uma semana depois, Briony nasceu.

Cecilia conduziu os visitantes até a sala de estar, depois passaram pelas portas envidraçadas, pelas rosas, em direção à piscina, que ficava atrás do estábulo e era cercada dos quatro lados por um bambuzal alto, com uma entrada que parecia um túnel. Entraram por ali, abaixando a cabeça para passar sob os bambus mais baixos, e saíram num terraço pavimentado com uma pedra tão branca que chegava a ofuscar a vista; o calor elevava-se dela em ondas. Na sombra profunda, a uma certa distância da beira da água, havia uma mesa de metal pintada de branco com um jarro de ponche gelado sob um quadrado de gaze. Leon desdobrou as cadeiras de lona, e os três, com seus copos, se instalaram em círculo, voltados para a piscina. Situado entre Leon e Cecilia, Marshall assumiu o controle da conversa com um monólogo que durou dez minutos. Comentou como era bom estar longe da cidade, na tranquilidade e no ar puro do campo; ele havia passado nove meses, durante cada minuto de cada dia, escravizado a um projeto, entre a sede da empresa, a sala de reuniões e a fábrica. Havia comprado uma casa grande em Clapham Common e mal tivera tempo de visitá-la. O lançamento da Rainbow Amo fora um sucesso, mas antes havia ocorrido uma série de problemas graves de distribuição que agora tinham sido resolvidos; a campanha publicitária ofendera alguns bispos idosos, e por isso foi necessário fazer outra; depois vieram os problemas gerados pelo próprio sucesso, vendas inacreditáveis, novas cotas de produção, disputas sobre o pagamento de horas extras, e a procura por um local para uma segunda fábrica, o que irritou os quatro sindicatos envolvidos, que precisaram ser tranquilizados e apaziguados como se faz com crianças; e, agora que tudo tinha sido levado a cabo, havia um desafio ainda maior pela frente: a Army Amo, a barra cáqui com o slogan "Passe a munição!"; sua concepção fundava-se na ideia de que era necessário aumentar os gastos com as forças armadas enquanto o sr. Hitler não abaixasse o facho; havia até a possibilidade de que a barra fosse incorporada à ração-padrão dos soldados; nesse caso, se houvesse um recrutamento geral, seria necessário abrir mais cinco fábricas; alguns membros da diretoria achavam que deveria haver — e acabaria havendo — uma acomodação com a Alemanha, e que a Army Amo ia dar em nada; um membro chegara a acusar Marshall de estar fomentando uma guerra; porém, por mais exausto que ele estivesse, e ainda que o caluniassem, mesmo assim não abriria mão de seu objetivo, de sua visão. Terminou repetindo que era muito bom estar ali, "bem longe de tudo", onde a gente podia, por assim dizer, tomar fôlego.

Observando-o durante os primeiros minutos de sua fala, Cecilia sentiu uma vertigem agradável no estômago ao imaginar como seria deliciosamente autodestrutivo, quase erótico, ser casada com um homem como aquele, quase bonito, de uma riqueza imensa e uma burrice infinita. Ele a encheria de filhos de cara larga, todos eles meninos barulhentos e broncos, apaixonados por armas, futebol e aviões. Ela ficou a observar seu perfil depois que ele se virou para dirigir-se a Leon. Um músculo alongado estremecia acima da linha de seu maxilar quando ele falava. Uns poucos fios negros espessos se destacavam de sua sobrancelha, e fios semelhantes brotavam de seus ouvidos, enrodilhados, como pelos púbicos, com um efeito cômico. Ele devia instruir o barbeiro.

Com um mínimo golpe de vista, seu olhar voltou-se para o rosto de Leon, porém ele estava olhando fixamente para o amigo, numa atitude respeitosa, e parecia estar decidido a não trocar olhares com ela. Quando crianças, costumavam atormentar-se um ao outro com "o olhar" nos almoços de domingo que seus pais davam para uns parentes idosos. Eram ocasiões muito especiais, merecedoras do antiquíssimo serviço de prata; os venerandos avós e tios-avós eram vitorianos, parentes do lado da mãe, uma gente perplexa e severa, membros de uma tribo perdida, que chegavam envoltos em capas negras, após perambular, emburrados, por duas décadas, num século estranho e frívolo. Eles metiam muito medo em Cecilia, que tinha dez anos, e em seu irmão, que estava com doze, e um ataque de risos era um risco sempre presente. Quem era vítima do olhar nada podia fazer; quem o infligia tornava-se imune. Na maioria das vezes, o poder pertencia a Leon, cujo olhar era uma paródia de seriedade, e consistia em voltar para baixo os cantos da boca ao mesmo tempo que rolava os olhos. Ele pedia, por exemplo, que Cecilia lhe passasse o sal, com a voz mais inocente do mundo, e, mesmo que a menina virasse o rosto e respirasse fundo, por vezes bastava saber que o irmão estava fazendo o olhar para que ela se visse condenada a noventa minutos de tortura, estremecendo toda por dentro. Enquanto isso, Leon permanecia livre, bastando-lhe reforçar o efeito do olhar de vez em quando, ao perceber que ela estava começando a se recuperar. Era raro Cecilia conseguir dominá-lo com uma careta altiva. Como às vezes as crianças eram sentadas entre adultos, praticar o olhar também tinha seus perigos — quem fazia caretas à mesa caía em desgraça e ia para a cama cedo. O segredo era fazer a tentativa entre, por exemplo, o ato de lamber os beiços e um sorriso largo, no momento exato em que o outro estava olhando. Uma vez os dois se entreolharam e fizeram seus olhares simultaneamente, o que levou Leon a espirrar sopa pelas narinas sobre o punho de uma tia-avó. As duas crianças ficaram de castigo em seus respectivos quartos o resto do dia.

Cecilia sentia uma forte vontade de chamar seu irmão para o canto e lhe dizer que o sr. Marshall tinha pentelhos nos ouvidos. Ele estava relatando o confronto que tivera durante a reunião com o homem que o acusara de estar fomentando guerra. Cecilia semiergueu o braço como que para alisar o cabelo. Automaticamente, a atenção de Leon foi atraída pelo movimento, e naquele instante sua irmã lhe dirigiu o olhar que havia mais de dez anos ele não via. Ele apertou os lábios e desviou a vista, e encontrou um objeto de interesse perto de seu sapato. Quando Marshall virou-se para Cecilia, Leon levantou a mão em concha para ocultar o rosto, mas não conseguiu disfarçar da irmã o tremor nos ombros. Felizmente para ele, Marshall estava chegando ao desfecho da história.

"... onde a gente pode, por assim dizer, recuperar o fôlego."

Imediatamente, Leon pôs-se de pé. Andou até a beira da piscina e contemplou uma toalha vermelha encharcada largada perto do trampolim. Depois voltou para junto dos outros, com as mãos nos bolsos, perfeitamente recuperado.

Disse a Cecilia: "Adivinhe quem a gente encontrou quando estava chegando".

"O Robbie."

"Eu o convidei para vir jantar conosco."

"Leon! Não acredito!"

Ele estava querendo provocá-la. Talvez por vingança. Disse ao amigo: "Pois é, o filho da faxineira ganha uma bolsa na escola, depois ganha uma bolsa em Cambridge, vai estudar lá na mesma época em que a Cee — e ela praticamente não lhe dirige a palavra em três anos! Ela não admitia que ele chegasse nem perto das ex-colegas dela da Roedean School".

"Você devia ter me perguntado antes."

Ela estava mesmo aborrecida; observando o fato, Marshall disse, tentando aplacá-la: "Conheci lá em Oxford uns rapazes que vieram da escola pública, e alguns eram mesmo até muito inteligentes. Mas às vezes eram ressentidos, o que eu achava de amargar".

Perguntou ela: "O senhor tem um cigarro?".

Ele lhe ofereceu um, numa cigarreira de prata, jogou outro para Leon e pegou um para si. Agora estavam todos em pé, e, quando Cecilia se debruçou em direção ao isqueiro de Marshall, Leon disse: "Ele tem um cérebro de primeira. Não entendo o que diabo ele vive fazendo, às voltas com canteiros".

Cecilia foi se sentar no trampolim e tentou parecer relaxada, mas seu tom de voz era tenso. "Ele está pensando em fazer medicina. Leon, eu preferia que você não tivesse chamado o Robbie."

"O velho topou?"

Ela deu de ombros. "Olha, eu acho que você devia ir até o bangalô e pedir a ele pra não vir."

Leon havia caminhado até a extremidade rasa da piscina e olhava para ela do outro lado da extensão de água de um tom azulado, que balançava de leve.

"Como é que eu posso fazer uma coisa dessas?"

"Isso é problema seu. Arranje uma desculpa."

"Alguma coisa aconteceu entre vocês dois."

"Não, não aconteceu nada."

"Ele anda incomodando você?"

"Pelo amor de Deus!"

Cecilia levantou-se, irritada, e foi caminhando em direção ao pavilhão da piscina, uma estrutura aberta sustentada por três pilares acanalados. Ficou encostada contra o pilar central, fumando e olhando para o irmão. Dois minutos antes, eram aliados; agora estavam em conflito — era mesmo uma volta à infância. Paul Marshall estava entre os dois, virando a cabeça ora para um lado, ora para o outro, quando eles falavam, como se assistisse a uma partida de tênis. Tinha um ar neutro, vagamente curioso, e não parecia estar perturbado por aquela briga de irmãos. Isso, pelo menos, pensou Cecilia, era um ponto a seu favor.

Disse o irmão dela: "Você acha que ele não sabe segurar os talheres".

"Leon, pare com isso. Você não tinha nada que convidar o Robbie."

"Que bobagem!"

O silêncio que se seguiu foi em parte mitigado pelo zumbido da bomba de filtração. Não havia nada que ela pudesse fazer, nada que pudesse convencer Leon a fazer, e de repente deu-se conta da inutilidade daquela discussão. Espreguiçou-se contra a pedra quente, terminando o cigarro e contemplando a cena à sua frente — o retângulo, deformado pela perspectiva, de água clorada; a câmara preta de um pneu de trator encostada numa espreguiçadeira; os dois homens com ternos de linho de cor creme, com uma diferença infinitesimal de tom entre eles; a fumaça azulada subindo contra o verde dos bambus ao fundo. A cena parecia esculpida, fixa, e mais uma vez ela teve aquela sensação: aquilo já acontecera muito tempo antes, e todas as consequências, em todas as escalas — da mais mínima à mais colossal —, já estavam determinadas. O que viesse a acontecer no futuro, por mais estranho ou chocante que inicialmente parecesse, também teria algo de familiar, que a estimulava a dizer, porém apenas a si mesma: Ah, é claro; isso. Eu devia ter imaginado.

Disse ela, num tom animado: "Sabe o que eu acho?".

"O quê?"

"Acho que a gente devia entrar, e que você devia preparar um drinque especial pra nós."

Paul Marshall juntou as mãos com estrépito, e o som ricocheteou entre as colunas e a parede dos fundos do pavilhão. "Está aí uma coisa que eu sei fazer muito bem", disse ele. "Com gelo picado, rum e chocolate amargo derretido."

A sugestão provocou uma troca de olhares entre Cecilia e seu irmão, e desse modo a rixa foi resolvida. Leon já estava se afastando, e enquanto Cecilia e Paul Marshall o seguiam, convergindo na passagem entre os bambus, ela observou: "Eu prefiro uma coisa amarga. Ou até mesmo ácida".

Ele sorriu e, como foi o primeiro a chegar à passagem, fez uma pausa para que ela fosse à sua frente, como se estivessem diante da porta de um salão, e ao passar Cecilia sentiu que ele a tocou de leve no antebraço.

Ou então foi uma folha.

# 5.

Nem os gêmeos nem Lola ficaram sabendo exatamente o que levara Briony a abandonar os ensaios. Naquele momento, ainda nem sabiam que ela os abandonara. Estavam ensaiando a cena em que Arabella, acamada, recebe pela primeira vez em sua água-furtada o príncipe disfarçado de médico, e tudo estava correndo razoavelmente bem, ou pelo menos não estava pior do que antes; a inépcia com que os gêmeos diziam suas falas não havia aumentado. Quanto a Lola, ela não queria sujar sua suéter deitando-se no chão, e por isso ficou largada numa poltrona, e a diretora não tinha como reclamar por isso. A menina mais velha assumiu tão integralmente sua atitude de obediência indiferente que se sentia imune a qualquer crítica. Briony, pacientemente, estava dando instruções a Jackson, quando fez uma pausa, franziu a testa, como se fosse se corrigir, e então saiu do quarto. Não houve nenhum momento-chave de discordância artística, nenhum rompante de raiva. Ela simplesmente virou e saiu, como se estivesse indo ao banheiro. Os outros esperaram, sem saber que todo o projeto chegara ao fim. Os gêmeos achavam que estavam se esforçando muito, e Jackson em particular, ainda convicto de que havia caído em desgraça com a família Tallis, julgava que deveria tentar reabilitar-se agradando Briony.

Enquanto aguardavam, os meninos jogavam bola com um bloco de madeira, e a irmã deles olhava pela janela, cantarolando baixinho. Após um intervalo de tempo incomensurável, ela saiu para o corredor e foi até a porta aberta de um quarto sem uso. Da janela do quarto via-se o caminho até o lago, sobre o qual pendia uma coluna de fosforescência branca e tremeluzente, consequência do calor feroz da tarde. No meio dessa coluna Lola divisou a figura de Briony além do templo da ilha, parada à beira do lago. Talvez até estivesse com os pés dentro da água — naquela luminosidade era difícil saber. Ela não parecia ter a intenção de voltar. Ao sair do quarto, Lola viu ao lado da cama uma mala de couro pardo, aparentando ser masculina, com alças pesadas e etiquetas de navios, já desbotadas. A mala lhe trazia à mente vagas lembranças de seu pai; aproximou-se dela e sentiu um leve cheiro de fuligem de trem. Correu o dedo por um dos fechos. O metal polido estava fresco, e seu toque deixou sobre ele pequenas manchas de condensação que logo foram diminuindo. Lola assustou-se quando o fecho abriu-se de repente, saltando com um estalo ruidoso. Ela o fechou e saiu do quarto mais que depressa.

Agora os primos tinham pela frente todo um tempo inerte. Lola mandou os gêmeos descer para ver se a piscina estava livre — sentiam-se constrangidos em usá-la na presença de adultos. Os meninos voltaram para dizer que Cecilia estava lá com dois outros adultos, mas não encontraram a irmã no quarto das crianças. Ela estava em seu próprio quartinho, ajeitando o cabelo diante de um espelho de mão apoiado no parapeito da janela. Os meninos deitaram-se na cama estreita de Lola e ficaram fazendo cócegas um no outro; depois começaram a lutar, uivando bem alto. Não conseguiram fazer com que a irmã os mandasse ir para o quarto deles. Agora que não havia mais ensaios e que a piscina não estava disponível, aquele tempo vazio os oprimia. Sentiram saudades de casa quando Pierrot disse que estava com fome — a hora do jantar ainda estava muito distante, e não seria apropriado descer e pedir comida. Além disso, os meninos não queriam entrar na cozinha porque tinham pavor de Betty, que haviam visto subindo a escada, carrancuda, com duas folhas de borracha nas mãos, indo em direção ao quarto deles.

Pouco depois, os três estavam de volta ao quarto das crianças; fora os quartos em que tinham sido instalados, aquele era o único cômodo em que se sentiam à vontade. O bloco de madeira azul, arranhado, estava no lugar exato onde o haviam deixado, e tudo permanecia como antes.

Ficaram parados, olhando para os lados, e Jackson disse: "Eu não gosto daqui".

A simplicidade do comentário desconcertou seu irmão, que se aproximou da parede, achou algo interessante no rodapé e começou a cutucá-lo com o bico do sapato.

Lola pôs a mão em seu ombro e disse: "Não fique assim, não. A gente vai voltar pra casa logo". O braço dela era muito mais fino e leve do que o de sua mãe, e Pierrot começou a chorar, porém baixinho, ainda cônscio de estar numa casa estranha em que era da maior importância agir de modo educado.

Jackson também estava choroso, porém ainda conseguia falar. "Que voltar pra casa, que nada. Isso é história sua. A gente não pode voltar pra casa…" Fez uma pausa para criar coragem. "É o divórcio!"

Pierrot e Lola ficaram petrificados. A palavra nunca tinha sido usada na frente das crianças e nunca fora pronunciada por elas. As consoantes macias insinuavam uma obscenidade impensável, a sibilante sussurrava a vergonha da família. O próprio Jackson pareceu consternado no momento em que a palavra lhe escapou dos lábios, mas agora não havia como desdizê-la, e, na sua imaginação, pronunciá-la em voz alta era um crime tão grave quanto o próprio ato que ela designava, fosse o que fosse. Nenhum deles, nem mesmo Lola, sabia muito bem o que era. Ela avançou em direção ao irmão, os olhos verdes apertados como olhos de gato.

"Você tem *coragem* de dizer uma coisa dessas?"

"Mas é", murmurou Jackson, desviando a vista. Sabia que a coisa estava preta para ele, e que fora por sua culpa; estava prestes a tentar escapulir quando a irmã o agarrou pela orelha e quase encostou o rosto no dele.

"Se você me bater", ele disse mais que depressa, "eu conto pros pais." Mas ele mesmo tornara aquela invocação inútil, transformara-a no totem em ruínas de uma idade do ouro perdida.

"Você *nunca mais* vai usar essa palavra de novo. Está ouvindo?"

Envergonhadíssimo, ele fez que sim, e Lola soltou-o.

De tão chocados, os meninos tinham parado de chorar, e Pierrot, sempre ansioso por reparar uma situação desagradável, disse, animado: "O que é que a gente vai fazer agora?".

"É o que eu fico pensando o tempo todo."

Um homem alto de terno branco parado à porta talvez já estivesse ali havia um bom tempo, o suficiente para ouvir Jackson pronunciar a palavra, e foi esse pensamento, e não o choque causado por sua presença, que realmente impediu Lola de lhe dar uma resposta. Será que o homem sabia a respeito da família deles? Nada lhes restava a fazer senão ficar olhando para ele e esperar para descobrir. O homem aproximou-se e estendeu a mão.

"Paul Marshall."

Pierrot, o que estava mais próximo, apertou em silêncio a mão do rapaz, e foi imitado por seu irmão. Quando chegou a vez da menina, ela disse: "Lola Quincey. Este é o Jackson e este é o Pierrot".

"Vocês têm uns nomes muito bonitos. Mas como é que eu vou saber qual dos dois é quem?"

"Normalmente eu sou considerado o mais simpático", disse Pierrot. Era uma brincadeira da família, uma resposta inventada pelo pai, que normalmente provocava o riso nos estranhos que faziam aquela pergunta. Porém o homem nem sequer sorriu ao dizer: "Vocês devem ser os primos do Norte".

Os três, tensos, ficaram à espera, para ver o que mais o homem sabia, vendo-o andar até o outro lado do quarto e abaixar-se para pegar o bloco de madeira, que jogou para o alto e agarrou no ar com um gesto destro e um som seco de madeira contra pele.

"Eu vou ficar num quarto aqui neste corredor."

"Eu sei", disse Lola. "O quarto da tia Venus."

"Justamente. O quarto que era dela."

Paul Marshall instalou-se na poltrona em que pouco antes Arabella curtia sua doença. Era mesmo um rosto curioso, todas as feições apertadas em torno das sobrancelhas, e um queixo largo e vazio de vilão de história em quadrinhos. O rosto era cruel, porém seus modos eram simpáticos, e Lola achou essa combinação atraente. Ele ajeitou o vinco das calças enquanto olhava de um membro da família Quincey para outro. O que mais atraiu a atenção de Lola foi o couro preto e branco de seus borzeguins; ele o percebeu, e ficou balançando um dos pés conforme um ritmo que ouvia em sua imaginação.

"Pena que não vai ter mais a peça de vocês."

Os gêmeos se aproximaram um do outro, numa reação de defesa inconsciente e instintiva, desencadeada pelo raciocínio de que, se aquele homem sabia mais do que eles a respeito dos ensaios, certamente haveria de saber muitas outras coisas também. Jackson deu voz às preocupações mais íntimas dos dois ao perguntar:

"O senhor conhece os nossos pais?"

"O senhor e a senhora Quincey?"

"É!"

"Já li sobre eles no jornal."

Os meninos ficaram olhando fixamente para ele enquanto digeriam aquela informação; não conseguiam falar, pois sabiam que os jornais só falavam em coisas grandiosas: terremotos e desastres ferroviários, o que o governo e os outros países faziam a cada dia, se era necessário gastar mais dinheiro em armas como precaução para um possível ataque de Hitler à Inglaterra. Ficaram impressionados, mas não de todo surpresos, de saber que a catástrofe de sua família era comparável a esses assuntos excelsos. Ali havia o toque da verdade.

Para se acalmar, Lola pôs as mãos nos quadris. Seu coração batia tão forte que doía, e ela temia dizer alguma coisa, embora soubesse que devia falar. Tinha a impressão de que estava participando de um jogo cujas regras desconhecia, mas estava certa de que aquilo era uma impropriedade, talvez até um insulto. Sua voz fraquejou quando ela começou a falar, e foi obrigada a pigarrear e começar de novo.

"O que foi que o senhor leu sobre eles?"

Ele arqueou as sobrancelhas, que eram espessas e se fundiam acima do nariz, e emitiu um som de muxoxo pelos lábios. "Ah, não sei. Nada. Bobagens."

"Então eu lhe peço encarecidamente que não toque no assunto na frente das crianças."

Era uma expressão que Lola certamente ouvira alguém dizer, e ela a repetira movida pela fé cega, como um aprendiz que repete o sortilégio de um mago.

Pelo visto, funcionou. Marshall fez uma careta em reconhecimento de seu erro e se debruçou em direção aos gêmeos. "Vocês dois escutem o que vou dizer com atenção. Todo mundo sabe muito bem que seus pais são pessoas maravilhosas que gostam muito de vocês e pensam sempre em vocês."

Jackson e Pierrot concordaram com a cabeça, muito sérios. Tendo cumprido seu dever, Marshall voltou sua atenção para Lola. Após dois drinques com gim bem fortes tomados na sala de estar com Leon e a irmã dele, Marshall havia subido para encontrar seu quarto, desfazer as malas e trocar de roupa para o jantar. Sem tirar os sapatos, havia se esticado na cama imensa e, tranquilizado pelo silêncio do campo, o efeito do álcool e o calor da noitinha, mergulhou num sono leve em que suas irmãs mais moças apareciam, todas as quatro, em torno de sua cama, falando alto, pegando nele, puxando suas roupas. Acordou, sentindo calor no peito e na garganta e uma excitação desconfortável; por um instante não sabia onde estava. Depois, sentado na cama, bebendo água, ouviu as vozes que certamente teriam provocado aquele sonho. Caminhou pelo corredor cheio de rangidos, entrou no quarto e num primeiro momento viu três crianças. Agora se dava conta de que a menina já era quase uma moça, compenetrada e altiva, uma verdadeira princesinha pré-rafaelita, toda pulseiras e tranças, unhas pintadas e gargantilha de veludo.

Disse Marshall a ela: "Você tem muito bom gosto em matéria de roupa. Essa calça cai muito bem em você, a meu ver".

Lola ficou mais lisonjeada do que constrangida, e correu os dedos de leve pelo tecido, no ponto mais largo da calça à altura dos quadris estreitos. "A gente comprou lá na Liberty's, quando minha mãe me levou a Londres para assistir a uma peça."

"E o que foi que vocês viram?"

"*Hamlet*." Na verdade, fora um espetáculo de mímica, uma matinê no London Pavilion, durante o qual Lola virou um copo de refrigerante em cima da saia; a Liberty's ficava do outro lado da rua.

"Uma das minhas favoritas", disse Paul. Felizmente para Lola, ele também não lera nem vira a peça, tendo estudado química. Porém sabia o bastante para dizer, com ar sonhador: "Ser ou não ser".

"Eis a questão", concordou ela. "E eu gostei dos seus sapatos."

Ele entortou o pé para examinar a qualidade do trabalho. "É. Ducker's, The Turl. Lá eles fazem um negócio de madeira igual ao seu pé e guardam numa prateleira pra sempre. Têm milhares desses negócios guardados no porão, e a maioria das pessoas já morreu há muito tempo."

"Que coisa horrível."

"Estou com fome", disse Pierrot de novo.

"Ah", disse Paul Marshall, apalpando o próprio bolso. "Tenho uma coisa pra mostrar a vocês se conseguirem adivinhar qual é a minha profissão."

"O senhor é cantor", disse Lola. "Pelo menos a sua voz é muito bonita."

"Bondade sua, mas não. Sabe, você parece a minha irmã preferida…"

Jackson interrompeu. "O senhor tem uma fábrica de chocolate."

Antes que seu irmão fosse coberto de glórias, Pierrot acrescentou: "A gente ouviu o senhor falando lá na piscina".

"Então não vale."

Ele tirou do bolso uma barra retangular embrulhada em papel-manteiga, com cerca de dez centímetros de comprimento e dois de largura. Colocou-a no colo, desembrulhou-a cuidadosamente e exibiu-a para todos. Respeitosos, eles se aproximaram. A barra era recoberta por uma camada lisa de um verde fosco; Paul Marshall deu-lhe um peteleco com a unha.

"É uma camada de açúcar, viu? Por dentro é chocolate ao leite. Assim, não estraga mesmo se derreter."

Levantou a mão e apertou com mais força, e todos viram o tremor em seus dedos, exagerado pela barra.

"Vai haver uma barra dessas na mochila de cada soldado deste país. Como parte da ração oficial."

Os gêmeos se entreolharam. Eles sabiam que adulto não tinha nada a ver com guloseimas. Disse Pierrot: "Soldado não come chocolate".

O irmão dele acrescentou: "Soldado gosta é de cigarro".

"E por que é que os soldados vão ganhar chocolate de graça, e não as crianças?"

"Porque eles vão estar lutando pela pátria."

"O papai diz que não vai ter guerra."

"Pois ele está enganado."

Marshall parecia um pouco irritado, e Lola apressou-se a consertar: "Pode ser que tenha guerra, sim".

Ele sorriu para a menina. "O nome da barra é Army Amo."

"Amo amas amat", disse ela.

"Isso mesmo."

Disse Jackson: "Não sei por que tudo que a gente compra sempre termina com O".

"É uma chatice", disse Pierrot. "Polo e Aero."

"E Oxo e Brillo."

"Acho que o que eles estão querendo me dizer", disse Paul Marshall a Lola, entregando-lhe a barra, "é que eles não querem."

Lola aceitou o presente com a maior seriedade, e depois dirigiu aos gêmeos um olhar que significava "bem feito". Eles sabiam que ela tinha razão. Agora não podiam pedir um pedaço de Amo. Viram a língua da irmã ficar verde após roçar na cobertura de açúcar. Paul Marshall recostou-se na poltrona, olhando atentamente para a menina por cima das mãos que juntara, palmo contra palmo, diante do rosto.

Cruzou e descruzou as pernas. Depois respirou fundo. "Dê uma mordida", disse ele em voz baixa. "Você tem que morder."

Com um estalo ruidoso, a cobertura cedeu aos incisivos intactos da menina, revelando o branco do lado interno da camada de açúcar e o chocolate negro por baixo. Foi então que ouviram, vindo da escada, uma voz de mulher chamando os meninos, e depois, mais insistente, do corredor; dessa vez os gêmeos reconheceram a voz e trocaram um olhar de súbita perplexidade.

Lola ria com a boca cheia de Amo. "É a Betty procurando vocês. Hora do banho! Já pro banho, os dois. Já."

# 6.

Não muito tempo depois do almoço, após verificar que os filhos de sua irmã e Briony haviam se alimentado direito e prometido não entrar na piscina durante pelo menos duas horas, Emily Tallis recolheu-se do brilho claro do calor da tarde para o quarto fresco e escurecido. Não estava sentindo dor, ainda não, porém estava recuando diante da ameaça da dor. Havia pontos luminosos em sua visão, pequenos como furos de alfinetes, como se o tecido desgastado do mundo visível estivesse encobrindo uma luz muito mais forte. Sentia um peso do lado direito da parte de cima do cérebro, o peso inerte de um animal adormecido, enroscado num canto; porém, quando levava a mão à cabeça e a apertava, a presença desaparecia das coordenadas do espaço real. Agora o bicho estava no lado direito da parte de cima do cérebro, e em sua imaginação ela se via na ponta dos pés, estendendo a mão direita para alcançá-lo. Convinha, porém, não provocá-lo; se a criatura preguiçosa se deslocasse da periferia para o centro, as dores lancinantes apagariam todos os pensamentos, e não haveria possibilidade de ela jantar com Leon e o resto da família. Aquele animal não tinha nada contra ela, era indiferente a seu sofrimento. Deslocava-se em seu cérebro como uma pantera dentro da jaula: por estar acordado, por tédio, pelo prazer de se mexer, ou sem motivo nenhum, sem nenhuma consciência. Emily estava deitada em sua cama sem travesseiro, um copo d'água ao alcance de sua mão e, a seu lado, um livro que ela se sabia incapaz de ler. A escuridão era perturbada apenas por uma tira comprida e indefinida de luz solar refletida no teto acima da sanefa. Ela permanecia rígida, apreensiva, a faca contra o peito, sabendo que o medo não a deixaria dormir e que a única esperança era permanecer imóvel.

Emily pensou no calor imenso que subia da casa e do parque, estendendo-se por toda a região como fumaça, sufocando fazendas e cidadezinhas, e pensou nos trilhos ardentes que estavam trazendo Leon e seu amigo, e no vagão de teto preto, um verdadeiro forno, dentro do qual eles estariam sentados ao lado da janela aberta. Ela havia mandado preparar um assado para o jantar, e o calor estaria sufocante demais para se comer. Ouvia a casa dilatando de tão quente. Ou seriam as vigas e colunas que, ao se ressecar, contraíam-se contra a alvenaria? Encolhendo, tudo estava encolhendo. Por exemplo, o futuro de Leon, diminuindo a cada ano por ter ele recusado a ajuda do pai, uma oportunidade de arranjar alguma coisa decente no serviço público, preferindo tornar-se o mais humilde dos empregados de um banco privado e viver para os fins de semana e a equipe de remo. Emily ficaria com raiva de Leon se ele não tivesse um gênio tão bom, não estivesse tão contente, cercado de amigos bem-sucedidos. Bonito demais, popular demais, nem um pingo de infelicidade nem de ambição. Algum dia ele traria, talvez, um amigo que se casaria com Cecilia, se os três anos por ela passados no Girton College não a tivessem tornado inviável como esposa, com sua mania de ficar sozinha, seu hábito de fumar no quarto, a saudade absurda de uma época que mal terminara, daquelas moças da Nova Zelândia, gordas e de óculos, com quem ela dividira um quarto, ou teria sido apenas uma criada? O jargão pretensioso de Cambridge — Halls, Maids' Dancing, Little-Go — e a afetação de pobreza, as calcinhas secando sobre a serpentina da calefação, a escova de cabelo dividida com uma colega, tudo isso deixava Emily Tallis um pouco irritada, mas não com ciúmes, de modo algum. Ela estudara em casa até os dezesseis anos, sendo depois mandada à Suíça para passar dois anos, embora tivesse ficado apenas um, por motivo de economia, e ela sabia muito bem que toda essa papagaiada, isso de moça fazer faculdade, era no fundo uma infantilidade, na melhor das hipóteses uma brincadeira inocente, como o torneio de remo feminino, meninas tentando brilhar ao lado dos irmãos em nome do sacrossanto progresso social. As moças nem recebiam um diploma de verdade. Quando Cecilia voltou para casa em julho com o resultado das provas finais — e ela ainda tivera a petulância de ficar decepcionada! —, não tinha nenhuma habilitação profissional, nenhum emprego, e continuava precisando encontrar um marido e enfrentar a dura tarefa de ser mãe. E o que teriam a lhe dizer sobre isso suas professoras feministas — aquelas mulheres que tinham apelidos ridículos e faziam medo às alunas? Mulheres metidas a besta, que ficavam famosas na universidade pelas excentricidades mais bobas e inofensivas — passear com um gato na coleira como se fosse um cachorro, andar em bicicleta de homem, exibir-se na rua com um sanduíche na mão. Uma geração depois, essas mulheres tolas e ignorantes já estariam mortas há muito tempo e continuariam sendo reverenciadas na High Table, seus nomes pronunciados com vozes respeitosas.

Sentindo que a criatura de pelos pretos começava a se mexer, Emily deixou que seus pensamentos se afastassem da filha mais velha e estendeu as gavinhas de sua preocupação em direção à caçula. Briony, coitadinha, tão frágil, fazendo o que podia para distrair, com a peça que escrevera do fundo do coração, aqueles primos calejados. Amá-la era um bálsamo para a alma. Mas como protegê-la do fracasso, como protegê-la de Lola, a encarnação da irmã mais moça de Emily, que fora tão precoce e tão intrigante quanto ela naquela idade, e que acabava de dar um jeito de escapulir de seu casamento com a desculpa de um colapso nervoso? Não, não podia deixar que Hermione invadisse seus pensamentos. Em vez disso, Emily, respirando silenciosamente na escuridão, tentou saber em que pé estava a casa, ouvindo seus ruídos. No estado em que se encontrava, era a única contribuição capaz de dar. Colocou a palma da mão sobre a testa e ouviu outro estalo; a casa encolhera mais um pouco. Lá de baixo veio um clangor metálico, talvez uma tampa de panela caindo; o assado absurdo estava começando a ser preparado. Do andar de cima, um tropel de pés sobre tábuas corridas e vozes de crianças, duas ou três ao menos, falando ao mesmo tempo, mais alto, mais baixo, mais alto outra vez, talvez numa discussão encarniçada, talvez concordando com veemência. O quarto das crianças ficava no andar superior, imediatamente acima do cômodo ao lado do seu. *Arabella em apuros.* Se ela não estivesse tão mal, subiria agora para supervisionar os ensaios ou mesmo ajudar, pois aquilo era demais para eles, ela sabia. Por causa da doença, não dava mais aos filhos tudo o que uma mãe deve dar. Percebendo isso, os filhos já começavam a chamá-la pelo primeiro nome. Cecilia devia ajudar, mas estava ensimesmada demais, era intelectual demais para perder tempo com crianças... Emily conseguiu resistir à tentação de prosseguir com esse raciocínio, e começou então a mergulhar não exatamente no sono, mas numa nulidade de doente, livre dos pensamentos, e foram-se muitos minutos até que ela ouviu no corredor, junto à porta de seu quarto, passos na escada, e pelo som abafado concluiu que devia ser de pés descalços, e portanto de Briony. A menina recusava-se a usar sapatos quando fazia calor. Minutos depois, novamente no quarto das crianças, mais passos vigorosos e alguma coisa dura rolando pelo assoalho. Os ensaios haviam gorado; Briony se recolhera, emburrada; os gêmeos estavam brincando de correr; e Lola, se era tão parecida com a mãe quanto Emily pensava, estaria tranquila e triunfante.

O hábito de se preocupar com os filhos, o marido, a irmã, a criadagem, deixara seus sentidos em carne viva; a enxaqueca, o amor materno e, no decorrer dos anos, as muitas horas que passava imóvel na cama haviam destilado de sua sensibilidade um sexto sentido, uma consciência tentacular que emergia da penumbra do quarto e se movimentava por toda a casa, vendo tudo sem que ninguém a visse. Só trazia de volta a verdade, pois o que ela sabia, sabia. Um murmúrio indistinto de vozes, ouvido através de um assoalho acarpetado, era para ela mais nítido que uma transcrição datilografada; uma conversa que atravessasse uma parede, ou, melhor ainda, duas paredes, chegava-lhe despida de todas as inflexões e nuanças que não as essenciais. O que em outras pessoas teria embotado os sentidos, nela os acentuara, deixando-os bem sintonizados, como os bigodes de gato de um velho rádio de galena, uma amplificação quase insuportável. Deitada no escuro, ela sabia tudo. Quanto menos se sentia capaz de fazer, mais consciente se tornava. No entanto, embora às vezes tivesse vontade de se levantar e intervir, especialmente quando achava que Briony precisava dela, o medo da dor a imobilizava. Nos piores ataques, duas facas de cozinha afiadas lhe riscavam o nervo ótico e depois repetiam o golpe, com uma pressão para baixo mais forte ainda, e ela ficava inteiramente fechada e só. Até mesmo os gemidos aumentavam a agonia.

Assim, Emily permanecia deitada, enquanto a tardinha se esvaía. A porta da frente se abrira e fechara. Briony teria saído, mal-humorada, provavelmente para ficar junto à água, na piscina, no lago, ou talvez até mesmo no rio. Ouviu um passo cuidadoso na escada — Cecilia finalmente levando as flores para o quarto das visitas, uma tarefa simples que ela lhe pedira que fizesse várias vezes naquele dia. Depois, mais tarde, Betty chamando Danny, e o som da carruagem sobre o cascalho, e Cecilia descendo para receber as visitas, e logo em seguida, a se espalhar pela penumbra, um levíssimo cheiro de cigarro — quantas vezes já pedira a Cecilia que não fumasse na escada, mas ela queria impressionar o amigo de Leon, o que aliás talvez não fosse má ideia. Vozes ecoando no hall, Danny subindo a escada carregando a bagagem, depois descendo, e silêncio — certamente Cecilia levara Leon e o sr. Marshall até a piscina para tomar o ponche que Emily fizera pessoalmente naquela manhã. Ouviu uma criatura quadrúpede descendo a escada — seriam os gêmeos querendo ir à piscina e logo decepcionando-se ao ver que ela estava ocupada.

Emily mergulhou num cochilo e foi despertada pelo bordão de uma voz masculina no quarto das crianças e vozes infantis respondendo. Certamente não seria Leon, o qual, encontrando a irmã depois de tanto tempo, não conseguiria se separar dela. Haveria de ser o sr. Marshall — cujo quarto ficava ao lado — conversando com os gêmeos, concluiu, e não com Lola. Estariam eles sendo impertinentes? Pois Emily já percebera que os gêmeos costumavam se comportar como se cada um deles só fosse responsável por metade de suas obrigações sociais. Agora era Betty que vinha escada acima, chamando-os enquanto subia, talvez com excesso de aspereza, levando-se em conta o mau pedaço por que Jackson passara naquela manhã. Hora do banho, hora do chá, hora de ir para a cama — as dobradiças do dia: esses sacramentos infantis de água, comida e sono já haviam praticamente desaparecido da rotina da casa. O nascimento tardio e inesperado de Briony os mantivera vivos até os quarenta e tantos anos de Emily, e, para ela, tais sacramentos sempre foram tranquilizadores, reparadores; o sabão de lanolina, a toalha de banho alva e grossa, a vozinha de menina ecoando na acústica do banheiro enevoado de vapor; o ato de embrulhá-la na toalha, prendendo-lhe os braços e pegando-a no colo, devolvendo-a por um momento à condição de bebê, que fora tão prazerosa para Briony num tempo que nem era assim tão remoto; porém agora o bebê e a água do banho haviam desaparecido por trás de uma porta trancada, se bem que isso não era muito frequente, pois a menina parecia estar sempre carente de um bom banho e roupas limpas. Ela havia sumido num mundo interior inacessível, e seus escritos eram apenas a superfície visível desse mundo, a casca protetora que não podia ser penetrada, nem mesmo por uma mãe amorosa — não, principalmente por uma mãe amorosa. Sua filha estava sempre distante, perdida em sua própria mente, a se debater com algum problema secreto criado por ela própria, como se o velho mundo visível pudesse ser recriado por uma criança. Inútil perguntar a Briony no que ela estava pensando. Outrora ela teria respondido com uma observação inteligente e complexa, que por sua vez redundaria em perguntas bobas e profundas às quais Emily respondia da melhor maneira que lhe era possível; e, ainda que não conseguisse se lembrar detalhadamente das hipóteses sinuosas que propunha, sabia que jamais falara tão bem quanto naquelas conversas com sua caçula de onze anos. Em nenhum jantar, em nenhuma reunião na sombra junto de uma quadra de tênis ela jamais discorrera de modo tão livre, tão criativo. Agora os demônios da autoconsciência e do talento haviam emudecido sua filha, e, embora ela continuasse tão amorosa quanto antes — naquele dia mesmo, no café da manhã, se aproximara da mãe e enlaçara seus dedos nos dela —, Emily lamentava o fim daquela idade de eloquência. Ela nunca mais falaria assim com ninguém, e era isso o que significava querer ter outro filho. Estava prestes a completar quarenta e sete anos.

O trovão abafado do encanamento — ela não percebera o início — cessou com um solavanco que fez o ar estremecer. Agora os meninos de Hermione estariam no banheiro, os corpinhos estreitos e ossudos um em cada ponta da banheira, duas toalhas brancas idênticas sobre a cadeira de palhinha azul desbotada, e no chão o grande tapete de cortiça que tivera uma ponta mastigada por um cachorro que já morrera havia muito; só que, em vez de vozes infantis, um silêncio terrível, na ausência da mãe, substituída por Betty, cujo coração bondoso nenhuma criança jamais descobriria. Como poderia Hermione ter um colapso nervoso — o termo geralmente usado para se referir a seu amigo que trabalhava no rádio —, como poderia ela escolher o silêncio, o medo, o sofrimento para seus filhos? Ocorreu-lhe que ela própria deveria estar supervisionando aquele banho. Porém Emily sabia que, mesmo se as facas não estivessem pairando acima de seu nervo ótico, ela cuidaria dos sobrinhos só por obrigação. Eles não eram dela: era isso. Além do mais, eram meninos e, portanto, pouco comunicativos por natureza, sem o dom da intimidade, e ainda por cima haviam diluído suas identidades, pois ela jamais encontrara o famoso triângulo de carne a menos na orelha de um deles. Aqueles dois, só era possível conhecer de modo geral.

Emily equilibrou-se cuidadosamente sobre o cotovelo e levou aos lábios o copo de água. Estava começando a se dissipar a presença do animal que a atormentava, e ela conseguiu ajeitar os travesseiros contra a cabeceira para poder se recostar. A manobra era lenta e desajeitada porque ela temia todo movimento súbito, e com isso o ranger das molas do colchão prolongou-se e obscureceu em parte o som de uma voz masculina. Equilibrada sobre o cotovelo, imobilizou-se, apertando com uma das mãos uma ponta do travesseiro, e dirigiu sua atenção viva para os quatro cantos da casa. Não havia nada, e aí, como uma lâmpada que se acende e se apaga na escuridão completa, ouviu-se um risinho agudo, rapidamente abafado. Então era Lola, no quarto das crianças com Marshall. Continuou a se acomodar e por fim relaxou os músculos sobre o travesseiro, bebendo um gole de água morna. Aquele jovem empresário talvez não fosse tão mau assim, se estava disposto a passar o dia distraindo as crianças. Logo ela poderia correr o risco de acender o abajur da cabeceira e vinte minutos depois já seria capaz de participar da vida da família, explorando as diferentes direções de sua ansiedade. O mais urgente de tudo era uma expedição à cozinha para ver se não era tarde demais para transformar o cozido em frios e saladas, e depois precisava receber o filho, avaliar seu amigo e dar-lhe as boas-vindas. Tão logo cumprisse essa obrigação, verificaria se os gêmeos estavam bem cuidados, e talvez preparasse algumas guloseimas para eles, como forma de compensação. Então já seria hora de telefonar para Jack, que teria esquecido de lhe avisar que não vinha para casa. Ela falaria com a telefonista lacônica e com o rapaz pretensioso do escritório, e faria tudo para que seu marido não se sentisse culpado. Depois iria atrás de Cecilia para ver se ela havia feito o arranjo de flores conforme lhe pedira, e sua filha tinha mais era que tentar assumir algumas das responsabilidades de anfitriã aquela noite, vestir uma roupa bonita, e não fumar em todos os cômodos da casa. Por fim, o mais importante de tudo, tinha de procurar Briony, porque o fracasso da peça era um golpe terrível, e a menina precisaria de todo o conforto que uma mãe podia dar. Para encontrá-la, seria necessário expor-se à luz direta do sol, e mesmo o sol enfraquecido da tardinha era capaz de provocar um ataque. Assim, precisaria procurar os óculos escuros, e era essa, e não a ida à cozinha, a prioridade, porque eles certamente estariam no seu quarto, numa gaveta, no meio de um livro, num bolso, e seria muito incômodo ter de subir de novo para procurá-los. Era bom também calçar sapatos sem salto, porque Briony talvez tivesse ido até o rio...

Então Emily ficou mais alguns minutos recostada nos travesseiros, agora que a criatura havia ido embora, e pacientemente fez planos, e os revisou, colocando-os cuidadosamente em ordem. Primeiro tranquilizaria a casa, que lhe parecia, ali naquele quarto escurecido de doente, um continente conturbado, com baixa densidade populacional, cujas imensidões cobertas de florestas faziam exigências e contraexigências a sua atenção inquieta. Ela não tinha ilusões: os planos antigos, se era possível lembrar-se deles, os planos que haviam sido atropelados pelo tempo, normalmente eram marcados por uma visão febril e excessivamente otimista dos acontecimentos. Emily podia enviar suas gavinhas para cada cômodo da casa, porém não havia como penetrar o futuro com elas. Sabia também que, em última análise, seu objetivo era conservar sua própria paz de espírito; era prudente não separar o interesse próprio da bondade. Com todo o cuidado, ergueu-se dos travesseiros, baixou os pés até o chão e enfiou-os nos chinelos. Por cautela, não abriu as cortinas, ainda não, acendeu o abajur e começou a procurar os óculos escuros. Já sabia por onde daria início àquela busca.

# 7.

O templo da ilha, construído no estilo de Nicholas Revett no final da década de 1780, fora feito para ser um ponto de interesse, algo que atraísse a vista e desse um toque bucólico, não tendo, é claro, nenhum propósito religioso. Ficava bem perto da beira d'água, numa espécie de península, de modo a projetar um reflexo interessante no lago, e de quase todos os ângulos a fileira de colunas e o frontão no alto ficavam graciosamente semiocultados pelos olmos e carvalhos que haviam crescido ao seu redor. Mais de perto, o templo tinha uma aparência menos vistosa: a umidade tinha atravessado o revestimento, e pedaços de estuque haviam despencado. No final do século XIX alguém tentara restaurá-lo com cimento sem pintura, mas o cimento escureceu, dando ao prédio um aspecto manchado, como se ele estivesse doente. Em alguns pontos, as ripas expostas, já apodrecidas, pareciam as vértebras de um animal faminto. As portas duplas que davam para uma câmara circular, com teto em forma de cúpula, tinham sido removidas muitos anos antes, e o chão de pedra estava coberto de folhas, barro e excrementos dos diversos pássaros e outros animais que entravam e saíam. Todas as vidraças das graciosas janelas em estilo georgiano haviam sido quebradas por Leon e seus amigos no final da década de 1920. Nos nichos altos, onde outrora ficavam estátuas, agora só se viam os restos imundos de teias de aranha. O mobiliário fora reduzido a um banco trazido de um campo de críquete — mais uma vez, obra do jovem Leon e seus terríveis colegas de escola. Os pés do banco tinham sido arrancados e usados para quebrar as janelas, e agora, jogados lá fora, apodreciam lentamente em meio às urtigas e aos incorruptíveis cacos de vidro.

Tal como o pavilhão da piscina atrás do estábulo imitava características do templo, também o templo, ao que se dizia, continha referências à casa original, embora ninguém na família Tallis fosse capaz de identificá-las. Talvez fosse o estilo das colunas, ou do frontão, ou as proporções das janelas. Em ocasiões diferentes, mas principalmente no Natal, quando os ânimos se elevavam, membros da família, ao caminhar pelas pontes, prometiam pesquisar o assunto, mas ninguém conseguia achar tempo para isso depois que começava o ano novo e seus mil compromissos. Mais do que seu estado de conservação, era essa associação, essa lembrança perdida dos aspectos mais grandiosos do templo, que dava à pequena estrutura inútil seu ar melancólico. O templo era o filho órfão de uma grande dama da sociedade, e, agora que não havia ninguém que tomasse conta dele, ninguém que lhe desse um bom exemplo, o filho envelhecera antes da época e deixara de se cuidar. Havia uma mancha de fuligem da altura de um homem, larga embaixo e estreitando-se para cima, numa das paredes exteriores, assinalando o local onde dois vagabundos uma vez tiveram a desfaçatez de acender uma fogueira para assar uma carpa que não lhes pertencia. Por muito tempo uma bota engelhada ficou exposta na grama que os coelhos cuidavam de aparar. Mas quando

Briony procurou por ela, agora, a bota havia desaparecido, tal como tudo haveria de desaparecer um dia. A ideia de que o templo, com aquela faixa estreita de luto, chorava a morte da mansão incendiada e ansiava por uma presença grandiosa e invisível, emprestava-lhe um leve ar de religiosidade. A tragédia impedira que o templo fosse completamente falso.

É difícil ficar um bom tempo fustigando as urtigas sem que uma história se imponha, e Briony logo se sentiu absorta, saboreando um prazer amargo, muito embora para o resto do mundo parecesse uma menina de péssimo humor. Havia encontrado um galho fino de aveleira e o despira de folhas. Tinha trabalho pela frente, e entregou-se a ele. Uma urtiga alta, de aparência orgulhosa, fazia charme, inclinando a cabeça um pouco, as folhas do meio viradas para fora, afirmando sua inocência — aquela era Lola, e, embora choramingasse pedindo piedade, o açoite de um metro de comprimento atingiu-a nos joelhos, e o resto do corpo inútil foi parar longe. Aquilo dava tanto prazer que não se podia parar, e as próximas urtigas também eram Lola; uma delas, debruçada para cochichar no ouvido da vizinha, foi derrubada com uma mentira gritante nos lábios; e lá estava ela de novo, destacada das outras, a cabeça entortada, tramando intrigas venenosas; mais adiante ela se pavoneava em meio a um grupo de admiradoras mais jovens, espalhando boatos a respeito de Briony. Era lamentável, porém as admiradoras teriam de morrer junto com ela. Então Lola ergueu-se outra vez, ostentando seus diversos pecados — orgulho, gula, avareza, falta de cooperação —, e por cada um deles pagou com a própria vida. Seu ato final de despeito foi cair aos pés de Briony e queimar os dedos de seus pés. Quando Lola já havia morrido suficientemente, três pares de urtigas tenras foram sacrificadas para pagar a incompetência dos gêmeos — o castigo era indiferente, e não concedia privilégios a crianças. Então a dramaturgia transformou-se numa urtiga, aliás numa série delas; a superficialidade, o tempo desperdiçado, a desorganização das outras mentes, a inutilidade do faz de conta — no jardim das artes, era uma erva daninha que devia morrer.

Não sendo mais dramaturga e sentindo-se muito aliviada por isso, atenta para os cacos de vidro, Briony continuou a contornar o templo, percorrendo a fímbria entre a grama mordiscada e a vegetação rasteira e rebelde que transbordava por entre as árvores. Açoitar as urtigas se transformara num ato de autopurificação; e agora o castigo dirigia-se à infância, já que esta não lhe era mais necessária. Um espécime magricela tornou-se o representante de tudo o que ela fora até aquele momento. Mas não bastava. Firmando os pés na grama, Briony livrou-se de sua velha personalidade ano a ano, em treze golpes. Cortou fora a dependência doentia do bebê e da criança pequena, a menininha que adorava se mostrar e receber elogios, e a garota de onze anos ridiculamente orgulhosa de suas primeiras histórias, sempre dependendo das opiniões da mãe. Iam voando por cima de seu ombro esquerdo e caíam a seus pés. A ponta fina do galho emitia um som com dois tons no momento em que riscava o ar. Chegou!, ela o fazia dizer. Mais um! Não mais!

Em pouco tempo, era o ato em si que a absorvia, isso e mais a reportagem que ela redigia ao ritmo dos golpes. Ninguém no mundo era melhor nisso do que Briony Tallis, que iria representar seu país no ano seguinte nas Olimpíadas de Berlim e que certamente ganharia a medalha de ouro. As pessoas a examinavam atentamente e se deslumbravam com sua técnica, sua preferência por ficar descalça para melhorar seu equilíbrio — coisa tão importante nesse esporte exigente —, cada dedo do pé desempenhando seu papel; o modo como ela avançava com o pulso e girava a mão apenas no final do golpe, o modo como distribuía o peso e usava a rotação dos quadris para ganhar mais força, o hábito característico de esticar os dedos da mão livre — ninguém nem sequer chegava perto dela. Autodidata, filha mais nova de um alto funcionário público. Vejam só a concentração em seu rosto, calculando o ângulo, sem perder nenhum golpe, acertando cada urtiga com uma precisão sobre-humana. Para chegar a esse nível, era necessária a dedicação de toda uma existência. E dizer que por um triz ela não desperdiçou esse seu talento na dramaturgia!

De repente deu-se conta da carruagem que se aproximava, atravessando ruidosamente a primeira ponte. Leon, finalmente. Sentia o olhar dele sobre ela. Seria essa a irmãzinha que ele vira pela última vez na estação de Waterloo apenas três meses atrás, agora membro de uma elite internacional? Por pirraça, Briony decidiu não se permitir virar e reconhecer a presença do irmão; ele precisava aprender que ela agora não dependia mais das opiniões dos outros, nem mesmo das dele. Era então uma mestra, totalmente imersa na complexidade de sua arte. Além disso, Leon certamente haveria de parar a carruagem e vir correndo até ela, que teria de suportar aquela interrupção pacientemente.

O som das rodas e dos cascos dos cavalos atravessando a segunda ponte e se afastando indicava, pensou ela, que seu irmão sabia o que distância e profissionalismo significavam. Assim mesmo, um pouco de tristeza começou a descer sobre Briony enquanto ela continuava a golpear, seguindo adiante, contornando o templo da ilha, até chegar a um ponto de onde não se via mais a estrada. Uma fileira irregular de urtigas cortadas sobre a grama assinalava seu progresso, tal como os vergões brancos em seus pés e tornozelos. A ponta do chicote descrevia seu arco cantando, folhas e galhos se despedaçavam, porém era cada vez mais difícil invocar a ovação do público. As cores estavam se esvaindo de sua fantasia, o gozo narcisista do movimento e do equilíbrio se dissipava, seu braço doía. Ela estava se transformando numa menina solitária a fustigar as urtigas com um graveto; por fim parou, jogou o graveto em direção às árvores e olhou à sua volta.

O preço dos devaneios profundos era sempre aquele momento de retorno, o reencontro do que havia antes e agora parecia um pouco pior. Sua fantasia, antes cheia de detalhes plausíveis, transformara-se numa bobagem passageira diante da massa dura do real. Era difícil voltar, admitir que tudo aquilo havia passado. *Passou*, dizia sua irmã, sussurrando, quando a despertava de um pesadelo. Briony perdera seu poder demiúrgico de criação, mas era só naqueles momentos de retorno que a perda se tornava evidente; parte do fascínio do devaneio era a ilusão de que fosse impossível resistir à sua lógica: obrigada pela rivalidade entre nações a competir no nível mais elevado com os melhores do mundo e a aceitar os desafios que eram a consequência de ser a melhor de todos no que se faz — no caso, açoitamento de urtigas —, levada a ir além de seus limites para aplacar a multidão delirante, e ser a melhor de todos, ser, mais importante ainda, única. Porém, é claro, fora só ela o tempo todo — ela a autora, ela o assunto, e agora estava de volta ao mundo, não um mundo que ela podia criar, e sim aquele que a criara, e sentia-se diminuindo sob aquele céu de fim de tarde. Estava cansada de estar no quintal, mas ainda não estava preparada para voltar para casa. Então a vida era só aquilo, casa ou quintal? Não havia um terceiro lugar para as pessoas irem? Deu as costas para o templo da ilha e caminhou lentamente pelo gramado perfeito preparado pelos coelhos, em direção à ponte. À sua frente, iluminada pelo sol poente, havia uma nuvem de insetos, cada um deles oscilando a esmo, como se amarrado a um elástico invisível — uma misteriosa dança de acasalamento, ou apenas pura exuberância animal, a desafiar qualquer tentativa sua de encontrar um significado. Num espírito de resistência rebelde, subiu a encosta íngreme, coberta de grama, até a ponte, e chegando ao caminho de cascalho resolveu ficar ali e esperar até que alguma coisa importante acontecesse com ela. Era esse o desafio que estava impondo à existência — permaneceria imóvel ali, não sairia para o jantar, nem mesmo se sua mãe a chamasse. Ficaria simplesmente esperando na ponte, tranquila e obstinada, até que os acontecimentos, os acontecimentos reais, e não suas próprias fantasias, aceitassem seu desafio e dissipassem sua insignificância.

# 8.

À noitinha, as nuvens de grande altitude para os lados do poente formaram uma camada de um amarelo ralo que foi se intensificando mais e mais, e depois engrossou até que um brilho laranja filtrado se estendeu acima das cristas imensas das árvores do parque; as folhas assumiram um tom pardacento de noz, os galhos entre elas ficaram negros, luzidios, e a grama ressecada copiou as cores do céu. Um fauvista que se especializasse em cores improváveis talvez imaginasse uma paisagem assim, especialmente depois que céu e chão ganharam um brilho avermelhado e os troncos inchados dos velhos carvalhos ficaram tão negros que começaram a parecer azuis. Embora o sol enfraquecesse à medida que se punha, a temperatura dava a impressão de aumentar, pois a brisa que durante todo o dia trouxera um pouco de alívio agora havia cessado, deixando o ar denso e parado.

Essa cena, ou um pequeno fragmento dela, poderia ser vista por Robbie Turner através da claraboia se ele se levantasse da banheira, dobrasse os joelhos e entortasse o pescoço. Durante todo o dia, seu quarto, o banheiro e o cubículo espremido entre os dois que ele chamava de escritório haviam sido castigados pelo sol que batia no lado sul do telhado do bangalô. Depois que voltou do trabalho, passou mais de uma hora imerso na água tépida enquanto seu sangue e — era a impressão que dava — seus pensamentos aqueciam a água. Sobre sua cabeça, o retângulo emoldurado de céu lentamente percorria seu segmento limitado do espectro, amarelo a laranja, enquanto ele peneirava sentimentos desconhecidos e voltava vezes seguidas a certas lembranças. Nada esmaecera. De vez em quando, uns dois centímetros abaixo da superfície da água, os músculos de seu ventre contraíam-se involuntariamente quando ele relembrava mais um detalhe. Uma gota de água no antebraço dela. Molhado. Uma flor bordada, costurada na parte central do sutiã. Os seios dela, bem separados e pequenos. Nas costas, uma pinta semicoberta por uma alça. Quando ela emergiu da fonte, a visão fugidia do triângulo escuro que a calcinha devia ocultar. Molhada. Ele via, ele se obrigava a ver de novo. Os ossos da pélvis esticando o tecido, fazendo-o destacar-se da pele, a curva profunda da cintura, a brancura surpreendente. Quando estendeu o braço para pegar a saia, o pé, levantado com descuido, revelou um pouco de terra na planta de cada um dos dedinhos delicados, um menor que o outro. Uma outra pinta do tamanho de uma moeda pequena na coxa e algo arroxeado na batata da perna — uma marca, uma cicatriz. Não eram defeitos. Eram enfeites.

Ele a conhecia desde a infância, e nunca havia olhado para ela. Em Cambridge ela veio uma vez a seu alojamento com uma moça de óculos, da Nova Zelândia, e uma colega; ele estava com um amigo de Downing. Passaram uma hora contando piadas nervosas, fumando cigarros. De vez em quando se cruzavam na rua e sorriam. Ela parecia sempre constrangida — é o filho da nossa faxineira, talvez cochichasse para suas amigas depois que se afastava. Ele gostava de deixar claro para todos que não se importava — lá vai a filha da patroa da minha mãe, disse uma vez a um amigo. Tinha suas convicções políticas para se proteger, suas teorias científicas sobre as classes sociais, sua própria autoconfiança um tanto forçada. Eu sou o que sou. Ela era como uma irmã, quase invisível. Aquele rosto comprido e estreito, a boca pequena — se alguma vez tivesse pensado nela de verdade, talvez dissesse que tinha cara de cavalo. Agora percebia que era de uma beleza estranha — algo de esculpido e imóvel no rosto, especialmente em torno dos planos inclinados dos malares, narinas fogosas, lábios cheios e reluzentes em forma de botão de flor. Os olhos eram escuros e pensativos. Era um olhar de estátua, porém os movimentos eram rápidos e impacientes — o vaso não teria se quebrado se ela não tivesse tentado arrancá-lo tão de repente das mãos dele. Ela estava indócil, disso não havia dúvida; sentia-se entediada e confinada na casa dos pais, e logo iria embora.

Robbie teria de falar com ela em breve. Levantou-se por fim da banheira, com um arrepio, sabendo com toda a certeza que estava passando por uma grande transformação. Nu, atravessou o escritório e chegou ao quarto. A cama desfeita, a bagunça das roupas largadas por todos os lados, uma toalha no chão, o calor equatorial do quarto, tudo era de uma sensualidade paralisante. Estendeu-se na cama, com a cara enfiada no travesseiro, e gemeu. A doçura, a delicadeza da sua amiga de infância, que agora corria o perigo de tornar-se inatingível. Tirar a roupa daquele jeito — sim, a tentativa cativante de parecer excêntrica, de ser ousada, tinha algo de exagerado, de caseiro. Agora ela estaria arrependida, torturando-se, e não podia adivinhar o que havia feito com ele. E tudo isso não seria problema nenhum, teria solução, se ela não estivesse tão zangada com ele por causa de um vaso quebrado, que havia se partido na sua mão. Porém ele também amava aquela fúria dela. Virou-se para o lado, os olhos fixos sem enxergar, e se entregou a uma fantasia cinematográfica: ela socava as lapelas do casaco dele antes de se entregar, com um pequeno soluço, ao abrigo de seus braços e deixar que ele a beijasse; não o perdoava, simplesmente entregava os pontos. Robbie contemplou aquela cena várias vezes até retornar ao que era a realidade: ela estava irritada com ele e ficaria mais irritada ainda quando soubesse que ele era um dos convidados para o jantar. Lá fora, àquela luz feroz, não tivera presença de espírito para recusar o convite de Leon. Automaticamente murmurara que sim, e agora teria de enfrentar a irritação dela. Gemeu outra vez, e nem se importava se o ouvissem no andar de baixo; gemeu ao se lembrar dela despindo-se à sua frente — com total indiferença, como se ele fosse um bebê. É claro. Agora ele compreendia com clareza. A intenção fora humilhá-lo. Era esse o fato inegável. Humilhação. Era o que ela quisera lhe fazer. Ela não era só doçura, e Robbie não podia se dar ao luxo de ser condescendente, pois ela era forte, era capaz de levá-lo até onde ele perdia o pé, e em seguida afogá-lo.

Mas talvez — agora estava deitado de costas — aquela raiva não devesse ser levada a sério. Não seria teatral demais? Certamente ela tinha uma intenção melhor, apesar da raiva. Apesar da raiva, queria mostrar-lhe como era bonita, queria prendê-lo a ela. Como podia acreditar numa ideia tão interesseira, nascida da esperança e do desejo? Tinha de acreditar. Cruzou as pernas, pôs as mãos entrelaçadas atrás da cabeça, sentindo a pele esfriar à medida que secava. O que diria Freud? Que tal essa: ela ocultou o desejo inconsciente de exibir-se para ele por trás de um acesso de raiva. Esperança patética! Aquilo era uma castração, uma condenação, e o que ele estava sentindo agora, essa tortura, era o castigo por ter quebrado aquele vaso ridículo. Ele nunca mais deveria vê-la. Precisava vê-la naquela noite. Não tinha opção, de qualquer modo — estava indo embora. Ela o desprezaria por comparecer. Ele deveria ter recusado o convite de Leon, mas no momento em que ele fora feito seu coração batera mais depressa, e o sim murmurado escapara de seus lábios. Ele estaria na mesma sala que ela naquela noite, e o corpo que vira, os sinais, a brancura, a mancha arroxeada, estariam ocultos pelas roupas. Só ele saberia, e Emily também, é claro. Mas só ele estaria pensando naquelas coisas. E Cecilia não falaria com ele, não olharia para ele. Mesmo isso seria melhor do que estar deitado ali gemendo. Não, seria pior, mas assim mesmo ele queria. Precisava. Queria que fosse pior.

Por fim levantou, vestiu-se, ainda que não por completo, entrou no escritório e sentou-se diante da máquina de escrever, pensando na carta que deveria escrever para ela. Tal como o quarto e o banheiro, o escritório ficava sob o ponto mais alto do telhado do bangalô e era pouco mais do que um corredor entre os dois outros cômodos, com um metro e oitenta de comprimento por um e meio de largura. Como nos outros, também ali havia uma claraboia com esquadria de pinho. Num canto estava empilhado seu equipamento de montanhismo — botas, bastão, mochila de couro. Uma mesa de cozinha riscada por facas ocupava a maior parte do espaço. Robbie reclinou a cadeira para trás e contemplou a mesa como quem contempla a vida. Numa das extremidades havia uma pilha alta, chegando até o teto inclinado, de pastas e cadernos que utilizara a fim de se preparar para os exames finais nos últimos meses. Não precisava mais daquelas anotações, mas estavam associadas a tanto trabalho e tanto sucesso que ainda não conseguira se livrar delas. Por cima daquele material havia alguns mapas que usara em suas caminhadas, do Norte de Gales, Hampshire e Surrey, e da caminhada que desistira de fazer até Istambul. Havia também uma bússola com espelho quebrado, que usara uma vez para ir até Lulworth Cove sem utilizar mapas.

Atrás da bússola estavam os *Poemas* de Auden e *Um rapaz de Shropshire*, de Housman. Na outra extremidade da mesa havia vários livros de história, tratados de teoria e manuais práticos de paisagismo. Em cima de dez poemas datilografados, uma carta de rejeição da revista *Criterion*, impressa, porém rubricada pelo próprio sr. Eliot. Mais perto da cadeira ficavam os livros referentes ao novo interesse de Robbie. A *Anatomia*, de Gray, estava aberta ao lado de um bloco grande que continha seus próprios desenhos. Havia decidido desenhar e memorizar os ossos da mão. Tentava se distrair repetindo seus nomes agora, em voz baixa: capitato, hamato, piramidal, falange média... O melhor desenho que conseguira fazer até o momento, a tinta e lápis de cor, um corte transversal do esôfago e das vias respiratórias, estava preso com percevejo num caibro acima da mesa. Num caneco sem asa ficavam todas as canetas e os lápis. A máquina de escrever era uma Olympia razoavelmente nova, presente de Jack Tallis quando ele completara vinte e um anos, ocasião festejada com um almoço na biblioteca da casa. Leon, como o pai, fizera um discurso, e Cecilia certamente estava presente. Mas Robbie não conseguia lembrar se havia trocado alguma palavra com ela. Seria por isso que ela estava zangada agora, por ele tê-la ignorado por tantos anos? Mais uma esperança patética.

Perto da borda da mesa, várias fotografias: o elenco de *Noite de Reis* no gramado da faculdade, ele a caráter, no papel de Malvolio, com ligas cruzadas nas pernas. Muito apropriado. Havia uma outra foto de grupo, ele e as trinta crianças francesas a quem dera aula num colégio interno perto de Lille. Numa moldura de metal estilo belle époque, tingida de verdete, uma foto de seus pais, Grace e Ernest, três dias antes do casamento. Atrás deles via-se a ponta de um carro — que certamente não era deles — e, mais ao longe, um forno para lúpulo atrás de um muro de tijolo. A lua de mel fora boa, Grace sempre contava, duas semanas colhendo lúpulo com a família do marido, dormindo num trailer de ciganos estacionado num pátio. Seu pai estava com uma camisa sem colarinho. O lenço em torno do pescoço e a corda em lugar de cinto prendendo a calça de flanela talvez fossem toques ciganos de araque. A cabeça e o rosto eram redondos, mas o efeito não era de todo jovial, pois o sorriso que ele dirigia à câmara fotográfica não era suficiente para descerrar os lábios, e em vez de segurar a mão de sua jovem noiva ele estava de braços cruzados. Ela, em contraste, apoiava-se nele, a cabeça sobre seu ombro, segurando-lhe a camisa na altura do cotovelo, numa posição desajeitada, com as duas mãos. Grace, sempre bem-disposta, bem-humorada, sorria pelos dois. Mas a boa disposição e a bondade não lhe bastariam. Ernest dava a impressão de que estava com a cabeça em outro lugar, já antevendo aquele verão, sete anos depois, em que abandonaria o emprego de jardineiro na casa dos Tallis, abandonaria o bangalô, sem bagagem, sem nem sequer um bilhete de despedida na mesa da cozinha, deixando a mulher e o filho de seis anos pensando o resto da vida no fim que ele teria levado.

Espalhados entre as pilhas de notas de aula, paisagismo e anatomia havia diversos cartões-postais e cartas: contas não pagas do alojamento em Oxford, cartas de professores e amigos parabenizando-o pelo diploma de primeira classe, que ainda lhe davam prazer reler, e outras que perguntavam, sem muita ênfase, o que ele faria agora. A mais recente, rabiscada com tinta marrom em papel timbrado de Whitehall, era um bilhete em que Jack Tallis concordava em ajudá-lo a custear os estudos de medicina. Havia formulários, num total de vinte páginas, e manuais grossos, impressos com letras pequenas, de faculdades em Edimburgo e Londres, textos metódicos e exigentes que pareciam prenunciar um novo tipo de rigor acadêmico. Porém naquele momento o que eles representavam era não uma aventura e um recomeço, e sim o exílio. Robbie já via em sua mente a rua feia, longe dali, o cubículo recoberto de papel de parede com flores, o guarda-roupa sombrio, a colcha de algodão, os novos amigos empolgados, quase todos mais moços que ele, os tanques de formol, os auditórios cheios de ecos — e, em tudo aquilo, a ausência de Cecilia.

Pegou, em meio aos livros sobre paisagismo, o volume dedicado a Versailles que tomara emprestado na biblioteca dos Tallis. Foi no dia em que pela primeira vez percebeu o constrangimento que sentia na presença dela. Ajoelhando-se para retirar os sapatos junto à porta da frente, deu-se conta do estado em que estavam suas meias — furadas na ponta e no calcanhar, talvez até fedorentas — e, num impulso, tirou-as. Sentia-se um perfeito idiota, andando atrás dela pelo hall e entrando na biblioteca descalço. Só pensava em sair o mais rápido possível. Havia escapulido pela cozinha, tendo de pedir a Danny Hardman que desse a volta na casa até a frente para pegar seus sapatos e suas meias.

Ela provavelmente não teria lido aquele tratado sobre as instalações hidráulicas de Versailles, escrito por um dinamarquês do século XVIII que louvava em latim o gênio de Le Nôtre. Com a ajuda de um dicionário, Robbie havia conseguido ler cinco páginas numa manhã; então desistira e resolvera se contentar com as ilustrações. Não era o tipo de livro que agradaria a ela, ou a qualquer outra pessoa, na verdade, porém ela o havia pegado para ele, subindo na escadinha da biblioteca, e em algum lugar naquela superfície de couro estavam as suas impressões digitais. Contra sua própria vontade, levou o livro à altura do nariz e respirou fundo. Poeira, papel velho, cheiro de sabonete em suas próprias mãos, mas nada dela. Como chegara àquele ponto, àquele estado avançado de fetichismo do objeto amoroso? Freud certamente teria algo a dizer sobre o assunto em seus *Três ensaios sobre a sexualidade*. E também Keats, e Shakespeare, e Petrarca, e todo mundo, e mais o *Romance da Rosa*. Ele passara três anos estudando, distanciado, os sintomas, que lhe pareciam simples convenções literárias, e agora, na solidão, como um cortesão com um traje cheio de babados e plumas na entrada de um bosque a contemplar um lenço caído no chão, estava adorando os vestígios dela — não um lenço, mas as impressões digitais! — ao mesmo tempo em que sofria o desdém de sua dama.

Apesar disso, quando colocou uma folha de papel na máquina de escrever não esqueceu o papel-carbono. Pôs a data, a saudação, e logo deu início a um pedido de desculpas por ter agido "de modo desajeitado e estouvado". Então parou. Deveria demonstrar algum sentimento? Nesse caso, em que nível?

"Se isso servir de desculpa, foi só recentemente que me dei conta de que fico um pouco atordoado na sua presença. Nunca antes entrei descalço na casa de uma pessoa. Só pode ser o calor!"

Como parecia superficial aquela frivolidade protetora. Ele parecia um tuberculoso fingindo que está apenas resfriado. Deu duas linhas em branco e reescreveu: "Sei que como desculpa é insuficiente, mas nos últimos tempos percebo que fico um pouco atordoado na sua presença. Que ideia foi essa a minha, de entrar descalço na sua casa? E quando foi que eu quebrei a beira de um vaso antigo antes?". Repousou as mãos no teclado enquanto enfrentava o impulso de datilografar o nome dela outra vez. "Cee, acho que a culpa não é do calor!" Agora o tom de humor fora substituído pelo melodrama, ou pelo queixume. As perguntas retóricas tinham algo de repulsivo; o ponto de exclamação era o primeiro recurso daqueles que gritam para se exprimir com mais clareza. Ele só perdoava essa pontuação nas cartas de sua mãe, onde cinco exclamações enfileiradas indicavam uma piada das boas. Ele girou o tambor da máquina e datilografou um "x". "Cee, acho que a culpa não é do calor." Agora o humor desaparecera, e um toque de autocomiseração se insinuara. Seria necessário recolocar o ponto de exclamação. Claramente, a função do tal ponto não era apenas a de aumentar o volume.

Robbie ficou mais quinze minutos mexendo no rascunho e por fim colocou folhas em branco na máquina e passou-o a limpo. As linhas cruciais ficaram assim: "Você poderia pensar que enlouqueci — por entrar na sua casa descalço, ou por quebrar seu vaso antigo. A verdade é que me sinto um pouco tonto e aparvalhado na sua presença, Cee, e acho que a culpa não é do calor! Você me perdoa? Robbie". Então, após alguns momentos de devaneio, com a cadeira inclinada para trás, em que ficou a pensar na página em que sua *Anatomia* tendia a se abrir nos últimos dias, recolocou a cadeira no lugar e, antes que conseguisse se conter, datilografou: "Em meus sonhos, beijo tua boceta, tua boceta úmida. Em meus pensamentos, passo o dia inteiro fazendo amor contigo".

Pronto — estragara tudo. A carta estava estragada. Tirou a folha da máquina, colocou-a de lado e escreveu sua carta a mão, certo de que o toque pessoal era adequado à ocasião. Consultou o relógio e se lembrou de que antes de sair devia engraxar os sapatos. Levantou da cadeira com cuidado para não dar uma cabeçada no caibro.

Não ficava constrangido em situações sociais — o que, para algumas pessoas, era uma impertinência. Uma vez, num jantar em Cambridge, quando se fez silêncio de repente na mesa, um homem que não gostava de Robbie perguntou-lhe bem alto a respeito de seus pais. Encarando-o, ele respondeu, com uma voz agradável, que seu pai havia abandonado a família muitos anos antes e que sua mãe era faxineira e complementava sua renda trabalhando de vez em quando como vidente. Disse isso com o tom de quem tolera com bom humor a ignorância alheia. Deu mais alguns detalhes e terminou perguntando delicadamente a respeito dos pais de seu interlocutor. Segundo alguns, era a inocência, ou o desconhecimento do mundo, que protegia Robbie; ele era uma espécie de santo, capaz de atravessar, sem se queimar, salões que eram como brasas acesas. A verdade, que Cecilia conhecia, era mais simples. Ele passara a infância entre o bangalô e a casa-grande. Jack Tallis era seu protetor, Leon e Cecilia eram seus melhores amigos, pelo menos até ele entrar para o colégio preparatório. Na universidade, onde Robbie descobriu que era mais inteligente que muitas das pessoas a sua volta, sua libertação foi completa. Não precisava nem sequer exibir arrogância.

Grace Turner adorava lavar suas roupas — era só assim, e preparando-lhe as refeições, que ela podia demonstrar o amor materno quando seu único filhote já estava com vinte e três anos —, porém Robbie fazia questão de engraxar seus sapatos ele próprio. Com uma camiseta branca e a calça do terno, desceu a escada curta e reta só de meias, com os borzeguins pretos na mão. Junto à porta da sala havia um espaço estreito que terminava com a porta de vidro fosco da entrada da frente, atravessada por uma luz difusa alaranjada que projetava um padrão vívido de hexágonos no papel de parede bege e verde-oliva. Robbie deteve-se com uma das mãos na maçaneta, surpreso com aquela transformação, e depois entrou. O ar da sala parecia úmido e quente, um pouco salgado. Certamente uma sessão havia acabado de terminar. Sua mãe estava no sofá, com os pés para cima, os chinelos pendurados nas pontas dos pés.

"A Molly esteve aqui", disse ela, aprumando-se para recebê-lo. "E, olhe, uma boa notícia: vai dar tudo certo com ela."

Robbie pegou o estojo de engraxar sapatos na cozinha, sentou-se na poltrona mais próxima a sua mãe e estendeu sobre o tapete uma página do *Daily Sketch* de três dias antes.

"A senhora fez bem", comentou. "Eu vi que a senhora estava trabalhando e fui tomar um banho."

Ele sabia que devia sair logo, devia estar engraxando os sapatos, mas em vez disso jogou o corpo para trás e se espreguiçou, esticando o corpo comprido, e bocejou.

"Limpando gramado! Que diabo estou fazendo com a minha vida?"

Havia mais humor do que angústia no tom de sua voz. Cruzou os braços e ficou olhando para o teto enquanto massageava um pé com o dedão do outro.

Sua mãe olhava para o espaço acima da cabeça dele. "Ora, que história é essa? Aconteceu alguma coisa. O que é que você tem? E não vá me dizer que não é nada."

Grace Turner passara a trabalhar como faxineira dos Tallis uma semana depois do desaparecimento de Ernest. Jack Tallis não tinha coragem de despedir uma mulher jovem com um filho pequeno. Encontrou no vilarejo um jardineiro e faz-tudo que não precisava dormir no emprego. Todos imaginaram que Grace ficaria no bangalô mais um ano ou dois, depois se casaria de novo e iria embora. Sua simpatia e sua habilidade como faxineira — tinha uma grande dedicação pela superfície das coisas, era o comentário jocoso da família — a tornaram popular, porém o que a salvou — a ela e a Robbie — foi a paixão que despertou em Cecilia, então com seis anos, e Leon, com oito. Nas férias escolares, Grace tinha permissão para vir trabalhar com seu filho, que estava com seis anos também. Robbie passou a infância com pleno acesso ao quarto das crianças e aos outros cômodos em que elas podiam entrar, bem como ao quintal. Para subir nas árvores, seu companheiro era Leon, e Cecilia era a irmãzinha que lhe dava a mão, confiante, fazendo-o sentir-se imensamente sábio. Alguns anos depois, quando Robbie ganhou a bolsa de estudos para o colégio preparatório, Jack Tallis deu o primeiro passo em sua longa carreira de protetor, custeando o uniforme e os livros. Foi nesse ano que nasceu Briony. Após o parto difícil, Emily passou um bom tempo doente. Grace foi tão prestativa que sua posição ficou garantida: no Natal daquele ano — 1922 —, Leon, de cartola e calça de montaria, atravessou o quintal coberto de neve e foi levar ao bangalô o envelope verde que lhe entregara o pai. A carta do advogado informava a Grace que o bangalô agora lhe pertencia, independentemente de ela continuar trabalhando para os Tallis. Porém ela não largou o emprego e, quando as crianças cresceram, voltou a trabalhar como faxineira, responsabilizando-se pelos polimentos mais caprichados.

A respeito de Ernest, sua teoria era que ele tinha ido para a guerra com um nome falso e jamais voltara. Pois, se não havia sido assim, a falta de curiosidade a respeito do filho era desumana. Muitas vezes, nos minutos que tinha para pensar todos os dias quando caminhava do bangalô para a casa, refletia a respeito dos acidentes felizes de sua existência. Ernest sempre lhe inspirou um pouco de medo. Talvez não tivessem sido tão felizes juntos quanto ela fora sozinha com seu adorado filho gênio, naquela casinha que era dela. Se o sr. Tallis fosse uma pessoa diferente... Algumas das mulheres que lhe pagavam um xelim para saber alguma coisa a respeito do futuro haviam sido abandonadas pelos maridos, e muitas mais haviam ficado viúvas com a guerra. Aquelas mulheres levavam uma vida apertada, e por pouco Grace não tivera o mesmo destino que elas.

"Nada", disse Robbie, respondendo à pergunta da mãe. "Não tenho nada, não." Enquanto pegava uma escova e uma lata de graxa, comentou: "Quer dizer que a Molly tem um belo futuro pela frente".

"Vai casar de novo dentro de cinco anos. E vai ser muito feliz. Um homem do Norte, formado."

"Ela merece."

Permaneceram num silêncio agradável; Grace ficou a vê-lo limpar os sapatos com uma flanela amarela. Os músculos das faces, junto aos malares bonitos, se contraíam com cada movimento, e os dos antebraços se abriam e mudavam de posição, formando padrões complicados sob a pele. Ernest devia ter alguma coisa de bom para lhe dar um menino como aquele.

"Quer dizer que você vai sair."

"O Leon chegou na hora exata em que eu estava vindo embora. Estava com o tal amigo, a senhora sabe, o milionário do chocolate. Me convenceram a ir jantar com eles."

"Ah, passei a tarde toda limpando a prataria. E arrumando o quarto dele."

Robbie pegou os sapatos e pôs-se de pé. "Quando eu olhar a minha cara na colher, só vou ver a senhora."

"Se apronte logo. As suas camisas estão penduradas na cozinha."

Ele pôs as coisas no estojo e guardou-o, depois escolheu uma camisa de linho creme das três que estavam no cabide. Voltou à sala a caminho da porta da frente, mas a mãe queria detê-lo mais um pouco.

"E os filhos dos Quincey, coitadinhos. O menino que molhou a cama e tudo o mais. Pobrezinhos."

Robbie deteve-se à porta e deu de ombros. Passara pela piscina e os vira, gritando e rindo no calor da tarde. Teriam enfiado o carrinho de mão de Robbie no trecho fundo se ele não os tivesse impedido. Danny Hardman estava lá também, olhando de esguelha para a irmã deles em vez de trabalhar.

"Eles vão sobreviver", retrucou.

Impaciente para sair, subiu as escadas três degraus de cada vez. De volta em seu quarto, terminou de se vestir às pressas, assobiando desafinado enquanto se abaixava diante do espelho do armário para passar brilhantina no cabelo e penteá-lo. Não tinha nenhum ouvido para música, não conseguia dizer se uma nota era mais aguda ou mais grave que a outra. Agora que se comprometera a ir ao jantar, sentia-se animado e, curiosamente, livre. A coisa não podia ficar pior do que já estava. Com gestos metódicos, deliciando-se com sua própria eficiência, como quem se prepara para uma viagem ou incursão militar perigosa, realizou todas as pequenas tarefas — localizou as chaves, encontrou uma nota de dez xelins dentro da carteira, escovou os dentes, bafejou na mão em concha para sentir seu próprio hálito, pegou a carta em sua mesa, dobrou-a e colocou num envelope, encheu a cigarreira e testou o isqueiro. Pela última vez, olhou-se no espelho. Expôs as gengivas, virou-se de perfil e olhou por cima dos ombros para ver sua própria imagem. Por fim apalpou os bolsos e desceu as escadas, novamente três degraus de cada vez, gritou um até logo para a mãe e saiu pelo caminho estreito, pavimentado com tijolos, que passava por entre os canteiros de flores e terminava num portão na cerca.

Em anos futuros, ele pensaria muitas vezes naquele momento em que tomou o atalho que passava por um canto do bosque de carvalhos e se encontrava com o caminho principal na curva que dava para o lago e a casa. Não estava atrasado, e no entanto mal conseguia refrear seus passos. Muitos prazeres imediatos, e outros mais longínquos, se confundiam na riqueza daqueles minutos: o crepúsculo avermelhado, já escurecendo, o ar quente e imóvel, saturado de cheiros de grama seca e terra estorricada, seus membros soltos após um dia trabalhando nos jardins, a pele lisa depois do banho, a sensação da camisa e daquele terno, seu único terno. O misto de antegozo e medo que lhe inspirava a ideia de se encontrar com ela era também uma espécie de prazer sensual, e, a envolvê-lo, como um abraço, uma sensação geral de euforia — talvez doesse, era terrivelmente inconveniente, talvez não desse em nada de bom, porém ele descobrira o que era estar apaixonado, e o sentimento o empolgava. Outros afluentes engrossavam a corrente de sua felicidade; ainda lhe dava satisfação pensar no seu diploma de primeira classe — tinha sido o melhor resultado do ano, ele soubera. E agora Jack Tallis confirmava que continuaria a ajudá-lo. Uma nova aventura pela frente, seria isso e não um exílio, de repente tinha certeza. Era bom, era certo ele estudar medicina. Não teria conseguido explicar seu otimismo — estava feliz, e portanto estava fadado a ter sucesso.

Uma palavra encerrava tudo o que ele sentia e explicava por que recordaria com insistência aquele momento depois. Liberdade. Na vida e nos braços e nas pernas. Muitos anos antes, quando ele nem sabia o que era um colégio preparatório, inscreveram-no para um exame que lhe valeu uma bolsa de estudos num deles. Cambridge, para sua delícia, foi a escolha de seu ambicioso diretor. Até mesmo sua área de concentração foi escolhida por um professor carismático. Agora, finalmente, com o exercício de sua vontade, sua vida adulta tivera início. Estava tecendo uma história em que ele próprio era o protagonista, e a cena inicial já causara um certo espanto em seus amigos. O paisagismo não passava de uma fantasia boêmia, além de uma ambição débil — era a conclusão a que chegara, com a ajuda de Freud — de substituir ou ultrapassar seu pai desaparecido. A carreira de professor secundário — dentro de quinze anos, titular da cadeira de inglês, o sr. R. Turner, MA Cambridge — também não fazia parte da história, nem a de professor universitário. Apesar de seu diploma de primeira classe, o estudo da literatura inglesa parecia-lhe agora, em retrospecto, um jogo de salão apaixonante; ler livros e ter opiniões a respeito deles era sem dúvida um complemento desejável de uma vida civilizada. Mas não era o centro, dissesse o que dissesse o dr. Leavis em suas conferências. Não era o sacerdócio necessário, nem o empreendimento mais vital para uma mente inquieta, nem a primeira e a última barreira contra a horda dos bárbaros, como também não era nada disso o estudo da pintura, nem da música, nem da história, nem da ciência. Nas várias palestras a que assistira no seu último ano de curso, Robbie ouvira um psicanalista, um sindicalista comunista e um físico defenderem a primazia de seus respectivos campos com tanta paixão quanto Leavis defendera o seu, e de modo tão convincente quanto ele. Afirmativas semelhantes provavelmente eram feitas com relação à medicina também, mas para Robbie a questão era mais simples e mais pessoal: ele daria vazão a sua natureza prática e a suas aspirações científicas frustradas, desenvolveria habilidades bem mais complexas do que as adquiridas no campo da crítica e, acima de tudo, teria tomado a decisão ele próprio. Alugaria um quarto numa cidade estranha — e começaria.

Havia saído do bosque e chegado ao ponto em que o atalho juntava-se ao caminho principal. A luz fraca do entardecer ampliava a extensão do parque, e o suave brilho amarelo nas janelas, visto do outro lado do lago, fazia com que a casa parecesse quase grandiosa e bela. Ela estava lá dentro, talvez em seu quarto, preparando-se para o jantar — oculta, no fundo da casa, no segundo andar. Com vista para a fonte. Afastou aquelas imagens vívidas e diurnas dela, não queria chegar sentindo-se perturbado. As solas duras de seus sapatos estalavam sobre a superfície de macadame como o tique-taque de um relógio gigantesco, e ele se obrigou a pensar no tempo, esse seu grande tesouro, o luxo de uma fortuna ainda não gasta. Nunca antes tivera tanta consciência de sua juventude, nem experimentara tamanho apetite, tamanha impaciência, para que a história começasse logo. Havia em Cambridge homens que demonstravam agilidade mental como professores, ainda jogavam tênis razoavelmente bem, ainda remavam, e que eram vinte anos mais velhos que ele. Vinte anos no mínimo para desenvolver sua história mais ou menos em seu nível atual de bem-estar físico — quase tanto tempo quanto já vivera até então. Vinte anos depois, estaria na data futurista de 1955. Que coisas importantes ele saberia então que estavam obscuras agora? Ainda lhe restariam mais trinta anos adicionais, para serem vividos num ritmo mais tranquilo?

Imaginou-se em 1962, aos cinquenta anos de idade, quando estaria velho, mas não tão velho a ponto de ser inútil; pensou que seria um médico calejado e sábio, com histórias secretas, uma fileira de tragédias e sucessos em seu passado. Além de uma pilha de livros, milhares deles, pois haveria de ter um escritório, grande e sombrio, ricamente atulhado de troféus acumulados em toda uma vida de viagens e meditações — plantas raras da floresta tropical, flechas envenenadas, invenções elétricas que não deram certo, figuras esculpidas em pedra-sabão, crânios encolhidos, obras de arte aborígene. Nas estantes, livros de referência de medicina e meditações, sem dúvida, mas também os livros que agora enchiam seu cantinho no sótão do bangalô — os poemas setecentistas que quase o haviam convencido a se tornar paisagista, seu exemplar de Jane Austen de terceira edição, Eliot, Lawrence, Wilfred Owen, as obras completas de Conrad, sua inestimável edição de 1783 de *A aldeia* de Crabbe, Housman, o exemplar de *A dança da morte* autografado por Auden. Pois essa era a questão, sem dúvida: ele seria um médico melhor por ter estudado literatura. Que leituras aprofundadas a sua sensibilidade refinada não faria do sofrimento humano, da autodestruição ou do azar que leva os homens à doença! Nascimento, morte e, entre os dois, a enfermidade. Ascensão e queda — esse era o tema do médico, e da literatura também. Estava pensando no romance do século XIX. Tolerância larga e visão abrangente, coração discretamente caloroso e cabeça fria; um médico como ele estaria atento para as configurações monstruosas do destino e para a negação inútil e cômica do inevitável; ele tomaria o pulso enfraquecido, ouviria o último suspiro, sentiria a mão febril começando a esfriar e meditaria, como só fazem os que conhecem a literatura e a religião, sobre a mesquinhez e a nobreza da espécie humana...

Seus passos foram se apressando no silêncio da noitinha de verão, seguindo o ritmo de seus pensamentos exultantes. À sua frente, a cerca de cem metros, estava a ponte, e nela, pensou ele, destacando-se contra a escuridão da estrada, havia um vulto branco que de início parecia fazer parte do parapeito de pedra clara. Quando fixou a vista no vulto, seus contornos se dissolveram, porém mais alguns passos adiante ele assumiu uma forma vagamente humana. Daquela distância não dava para saber se o vulto estava ou não virado para ele. Ele não se movia, e Robbie concluiu que estava sendo observado. Tentou por alguns segundos divertir-se com a ideia de que era um fantasma, mas não acreditava no sobrenatural, nem mesmo naquele ser nada exigente que presidia à igreja normanda do vilarejo. Era uma criança, ele percebia agora, e portanto haveria de ser Briony, com o vestido branco que ele a vira usando naquele mesmo dia. Agora distinguia a menina com clareza; levantou a mão e chamou-a, dizendo: "Sou eu, Robbie", mas ela continuou imóvel.

Quando ele se aproximava da casa, ocorreu-lhe que talvez fosse preferível que sua carta chegasse antes dele. Caso contrário, seria obrigado a entregá-la a Cecilia à vista de outras pessoas, talvez da mãe dela, que o tratava com certa frieza desde que ele voltara. Talvez nem conseguisse entregar a carta a Cecilia, que se manteria distante. Se Briony entregasse a carta, ela teria tempo de lê-la e pensar a sós. Aqueles minutos a mais talvez a amolecessem.

"Eu queria saber se você podia me fazer um favor", disse Robbie ao aproximar-se da menina.

Ela fez que sim e ficou esperando.

"Será que você podia dar uma corrida e entregar essa carta à Cee?"

Enquanto falava, pôs o envelope na mão de Briony, que o segurou sem dizer palavra.

"Eu estou indo daqui a uns minutos", começou a dizer, mas ela já estava correndo pela ponte. Robbie encostou-se no parapeito e pegou um cigarro enquanto via o vulto de Briony correndo, diminuindo, desaparecendo no lusco-fusco. Era uma idade incômoda para uma menina, pensou ele, satisfeito. Doze, ou seria treze? Perdeu-a de vista por um segundo ou dois, depois viu-a atravessando a ilha, destacando-se contra a massa mais escura das árvores. Em seguida ela sumiu outra vez, e foi só quando reapareceu, já depois da segunda ponte, e estava saindo da estrada para tomar um atalho pelo gramado, que ele estacou de repente, dominado pelo horror e por uma certeza absoluta. Um grito involuntário, sem palavras, escapou-lhe da boca; deu mais alguns passos apressados, hesitou, correu mais um trecho, depois parou de novo, sabendo que era inútil. Não via mais Briony quando, com as mãos em concha ao redor da boca, gritou com força o nome da menina. Também aquilo era inútil. Permaneceu parado, forçando a vista para vê-la — como se isso adiantasse alguma coisa — e forçando a memória também, tentando desesperadamente se convencer de que estava enganado. Mas não estava. A carta escrita à mão ele havia deixado sobre a *Anatomia* de Gray, seção de esplancnologia, página 1546, a vagina. A página datilografada, que ele largara junto à máquina de escrever, fora a que ele havia pegado, dobrado e colocado no envelope. Nem precisava de sutilezas freudianas — a explicação era simples e mecânica: a carta inócua ficara sobre a figura 1236, a gravura de duas páginas que ostentava uma coroa de pelos pubianos, enquanto o rascunho obsceno estava sobre a mesa, bem à mão. Gritou o nome de Briony mais uma vez, embora tivesse certeza de que àquela altura ela já teria chegado à porta da frente. De fato, segundos depois um losango distante de luz ocre, contendo a silhueta da menina, alargou-se, imobilizou-se, em seguida se estreitou até desaparecer, quando ela entrou na casa e fechou a porta.

# 9.

E m duas ocasiões num intervalo de meia hora, Cecilia saiu do quarto, viu sua própria imagem no espelho de moldura dourada que ficava no alto da escada e, sentindo-se imediatamente insatisfeita, voltou a abrir o armário. Sua primeira escolha tinha sido um vestido de crepe preto da China, o qual, segundo o espelho da penteadeira, lhe emprestava, graças ao corte inteligente, uma certa severidade de formas. O ar de invulnerabilidade era ressaltado pelo negrume dos olhos. Em vez de contrabalançar o efeito com um colar de pérolas, pegou, num momento de inspiração, um outro de azeviche puro. O arco de batom saiu perfeito logo na primeira aplicação. Após inclinar a cabeça em diversos ângulos para apreender visões em tríptico, ela se convenceu de que seu rosto não era comprido demais, ou pelo menos não naquela noite. Havia prometido à mãe passar na cozinha, e Leon estava à sua espera, ela sabia, na sala de estar. Assim mesmo, encontrou tempo, no momento em que ia sair, para voltar à penteadeira e aplicar perfume nas pontas dos cotovelos, um toque jocoso que se harmonizava com seu estado de espírito ao sair de seu quarto e fechar a porta.

Porém o olhar público do espelho no alto da escada, no momento em que ela passou apressada por ele, revelou uma mulher a caminho de um enterro, uma mulher austera, desprovida de alegria, e que, além disso, ostentava uma carapaça negra que lembrava um desses insetos que eram guardados em caixas de fósforos. Um besouro! Era ela no futuro, aos oitenta e cinco anos de idade, com seu traje de luto de viúva. Não hesitou — girou em torno do salto do sapato, também negro, e voltou para o quarto.

Tinha lá suas dúvidas, porque sabia que a cabeça pregava essas peças. Ao mesmo tempo, estava com a cabeça — em todos os sentidos da expressão — no lugar onde ia passar a noite, e tinha de estar em paz consigo própria. Despiu o vestido de crepe preto, largando-o no chão, e, de salto alto e roupa de baixo, começou a examinar as possibilidades contidas em seu guarda-roupa, sabendo que os minutos estavam passando. Era detestável a ideia de parecer austera. Queria sentir-se relaxada e, ao mesmo tempo, contida. Acima de tudo, queria dar a impressão de que não havia gastado mais do que um momento pensando em sua aparência, e isso levaria tempo. Lá embaixo, um nó de impaciência estaria apertando-se cada vez mais na cozinha, enquanto os minutos que ela planejava passar a sós com seu irmão se esgotavam. Logo sua mãe apareceria para discutir quem ficaria sentado onde, Paul Marshall desceria de seu quarto e seria necessário fazer sala para ele, e então Robbie estaria chegando. Como podia ela pensar com clareza?

Correu a mão por uns poucos metros de história pessoal, sua breve crônica do gosto em matéria de roupas. Lá estavam os vestidos de melindrosa de sua adolescência, que agora lhe pareciam ridículos, frouxos, assexuados, e, embora um estives-

se com manchas de vinho e outro com um furo de cigarro —
seu primeiro cigarro —, não tinha coragem de se desfazer deles. Ali estava o vestido com as primeiras tímidas ombreiras,
depois outros, mais decididos, como irmãs mais velhas e musculosas, a deixar de lado os anos da infância, redescobrindo
cinturas e curvas, descendo as bainhas com um desprezo autossuficiente pelas esperanças dos homens. Seu melhor vestido, o mais recente, comprado para comemorar o fim dos exames finais, antes de ela ficar sabendo que recebera apenas um
mísero diploma de terceira classe, era um soirée verde-escuro
frente única, justo, com alças de amarrar no pescoço. Chique
demais para estrear em casa. Continuou a correr a mão pelos
vestidos e encontrou um de seda moiré com blusa plissada e
barra ondulada — uma escolha prudente, pois o tom de rosa
era suave e discreto o bastante para usar à noite. O espelho
triplo concordou. Cecilia trocou os sapatos, substituiu o azeviche pelas pérolas, retocou a maquiagem, ajeitou o cabelo, pôs
um pouco de perfume na base do pescoço, pois agora uma
parte maior dele estava exposto, e voltou ao corredor menos de
quinze minutos depois.

Algumas horas antes ela vira o velho Hardman andando
pela casa com uma cesta de vime, trocando lâmpadas elétricas.
Talvez agora a iluminação no alto da escada estivesse mais forte,
pois ela nunca tivera antes esse tipo de problema com o espelho
de lá. Quando ainda estava a quarenta passos dele, percebeu
que ele não a deixaria passar; o tom de rosa era de uma palidez
inocente, a cintura estava alta demais, o vestido brilhava como
uma roupa de festa de uma menina de oito anos de idade. Só
faltavam os botões em forma de coelhinhos. À medida que foi
se aproximando, uma irregularidade na superfície do velho espelho encolheu sua imagem, e ela viu à sua frente a criança de
quinze anos antes. Parou e, para testar, levou as mãos à cabeça

e segurou chumaços de cabelo. O mesmo espelho já a teria visto descendo a escada assim em dezenas de ocasiões, a caminho de tantos aniversários de amigas. Não ajudaria nem um pouco a seu estado de espírito descer daquele jeito, parecida — ou julgando-se parecida — com Shirley Temple.

Com mais resignação do que irritação ou pânico, voltou ao quarto. Não havia confusão em sua cabeça: aquelas impressões excessivamente vívidas e nada confiáveis, suas inseguranças, a clareza visual invasiva e as diferenças misteriosas que haviam recoberto o familiar não passavam de continuações, variações do modo como estivera se sentindo no decorrer de todo o dia. Sentindo, mas preferindo não pensar. Além disso, sabia o que devia fazer, desde o começo que sabia. Só possuía uma única roupa de que gostava mesmo, e era essa que devia usar. Largou o vestido rosa em cima do preto e, livrando-se com desprezo daquela pilha de roupas, pegou o vestido, o frente única verde comprado para comemorar as provas finais. Enquanto o vestia, aprovou a pressão firme do corte em viés através da seda da anágua, e sentiu-se lisa, inexpugnável, escorregadia, segura de si; foi uma sereia quem emergiu à sua frente no espelho de corpo inteiro. Conservou o colar de pérolas, calçou novamente os sapatos pretos de salto alto, mais uma vez retocou o cabelo e a maquiagem, desistiu de mais um pouco de perfume e então, ao abrir a porta, deu um grito de pavor. Alguns centímetros à sua frente havia um rosto e um punho erguido. Sua percepção imediata e apavorante foi de uma perspectiva radical, à Picasso, em que lágrimas, olhos vermelhos e inchados, lábios molhados e nariz por assoar se confundiam numa imagem úmida e avermelhada de sofrimento. Recuperou-se, pôs as mãos nos ombros ossudos e delicadamente virou o corpinho de lado para poder ver a orelha esquerda. Era Jackson, prestes a bater à sua porta. Na outra mão havia um pé de meia cinza. Dando um passo para trás viu que ele estava de camisa branca e calças curtas cinza, roupas bem passadas, porém descalço.

"Pimpolho! O que foi?"

Por um momento ele não conseguiu falar. Limitou-se a levantar a meia e apontar para o lado. Cecilia pôs a cabeça para fora e olhou para a extremidade do corredor, onde Pierrot, também descalço, também levantava um pé de meia, e os observava.

"Então cada um tem um pé."

O menino fez que sim e engoliu, e por fim conseguiu falar. "A senhorita Betty disse que a gente vai apanhar se não descer agora pra tomar chá, mas a gente só tem um par de meias."

"E vocês estão brigando por isso."

Jackson concordou com a cabeça, enfático.

Enquanto caminhava com os gêmeos em direção ao quarto deles, um dos meninos tomou-lhe a mão, depois o outro fez o mesmo, e Cecilia constatou, surpresa, que aquele gesto a contentara muito. Não conseguiu deixar de pensar no vestido.

"Por que não pediram pra irmã de vocês ajudar?"

"Ela não está falando com a gente agora."

"E por que não?"

"Ela *odeia* a gente."

O quarto dos meninos era uma bagunça deplorável de roupas, toalhas molhadas, cascas de laranja, pedaços rasgados de uma revista em quadrinhos dispostos ao redor de uma folha de papel, cadeiras viradas para cima parcialmente cobertas por mantas, travesseiros fora do lugar. Entre as camas havia uma mancha úmida grande no carpete, no centro da qual havia um sabonete e muito papel higiênico molhado. Uma das cortinas estava torta, e, embora as janelas estivessem descerradas, o ar estava úmido, como se respirado muitas vezes. Todas as gavetas do armário estavam abertas e vazias. A impressão era de tédio por ficar dentro de casa pontuado por disputas e projetos —

pular de uma cama para outra, montar um acampamento, começar a inventar um jogo de tabuleiro e desistir no meio. Ninguém na casa dos Tallis estava tomando conta dos gêmeos Quincey, e para disfarçar seu sentimento de culpa Cecilia disse, num tom alegre: "Não vamos conseguir encontrar nada no meio dessa bagunça".

Começou a restaurar a ordem, refazendo as camas, descalçando os sapatos de salto alto e subindo numa cadeira para endireitar a cortina, incumbindo os gêmeos de pequenas tarefas realizáveis. Obedeciam a suas ordens ao pé da letra, porém trabalhavam em silêncio, cabisbaixos, como se Cecilia quisesse castigá-los e não salvá-los, movida pela severidade e não pela bondade. Estavam com vergonha do quarto. No alto da cadeira, com seu vestido verde justo, contemplando as cabecinhas ruivas a zanzar de um lado para o outro, cumprindo suas tarefas, ela pensou como deveria ser desanimador e apavorante para eles viver sem amor, criar uma nova vida a partir do nada numa casa estranha.

Com dificuldade, pois não dava para dobrar muito os joelhos, desceu da escada, sentou-se na beira de uma das camas e fez sinal para que os dois se sentassem a seu lado. Mas os meninos continuaram em pé, olhando para ela, na expectativa. Cecilia dirigiu-se a eles no tom de voz levemente cantado de uma professora de maternal que ela admirara no passado.

"A gente não precisa chorar por causa de uma meia perdida, não é mesmo?"

Disse Pierrot: "A gente queria mesmo era ir pra casa".

Sentindo-se repreendida, retomou o tom de uma conversa entre adultos. "No momento isso é impossível. A mãe de vocês está em Paris com… está tirando umas feriazinhas, e o pai está trabalhando na universidade, de modo que vocês vão ter que ficar aqui por uns tempos. Se nós não temos dado atenção a vocês, peço desculpas. Mas até que vocês se divertiram um bocado lá na piscina..."

Disse Jackson: "A gente queria trabalhar na peça, aí a Briony sumiu e até agora não voltou".

"Você tem certeza?" Mais um motivo de preocupação. Briony já deveria ter voltado havia muito tempo. Isso, por sua vez, lhe trouxe à mente as pessoas que a aguardavam lá embaixo: a mãe, a cozinheira, Leon, a visita, Robbie. Até mesmo o calor da noite que entrava no quarto pelas janelas abertas atrás dela lhe impunha responsabilidades; aquela era o tipo de noite de verão com que as pessoas passavam o ano todo sonhando, e agora que tinha chegado, finalmente, com sua fragrância pesada, havia toda uma série de exigências e pequenas desgraças que a impediam de aproveitá-la. Mas era preciso aproveitá-la. Seria um pecado não fazê-lo. Seria um paraíso tomar um gim-tônica lá fora, no terraço, com Leon. Não era culpa sua se a tia Hermione havia fugido de casa com um pateta que pronunciava sermões no rádio toda semana. Chega de tristeza. Cecilia levantou-se e juntou as mãos.

"É, a coisa da peça é mesmo uma pena, mas a gente não pode fazer nada. Vamos achar umas meias pra vocês e seguir em frente."

Após uma busca, constatou-se que as meias que os gêmeos haviam trazido no corpo estavam sendo lavadas e que, no arrebatamento da paixão, a tia Hermione só havia colocado mais um par na mala. Cecilia foi até o quarto de Briony e remexeu a gaveta até encontrar as meias menos femininas de todas — meias soquete brancas, com morangos vermelhos e verdes na bainha. Imaginou que haveria agora uma briga pelas meias cinza, mas foi o contrário; para evitar mais sofrimentos, foi obrigada a voltar ao quarto de Briony para pegar outro par. Dessa vez foi até a janela e contemplou o fim de tarde, pensando onde estaria sua irmã. Afogada no lago, violentada por ciganos, atropelada por um automóvel, pensou ritualmente, com base no sólido princípio segundo o qual a realidade nunca coincidia com a imaginação; era um método eficiente de excluir as piores possibilidades.

De volta ao quarto dos meninos, ajeitou o cabelo de Jackson com um pente umedecido na água de um vaso de flores, segurando com força o queixo do menino com o indicador e o polegar enquanto traçava sobre seu couro cabeludo um risco fino e reto. Pierrot aguardou sua vez pacientemente, e depois, sem uma palavra, os dois desceram correndo juntos para enfrentar Betty.

Cecilia seguiu-os num passo mais lento, passando pelo espelho crítico com uma olhadela, completamente satisfeita com o que viu. Ou melhor, importando-se menos, porque o episódio dos gêmeos havia alterado seu estado de espírito; seus pensamentos haviam se ampliado de modo a incluir uma decisão vaga, que tomou forma sem nenhum conteúdo específico e não implicava nenhum plano em particular: ela precisava ir embora. A ideia era tranquilizadora e agradável, e nem um pouco desesperada. Chegou ao patamar do primeiro andar e deteve-se. Lá embaixo, sua mãe, cheia de culpa por haver se ausentado da família, estaria espalhando ansiedade e confusão por toda parte. A isso seria acrescentada a notícia, se fosse de fato o caso, de que Briony estava sumida. Tempo e preocupação seriam consumidos até que ela fosse encontrada. Alguém telefonaria do departamento para dizer que o sr. Tallis tivera de trabalhar até mais tarde e dormiria na cidade. Leon, que tinha o puro dom de evadir-se das responsabilidades, não assumiria o papel do pai. A sra. Tallis seria a substituta oficial, mas em última análise o sucesso da noite dependeria de Cecilia. Tudo isso estava claro, e nem valia a pena lutar contra essas coisas — ela não ia poder se entregar à delícia de uma noite de verão, não teria uma longa conversa com Leon, não caminharia descalça pelo gramado sob as estrelas à meia-noite. Sentiu sob sua mão o pinho escurecido dos balaústres vagamente neogóticos, de uma solidez e uma falsidade inabaláveis. Acima de sua cabeça pendia por três correntes um enorme candelabro de ferro fundido que jamais fora aceso desde que ela se entendia por gente. Usavam-se, em vez dele, duas luminárias na parede, ornadas com borlas, por trás de quartos de círculo feitos de imitação de pergaminho. À luz débil e amarelenta dessas luminárias, Cecilia atravessou rapidamente o patamar e olhou de relance em direção ao quarto da mãe. A porta entreaberta e a coluna de luz que se espalhava pelo carpete do corredor confirmavam que Emily Tallis havia se levantado. Cecilia voltou à escada e hesitou outra vez; relutava em descer. Mas não tinha outra opção.

Não havia nada de novo nos preparativos, e ela não se angustiou. Havia dois anos que seu pai desaparecera por trás dos misteriosos documentos de consulta do Ministério do Interior. Sua mãe sempre vivera na terra de sombras dos doentes, Briony sempre exigira os cuidados maternos da irmã, Leon sempre fora livre para fazer o que quisera, e Cecilia o amava por isso. Não imaginara que seria tão fácil reassumir os antigos papéis. Cambridge lhe causara uma mudança fundamental, e ela se julgava imune. Ninguém em sua família, porém, percebera a transformação por ela sofrida, e ela não conseguira resistir ao poder das expectativas habituais. Não punha a culpa em ninguém, mas passara o verão inteiro em casa, estimulada por uma vaga ideia de estar restabelecendo uma ligação importante com a família. Porém as conexões nunca tinham sido rompidas, ela percebia agora, e além disso seus pais eram ausentes, cada um a sua maneira, Briony vivia imersa em suas fantasias e Leon estava na cidade. Agora chegara a sua hora de partir. Precisava de uma aventura. Um tio e uma tia a tinham convidado para acompanhá-los a Nova York. A tia Hermione estava em Paris. Cecilia podia ir para Londres e arranjar um emprego — era o que seu pai esperava dela. O que ela sentia era animação, não inquietação, e não deixaria que aquela noite a frustrasse. Haveria outras noites como aquela, e para aproveitá-las ela teria de estar em outro lugar.

Animada por essa nova certeza — a escolha do vestido adequado certamente ajudara —, atravessou o hall, empurrou a porta forrada de baeta e caminhou com passos largos até a cozinha pelo corredor de ladrilhos xadrezes. Mergulhou numa nuvem em que cabeças sem corpos surgiam em alturas diferentes, como esboços num caderno de artista, e todos os olhos estavam voltados para algo colocado sobre a mesa da cozinha, oculto da vista de Cecilia pelas costas largas de Betty. O brilho vermelho à altura dos calcanhares vinha das brasas do forno de duas portas, que naquele exato instante alguém fechou com o pé, com um estrondo e um grito irritado. Um vapor espesso subia de um caldeirão de água fervente ao qual ninguém dava atenção. A ajudante da cozinheira, Doll, uma moça magra do vilarejo, que tinha o cabelo preso num coque austero, esfregava as tampas das panelas na pia, produzindo um ruído mal-humorado, mas também ela estava meio virada para ver o que Betty colocara na mesa. Um dos rostos era de Emily Tallis, o outro de Danny Hardman, o terceiro do pai dele. Flutuando acima dos outros, talvez por terem subido em banquinhos, estavam os rostos de Jackson e Pierrot, muito sérios. Cecilia sentia o olhar do jovem Hardman fixo sobre ela. Devolveu o olhar com ferocidade e ficou satisfeita quando o rapaz desviou a vista. O trabalho naquela cozinha fora intenso e prolongado o dia inteiro naquele calor, e havia resíduos por toda parte: o chão de pedra estava grudento de gordura do assado e cascas pisadas; panos de prato encharcados — tributos a trabalhos heroicos já esquecidos — pendiam sobre o fogão como bandeiras militares apodrecidas numa igreja; roçava a canela de Cecilia uma cesta cheia até a boca de restos de legumes, que Betty levaria para sua casa para dar ao porco que estava engordando para dezembro. A cozinheira olhou por cima do ombro para ver quem havia entrado, e, antes que ela se virasse para a frente outra vez, Cecilia teve tempo de perceber a fúria naqueles olhos que a gordura das bochechas reduzira a fatias gelatinosas.

"Pode tirar!", gritou ela. Não havia dúvida de que a irritação era dirigida à sra. Tallis. Doll saltou da pia para o fogão, escorregou e quase caiu, pegou dois panos para tirar o caldeirão do fogo. Agora Cecilia pôde ver Polly, a camareira que todos diziam ser meio boba, que ficava até mais tarde quando havia festa. Cecilia contornou Betty para ver o que todo mundo estava vendo — um tabuleiro enorme, enegrecido, recém-tirado do forno, contendo uma porção de batatas assadas que ainda chiavam um pouco. Eram talvez cem ao todo, formando fileiras irregulares cor de ouro pálido, que a espátula de metal de Betty escavava e raspava e virava. No lado de baixo as batatas ostentavam um brilho amarelo mais lustroso, e aqui e ali uma borda se destacava num tom de marrom anacarado, com uma ou outra filigrana delicada a irradiar-se em torno de uma casca rompida. Estavam — ou estavam ficando — perfeitas.

Tendo virado a última fileira, Betty disse: "Então a senhora quer que isso vire uma salada de batatas?".

"Isso mesmo. Corte fora as partes queimadas, retire a gordura, coloque tudo naquela tigela toscana grande, ponha bastante azeite e depois..." Com um gesto vago, Emily indicou uma pilha de frutas junto à porta da despensa, entre as quais talvez houvesse um limão.

Betty falava dirigindo-se ao teto. "A senhora quer uma salada de couve-de-bruxelas?"

"Ora, Betty."

"Uma salada de couve-flor gratinada? Uma salada com molho de rábano?"

"Você está fazendo uma tempestade num copo d'água."

"Uma salada de pudim de pão com manteiga?"

Um dos gêmeos soltou um riso sufocado.

No momento exato em que Cecilia previu o que ia acontecer, a coisa começou a acontecer. Betty virou-se para ela, agarrou-a pelo braço e dirigiu-lhe um apelo. "Senhorita Cee, mandaram fazer um assado e a gente passou o dia todo fazendo o assado, num calorão que o sangue da gente quase *ferveu*."

A cena era nova, os espectadores formavam um elemento diferente, mas o dilema era bem conhecido: como manter a paz sem humilhar sua mãe. Além disso, Cecilia tomara a decisão de ir para perto do irmão, no terraço; portanto era importante escolher o lado vitorioso e conseguir uma vitória rápida. Chamou a mãe para um canto, e Betty, que conhecia bem o mecanismo, deu ordens para que todos reassumissem suas funções. Emily e Cecilia Tallis estavam junto à porta que dava para a horta.

"Meu amor, está um calor tremendo e ninguém vai me convencer a não querer uma salada."

"Emily, eu sei que está quente demais, mas o Leon está morrendo de saudade dos assados da Betty. Ele não fala noutra coisa. Até para o senhor Marshall ele disse maravilhas do assado."

"Ah, meu Deus", exclamou Emily.

"Eu estou com você. Também não quero comer assado. O melhor é deixar que cada um escolha. Mande a Polly cortar umas alfaces. Tem beterraba na despensa. Mande a Betty cozinhar mais umas batatas e depois deixar esfriar."

"Meu amor, você tem razão. Eu não quero de jeito nenhum decepcionar o Leonzinho."

E assim ficou decidido, e o assado foi salvo. Com tato e dignidade, Betty mandou Doll descascar mais batatas, e Polly saiu para a horta com uma faca.

Quando deixaram a cozinha, Emily pôs os óculos escuros e disse: "Ainda bem que o assunto está resolvido, porque estou preocupada mesmo é com a Briony. Eu sei que ela está chateada. Está lá fora, emburrada, eu vou lá mandar ela entrar".

"Boa ideia. Eu também estava preocupada", disse Cecilia. Não se sentia inclinada a convencer a mãe a não se afastar muito do terraço.

A sala de estar, que deslumbrara Cecilia naquela manhã com seus paralelogramos de luz, agora estava escura, iluminada por uma única luminária perto da lareira. As portas envidraçadas abertas emolduravam um céu esverdeado, e contra esse fundo destacavam-se, em silhueta, a certa distância, a cabeça e os ombros tão conhecidos de seu irmão. Enquanto atravessava a sala, Cecilia ouviu o tilintar de gelo num copo e, saindo no terraço, sentiu um cheiro de poejo, camomila e matricária esmagados, mais forte do que naquela manhã. Ninguém mais se lembrava do nome, nem mesmo da cara, do jardineiro contratado temporariamente alguns anos antes, que resolvera plantar essas ervas nas fendas entre as pedras do calçamento. Na época, ninguém entendeu o que ele tinha em mente. Talvez por isso ele fora demitido.

"Maninha! Estou há uns quarenta minutos aqui fora e já estou ficando alto."

"Desculpe. Cadê o meu drinque?"

Numa mesa de madeira baixa encostada nos fundos da casa havia um lampião a parafina, e à sua volta fora montado um bar improvisado. Finalmente Cecilia tinha um copo de gim-tônica na mão. Acendeu um cigarro no do irmão, e os dois brindaram batendo os copos.

"Gostei do vestido."

"Dá pra ver?"

"Dê uma volta. Lindíssimo. Eu tinha me esquecido dessa sua pinta."

"E como está o banco?"

"Chato e agradável. A gente vive pras noites e os fins de semana. Quando é que você vai me visitar?"

Haviam se afastado do terraço, chegando ao caminho de cascalho entre as roseiras. A fonte do tritão surgiu a sua frente — um vulto negro cujo contorno complexo se destacava contra um céu cada vez mais verde à medida que a luz morria. Ouviram o ruído da água, e Cecilia teve a impressão de sentir o cheiro também, prateado e forte. Talvez fosse o copo na sua mão.

Disse ela, depois de uma pausa: "Estou quase enlouquecendo aqui".

"Voltou a ser mãe de todo mundo. Sabe, agora tem todo tipo de trabalho que aceita mulher. Pode até fazer concurso pro funcionalismo público. O velho ia ficar satisfeito."

"Com diploma de terceira classe eles não iam me aceitar."

"Depois que a sua vida começa de verdade você vê que esse tipo de coisa não tem a menor importância."

Chegaram à fonte e viraram-se de frente para a casa, permanecendo em silêncio por algum tempo, debruçados sobre o parapeito, bem no lugar onde ela passara aquele vexame. Imprudente, ridículo e acima de tudo vergonhoso. Apenas o tempo, um véu pudico de algumas horas, impediu que seu irmão a visse naquele estado. Mas nada a protegera de Robbie. Ele a vira, ele sempre poderia vê-la, mesmo depois que o tempo reduzisse aquela lembrança a uma história de botequim. Ainda estava irritada com o irmão por tê-lo convidado, mas precisava de

Leon, queria compartilhar de sua liberdade. Solícita, pediu que lhe contasse as novidades.

Na vida de Leon — ou melhor, no relato que ele fazia de sua vida — ninguém era mesquinho, ninguém tramava, mentia nem traía. Todos eram de alguma maneira louvados, como se a existência de cada pessoa fosse uma maravilha a ser comemorada. Ele se lembrava da melhor frase de cada amigo seu. Quem ouvia Leon falando ficava mais tolerante com a humanidade e seus defeitos. Todo mundo era, na pior das hipóteses, "um bom sujeito" ou "uma pessoa decente", e jamais se atribuía uma motivação que não fosse coerente com o comportamento explícito. Se havia algum mistério ou alguma contradição num amigo, Leon encarava a coisa por um ângulo distanciado e encontrava uma explicação benévola. Literatura e política, ciência e religião não o entediavam — simplesmente não havia lugar para tais coisas em seu mundo, nem para nenhuma questão a respeito da qual as pessoas discordassem. Ele havia se formado em direito e fazia questão de deixar toda aquela experiência para trás. Era difícil atribuir-lhe sentimentos de solidão, tédio ou desânimo; sua equanimidade era inesgotável, tal como sua falta de ambição, e ele presumia que todos fossem mais ou menos como ele. Apesar de tudo isso, sua imperturbabilidade era perfeitamente tolerável, até mesmo tranquilizadora.

Primeiro falou de seu clube de remo. Recentemente fora voga da equipe e, embora todos gostassem da sua atuação, ele preferia acompanhar o ritmo de outra pessoa. No banco, haviam-lhe acenado com uma promoção, mas quando a coisa não deu em nada ele ficou um tanto aliviado. Quanto a garotas: a atriz Mary, que fora tão maravilhosa em *Vidas privadas*, havia de repente ido para Glasgow, sem nenhuma explicação. Leon desconfiava de que ela estava cuidando de um parente moribundo. Francine, que falava um francês tão bonito e que escandalizara a todos usando um monóculo, fora com ele assistir a uma opereta de Gilbert e Sullivan na semana anterior, e no intervalo viram o rei, que parecia olhar na direção deles. Barbara, a moça tão simpática, confiável e bem relacionada que Jack e Emily achavam que ele devia desposar, o havia convidado para passar uma semana no castelo dos pais dela na Escócia. Leon julgava que seria uma indelicadeza recusar o convite.

Sempre que o irmão parecia ficar sem assunto, Cecilia fazia-lhe mais uma pergunta. Inexplicavelmente, o aluguel que ele pagava no Albany Hotel havia baixado. Um velho amigo seu havia engravidado uma moça que tinha a língua presa, casara-se com ela e agora estava muito feliz. Um outro estava comprando uma motocicleta. O pai de um colega seu havia adquirido uma fábrica de aspiradores de pó e dizia que era uma verdadeira mina de dinheiro. A avó de um conhecido seu era uma velhota admirável, pois conseguira caminhar quase um quilômetro com a perna quebrada. Doce como o ar da noite, aquela conversa a atravessava e contornava, evocando um mundo de boas intenções e resultados felizes. Um ao lado do outro, meio em pé, meio sentados, estavam virados para a casa em que haviam passado a infância, cujas confusas referências medievais agora pareciam bem-humoradas; a enxaqueca de sua mãe era um interlúdio cômico numa opereta, a tristeza dos gêmeos, uma extravagância sentimental, o incidente na cozinha, apenas um choque alegre entre personalidades fortes.

Quando chegou sua vez de falar sobre os eventos dos últimos meses, foi-lhe impossível não ser influenciada pelo tom de Leon, embora sua versão fosse inevitavelmente irônica. Ridicularizou suas tentativas no campo da genealogia — a árvore da família só possuía galhos secos e nus, além de não ter raízes. O avô Harry Tallis era filho de um trabalhador rural que, por algum motivo, havia trocado o nome original, Cartwright; a respeito de seu nascimento e seu casamento não havia registros. Quanto a *Clarissa* — depois de tantas horas passadas na cama com o braço dormente —, era na verdade o contrário de *Paraíso perdido*: à medida que ia se revelando a virtude da heroína, por fim selada pela morte, mais repulsiva ela parecia. Leon concordou com um gesto de cabeça e não disse nada; não ia fingir que sabia do que ela estava falando, nem tampouco a interromperia. Cecilia resumiu em tom de farsa suas semanas de tédio e solidão; contou-lhe que viera passar um tempo com a família, para compensar o longo afastamento, e constatara que seus pais e sua irmã estavam distantes, cada um a seu modo. Estimulada pela reação generosa do irmão, que chegou às raias do riso, esboçou algumas cenas cômicas, evocando sua necessidade diária de adquirir cigarros, Briony rasgando o cartaz, os gêmeos recorrendo a ela, cada um com um pé de meia, e a mãe querendo o milagre do banquete: batatas assadas transformadas em salada de batatas. Leon não captou a referência bíblica. Havia desespero em tudo o que ela dizia, um vazio no âmago, ou alguma coisa excluída e oculta que a fazia falar mais depressa e exagerar sem convicção. A nulidade agradável da vida de Leon era um artefato polido; sua espontaneidade era enganosa, suas limitações eram produto de muito trabalho invisível e acidentes de caráter, coisas que ela não poderia jamais imitar. Cecilia tomou o braço do irmão e apertou-o. Mais uma qualidade de Leon: uma companhia suave e encantadora, porém o braço, por trás do tecido do paletó, era duro como madeira de lei. Ela se sentia totalmente macia e transparente. Leon a olhava com afeto.

"E o que você conta de bom, Cee?"

"Nada. Nada, mesmo."

"Você devia vir me visitar e passar uns tempos comigo."

Um vulto se movia no terraço, e luzes se acendiam na sala de estar. Briony gritou para os irmãos.

Leon respondeu: "Estamos aqui".

"A gente devia entrar", disse Cecilia, e ainda de braços dados foram caminhando em direção à casa. Ao passarem pelas roseiras, ela se perguntou se havia mesmo alguma coisa que queria contar a Leon. Confessar-lhe o que havia feito naquela manhã certamente não era possível.

"Eu gostaria muito de ir a Londres." Ao mesmo tempo que pronunciava as palavras, imaginava-se sendo arrastada de volta para casa, impedida de fazer as malas e de pegar o trem. Talvez não quisesse ir, porém repetiu, com um pouco mais de ênfase:

"Eu gostaria muito."

Briony aguardava impaciente no terraço para saudar o irmão. Alguém falou com ela de dentro da sala, e ele virou a cabeça para trás para responder. Enquanto Cecilia e Leon se aproximavam, a voz se fez ouvir outra vez — era a mãe deles, tentando ser severa.

"Só vou mandar mais uma vez. Venha pra casa agora tomar banho e se vestir."

Ainda olhando para os irmãos, Briony começou a se deslocar em direção às portas envidraçadas. Havia algo em sua mão.

Disse Leon: "A gente arranjava alguma coisa pra você bem depressa".

Quando entraram na sala, clareada por várias luminárias, Briony ainda estava lá, descalça e com o vestido branco imundo, e a mãe estava parada à porta do outro lado da sala, com um sorriso indulgente nos lábios. Leon estendeu os braços e disse, com o sotaque cômico de cockney que reservava para ela:

"Ué, ó só a minha maninha!"

Ao passar correndo por Cecilia, Briony rapidamente pôs na mão dela um pedaço de papel dobrado duas vezes; gritou o nome do irmão e pulou para seus braços.

Percebendo que a mãe a estava observando, Cecilia assumiu um ar de curiosidade bem-humorada enquanto desdobrava a folha. Teve o mérito de continuar a manter a mesma expressão enquanto assimilava o sentido do pequeno parágrafo datilografado e num só olhar compreendia tudo — uma unidade de significado cuja força e cujo sabor derivavam da única palavra repetida. A seu lado, Briony falava a Leon sobre a peça que havia escrito para ele, lamentando não ter conseguido montá-la. *Arabella em apuros*, ela repetia sem parar. *Arabella em apuros*. Ela parecia estranhamente animada, uma excitação nunca vista antes. Continuava abraçada ao pescoço do irmão e ficou na ponta dos pés para esfregar a bochecha na dele.

De saída, uma única expressão ficou dando voltas na cabeça de Cecilia: *É claro, é claro*. Como ela não percebera antes? Tudo estava explicado. O dia inteiro, as últimas semanas, sua infância. Toda sua vida. Agora estava tudo claro. Por que ela levara tanto tempo para escolher um vestido, disputara a posse de um vaso, achara tudo tão diferente e não conseguira sair dali. O que a tornara tão cega, tão obtusa? Vários segundos já haviam passado, e não podia mais ficar olhando fixamente para um pedaço de papel. O ato de dobrá-lo teve o efeito de fazê-la se dar conta de um fato óbvio: ele não poderia ter sido entregue aberto. Virou-se e olhou para a irmã.

Leon estava olhando para ela: "Que tal? Eu sou bom em fazer vozes, e você é melhor ainda. Vamos ler a peça em voz alta, juntos".

Cecilia contornou-o, para que Briony a visse.

"Briony? Briony, você leu isso?"

Mas a menina, respondendo à sugestão de Leon com uma voz excitada, saltitava, abraçada a ele, e, evitando o olhar de Cecilia, virou o rosto, enfiando-o no paletó do irmão.

Do outro lado da sala Emily disse, apaziguadora: "Calma aí".

Mais uma vez, Cecilia mudou de posição de modo a ficar do outro lado do irmão. "Cadê o envelope?"

Briony virou o rosto outra vez e riu de modo espalhafatoso de algo que Leon estava lhe dizendo.

Então Cecilia percebeu uma outra presença, nas fímbrias de seu campo de visão, a mover-se atrás dela, e, quando se virou, deu de cara com Paul Marshall. Numa das mãos ele levava uma bandeja de prata onde havia cinco taças, cheias de uma substância marrom viscosa. Ele levantou uma delas e a entregou a Cecilia.

"Faço questão de que a senhorita prove."

# 10.

A complexidade dos sentimentos de Briony parecia confirmar que ela estava de fato penetrando na arena adulta de emoções e dissimulações, o que sem dúvida beneficiaria seu trabalho literário. Que conto de fadas poderia conter tantas contradições? Uma curiosidade selvagem e imprudente a levara a tirar a carta do envelope — ela a leu no hall assim que Polly abriu a porta para ela — e, embora o choque da mensagem a convencesse de que valera a pena fazê-lo, nem por isso ela deixou de se sentir culpada. Era errado ler a correspondência dos outros, mas para ela era certo, era essencial, saber tudo. Briony estava mesmo muito feliz de ver seu irmão, mas isso não a impedia de exagerar seus sentimentos para se esquivar da pergunta acusadora que lhe fazia sua irmã. E depois ela apenas fingira obedecer prontamente à ordem de sua mãe quando correu para seu quarto; além de querer fugir de Cecilia, precisava ficar a sós para repensar Robbie e esboçar os parágrafos iniciais de uma história impregnada de vida real. Chega de princesas! A cena junto à fonte, com seu ar desagradável de ameaça, e o final, quando cada um foi para seu lado, deixando uma ausência luminosa a tremeluzir e uma mancha molhada no cascalho — tudo isso teria de ser reconsiderado. Com a carta entrara em cena algo de visceral, brutal, talvez até criminoso, algum princípio escuso, e, apesar de estar tão empolgada com as possibilidades, Briony não duvidava de que sua irmã estivesse sendo ameaçada de algum modo e que precisasse de sua ajuda.

A palavra: tentava impedir que ela ressoasse em seus pensamentos, porém ela dançava em meio às suas ideias, obscena, um demônio tipográfico, sugerindo anagramas vagos e insinuantes — boteca, tabeco, cabeto. As palavras que rimavam ganhavam forma com base nos seus livros infantis — rodela de crochê em forma de rosa, trejeito facial, astro sem luz própria que gravita em torno de uma estrela. Naturalmente, nunca ouvira ninguém pronunciar aquela palavra, nem a vira em letra de fôrma ou a encontrara entre asteriscos. Ninguém na sua presença se referira à existência da palavra, e, mais ainda, ninguém, nem sequer sua mãe, jamais se referira à existência daquela parte de seu corpo que — disso Briony não tinha dúvida — a palavra designava. Ela não tinha dúvida de que era isso. O contexto ajudava, porém não era só isso, a palavra era coerente com seu significado, era quase uma onomatopeia. O arredondado das formas da segunda, terceira e quarta letras era tão claro quanto uma série de desenhos anatômicos. Três figuras ajoelhadas ao pé da cruz da quinta letra. O fato de que a palavra fora escrita por um homem que confessava uma imagem por ele mentalizada, que confidenciava um pensamento íntimo, a enojava profundamente.

Ela havia lido o bilhete no centro do hall de entrada, desavergonhadamente, sentindo de imediato o perigo contido naquela crueza. Algo de inexoravelmente humano, ou masculino, ameaçava a ordem da família, e Briony sabia que, se ela não ajudasse a irmã, todos sofreriam. Era igualmente claro que seria necessário ajudá-la, com muito tato e delicadeza. Caso contrário, como Briony sabia por experiência própria, Cecilia haveria de se voltar contra ela.

Esses pensamentos a ocupavam enquanto ela lavava as mãos e o rosto e escolhia um vestido limpo. As meias que queria usar não estavam em lugar nenhum, mas não quis perder tempo procurando. Pegou um outro par, calçou os sapatos e sentou-se à sua escrivaninha. Lá embaixo os adultos estavam tomando drinques, o que lhe daria ao menos vinte minutos. Poderia escovar o cabelo antes de descer. Lá fora, pela janela aberta, vinha o ruído de um grilo. Havia à sua frente um caderno de papel almaço do escritório do pai; a luminária da mesa projetava um retalho tranquilizador de luz amarela; a caneta-tinteiro estava na sua mão. Os animais domésticos estavam perfeitamente enfileirados no parapeito da janela, e as bonecas rígidas, cada uma numa posição, nos diferentes cômodos de sua mansão aberta, aguardavam a joia de sua primeira frase. Naquele momento, o impulso de escrever era mais forte do que qualquer ideia que ela tivesse a respeito de um tema. O que Briony desejava era se entregar aos desdobramentos de uma ideia irresistível, ver o fio negro desenrolar-se da ponta da pena de prata e ir formando palavras. Mas como fazer justiça às mudanças que a haviam finalmente transformado numa escritora de verdade, e ao emaranhado caótico de impressões, ao misto de repulsa e fascínio que a dominava? Era necessário impor a ordem. Ela começaria, tal como havia resolvido fazer antes, com uma narrativa direta da cena ocorrida na fonte. Mas aquele episódio visto à luz do sol não era tão interessante quanto o entardecer, os minutos de ócio passados na ponte em meio a um devaneio e o súbito aparecimento de Robbie na penumbra, a chamá-la, tendo nas mãos o pequeno quadrado branco que continha a carta que continha a palavra. E o que continha a palavra?

Escreveu ela: "Um dia, uma velha engoliu uma mosca".

Sem dúvida, não seria infantilidade dizer que tinha de haver uma história; e que era a história de um homem de quem todos gostavam, mas a respeito do qual a heroína sempre tivera suas dúvidas, e por fim ela poderia revelar que ele era a própria encarnação do mal. Mas ela — isto é, Briony, a escritora — não era sofisticada demais agora para entreter ideias tão primárias quanto o bem ou o mal? Tinha de haver algum lugar elevado, quase divino, de onde fosse possível julgar todas as pessoas da mesma maneira, não considerando uma contra a outra, como se a vida fosse uma eterna partida de hóquei, porém como seres a esbarrar ruidosamente um no outro, todos juntos em sua gloriosa imperfeição. Se existia um lugar assim, ela não merecia estar nele. Jamais conseguiria perdoar a mente nojenta de Robbie.

Presa entre o impulso de escrever um relato simples das experiências daquele dia, como num diário, e a ambição de fazer a partir delas algo maior, algo elaborado, autônomo e obscuro, passou vários minutos olhando, de testa franzida, para a folha de papel e a citação infantil nela escrita, sem conseguir produzir mais nenhuma palavra. As ações, ela se julgava capaz de relatar direito, e diálogo era o seu forte. Sabia descrever a floresta no inverno e a aspereza do muro de um castelo. Mas o que fazer com os sentimentos? Era muito fácil escrever *Ela estava triste*, ou descrever atos plausíveis de uma pessoa triste, mas o que fazer com a tristeza em si, como exprimi-la de modo que fosse possível senti-la com toda a sua terrível realidade? Mais difícil ainda era a ameaça, ou a confusão de se debater entre sentimentos contraditórios. Com a caneta na mão, olhou para as bonecas de expressão fixa do outro lado do quarto, as companheiras já distanciadas de uma infância que ela considerava extinta. Era uma sensação dura, crescer. Nunca mais voltaria a sentar-se no colo de Emily ou de Cecilia; se o fizesse, seria de brincadeira. Dois verões atrás, quando Briony completou onze anos, seus pais, seus irmãos e uma quinta pessoa cuja identidade ela não lembrava a levaram até o gramado e a jogaram onze vezes para o alto num lençol esticado, e depois mais uma para dar sorte. Seria possível agora a liberdade hilariante daquele voo breve, a confiança cega na firmeza das mãos dos adultos, se a quinta pessoa podia muito bem ter sido Robbie?

Ao ouvir um pigarro suave de mulher, levantou a vista, surpresa. Era Lola. Estava à porta, fazendo menção de entrar e, assim que seu olhar encontrou o da prima, ela bateu de leve na porta com os nós dos dedos.

"Posso entrar?"

Foi entrando logo de uma vez, os movimentos um pouco limitados pelo vestido tubinho de cetim azul. Os cabelos estavam soltos, os pés descalços. Assim que ela se aproximou, Briony guardou a caneta e cobriu a frase escrita com um canto do livro. Lola sentou na beira da cama e suspirou com força. Era como se as duas sempre conversassem ao final do dia, como irmãs.

"Passei uma tarde horrorosa."

Quando seu olhar feroz obrigou Briony a arquear a sobrancelha, ela prosseguiu:

"Os gêmeos me torturaram."

Ela pensou que era apenas uma maneira de dizer, porém Lola virou o ombro para a frente e revelou, no alto do braço, um arranhão comprido.

"Que horror!"

Exibiu os punhos. Em cada um deles havia uma marca vermelha de irritação.

"Beliscões!"

"Isso mesmo."

"Vou pegar um antisséptico pro seu braço."

"Eu já passei."

Era verdade, o odor feminino do perfume de Lola não conseguia ocultar o cheiro infantil de Germolene. O mínimo que Briony podia fazer era levantar de sua cadeira e se sentar ao lado da prima.

"Coitadinha!"

A compaixão de Briony encheu de lágrimas os olhos de Lola, e sua voz ficou trêmula.

"Todo mundo acha que eles são uns anjinhos só porque são iguais, mas são duas *pestes*."

Conteve um soluço, como se o prendesse entre os dentes, com um tremor no queixo, e depois respirou fundo várias vezes, as narinas dilatadas. Briony segurou-lhe a mão, pensando que começava a entender como alguém poderia passar a gostar de Lola. Então foi à cômoda, pegou um lenço, desdobrou-o e deu-o à prima. Lola ia usá-lo, porém, ao ver o padrão alegre de vaqueiras e laços que o enfeitava, emitiu um som que começava grave e terminava agudo, o tipo de ruído que as crianças fazem para imitar um fantasma. Lá embaixo a campainha tocou, e momentos depois ouviu-se, bem baixo, o som de saltos altos apressados sobre o assoalho ladrilhado do hall. Era Robbie, e Cecilia ia abrir a porta ela mesma. Temendo que o choro de Lola fosse ouvido lá embaixo, Briony levantou-se e fechou a porta do quarto. O sofrimento da prima teve o efeito de deixá-la inquieta, inspirando-lhe uma agitação que era quase júbilo. Voltou para a cama, sentou-se e pôs o braço no ombro de Lola, que levou as mãos ao rosto e começou a chorar. Briony admirava-se de ver uma jovem tão dura e dominadora reduzida àquele estado por dois meninos de nove anos; isso lhe dava uma ideia de seu próprio poder. Era o que estava por trás daquele sentimento de quase júbilo. Talvez ela não fosse tão fraca quanto sempre imaginara; em última análise, a gente tinha de se medir em relação às outras pessoas — não havia outro critério. De vez em quando, sem nenhuma intenção, alguém lhe ensinava algo a respeito de si própria. Sem saber o que dizer, acariciou o ombro da prima e pensou que Jackson e Pierrot sozinhos não poderiam ser responsáveis por tanto sofrimento; lembrou que havia outras tristezas na vida de Lola. A casa da família no Norte — Briony imaginava ruas com fábricas enegrecidas e homens desolados indo para o trabalho com sanduíches em marmitas. O lar dos Quincey estava fechado e talvez nunca mais voltasse a abrir.

Lola estava começando a se recuperar. Briony perguntou, delicada: "O que aconteceu?".

A outra assoou o nariz e pensou por um momento. "Eu estava me preparando pra tomar um banho. Eles entraram de repente e pularam em cima de mim. Me derrubaram no chão..." Ao se lembrar da cena, fez uma pausa para reprimir outro soluço.

"Mas por que eles fizeram uma coisa dessas?"

Lola respirou fundo e se acalmou. Olhou para a frente com um olhar que nada via. "Eles querem ir pra casa. Eu disse que não podia. Eles acham que sou eu que estou prendendo eles aqui."

Os gêmeos descarregando sua frustração na irmã — tudo isso fazia sentido para Briony. Porém o que perturbava seu espírito organizado agora era a ideia de que em breve iam chamá-las para descer e seria necessário que sua prima estivesse controlada.

"Eles não compreendem", disse Briony, sábia, indo até o lavabo e enchendo a bacia com água quente. "São crianças, e passaram por um mau pedaço."

Cheia de tristeza, Lola baixou a cabeça, concordando, de tal modo que Briony sentiu uma onda de ternura por ela; conduziu-a até o lavabo e pôs uma flanela em suas mãos. Então, movida por uma série de impulsos diversos — necessidade prática de mudar de assunto, desejo de contar um segredo e mostrar à menina mais velha que também ela tinha experiência do mundo, mas acima de tudo simpatia por Lola e vontade de aproximar-se dela —, Briony falou-lhe sobre o encontro com Robbie na ponte e a carta; contou que a havia lido e revelou seu conteúdo. Em vez de pronunciar a palavra, o que seria impensável, soletrou-a de trás para a frente. O efeito sobre Lola foi recompensador. Ela levantou o rosto encharcado com a boca escancarada. Briony entregou-lhe uma toalha. Passaram-se alguns segundos enquanto Lola fingia encontrar as palavras apropriadas. Sua representação estava um pouco forçada, mas fazia sentido, tal como o sussurro áspero dela.

"Pensando nisso *o tempo todo?*"

Briony fez que sim e desviou a vista, como que para meditar sobre a tragédia. Ela podia aprender a ser um pouco mais expressiva com a prima, que aproveitou a deixa para colocar a mão no ombro da menina, confortando-a.

"Que coisa horrível pra vocês. Esse homem é um psicopata."

Psicopata. A palavra tinha refinamento, e o peso de um diagnóstico médico. Havia tantos anos que ela o conhecia, e ele sempre fora isso. Quando Briony era pequena, ele a carregava nas costas e fingia ser um bicho. Ela ficara sozinha com Robbie muitas vezes no lago, onde ele num verão a ensinou a boiar e a nadar de peito. Agora que o mal fora identificado, ela sentia um certo consolo, embora o mistério do incidente na fonte estivesse ainda mais denso. Já havia decidido não contar aquela história, desconfiada de que a explicação era simples e que seria melhor não expor sua própria ignorância.

"O que a sua irmã vai fazer?"

"Não faço ideia." Mais uma vez, não mencionou que morria de medo ao pensar na conversa que teria com Cecilia.

146

"Sabe, na nossa primeira tarde eu achei que ele era um monstro quando ouvi ele gritando com os gêmeos lá na piscina."

Briony tentou relembrar momentos semelhantes em que os sintomas de psicopatia poderiam ter sido observados. Disse: "Ele sempre fingiu ser ótima pessoa. Enganou a gente esses anos todos".

A mudança de assunto havia funcionado, pois a área em torno dos olhos de Lola, antes vermelha, voltara à palidez sardenta habitual, e ela tornara a ser a pessoa de sempre. Segurou a mão da prima. "Acho que a polícia devia ser avisada."

O policial da aldeia era um homem bondoso, de bigode encerado, casado com uma mulher que criava galinhas e entregava ovos frescos de bicicleta. Falar-lhe a respeito da carta e a palavra nela contida, até mesmo soletrá-la de trás para a frente, era inconcebível. Briony tentou soltar a mão, mas Lola apertou-a com mais força ainda, parecendo ler os pensamentos da menina.

"É só a gente mostrar a carta a eles."

"Ela é capaz de não querer."

"Vai querer, sim. Um psicopata pode atacar qualquer pessoa."

De repente Lola pareceu ficar pensativa e deu ares de estar prestes a revelar alguma coisa nova à prima. Em vez disso, porém, levantou-se de um salto, pegou a escova de Briony, postou-se diante do espelho e começou a escovar vigorosamente o cabelo. Mal havia começado quando ouviram a sra. Tallis chamando para descerem para jantar. Na mesma hora Lola ficou irritada, e Briony concluiu que aquelas súbitas mudanças de estado de espírito eram consequência do aborrecimento que ela tivera recentemente.

"Não vai dar. Estou longe de estar pronta", disse ela, quase chorando outra vez. "Nem comecei a me maquiar."

"Eu desço", tranquilizou-a Briony. "Digo pra eles que você ainda vai demorar um pouco." Mas Lola já estava saindo do quarto, parecendo não ouvi-la.

Depois que ajeitou o cabelo, Briony permaneceu diante do espelho, examinando-se, perguntando o que faria quando chegasse sua época de se maquiar, que sabia estar próxima. Mais uma coisa a tomar seu tempo. Ao menos não tinha sardas para disfarçar, o que certamente lhe pouparia trabalho. Muitos anos antes, quando tinha dez anos, decidira que batom a fazia ficar com cara de palhaço. Essa ideia teria de ser revista. Mas não agora, quando tinha tantas outras coisas com que se preocupar. Aproximou-se da mesa e maquinalmente tampou a caneta-tinteiro. Escrever uma história era uma bobagem quando havia forças tão poderosas e caóticas soltas a seu redor, e quando durante todo o dia uma sucessão de eventos havia absorvido ou transformado o que se passara antes. Um dia, uma velha engoliu uma mosca. Começou a pensar se não teria sido um erro terrível abrir-se com a prima — Cecilia certamente não ficaria nem um pouco satisfeita se Lola, excitável como era, começasse a demonstrar que conhecia o conteúdo do bilhete de Robbie. E como poderia descer agora e sentar-se à mesa com um psicopata? Se a polícia o prendesse, ela, Briony, talvez tivesse de comparecer ao tribunal e dizer a palavra em voz alta, como prova.

Com relutância, saiu do quarto e percorreu o corredor de paredes escuras até chegar à escada, onde parou para escutar. As vozes continuavam na sala de estar — ouvia a mãe e o sr. Marshall, e depois, separadamente, os gêmeos conversando entre si. Nada de Cecilia, nada de psicopata. Briony sentiu o coração bater mais forte quando começou, contra a vontade, a descer a escada. Sua vida deixara de ser simples. Apenas três dias antes estava concluindo *Arabella em apuros* e aguardando a chegada dos primos. Havia desejado que tudo fosse diferente, e seu desejo se realizara; e não apenas a situação estava ruim como também logo ia piorar mais ainda. Parou de novo no primeiro patamar para elaborar um plano; iria manter distância de sua prima imprevisível, nem sequer trocaria olhares com ela — não podia correr o risco de se tornar uma conspiradora e não queria ocasionar uma revelação desastrosa. Quanto a Cecilia, a quem queria proteger, não ousava chegar perto dela. Robbie, naturalmente, ela deveria evitar, por cautela. Sua mãe, preocupada com tudo, não ajudaria nem um pouco as coisas. Seria impossível pensar direito na presença dela. Os gêmeos eram a solução — seriam eles o seu refúgio. Decidiu ficar perto deles e lhes dar atenção. Aqueles jantares de verão sempre começavam muito tarde — já passava das dez —, e os meninos deviam estar cansados. Outra saída era puxar conversa com o sr. Marshall, fazer-lhe perguntas sobre chocolate — quem era que inventava os diferentes tipos, como eram feitos. Aquele plano era um sinal de covardia, mas Briony não conseguia imaginar nenhuma alternativa. Agora que já era hora do jantar, seria impensável mandar chamar na aldeia o sr. Vockins, o policial.

Briony continuou a descer a escada. Devia ter aconselhado Lola a mudar de roupa para ocultar o arranhão no braço. Se lhe perguntassem o que fora aquilo, ela podia começar a chorar outra vez. Mas talvez fosse impossível convencê-la a tirar aquele vestido que dificultava tanto o movimento de suas pernas. Tornar-se adulto implicava aceitar com avidez tais dificuldades. Ela própria as estava assumindo. O arranhão não era nela, porém Briony sentia-se responsável por ele, por tudo o que estava prestes a acontecer. Quando seu pai se encontrava em casa, a família se organizava em torno de um ponto fixo. Ele não organizava nada, não andava pela casa se preocupando com os outros, raramente mandava alguém fazer alguma coisa

— na verdade, passava a maior parte do tempo na biblioteca. Porém sua presença impunha ordem e permitia a liberdade. Vários ônus desapareciam. Quando o pai estava presente, pouco importava que a mãe ficasse recolhida em seu quarto; bastava que ele estivesse sentando no andar de baixo com um livro no colo. Quando o pai assumia seu lugar na mesa de jantar, tranquilo, afável, absolutamente seguro de si, uma crise na cozinha não passava de uma cena de comédia; sem ele, era um drama que pesava nos corações. Ele sabia a maioria das coisas que valia a pena saber; quando não sabia, tinha ideia de qual autoridade devia ser consultada, e levava Briony às estantes para ajudá-lo a encontrar o livro em questão. Se não fosse, como ele próprio dizia, um escravo do ministério e do planejamento para contingências, se estivesse em casa, mandando Hardman pegar mais vinho na adega, conduzindo a conversação, decidindo, sem parecer fazê-lo, quando era a hora de "tocar adiante", ela não estaria atravessando o hall agora com um passo tão pesado.

Foi a lembrança do pai que a fez andar mais devagar quando passou pela porta da biblioteca, que estava fechada, o que era estranho. Ela parou para escutar. Da cozinha, o tilintar de metal contra porcelana; da sala de estar, sua mãe falando em voz baixa, e, mais perto, um dos gêmeos dizendo com uma voz aguda e nítida: "É com O, aliás", e seu irmão respondendo: "Tanto faz. Põe no envelope". E depois, de dentro da biblioteca fechada, um ruído áspero de algo raspando em algo, um baque e um murmúrio que podia ser de homem ou de mulher. Retrospectivamente — e Briony mais tarde pensou bastante nesse detalhe —, ela não tinha nenhuma expectativa em particular no momento em que pôs a mão na maçaneta de latão e a girou. Porém tinha lido a carta de Robbie, havia assumido o papel de protetora da irmã e fora instruída pela prima:

o que ela viu certamente foi moldado em parte pelo que já sabia, ou que julgava saber.

De início, quando abriu a porta e entrou, não viu nada. A única luz vinha de uma luminária de vidro esverdeado sobre a escrivaninha, cujo alcance não ia muito além da superfície de couro trabalhado sobre a qual ficava. Quando deu mais alguns passos foi que os viu, vultos escuros no canto mais distante do recinto. Embora estivessem imóveis, sua percepção imediata era de que havia interrompido um ataque, uma luta corporal. A cena era uma concretização tão cabal de seus piores temores que ela teve a impressão de que sua imaginação excitada havia projetado aquelas figuras nas lombadas dos livros nas estantes. Essa ilusão, ou esperança de ilusão, dissipou-se assim que sua vista se adaptou à penumbra. Ninguém se mexia. Briony olhou por cima do ombro de Robbie e viu os olhos apavorados de sua irmã. Ele havia se virado para trás para ver quem tinha entrado, mas não soltou Cecilia. Apertara seu corpo contra o dela, levantando-lhe a barra da saia acima do joelho, e a encurralara no ângulo reto formado pelas estantes. Com a mão esquerda atrás da nuca da moça agarrava-lhe o cabelo, e com a direita segurava-lhe o braço erguido num gesto de protesto, ou de autodefesa.

Ele parecia tão enorme e feroz, e Cecilia, ombros nus e braços finos, tão frágil, que Briony não tinha ideia do que lhe seria possível fazer quando partiu para cima deles. Queria gritar, porém estava sem fôlego, e sua língua estava lenta e pesada. Robbie movimentava-se de tal modo que a impedia completamente de ver a irmã. Em seguida, Cecilia tentou se livrar, e logo ele a soltou. Briony parou e pronunciou o nome da irmã. Quando Cecilia passou por Briony, não havia nela nenhum sinal de gratidão nem de alívio. Seu rosto não tinha nenhuma expressão, estava quase tranquilo, e ela olhava diretamente para a porta pela qual ia sair. Então saiu, e Briony ficou sozinha com Robbie. Também ele não quis encará-la. Em vez disso, olhava para o canto, enquanto ajeitava o paletó e a gravata. Desconfiada, a menina foi andando para trás, afastando-se, porém ele não fez nenhum gesto ameaçador, nem sequer olhou para ela. Assim, Briony virou-se e saiu correndo da sala para encontrar Cecilia. Mas o hall estava vazio, e não estava claro em que direção sua irmã tinha ido.

# 11.

A pesar do acréscimo posterior de hortelã picada a uma mistura de chocolate derretido, gema de ovo, leite de coco, rum, gim, banana amassada e açúcar de confeiteiro, o coquetel não ficou muito revigorante. Os apetites, já atenuados pelo calor da noite, diminuíram ainda mais. Quase todos os adultos, ao entrar na sala de jantar abafada, sentiram-se nauseados ao pensar em enfrentar um assado, ou mesmo carne assada com salada, e teriam se contentado com um copo de água fresca. Mas a água só foi oferecida às crianças, os outros sendo obrigados a se refrescar com vinho generoso servido à temperatura ambiente. Três garrafas aguardavam sobre a mesa a hora de ser abertas — na ausência de Jack Tallis, normalmente Betty fazia escolhas inspiradas. Nenhuma das janelas altas podia ser aberta, porque havia muitos anos as esquadrias estavam empenadas, e os convidados foram recebidos por um aroma de poeira aquecida subindo do tapete persa. Por sorte, a caminhonete da peixaria, a qual ficara de trazer o caranguejo que seria o primeiro prato da noite, pifou e não pôde vir.

A sensação de sufocamento era acentuada pela madeira escura que revestia as paredes desde o chão, cobrindo o teto, e pelo único quadro da sala, uma tela enorme que ficava acima da lareira jamais acesa desde que fora construída — por falha no projeto arquitetônico original, não havia espaço para uma chaminé. Era um retrato à maneira de Gainsborough, representando uma família aristocrática — pai e mãe, duas moças adolescentes e uma criança pequena, todos de lábios finos, pálidos como espectros — posando diante de uma paisagem vagamente toscana. Ninguém sabia quem eram aquelas pessoas, porém o mais provável era que Harry Tallis imaginasse que elas emprestariam um ar de solidez à sua casa.

Emily, à cabeceira da mesa, ia indicando o lugar de cada um à medida que os convidados entravam. Colocou Leon à sua direita e Paul Marshall à sua esquerda. À direita de Leon sentaram-se Briony e os gêmeos; à esquerda de Marshall ficaram Cecilia, depois Robbie e por fim Lola. Em pé atrás da cadeira, agarrando o encosto para se apoiar, Robbie estava atônito por ninguém perceber que seu coração ainda estava disparado. Havia escapado do coquetel, mas também ele estava sem fome. Desviou a vista de Cecilia e, enquanto os outros se sentavam, ele percebeu, com alívio, que estava perto das crianças.

Quando a mãe lhe fez sinal, Leon proferiu uma breve oração de graças — pelo que estamos prestes a receber — e o ruído das cadeiras arrastando fez as vezes de amém. O silêncio que se seguiu, enquanto os comensais se instalavam em seus lugares e desdobravam os guardanapos, teria sido preenchido com facilidade por Jack Tallis, que puxaria algum assunto levemente interessante enquanto Betty servia a carne. Na ausência dele, todos ficaram a olhar para ela, ouvindo-a murmurar algo diante de cada pessoa, ouvindo a colher e o garfo roçar na travessa de prata. O que mais poderiam fazer, se a única outra presença era a de seu próprio silêncio? Emily Tallis jamais soubera jogar conversa fora, e não fazia questão de saber. Leon, totalmente à vontade, refestelava-se em sua cadeira, garrafa de vinho na mão, examinando o rótulo. Cecilia, imersa nos acontecimentos de dez minutos antes, não teria conseguido formar uma única frase. Robbie sentia-se em casa entre os presentes e certamente teria dito algo, porém também ele estava perturbado. Mal conseguia fingir ignorar o braço nu de Cecilia a seu lado — ele sentia seu calor — e o olhar hostil de Briony, sentada do outro lado da mesa, na diagonal. E, mesmo que fosse considerado correto as crianças puxarem assunto, também elas não teriam conseguido: Briony só conseguia pensar na cena que havia testemunhado; Lola estava sob o impacto duplo do ataque físico e de um torvelinho de emoções contraditórias; e os gêmeos estavam elaborando um plano.

Foi Paul Marshall que interrompeu o intervalo de mais de três minutos de silêncio sufocante. Inclinou-se para trás para se dirigir a Robbie por trás da cabeça de Cecilia.

"Mas sim, ainda está de pé a partida de tênis amanhã?"

Havia um arranhão de três centímetros, observou Robbie, que partia do canto do olho de Marshall, corria paralelo ao nariz e atraía a atenção para o modo como suas feições se concentravam na parte superior do rosto, comprimidas sob os olhos. Por coisa de uns poucos milímetros ele não ostentava uma beleza máscula. Em vez disso, seu rosto tinha algo de ridículo — a vasta expansão vazia do queixo contrastava com a testa superpovoada. Por educação, Robbie também se inclinou para trás para ouvir a pergunta do outro, mas, apesar do estado em que se encontrava, ficou um pouco chocado. Não era correto, no início de uma refeição, o convidado não dar atenção à anfitriã e iniciar uma conversa a dois.

Respondeu Robbie, seco: "Acho que sim". Então, para compensar a indelicadeza do outro, comentou, dirigindo-se a todos os presentes: "Será que alguma vez já fez tanto calor assim na Inglaterra?".

Esquivando-se da aura de calor em torno do corpo de Cecilia e desviando o olhar de Briony, terminou dirigindo sua pergunta aos olhos assustados de Pierrot, na diagonal à sua esquerda. O menino engoliu em seco, raciocinando furiosamente, como se estivesse na sala de aula, numa prova de história. Ou seria geografia? Ou ciências?

Briony debruçou-se por cima de Jackson e tocou no ombro de Pierrot, sem tirar os olhos de Robbie. "Por favor, deixe ele em paz", disse num cochicho audível, e depois, num tom mais suave, para o menino: "Você não precisa responder".

Da outra ponta da mesa Emily repreendeu-a: "Briony, foi um comentário sobre o tempo perfeitamente inofensivo. Peça desculpas ou então vá já para o seu quarto".

Sempre que a sra. Tallis dava uma ordem na ausência do marido, as crianças sentiam-se na obrigação de impedir que ela parecesse desprovida de autoridade. Briony, que não teria de modo algum deixado de proteger a irmã, baixou a cabeça e disse, olhando para a toalha: "Peço mil desculpas. Eu não devia ter dito isso".

Os legumes, servidos em travessas com tampas ou em pratos de porcelana Spode desbotada, foram passando de mão em mão, e era tal a desatenção de todos, ou a vontade de ocultar, por uma questão de delicadeza, a falta de apetite que a maioria se serviu de batatas assadas com salada de batata, couve-de-bruxelas e beterraba, com folhas de alface boiando em molho de carne.

"O velho não vai ficar muito satisfeito", disse Leon, pondo-se de pé. "É um Barsac 1921, mas já está aberto." Encheu o copo da mãe, depois o da irmã e o de Marshall, e, quando estava servindo Robbie, disse: "E um bom gole reparador para o nosso médico. Eu gostaria de saber mais a respeito desse novo plano".

Porém não esperou a resposta. Ao voltar para sua cadeira disse: "Adoro a Inglaterra quando faz uma onda de calor. Vira um país diferente. Todas as regras mudam".

Emily Tallis pegou seus talheres, e todos a imitaram.

Disse Paul Marshall: "Bobagem. Me diga uma única regra que muda".

"Pois bem. Lá no clube o único lugar em que a gente pode tirar o paletó é a sala de bilhar. Mas quando a temperatura chega a trinta e dois graus, antes das três da tarde, é permitido tirar o paletó no bar do andar de cima no dia seguinte."

"No dia seguinte! Um país diferente, sim."

"Você sabe o que eu quero dizer. As pessoas ficam mais à vontade — bastam dois dias de sol que viramos italianos. Na semana passada, lá na Charlotte Street tinha gente jantando em mesas nas calçadas."

"Os meus pais", disse Emily, "achavam que o calor levava os jovens a se comportar mal. Menos camadas de roupa, mil lugares a mais pra se encontrar. Fora de casa, fora do controle. A sua avó em particular ficava muito preocupada no verão. Ela inventava mil pretextos para que eu e minhas irmãs não saíssemos de casa."

"Bem", disse Leon, "o que você acha disso, Cee? Será que hoje você se comportou pior até que o normal?"

Todos olharam para ela, e a brincadeira do irmão era implacável.

"Ora, você ficou vermelha. Então a resposta deve ser sim."

Sentindo-se na obrigação de defendê-la, Robbie foi dizendo: "Na verdade…".

Mas Cecilia interrompeu-o. "Eu estou morrendo de calor, só isso. E a resposta é sim. Eu me comportei muito mal. Convenci a Emily, contra a vontade dela, de que o jantar devia ser um assado em sua homenagem, apesar do calor. Agora você está comendo salada enquanto todos nós estamos sofrendo por sua causa. Assim, passe os legumes para ele, Briony, e quem sabe ele fica quieto."

Robbie julgou perceber um tremor em sua voz.

"Cee velha de guerra. Em plena forma", aprovou Leon.

Disse Marshall: "Agora você vai ter que meter a viola no saco".

"Acho melhor eu implicar com uma pessoa do meu tamanho." Leon sorriu para Briony, sentada a seu lado. "Você fez alguma coisa errada hoje por causa do calor? Você quebrou as regras? Por favor, diga que sim." Pegou a mão da irmã, fingindo implorar, mas ela retirou-a.

Ela ainda era uma criança, pensou Robbie, que podia perfeitamente confessar ou deixar escapar que havia lido seu bilhete, o que por sua vez talvez a levasse a descrever a cena que havia interrompido. Ele a observava com atenção enquanto ela ganhava tempo, levando o guardanapo aos lábios, porém não sentia muito medo. Se a coisa tinha de acontecer, que acontecesse. Por mais terrível que fosse, aquele jantar não se prolongaria para sempre, e ele daria um jeito de se ver a sós com Cecilia de novo naquela noite, e juntos enfrentariam aquele extraordinário fato novo em suas vidas — aquela mudança em suas vidas — e retomariam o interrompido. Só de pensar nisso sentiu um vazio no estômago. Até aquele momento, tudo seria irrelevante, e ele não tinha medo de nada. Bebeu um gole grande daquele vinho morno e adocicado e esperou.

Disse Briony: "Sem querer decepcionar ninguém, *eu* não fiz nada de errado hoje".

Robbie a subestimara. Aquela ênfase certamente era dirigida a ele e Cecilia.

Ao lado dela, Jackson falou. "Ah, fez sim. Você acabou com a peça. A gente queria trabalhar na peça." O menino olhava a sua volta, os olhos verdes brilhando de tristeza. "E você disse que queria que a gente trabalhasse."

O irmão dele concordava com a cabeça. "É, sim. Você queria que a gente trabalhasse." Ninguém imaginava o grau da decepção daqueles dois.

"Pronto, eu não disse?", exclamou Leon. "A Briony tomou uma decisão de cabeça quente. Se o dia estivesse mais fresco, a gente agora estaria na biblioteca assistindo à peça."

Aquelas trivialidades inofensivas, bem mais suportáveis que o silêncio, permitiam que Robbie se recolhesse por trás de uma máscara de atenção bem-humorada. Cecilia apoiava a mão esquerda no rosto à altura dos olhos, provavelmente para excluí-lo da periferia de sua visão. Fingindo dar atenção a Leon, que relatava o episódio do rei num teatro no West End, Robbie podia contemplar o braço e o ombro nus de Cecilia, e ao fazê-lo imaginou que ela sentia na pele o contato do ar que saía de suas narinas, uma ideia que o excitava. No alto do ombro da moça havia uma pequena depressão no osso, ou entre dois ossos, com uma penugem suave nas bordas. Em breve a sua língua percorreria o contorno oval daquela mossa e penetraria nela. A excitação que ele sentia assemelhava-se a dor e era exacerbada pela pressão das contradições: Cecilia era familiar como uma irmã, exótica como uma amante; ele sempre a conhecera, ele não sabia nada sobre ela; ela era feia, ela era bela; era forte — com que facilidade se defendera do irmão — e, vinte minutos antes, havia chorado; a carta idiota de Robbie a repugnara, porém tivera o efeito de libertá-la. Ele lamentava seu erro, ele exultava por tê-lo cometido. Logo estariam os dois a sós, com mais contradições — hilaridade e sensualidade, desejo e medo por sua ousadia, temor e impaciência para começar. Em algum quarto vazio no segundo andar, ou longe da casa, sob as árvores à beira do rio. Onde? A sra. Tallis não era nada boba. Fora da casa. Protegidos pelo cetim da escuridão, começariam outra vez. E isso não era fantasia, era a realidade, era seu futuro próximo, ao mesmo tempo desejável e inevitável. Mas fora justamente isso que o infeliz Malvolio pensara, o Malvolio cujo papel ele havia representado uma vez na faculdade — "nada pode me separar da completa realização de minhas esperanças".

Meia hora antes, não havia esperança alguma. Depois que Briony entrou na casa com a carta na mão, ele continuara andando, torturado, sem saber se voltava ou não. Mesmo diante da porta da casa ainda não estava decidido, e aguardou alguns minutos sob a lâmpada da entrada, com uma única mariposa fiel, tentando decidir qual das duas opções infelizes seria a menos desastrosa. As alternativas eram estas: entrar, encarar a raiva e a repulsa de Cecilia, dar uma explicação que não seria aceita e, muito provavelmente, ser despachado — uma humilhação insuportável; ou voltar para casa sem dizer palavra, dando a impressão de que a carta fora intencional, padecer um verdadeiro suplício a noite inteira e nos próximos dias, sem ter ideia da reação dela — mais insuportável ainda. E covarde. Repassou todas as possibilidades outra vez e chegou à mesma conclusão. Não havia saída, o jeito era falar com ela. Levou a mão à campainha. No entanto, ainda era tentadora a ideia de ir embora. Ele podia escrever um pedido de desculpas na segurança de seu escritório. Covarde! A porcelana fresca estava sob a ponta de seu dedo indicador, e antes que a argumentação recomeçasse em sua cabeça ele se obrigou a apertar o botão. Deu um passo atrás como um suicida que acaba de engolir uma pílula de veneno — nada a fazer, só esperar. Ouviu passos lá dentro, o staccato de passos femininos sobre o assoalho do hall.

Quando ela abriu a porta, ele viu o bilhete dobrado em sua mão. Por alguns segundos ficaram a se entreolhar fixamente, sem dizer palavra. Apesar de tanta hesitação, ele não havia preparado nada para dizer. A única ideia que lhe ocorreu foi que ela era ainda mais bonita na realidade do que nas suas fantasias. O vestido de seda que trajava parecia venerar cada curva e reentrância de seu corpo flexível, porém a boca, pequena e sensual, estava apertada em sinal de reprovação, talvez até de repulsa. Atrás dela, as luzes fortes da casa ofuscavam a vista, e ele não conseguia determinar a expressão precisa em seu rosto.

Por fim Robbie disse: "Cee, foi um equívoco".

"Um equívoco?"

Vozes chegaram a ele, pela porta aberta da sala de estar. Ouviu a voz de Leon, depois a de Marshall. Talvez por temer a chegada de outra pessoa, ela deu um passo para trás e escancarou a porta para ele. Robbie seguiu-a até a biblioteca, que estava às escuras, e esperou à porta enquanto ela procurava o interruptor de uma luminária sobre a escrivaninha. Após acender a luz, ele entrou e fechou a porta. Imaginava que dentro de alguns minutos estaria voltando para o bangalô.

"Não era essa a versão que eu pretendia lhe mandar."

"Não."

"Eu pus a carta errada no envelope."

"Sim."

Ele não conseguia concluir nada a partir daquelas respostas secas e ainda não podia ver com clareza a expressão no rosto dela. Cecilia afastou-se da luz, em direção às estantes. Ele avançou para dentro do recinto, não exatamente indo atrás dela, mas para que não se abrisse uma distância maior entre eles dois. Ela poderia tê-lo despachado de uma vez à porta da casa, e agora havia uma oportunidade de lhe dar uma explicação antes de ir embora.

Disse ela: "A Briony leu".

"Ah, meu Deus. Desculpe."

Ele estava prestes a evocar para ela um momento secreto de exuberância, uma impaciência passageira com a convenção, quando lera a edição Orioli de *O amante de Lady Chatterley*, que ele comprara clandestinamente no Soho. Mas esse elemento novo — a criança inocente — tornava seu erro irreparável. Inútil insistir. A única coisa que pôde fazer foi se repetir, dessa vez num sussurro:

"Desculpe..."

Ela se afastava mais e mais, em direção ao canto, à escuridão mais profunda. Embora julgasse que ela estava fugindo, deu mais dois passos em sua direção.

"Foi uma estupidez minha. Não era pra você ler aquilo. Nem você nem ninguém."

Ela continuava recuando. Um dos cotovelos estava apoiado na estante, e ela parecia deslizar, como se num instante fosse desaparecer em meio aos livros. Ele ouviu um som suave e úmido, o som que se produz quando se está prestes a dizer algo e a língua descola do céu da boca. Porém ela não disse nada. Foi só então que ocorreu a Robbie a possibilidade de que ela não estivesse fugindo, e sim atraindo-o para o canto mais escuro da biblioteca. Desde o momento em que tocara a campainha, ele não tinha mais nada a perder. Assim, foi avançando lentamente enquanto ela recuava até chegar ao canto, onde parou e ficou olhando para ele. Também Robbie parou, a pouco mais de um metro dela. Estava agora perto o suficiente, e havia luz o bastante para que ele percebesse que ela estava começando a chorar e tentando falar. Por um momento não conseguiu e balançou a cabeça para que ele esperasse. Virou-se para o lado, uniu as mãos e sob elas ocultou o nariz e a boca, colocando as pontas dos dedos nos cantos dos olhos.

Controlando-se, Cecilia disse: "Isso já está durando semanas…". Sua garganta apertou, e ela foi obrigada a se interromper. Imediatamente Robbie julgou entender o que ela dizia, porém reprimiu a ideia. Ela respirou fundo e prosseguiu, num tom mais pensativo: "Talvez meses. Não sei. Mas hoje… o dia inteiro foi muito estranho. Quer dizer, estou vendo as coisas de uma maneira estranha, como que pela primeira vez. Tudo parece diferente — nítido demais, real demais. Até as minhas mãos pareciam diferentes. Às vezes era o contrário, era como se as coisas que eu estava vendo tivessem acontecido fazia anos. E o dia inteiro eu estava furiosa com você — e comigo. Eu pensava que ia ficar feliz se nunca mais visse você nem falasse com você. Eu pensei que você ia pra faculdade de medicina e que eu ia ser feliz. Eu estava furiosa com você. Acho que era uma maneira de não pensar nisso. Muito prático, até…".

E deu uma risada tensa.

Disse ele: "Isso?".

Até então ela estava olhando para baixo. Quando voltou a falar, tinha os olhos voltados para ele. Robbie via apenas o brilho nos brancos de seus olhos.

"Você entendeu antes. Alguma coisa aconteceu, não é? E você entendeu antes. É como estar perto de uma coisa tão grande que a gente nem vê. Mesmo agora, não sei se estou vendo direito. Mas sei que a coisa está aí."

Ela olhou para baixo e ele esperou.

"Eu sei que está aí porque me fez fazer uma coisa ridícula. E você, é claro… Mas hoje de manhã, eu nunca antes tinha feito uma coisa assim. Depois fiquei furiosa. Aliás, na mesma hora. Fiquei pensando que dei a você uma arma pra usar contra mim. Então, agora à tarde, quando comecei a entender — mas como é que eu pude ser tão ignorante em relação a mim mesma? E tão burra?" Ela parou de repente, tomada por uma ideia desagradável. "Você sabe do que eu estou falando. Me diga que sabe." Temia que não houvesse nada em comum na verdade, que todas as suas conclusões estivessem erradas, e que com suas palavras ela houvesse se isolado ainda mais, e que ele a julgasse uma idiota.

Ele se aproximou. "Eu sei. Sei exatamente. Mas por que você está chorando? Tem alguma outra coisa?"

Robbie imaginou que ela fosse mencionar um obstáculo intransponível, e era claro que o sentido do que ele dissera era *alguma outra pessoa*, mas ela não entendeu. Não sabia como responder, e ficou olhando para ele, completamente desconcertada. Por que estava chorando? Como poderia ela lhe explicar quando havia tanta emoção, tantas emoções, a dominá-la? Ele, por sua vez, sentiu que sua pergunta fora injusta, imprópria, e se esforçava para achar uma maneira de consertar a situação. Olhavam um para o outro confusos, sem conseguir falar, sentindo que um equilíbrio delicado entre eles podia ser posto a perder. O fato de que eram velhos amigos de infância se transformara numa barreira — sentiam-se envergonhados diante do que tinham sido no passado. A amizade entre eles havia se tornado vaga, até mesmo constrangida, nos últimos anos, mas continuava a ser um velho hábito, e quebrá-lo agora para se tornarem estranhos e assumirem uma relação íntima exigia uma firmeza de propósito que por um momento lhes faltava. Naquele instante, não parecia haver nenhuma solução que envolvesse palavras.

Robbie pôs as mãos nos ombros dela, e sua pele nua estava fresca. Quando seus rostos se aproximaram, ele não sabia se ela iria se afastar de um salto, ou lhe dar um tapa cinematográfico no rosto, com a mão aberta. Sua boca tinha gosto de batom e sal. Afastaram-se por um segundo, ele a abraçou e beijaram-se outra vez, com mais confiança. Ousados, deixaram que as pontas das línguas se tocassem, e foi então que ela emitiu o som débil, como um suspiro, o qual — ele se deu conta depois — assinalou uma transformação. Até então havia algo de ridículo em estar um rosto conhecido tão próximo do seu. Sentiam-se observados por suas próprias infâncias. Mas com o contato das línguas, daqueles músculos vivos e escorregadios, carne úmida tocando carne, e o som estranho que o contato provocou nela, tudo mudou. Aquele som pareceu penetrá-lo, percorrer seu corpo de alto a baixo, abrindo-o por inteiro, permitindo-lhe sair de si próprio e beijá-la livremente. O que antes era constrangido agora era impessoal, quase abstrato. Aquela espécie de suspiro que ela emitia era uma expressão de avidez, e tinha o efeito de torná-lo ávido também. Ele empurrou-a com força contra o canto, entre os livros. Enquanto se beijavam, com gestos lânguidos ela repuxava-lhe a camisa, o cinto. Suas cabeças rolavam uma sobre a outra, e os beijos se transformavam em mordidas. Ela o mordeu no rosto, não de todo de brincadeira. Ele afastou o rosto, depois se reaproximou, e ela o mordeu com força no lábio inferior. Ele beijou-a no pescoço, forçando-a a encostar a cabeça nas lombadas dos livros; ela puxou-lhe o cabelo e apertou o rosto dele contra seus seios. Ele procurou um pouco, sem jeito, até encontrar o mamilo, pequeno e duro, e abocanhá-lo. Todo o corpo dela enrijeceu, depois estremeceu com força. Por um momento Robbie achou que ela havia desmaiado. Os braços dela envolviam sua cabeça, e quando ela começou a apertar com força, quase a ponto de sufocá-lo, ele aprumou-se e abraçou-a, comprimindo-lhe a cabeça contra o peito. Ela mordeu-o outra vez e puxou-lhe a camisa. Quando ouviram um botão cair no chão de tábua corrida, foram obrigados a conter os sorrisos contrafeitos e desviar a vista. Uma cena de comédia os teria destruído. Ela tomou-lhe o mamilo entre os dentes. A sensação era insuportável. Robbie virou o rosto dela para cima e, prendendo-a contra suas costelas, beijou-lhe os olhos e abriu os lábios dela com sua língua. Indefesa, ela emitiu outra vez um som que parecia um suspiro de decepção.

Por fim tornaram-se estranhos, seus passados foram esquecidos. Eram também estranhos para si próprios, pois já não lembravam quem eram nem onde estavam. A porta da biblioteca era espessa e barrava todos os sons comuns que poderiam tê-los lembrado, tê-los contido. Estavam além do presente, fora do tempo, sem lembranças e sem futuro. Só existiam as sensações que tudo obliteravam, mais e mais intensas, e o som de pano sobre pano e pele sobre pano, e braços e pernas deslizando uns contra os outros naquele corpo a corpo sensual. A experiência dele era limitada; sabia apenas, de segunda mão, que não era necessário que se deitassem. Quanto a ela, além de todos os filmes que tinha visto e dos romances e poemas líricos que tinha lido, não tinha experiência nenhuma. Apesar dessas limitações, não se surpreenderam de ver que sabiam muito bem de que necessitavam. Beijaram-se outra vez, os braços dela enlaçados atrás da cabeça dele. Ela lambeu-lhe a orelha, depois mordeu o lóbulo. Aos poucos essas mordidas iam-no excitando e irritando, instigando-o a seguir em frente. Ele tateou sob o vestido e encontrou as nádegas, apertou-as com força, virou-a para dar-lhe uma palmada em retaliação, mas não havia espaço para isso. Mantendo os olhos fixos nos dele, ela abaixou-se para descalçar os sapatos. Houve mais movimentos hesitantes, envolvendo botões e reposicionamentos de pernas e braços. Ela não tinha nenhuma experiência. Sem dizer uma palavra, ele foi guiando o pé dela até a prateleira mais baixa. Eram desajeitados, porém estavam despojados de suas individualidades a ponto de não mais sentirem vergonha. Quando ela levantou o vestido justo de seda outra vez, ele pensou que a expressão de incerteza no rosto dela espelhava a que estava estampada no seu. Mas só havia um fim inevitável, e não havia nada que pudessem fazer senão seguir naquela direção.

Apoiada contra o canto pelo peso dele, ela mais uma vez pôs as mãos entrelaçadas atrás do pescoço de Robbie, apoiou os cotovelos em seus ombros e continuou a beijar-lhe o rosto. O momento em si foi fácil. Eles prenderam a respiração antes de partir-se a membrana, e, quando a coisa aconteceu, ela desviou a vista rapidamente, porém não emitiu nenhum som — isso parecia ser uma questão de orgulho para ela. Apertaram-se um contra o outro, indo mais fundo, e então, por segundos infindáveis, tudo parou. Em vez de um frenesi de êxtase, fez-se a imobilidade. O que os imobilizava não era o fato espantoso da chegada, e sim a consciência assustadora do retorno — estavam face a face na penumbra, vendo o pouco que se podia ver nos olhos um do outro, e então foi a impessoalidade que desapareceu. Naturalmente, não havia nada de abstrato naqueles rostos. O filho de Grace e Ernest Turner, a filha de Emily e Jack Tallis, amigos de infância, colegas de faculdade, num estado de júbilo expansivo e tranquilo, confrontaram a mudança extraordinária que haviam realizado. A proximidade de um rosto familiar não era ridícula, era maravilhosa. Robbie contemplava a mulher, a moça que conhecia desde pequeno, pensando que a mudança se dera inteiramente nele, e que era tão fundamental, tão fundamentalmente biológica, quanto o nascimento. Nada de tão singular, de tão importante jamais lhe havia acontecido desde o dia em que nascera. Ela retribuiu seu olhar, deslumbrada com a consciência de sua própria transformação e maravilhada com a beleza de um rosto que o hábito de toda uma existência a ensinara a ignorar. Cochichou o nome dele como uma criança que experimenta os diferentes sons. Quando ele respondeu com o nome dela, parecia ser uma palavra nova — as sílabas permaneciam iguais, o significado era diferente. Ele pronunciou as três palavras simples que nem toda a arte barata e toda a má-fé do mundo conseguem trivializar de todo. Ela as repetiu, com exatamente a mesma ênfase sutil no verbo, como se fosse a primeira pessoa a pronunciá-las na história. Ele não tinha crenças religiosas, porém era impossível não imaginar uma presença ou testemunha invisível ali, não acreditar que essas palavras pronunciadas em voz alta eram como assinaturas num contrato invisível.

Estavam imóveis havia cerca de meio minuto, talvez. Para continuar assim por mais tempo, teria sido necessário que dominassem alguma arte tântrica extraordinária. Começaram a fazer amor encostados nas estantes da biblioteca, que rangiam com seus movimentos. É comum, em tais situações, a fantasia de que se está chegando em algum lugar remoto e elevado. Ele se imaginou caminhando no pico de uma montanha, um terreno liso e arredondado, entre dois picos mais altos ainda. Caminhava sem pressa, examinando os arredores, tendo tempo para se aproximar de um abismo rochoso e olhar de relance para o despenhadeiro quase vertical no qual em breve teria de se lançar. Era uma tentação saltar para o espaço vazio agora, mas ele era um homem do mundo e podia dar um passo atrás e esperar. Não era fácil, pois ele estava sendo atraído e tinha de resistir. Desde que não pensasse no abismo, não se aproximaria dele e não seria tentado. Obrigou-se a pensar nas coisas mais desinteressantes que conhecia — graxa de sapato, um formulário, uma toalha molhada no chão do quarto. E também uma tampa de lata de lixo virada para cima com dois centímetros de água de chuva dentro, e o círculo incompleto deixado na capa de sua edição dos poemas de Housman por uma xícara de chá. Esse inventário precioso foi interrompido pela voz dela. Ela o estava chamando, convidando, murmurando em seu ouvido. Exatamente. Eles pulariam juntos. Ele estava com ela agora, contemplando o despenhadeiro, e juntos viam as nuvens lá embaixo. De mãos dadas, eles cairiam para trás. Ela repetiu, murmurando em seu ouvido, e dessa vez ele a ouviu com clareza.

"Alguém entrou."

Robbie abriu os olhos. Estava numa biblioteca, numa casa, imersa num silêncio completo. Trajava seu melhor terno. Sim, tudo lhe voltou à mente com relativa facilidade. Forçou a vista, olhando por cima do ombro de Cecilia, e viu apenas a escrivaninha fracamente iluminada, tal como antes, como se a tivesse visto num sonho. De onde estavam, naquele canto, não era possível ver a porta. Mas não se ouvia nada, absolutamente nada. Ela se enganara, ele desejava desesperadamente que ela estivesse enganada; estava, sim. Virou-se para ela e ia dizer-lhe isso quando sentiu um aperto mais forte em seu braço, que o fez olhar para trás mais uma vez. Briony lentamente entrou em seu campo de visão, parou ao lado da escrivaninha e os viu. Ficou parada, apatetada, olhando para eles, os braços caídos ao longo do corpo, como um pistoleiro numa cena de duelo num western. Naquele instante de desencantamento ele se deu conta de que jamais odiara uma pessoa até aquele momento. Era um sentimento tão puro quanto o amor, porém desapaixonado e friamente racional. Não havia nada de pessoal nele, pois teria odiado qualquer pessoa que entrasse. Estavam servindo bebidas na sala de estar e no terraço, e era lá que Briony deveria estar — com a mãe, o irmão que ela adorava e os priminhos. Não havia nenhum motivo razoável para ela estar na biblioteca, senão o propósito de encontrá-lo e negar-lhe o que era seu. Ele entendeu esse fato com clareza, sabia como havia acontecido: ela abrira um envelope fechado, lera seu bilhete e ficara enojada, e de algum modo obscuro sentira-se traída. Viera procurando pela irmã — sem dúvida movida por uma ideia grandiosa de protegê-la, ou de admoestá-la, e ouvira um ruído vindo de dentro da biblioteca fechada. Impelida pela profundeza de sua própria ignorância, imaginação pueril e retidão de menina, entrara para interrompê-lo. E nem foi preciso fazer nada — espontaneamente, eles dois já haviam se separado e virado cada um para um lado, e agora ajeitavam discretamente suas roupas. Terminara.

Os pratos já tinham sido retirados da mesa havia muito tempo e Betty tinha voltado com o pudim de pão com manteiga. Seria imaginação sua, pensava Robbie, ou alguma intenção maligna da parte dela, que fazia com que as porções dos adultos parecessem o dobro das servidas às crianças? Leon enchia os copos com a terceira garrafa de Barsac. Havia tirado o paletó, permitindo, desse modo, que os outros dois homens fizessem o mesmo. Ouviam-se suaves batidas nas vidraças das janelas, insetos noturnos chocando-se contra o vidro. A sra. Tallis levou ao rosto o guardanapo e dirigiu um olhar amoroso aos gêmeos. Pierrot estava cochichando no ouvido de Jackson.

"Nada de segredos à mesa do jantar, meninos. Todos nós queremos saber, se você não se incomoda."

Jackson, o porta-voz, engoliu em seco. Seu irmão olhava para baixo.

"A gente queria pedir licença para ir ao banheiro, tia Emily."

"Mas é claro. Só que é 'nós', e não 'a gente'. E basta pedir licença, sem entrar em detalhes."

Os gêmeos desceram das cadeiras. Quando chegaram à porta, Briony gritou, apontando.

"Minhas meias! Eles estão com as minhas meias dos moranguinhos!"

Os meninos pararam e se viraram; olharam envergonhados para os pés e depois para a tia. Briony estava semilevantada da cadeira. Robbie imaginou que as emoções fortes que a menina tinha de reprimir estavam tendo vazão.

"Vocês entraram no meu quarto e pegaram na minha gaveta."

Cecilia falou pela primeira vez durante a refeição. Também ela estava pondo para fora sentimentos mais profundos.

"Cale a boca, pelo amor de Deus! Você está mesmo uma prima-dona insuportável. Os meninos não tinham meias limpas, por isso eu peguei as suas."

Briony olhou para ela, atônita. Atacada, traída, pela pessoa que ela só queria proteger. Jackson e Pierrot ainda olhavam para a tia, que os despachou com um movimento de cabeça discreto. Eles saíram, fechando a porta com uma delicadeza exagerada, talvez até satírica, e, no momento em que soltaram a maçaneta, Emily pegou a colher; os outros a imitaram.

Disse ela, suave: "Você podia ser um pouco menos severa com a sua irmã".

Quando Cecilia se virou para a mãe, Robbie sentiu um leve cheiro de transpiração em suas axilas, o que o fez pensar em grama recém-cortada. Em breve estariam lá fora. Por um instante, fechou os olhos. Uma jarra grande de creme foi posta a seu lado, e ele ficou a imaginar se teria forças para levantá-la.

"Desculpe, Emily. Mas é que hoje ela está mesmo impossível."

Briony retrucou com uma tranquilidade de adulto. "Essa é muito boa, vindo de você."

"O que você quer dizer com isso?"

Aquela pergunta, Robbie sabia, não deveria ter sido feita. Naquele momento de sua vida, Briony habitava um espaço de transição indefinido entre a esfera da infância e o mundo adulto, o qual ela cruzava de um lado para o outro de modo imprevisível. Na situação atual, seria menos perigosa no papel de menininha indignada.

Na verdade, Briony não tinha uma ideia muito clara do que ela própria queria dizer, mas Robbie não sabia disso, e rapidamente interveio para mudar de assunto. Virou-se para Lola à sua esquerda e disse, num tom que claramente se dirigia a todos os presentes: "Eles são muito simpáticos, os seus irmãos".

"Ha!", interveio Briony com ferocidade, sem dar à prima tempo de responder. "Pelo visto, você não está mesmo sabendo de nada."

Emily largou a colher. "Meu amor, se isso continuar vou ter que pedir para você se levantar da mesa."

"Mas olhe só o que eles fizeram com ela. Arranharam a cara dela e deram beliscões no braço!"

Todos os olhos fixaram-se em Lola. Seu rosto ficou vermelho por baixo das sardas, tornando o arranhão menos visível.

Disse Robbie: "Não parece ser nada sério".

Briony olhou para ele com raiva. Sua mãe disse: "Unhas de meninos. Seria bom passar uma pomada".

Lola bancou a corajosa. "Já passei. Não está mais doendo muito."

Paul Marshall pigarreou. "Eu vi a coisa acontecer — tive que intervir e separar os meninos dela. Confesso que fiquei surpreso, uns meninos tão pequenos. Partiram para cima dela com vontade…"

Emily havia se levantado da cadeira. Colocou-se ao lado de Lola e ergueu seus braços. "Olhe só os braços dela! Isso não é só beliscão. Você está machucada até os cotovelos. Como foi que esses meninos fizeram isso?"

"Não sei, titia."

Mais uma vez, Marshall esticou-se para trás na sua cadeira. Falando por trás das cabeças de Cecilia e Robbie, dirigiu-se à menina, que olhava para ele com os olhos cheios de lágrimas. "Você não precisa se envergonhar de fazer queixa. Você é muito corajosa, mas o que fizeram com você não foi brincadeira."

Lola esforçava-se para não chorar. Emily encostou a sobrinha em seu ventre e acariciou-lhe a cabeça.

Disse Marshall a Robbie: "Você tem razão, eles são bons meninos. Mas imagino que estejam passando por maus bocados".

Robbie queria saber por que Marshall não havia tocado no assunto antes se Lola estava mesmo tão machucada, porém havia agora um estado de comoção geral na mesa. Leon perguntou à mãe: "Quer que eu telefone para um médico?". Cecilia estava se levantando da mesa. Robbie tocou seu braço e ela se virou; pela primeira vez depois de deixarem a biblioteca, trocaram um olhar. Não havia tempo de estabelecer qualquer coisa além da conexão em si, e logo ela foi ter com a mãe, que começou a dar as instruções para o preparo de uma compressa fria. Emily murmurava palavras tranquilizadoras, olhando para a cabeça da sobrinha. Marshall permaneceu sentado e encheu seu copo. Também Briony se levantou e, ao fazê-lo, deu mais um de seus gritos lancinantes de menina. Pegou um envelope que estava na cadeira de Jackson e levantou-o para que todos ouvissem.

"Uma carta!"

Ela estava prestes a abri-la. Robbie não conseguiu conter a pergunta: "A quem ela é dirigida?".

"Está escrito assim: 'A todos'."

Lola despregou-se da tia e enxugou o rosto com um guardanapo. Emily, exercendo uma autoridade nova e surpreendente, disse: "Não abra. Faça o que estou lhe dizendo, traga a carta para mim".

Briony percebeu o tom de voz diferente de sua mãe e, obediente, contornou a mesa com o envelope na mão. Emily deu um passo para trás, afastando-se de Lola, e retirou uma folha de papel pautado. Enquanto lia, Robbie e Cecilia também liam.

*Nós vamos fugi porque a Lola e a Betty tratam agente muito mal e agente quer ir para casa. Desculpe agente levou umas frutas E além disso não teve pessa.*

Haviam assinado apenas com os primeiros nomes, com muitos floreios em zigue-zague.

Terminada a leitura, fez-se silêncio. Lola levantou-se e deu dois passos em direção à janela, depois mudou de ideia e voltou para a mesa. Olhava para um lado e para o outro, confusa, murmurando sem parar: "Que inferno, que inferno...".

Marshall aproximou-se dela e pôs a mão em seu braço. "Não se preocupe. Vamos organizar uns grupos de busca, e já, já vamos encontrar os dois."

"É claro", disse Leon. "Eles saíram ainda há pouco."

Mas Lola não os ouvia e parecia estar decidida. Enquanto caminhava em direção à porta, disse: "A mamãe vai me matar".

Quando Leon tentou segurá-la pelo ombro, ela se livrou com um gesto brusco e saiu pela porta afora. Todos ouviram-na correndo pelo hall.

Leon virou-se para a irmã. "Cee, você vem comigo."

Disse Marshall: "Não tem lua. Está muito escuro lá fora".

O grupo caminhava em direção à porta, e Emily disse: "É bom alguém ficar aqui esperando, e nesse caso fico eu".

Disse Cecilia: "Tem lanternas atrás da porta do porão".

Leon disse à mãe: "Acho que você devia ligar para o policial".

Robbie foi o último a sair da sala de jantar e o último, pensou, a se adaptar à nova situação. Sua primeira reação, que não foi atenuada quando ele saiu para o hall relativamente fresco, foi pensar que fora logrado. Não conseguia acreditar que os gêmeos estivessem correndo perigo. Ficariam com medo das vacas e logo voltariam para casa. A imensidão da noite lá fora, as árvores escuras, as sombras convidativas, a grama fresca, recém-cortada — tudo isso fora reservado, tudo isso ele determinara que pertencia exclusivamente a ele e Cecilia. Tudo os aguardava, tudo era para uso deles. Amanhã, qualquer hora que não agora, não serviria. Porém, de repente, a casa despejara todo seu conteúdo na noite, que agora pertencia a uma crise doméstica meio cômica. Passariam horas lá fora, um gritando para o outro, brandindo as lanternas, e os gêmeos por fim seriam encontrados, cansados e sujos, Lola seria acalmada, e após uma troca de elogios em torno do último drinque a noite chegaria ao fim. Dias depois, ou até mesmo horas depois, tudo aquilo já teria se transformado numa lembrança engraçada, a ser inevitavelmente evocada nas reuniões de família: a noite em que os gêmeos fugiram.

Os grupos de busca já estavam partindo quando ele chegou à porta da frente. Cecilia estava de braço dado com o irmão e, enquanto se afastavam, ela olhou para trás e viu Robbie parado sob a luminária da porta. Ela dirigiu-lhe um olhar, um dar de ombros, cujo sentido era: por ora não podemos fazer nada. Antes que ele pudesse esboçar algum gesto de aceitação amorosa, ela se virou para a frente; saiu com Leon gritando os nomes dos meninos. Marshall seguia adiante, descendo a estrada principal; dele só se via a lanterna em sua mão. Lola não estava à vista. Briony caminhava em torno da casa. Ela, naturalmente, não ia querer ficar na companhia de Robbie, e isso lhe proporcionou um certo alívio, pois já havia decidido: se não podia estar com Cecilia, se não podia tê-la só para si, então também ele, tal como Briony, faria sua busca sozinho. Essa decisão, como viria a reconhecer muitas vezes, transformou sua vida.

# 12.

Por mais elegante que fosse outrora o velho prédio em estilo Adam, a dominar toda a paisagem do parque, suas paredes certamente não eram tão sólidas quanto as da esplêndida casa que a substituiu, e os cômodos da antiga mansão não encerrariam o silêncio teimoso que por vezes sufocava o lar dos Tallis. Emily sentia a presença acachapante daquele silêncio agora, ao fechar a porta da frente após a partida dos grupos de busca e virar-se para atravessar o hall. Betty e suas ajudantes ainda estariam comendo a sobremesa na cozinha, sem saber que a sala de jantar agora estava vazia. Não se ouvia nenhum som. As paredes, o revestimento de madeira, o peso dos apliques quase novos, os trasfogueiros colossais, as lareiras em que cabia uma pessoa em pé, feitas com pedra branca e nova, tudo remontava a uma época longínqua de castelos isolados e florestas silenciosas. A intenção de seu sogro, imaginava ela, fora a de criar um ambiente de solidez e tradição familiar. Um homem que passara a vida inventando ferrolhos e fechaduras haveria de conhecer o valor da privacidade. Os barulhos do mundo exterior eram quase completamente excluídos, e até mesmo os ruídos do próprio lar eram abafados, por vezes mesmo eliminados.

Emily suspirou, não conseguiu ouvir seu próprio suspiro direito e suspirou outra vez. Estava ao lado do telefone, que ficava numa mesa semicircular de ferro batido ao lado da porta da biblioteca, e sua mão pousou no fone. Para falar com o policial Vockins, ela primeiro teria de conversar com a esposa dele, uma mulher tagarela que gostava de falar sobre ovos e assuntos correlatos — o preço da ração das galinhas, as raposas, a fragilidade dos sacos de papel hoje em dia. Seu marido recusava-se a manifestar a deferência que seria de esperar num policial. Tinha ele um modo sincero de encarar os lugares-comuns que os fazia ressoar por trás da túnica apertada como se fossem pérolas de sabedoria conquistadas a duras penas: com ele, cesteiro que fazia um cesto fazia um cento, a preguiça era a mãe de todos os vícios e uma maçã podre estragava todo o barril. Comentava-se na aldeia que antes de se tornar policial e deixar crescer o bigode ele fora sindicalista. Alguém o vira, nos tempos da grande greve geral, levando panfletos num trem.

Além disso, o que ela pediria ao policial? Ele comentaria que menino era assim mesmo, acordaria meia dúzia de homens da região para formar um grupo de busca e, enquanto isso, já teria se passado uma hora e os gêmeos teriam voltado por conta própria, apavorados com a imensidão do mundo à noite. Na verdade, não estava preocupada com os meninos, e sim com a mãe deles, sua irmã; ou melhor, sua irmã encarnada no corpo esguio de Lola. Quando se levantou da mesa para ir confortar a menina, Emily detectou em si própria, surpresa, um travo de ressentimento. Quanto mais o sentia, mais carinhos fazia em Lola para disfarçar. O arranhão em seu rosto era inegável, o machucado no braço era mesmo chocante, levando-se em conta que fora obra de meninos pequenos. Porém um velho antagonismo torturava Emily. Era sua irmã Hermione que ela estava tranquilizando — era Hermione, aquela pequena atriz que sempre roubava a cena, que ela apertava contra o seio. Tal como outrora, quanto mais Emily fervia por dentro, mais cuidadosa ficava. E, quando a pobre Briony encontrou o bilhete dos meninos, foi o mesmo antagonismo que levou Emily a se dirigir à filha com uma aspereza inusitada. Que injustiça! Porém a ideia de que sua filha, ou qualquer moça mais jovem que ela, abriria o envelope e elevaria a tensão dos ouvintes fazendo tudo um pouco mais lento do que necessário, e depois leria o bilhete em voz alta, dando a notícia e colocando-se no centro dos acontecimentos — essa ideia evocava velhas lembranças e pensamentos nada generosos.

Hermione passara a infância ceceando, saltitando e saracoteando, sem desperdiçar uma única oportunidade de se exibir, sem perceber — assim pensava sua irmã mais velha, sempre calada e de cenho franzido — quanto seu comportamento parecia ridículo e desesperado. Havia sempre um adulto por perto para incentivar aquela ostentação implacável. E quando, aos onze anos de idade, num episódio famoso, Emily assustou toda uma sala cheia de visitas ao atravessar correndo uma vidraça, cortando a mão tão feio que uma chuva de sangue formou um buquê rubro no vestido de musselina branca de uma menina que estava por perto, foi sua irmã de nove anos que se tornou alvo de todas as atenções com um acesso de gritos. Enquanto Emily, deitada no chão, à sombra do sofá, era ignorada por todos, menos pelo tio médico, que lhe aplicava um torniquete, mais de dez parentes tentavam acalmar o faniquito de Hermione. E agora ela estava em Paris, saçaricando com um homem que trabalhava no rádio, enquanto Emily cuidava de seus filhos. *Plus ça change*, como diria o policial Vockins.

E Lola, tal como a mãe, era incontrolável. Assim que foi lida a carta, ela roubou as atenções com sua saída dramática. Mamãe vai me matar, pois sim. Ela estava mais era mantendo vivo o espírito da mãe. Quando os gêmeos voltassem, sem dúvida Lola ainda estaria desaparecida. Movida por um férreo princípio de egoísmo, ela prolongaria sua permanência na escuridão, envolvendo-se em alguma desgraça de sua própria autoria, de modo que, quando reaparecesse, o alívio de todos fosse mais intenso e todas as atenções se fixassem novamente nela. Naquela tarde, sem sair de sua cama, Emily adivinhara que Lola estava solapando o teatrinho de Briony, uma suspeita que foi confirmada pelo cartaz rasgado. E, tal como ela previra, Briony estava fora de casa, emburrada, em algum lugar onde ninguém conseguia encontrá-la. Lola era mesmo igualzinha a Hermione — sempre conseguindo fazer com que os outros se destruíssem sem que respingasse nenhuma culpa nela.

Emily permanecia parada no hall, indecisa, sem vontade de ir para nenhum cômodo em particular, tentando ouvir as vozes dos grupos de busca lá fora e — para ser franca — aliviada por não estar ouvindo nada. Era um drama em torno de coisa alguma, o sumiço dos gêmeos; era uma intromissão da vida de Hermione na sua. Não havia motivo para se preocupar com os meninos. Era pouco provável que eles se aproximassem do rio. Certamente ficariam cansados e voltariam para casa. Emily estava cercada por espessas muralhas de silêncio que zumbiam em seus ouvidos, ora mais alto, ora mais baixo, num ritmo todo seu. Ela retirou a mão do telefone e massageou a testa — nenhum sinal da fera da enxaqueca, graças a Deus — e foi em direção à sala de estar. Outro motivo para não ligar para o policial Vockins era que em breve Jack estaria telefonando, pedindo desculpas. O telefonema seria feito por intermédio da telefonista do ministério; em seguida, ela ouviria o jovem assessor de voz nasalada que parecia um relincho e por fim a voz do marido, falando de sua mesa, a ressoar na sala imensa com teto decorado. Que ele trabalhava até tarde, ela sabia; porém sabia também que ele não dormia no clube, e ele sabia que ela sabia disso. Mas não havia nada a dizer. Ou melhor, havia coisas demais a dizer. Os dois tinham em comum o horror às brigas, e a regularidade daqueles telefonemas noturnos, embora ela não acreditasse no que ele dizia, tinha o efeito de confortar a ambos. Se essa falsidade era hipocrisia convencional, Emily tinha de admitir que a hipocrisia tinha lá sua utilidade. Havia coisas em sua vida que lhe davam contentamento — a casa, o parque e, acima de tudo, os filhos; para preservá-las, ela não questionava Jack. E sentia falta menos de sua presença que de sua voz ao telefone. Aquelas mentiras constantes, embora não fossem amor, eram uma forma de atenção; certamente ele haveria de gostar dela para inventar mentiras tão complexas durante tanto tempo. A falsidade de Jack era sua maneira de afirmar a importância de seu casamento.

Injustiçada como filha, injustiçada como esposa. Porém não era tão infeliz quanto devia ser. O primeiro papel a havia preparado para o segundo. Emily parou na entrada da sala de estar e observou que as taças de coquetel sujas de chocolate ainda não tinham sido levadas para a cozinha e que as portas que davam para o jardim continuavam abertas. Uma brisa levíssima agora começava a agitar os carriços diante da lareira. Duas ou três mariposas de corpos grossos voejavam em torno da luminária em cima do cravo. Será que alguém algum dia voltaria a tocar nele? O hábito que tinham as criaturas noturnas de ser atraídas pelas luzes, colocando-se no exato lugar onde mais se expunham aos predadores, era um dos mistérios que lhe davam um certo prazer. Ela preferia não conhecer a explicação. Uma vez, num jantar formal, um professor universitário, especialista em alguma ciência, para puxar conversa apontou para alguns insetos que voavam ao redor de um candelabro. O professor lhe disse que era a impressão visual de uma escuridão ainda mais profunda além da luz que os atraía. Embora se arriscassem a ser devorados, eram obrigados a obedecer ao instinto que os fazia buscar o lugar mais escuro, do outro lado da luz — o que, no caso, era uma ilusão. Emily achou aquilo um sofisma, ou uma explicação dada só pelo prazer de explicar. Como alguém podia conhecer o mundo visto pelos olhos de um inseto? Nem tudo no mundo tinha uma causa, e achar que sempre havia causa era uma interferência no funcionamento do mundo, uma coisa inútil que podia até levar ao sofrimento. Havia coisas que simplesmente eram porque eram.

Emily não queria saber por que Jack passava tantas noites consecutivas em Londres. Ou melhor, não queria que lhe dissessem por quê. Também não queria saber mais detalhes a respeito do trabalho que o obrigava a ficar até tão tarde no ministério. Alguns meses antes, não muito tempo depois do Natal, Emily entrou na biblioteca para despertá-lo — ele havia cochilado após o almoço — e viu um fichário aberto sobre a mesa. Uma tímida curiosidade conjugal levou-a a olhar, pois não tinha muito interesse por questões governamentais. Numa das páginas havia uma lista de itens: controles cambiais, racionamento, evacuação em massa de grandes cidades, recrutamento de mão de obra. A outra página estava escrita à mão. Nela havia uma série de cálculos aritméticos intercalados por blocos de texto. Em sua letra empinada e cuidadosa, Jack dizia que era necessário tomar cinquenta como multiplicador. Para cada tonelada de explosivos lançados, devia-se calcular cinquenta baixas. Se fossem lançadas cem mil toneladas de bombas em duas semanas, o resultado seria cinco milhões de baixas. Ela não havia ainda acordado o marido, e seu ronco suave, sibilante, combinava com o canto de algum pássaro hibernal que vinha do outro lado do gramado. Um sol aquoso brilhava nas lombadas dos livros e havia um cheiro de poeira quente por toda parte. Emily foi até a janela e olhou para fora, tentando localizar o pássaro em meio aos galhos nus de carvalho que se destacavam negros contra um céu riscado de cinza e azul-pálido. Ela sabia perfeitamente que era necessário elaborar aquelas suposições burocráticas. E, naturalmente, os administradores tomavam precauções para se proteger de qualquer eventualidade. Mas aqueles números extravagantes haveriam de ser uma forma de megalomania, uma extravagância irresponsável. Era de esperar que Jack, o protetor da família, a pessoa que garantia a tranquilidade dos seus, pensasse a longo prazo. Mas aquilo era uma bobagem. Quando ela o despertou, ele resmungou, inclinou-se para a frente e, com um movimento súbito, fechou o fichário, e então, ainda sentado, levou a mão da esposa aos lábios e deu-lhe um beijo seco.

Emily resolveu não fechar as portas envidraçadas e sentou-se numa das pontas do sofá. Sentia que não estava exatamente esperando. Ninguém sabia que ela possuía o dom de permanecer imóvel, sem nem sequer um livro no colo, e atravessar lentamente seus próprios pensamentos, como quem explora um jardim desconhecido. O aprendizado daquela paciência era fruto de anos contornando as crises de enxaqueca. A preocupação, o pensamento concentrado, a leitura, o olhar fixo, o desejo — tudo isso tinha de ser evitado; era se entregar a uma lenta correnteza de associações, enquanto os minutos se acumulavam como neve e o silêncio se aprofundava ao seu redor. Ali no sofá, sentia a aragem noturna balançar-lhe a barra do vestido, que roçava em sua canela. Sua infância era tão palpável quanto a seda furta-cor do vestido — um sabor, um som, um odor, tudo junto, formando uma única entidade que certamente era mais que um estado de espírito. Havia uma presença na sala, ela própria aos dez anos de idade, uma menina ressentida, negligenciada, ainda mais calada do que Briony, que se espantava com o vazio do tempo e se admirava de pensar que o século XIX estivesse prestes a terminar. Era típico dela, estar numa sala como essa e permanecer alheia a todos. Esse fantasma fora evocado não por Lola imitando Hermione, nem pelos gêmeos inescrutáveis a desaparecer na noite. Fora a lenta retração de Briony, seu recolhimento na autonomia, assinalando que sua infância chegava ao fim. Briony era sua última filha, e agora não havia nada, entre aquele momento e a morte, que algum dia viesse a ser tão visceralmente importante e delicioso quanto criar um filho. Emily não era boba. Sabia que era autocomiseração, essa contemplação melancólica do que lhe parecia ser sua própria desgraça: sem dúvida, Briony iria estudar no mesmo colégio que a irmã, e ela, Emily, ficaria com os membros cada vez mais duros e se tornaria cada vez mais irrelevante; a idade e o cansaço fariam com que Jack voltasse para ela, e nada seria dito, nada precisaria ser dito. E lá estava o fantasma de sua infância, espalhado pela sala, para lembrá-la do arco limitado da existência. Como a história terminava depressa! Não era imensa, nem vazia, e sim precipitada. Implacável.

Aquelas reflexões banais não tinham o efeito de deprimi-la. Emily flutuava acima delas, olhando para baixo, distanciada, entremeando-as com outros pensamentos. Estava pensando em plantar um tufo de ceanotos à margem do caminho da piscina. Robbie andava tentando convencê-la a construir uma pérgula e fazer com que nela se estendesse uma glicínia, uma trepadeira de crescimento lento; sua flor e seu perfume a agradavam. Porém, quando o efeito desejado fosse conseguido, ela e Jack já estariam mortos há muito tempo. A história teria chegado ao fim. Pensou em Robbie, que durante o jantar tinha algo de enlouquecido e vidrado no olhar. Estaria ele fumando os tais cigarros de maconha sobre os quais ela lera numa revista, que levavam jovens de tendências boêmias à loucura? Emily até gostava dele, e ficava feliz por Grace Turner ao ver que ele se tornara um rapaz inteligente. Mas no fundo Robbie era uma espécie de hobby de Jack, a prova viva de algum princípio igualitário que ele seguia havia anos. Quando falava sobre Robbie, o que não era muito frequente, era sempre com um tom de quem reivindica uma vitória. Ele conseguira provar algo, algo que Emily imaginava ser uma crítica a ela. Pois ela fora contra a intenção de Jack de custear a escolarização do menino; achava uma intromissão e uma injustiça com Leon e as meninas. A seu ver, o fato de que Robbie concluíra seu curso em Cambridge com um diploma de primeira classe não provava que ela estava errada. Pelo contrário, tivera o efeito de constranger Cecilia, com seu diploma de terceira, ainda que fosse um absurdo ela fazer de conta que estava decepcionada. Era a ascensão social de Robbie. "Isso não vai dar certo" era a expressão que ela sempre usava; a que Jack retrucava, orgulhoso, que aquilo já dera muito certo.

Fosse como fosse, Briony não tinha nada que falar com Robbie do modo como fizera durante o jantar. Emily compreendia perfeitamente que a menina tivesse seus ressentimentos; era de esperar. Mas manifestá-los era falta de dignidade. Ao pensar no jantar outra vez — realmente, o sr. Marshall soubera deixar todos à vontade. Seria um bom candidato? Bonito não era, infelizmente; a metade de cima do rosto parecia um quarto com excesso de mobília. Talvez com o tempo aquele queixo se tornasse másculo, aquele queixo que parecia uma fatia de queijo. Ou chocolate. Se ele conseguisse mesmo abastecer todo o exército britânico com suas barras Amo, ficaria riquíssimo. Mas Cecilia, que aprendera em Cambridge as formas modernas do esnobismo, achava que um homem formado em química era incompleto como ser humano. Palavras textuais dela. Havia passado três anos no Girton College lendo os livros que poderia perfeitamente ter lido em casa — Jane Austen, Dickens, Conrad, tinha tudo aquilo na biblioteca da casa, as obras completas. Por que motivo o fato de ter lido os romances que todos liam nas horas de lazer fazia com que ela se achasse melhor que todo mundo? Até mesmo um químico tinha lá sua utilidade. E aquele havia descoberto uma maneira de fazer chocolate com açúcar, substâncias químicas, corante marrom e óleo vegetal. Sem manteiga de cacau. A produção de uma tonelada dessa substância, ele explicara enquanto tomavam aquele estranho coquetel por ele preparado, saía quase de graça. Ele conseguiria vender mais barato que seus concorrentes e além disso aumentar sua margem de lucro. Talvez um pensamento vulgar, mas quanto conforto, quantos anos de tranquilidade não poderiam ser gerados por aqueles tonéis baratos?

Mais de meia hora se passou despercebida enquanto aqueles fragmentos — lembranças, juízos de valor, decisões vagas, perguntas — se desenrolavam silenciosamente à sua frente; sentada no sofá ela praticamente não mudara de posição e não ouvira o relógio dar o quarto de hora. Sentia que a brisa ficava mais forte, chegando a fechar uma das portas envidraçadas antes de esmorecer outra vez. Perturbou-a depois a presença de Betty, acompanhada por suas ajudantes, levando os pratos da sala de jantar, mas depois esses sons também morreram e mais uma vez Emily foi se afastando pelas estradas ramificadas de seus devaneios, passando de associação em associação, tudo isso com uma perícia que era fruto de mil dores de cabeça, evitando todas as coisas súbitas ou ásperas. Quando por fim o telefone tocou, ela se levantou imediatamente, sem esboçar nenhum gesto de susto ou surpresa, foi até o hall, pegou o fone e exclamou, como sempre, num tom de pergunta:

"Casa dos Tallis?"

Ouviu-se a telefonista, o assessor de voz nasalada, uma pausa, os estalidos do interurbano, e por fim o tom neutro de Jack.

"Meu amor. Mais tarde do que de costume. Mil desculpas."

Eram onze e meia. Mas ela não se importava, pois ele estaria de volta no fim de semana, e um dia voltaria para ficar, e nem uma só palavra indelicada seria pronunciada.

Disse ela: "Não tem problema".

"São as revisões do Comunicado sobre Defesa. Vai haver uma segunda tiragem. E mil e uma outras coisinhas."

"Rearmamento", disse ela, num tom tranquilizador.

"Infelizmente."

"Sabe, está todo mundo contra."

Ele riu baixinho. "Não aqui no trabalho."

"Eu também estou."

"Pois é, amor. Espero convencer você um dia."

"E eu você."

Aquele diálogo continha um vestígio de afeto, e sua familiaridade era confortadora. Como sempre, ele pediu um relato dos acontecimentos do dia. Ela falou do calorão, da peça de Briony que acabou não havendo, da chegada de Leon com seu amigo, a respeito do qual ela disse: "Ele está do seu lado. Mas ele quer mais soldados para poder vender o chocolate dele ao governo".

"Sei. Chocolates em armas."

Ela fez um relato do jantar e falou do olhar esgazeado de Robbie durante a refeição. "Será que a gente realmente precisa custear a faculdade de medicina dele?"

"Sim. É uma jogada audaciosa. Típica dele. Eu sei que ele vai se dar bem."

Então Emily contou como havia terminado o jantar, com o bilhete dos gêmeos, e as equipes de busca se espalhando pelos arredores da casa.

"Aqueles malandrinhos. E onde eles tinham se enfiado?"

"Não sei. Ainda estou aguardando notícias."

Fez-se silêncio na linha, interrompida apenas pelos estalidos mecânicos distantes. Quando o alto funcionário falou por fim, já havia tomado suas decisões. O fato de chamá-la pelo primeiro nome, coisa rara, demonstrava a seriedade de suas palavras.

"Vou desligar agora, Emily, porque vou chamar a polícia."

"Será que é mesmo necessário? Até eles chegarem aqui..."

"Assim que você tiver alguma notícia, me avise na mesma hora."

"Espere aí..."

Ao ouvir um ruído, Emily tinha se virado. Leon estava entrando pela porta da frente. Atrás dele vinha Cecilia, com um olhar de espanto mudo. Depois, Briony com o braço nos ombros da prima. O rosto de Lola estava tão branco e rígido, como uma máscara de argila, que Emily, incapaz de entender sua expressão, na mesma hora compreendeu que o pior havia acontecido. Onde estavam os gêmeos?

Leon atravessou o hall, vindo em direção à mãe, estendendo a mão para pegar o fone. Havia um risco de lama da boca da calça até a altura do joelho. Lama, num tempo tão seco. Ele estava esbaforido por ter feito algum esforço, e uma mecha de cabelos oleosos caiu-lhe sobre o rosto quando tomou da mãe o fone, dando-lhe as costas.

"É você, pai? Sim. Olha, acho melhor o senhor vir pra cá agora. Não, não achamos, mas isso é o de menos. Não, não, não posso dizer agora. Se der, hoje mesmo. Vamos ter que chamar de qualquer jeito. Melhor o senhor chamar."

Emily pôs a mão no coração e deu dois passos para trás, em direção a Cecilia e às meninas, que assistiam à cena. Leon agora estava sussurrando, falando depressa, ao telefone. Emily não conseguia ouvir nada, nem queria ouvir. Tinha vontade de se recolher a seu quarto, mas Leon concluiu a ligação com um estalar de baquelita e virou-se para ela. Seus olhos estavam apertados e duros; Emily não sabia se o que estava estampado neles era raiva. O rapaz tentava respirar cada vez mais fundo, esticando os lábios sobre os dentes, fazendo uma careta estranha.

Disse ele: "Vamos até a sala de estar, pra todo mundo poder sentar".

Ela entendeu perfeitamente. Ele não ia lhe contar nada naquele momento, não queria que ela caísse no chão de ladrilho e quebrasse a cabeça. Olhava para o filho, mas não se mexeu.

"Venha, Emily", disse ele.

Leon pousou a mão quente e pesada em seu ombro, e através da seda do vestido ela percebeu o quanto estava úmida. Impotente, deixou-se ser guiada até a sala de estar, todo seu terror concentrado no simples fato de que ele queria vê-la sentada antes de dar a notícia.

# 13.

Dentro de meia hora, Briony cometeria seu crime. Cônscia de que havia um psicopata à solta na noite, de início ela se manteve próxima às paredes ensombradas da casa, agachando-se sempre que passava por uma janela iluminada. Sabia que ele estaria seguindo pela alameda principal porque era para lá que sua irmã e Leon tinham ido. Assim que julgou estar a uma distância segura, Briony afastou-se da casa, ousada, descrevendo um arco amplo que a levava em direção ao estábulo e à piscina. Certamente fazia sentido procurar os gêmeos lá, onde poderiam estar brincando com as mangueiras, ou flutuando de bruços na água, mortos, indistinguíveis até o fim. Ficou a imaginar como descreveria a cena, os gêmeos a oscilar levemente na superfície iluminada da água, os cabelos se espalhando como gavinhas, os corpos vestidos a se chocar um com o outro. O ar seco da noite penetrava pelo tecido de seu vestido, roçando-lhe a pele, e ela sentia-se lisa e ágil na escuridão. Não havia nada que ela não soubesse descrever: o passo suave de um psicopata caminhando sinuosamente pela alameda, pisando na grama para que ninguém o visse se aproximar. Mas seu irmão estava com Cecilia, e por isso não havia por que se preocupar com ela. Sabia descrever aquele ar delicioso também, a grama a desprender um maravilhoso cheiro de gado, a terra estorricada, que ainda continha as brasas do calor do dia e exalava um odor mineral de argila, e a brisa leve que trazia do lago um sabor de verde e prata.

Começou a correr num ritmo tranquilo pela grama e pensou que seria capaz de continuar assim a noite inteira, cortando o ar sedoso como uma faca, impelida pelo impulso férreo do chão duro sob seus pés e pela escuridão que parecia duplicar a sensação de velocidade. Briony tinha sonhos em que corria assim, depois se inclinava para a frente, abria os braços e, confiando na fé — a única parte difícil, mas que dormindo era até fácil —, desprendia-se do chão com um simples passo, sobrevoava a baixa altura sebes, portões e telhados, depois ganhava altura, aproximando-se, exultante, da camada de nuvens, vendo os campos lá embaixo, e depois descia outra vez. Sentia agora de que modo isso seria possível, apenas com a força do desejo; o mundo que ela atravessava correndo a amava e lhe daria tudo que ela quisesse, e permitiria que isso acontecesse. E então, quando acontecesse, ela o descreveria. Pois escrever não era uma espécie de voo, uma forma realizável de voo da fantasia, da imaginação?

Porém havia um psicopata caminhando pela noite, com um coração negro e frustrado — fora ela que já o frustrara uma vez — e era preciso permanecer com os pés na terra para descrevê-lo também. Antes de mais nada, precisava proteger sua irmã e depois encontrar maneiras de evocá-lo, sem qualquer perigo, no papel. Briony agora caminhava num passo mais lento, pensando no quanto ele devia odiá-la por tê-lo interrompido na biblioteca. E, embora a ideia a horrorizasse, era também mais um limiar: a primeira vez que era odiada por um adulto. As crianças odiavam de modo generoso e caprichoso. Era um ódio que não tinha importância. Porém ser odiada por um adulto era ser iniciada num mundo novo, um mundo mais sério. Era uma promoção. Ele poderia ter voltado e estar à sua espera escondido atrás do estábulo, cheio de pensamentos assassinos. Mas Briony estava tentando não ter medo. Havia conseguido encará-lo na biblioteca quando sua irmã passou por ela, sem lhe dirigir nenhum olhar de reconhecimento por ela a haver salvado. Mas o que a interessava não era gratidão, ela sabia, não era nenhuma recompensa. Em questões de amor altruísta, não era necessário dizer nada, e ela protegeria sua irmã mesmo que Cecilia não reconhecesse sua dívida com ela. E agora Briony não podia ter medo de Robbie; era bem melhor deixar que ele se tornasse objeto de seu ódio e sua repulsa. Eles lhe haviam proporcionado tantas coisas boas, eles, os Tallis: o lar em que ele crescera, incontáveis viagens à França, o uniforme de seu colégio, os livros, e depois Cambridge — e, em retribuição, ele usara uma palavra terrível contra sua irmã, abusando da hospitalidade da família de modo absurdo, usara sua força contra ela também, depois aboletando-se à mesa de jantar como se nada houvesse acontecido. Quanto fingimento, e como ela tinha vontade de desmascará-lo! A vida de verdade, sua vida, que tinha início agora, lhe havia trazido um vilão na forma de um velho amigo da família, com braços fortes e desajeitados e um rosto másculo e simpático, que outrora a carregava nas costas e nadava com ela no rio, protegendo-a para que a correnteza não a levasse. Tudo isso fazia sentido — a verdade era estranha e enganosa, e era necessário lutar contra ela, lutar contra o fluxo do cotidiano. Era exatamente o que ninguém poderia esperar, e isso também fazia sentido — a entrada em cena de um vilão não era anunciada com sussurros e monólogos, e eles não vinham envoltos em capas pretas, fazendo caras feias. Do outro lado da casa, caminhando em sentido contrário a ela, estavam Leon e Cecilia. Talvez ela estivesse lhe falando sobre o ataque que sofrera. Neste caso, ele teria colocado o braço em seu ombro. Juntos, os filhos da família Tallis haveriam de despachar aquele bruto, eliminá-lo de suas vidas. Teriam de enfrentar e converter seu pai, e confortá-lo quando ele reagisse com raiva e decepção. Então seu protegido revelava-se um psicopata! A palavra de Lola levantava uma poeira de outras palavras que a cercavam — psicótico, patológico, patético — e confirmavam o diagnóstico.

Briony contornou o estábulo e parou sob o arco da entrada, junto à torre do relógio. Gritou os nomes dos gêmeos, mas em resposta ouviu apenas o ruído de cascos e o baque de um corpo pesado contra a parede da baia. Felizmente ela jamais se afeiçoara a nenhum cavalo ou pônei, pois àquela altura de sua vida não estaria cuidando dele devidamente. Não se aproximou dos animais, embora eles sentissem sua presença. Do ponto de vista deles, um gênio, um deus, rondava a periferia de seu mundo, e eles estavam tentando atrair sua atenção. Porém Briony virou-se e seguiu em direção à piscina. Responsabilizar-se por alguém, mesmo por uma criatura como um cavalo ou um cão, não seria uma coisa fundamentalmente incompatível com a febril jornada interior exigida pela literatura? Preocupar-se em proteger um outro ser, envolver-se com uma mente alheia ao penetrá-la, assumir o papel dominante de guiar o destino de outro — tais coisas sem dúvida impediam a liberdade mental. Talvez ela viesse a se tornar uma dessas mulheres — objetos de piedade ou de inveja — que optavam por não ter filhos. Seguia o caminho de tijolo que contornava o estábulo. Tal como a terra, os tijolos irradiavam o calor captado durante o dia. Ela o sentia no rosto e na perna nua enquanto passava. Atravessou aos tropeços a escuridão do túnel de bambu e emergiu na geometria tranquilizadora das pedras do pavimento.

As luzes da piscina, debaixo da água, haviam sido instaladas naquela primavera e ainda eram uma novidade. Aquele brilho azulado conferia a tudo em torno da piscina um ar incolor, como o luar, como uma fotografia. Havia uma jarra de vidro, dois copos e um pano sobre a velha mesa de metal. Um terceiro copo, contendo pedaços amolecidos de fruta, fora colocado em cima do trampolim. Não havia corpos na piscina, nem vinham risadas contidas do pavilhão escuro, nem cochichos das sombras do bambuzal. Briony circundou a piscina lentamente; não estava mais procurando nada, porém se sentia atraída pelo brilho e a imobilidade vítrea da água. Apesar da ameaça que o psicopata representava para sua irmã, era delicioso estar fora de casa tão tarde, com permissão da mãe. No fundo, não acreditava que os gêmeos estivessem correndo perigo. Mesmo que tivessem visto o mapa da região pendurado na biblioteca e fossem espertos o bastante para compreendê-lo, pretendendo seguir em direção ao norte caminhando a noite inteira, teriam de seguir a alameda que atravessava o bosque ao longo da ferrovia. Nessa época do ano, quando as folhagens das árvores estavam espessas, o caminho ficava imerso em total escuridão. A única outra rota era a que saía pelo portão em direção ao rio. Porém ali também não havia luz, não havia como se manter no caminho e evitar os galhos baixos das árvores, nem como se esquivar das urtigas que cresciam dos dois lados. Eles não teriam coragem suficiente para se envolver numa situação de risco.

Os gêmeos não corriam perigo; Cecilia estava com Leon, e ela, Briony, tinha liberdade de andar pelo parque escuro e pensar sobre o dia extraordinário que tivera. Sua infância chegara ao fim — decidiu enquanto voltava da piscina, no momento em que rasgou o cartaz. Havia deixado para trás os contos de fadas, e no intervalo de umas poucas horas havia testemunhado mistérios, lido uma palavra indizível, interrompido uma brutalidade e, tornando-se alvo do ódio de um homem em quem todos até então confiavam, passara a participar do drama da vida adulta. Agora só faltava descobrir as histórias, não apenas os temas, mas também o modo de desenvolvê-las, que fizessem justiça ao seu conhecimento recém-adquirido. Ou seria mais apropriado dizer: sua consciência acentuada de sua própria ignorância?

Os minutos que passara contemplando a água da piscina a fizeram pensar no lago. Talvez os meninos estivessem escondidos no templo da ilha. Era um lugar escuro, mas não muito isolado da casa, um local simpático que fornecia o consolo da água e não continha muitas sombras. Talvez os outros tivessem atravessado diretamente a ponte sem olhar lá. Ela resolveu seguir em frente e chegar ao lago após contornar os fundos da casa.

Dois minutos mais tarde, estava passando pelas roseiras e pelo caminho de cascalho à frente da fonte do tritão, cenário de mais um mistério que claramente prenunciava as brutalidades ocorridas depois. Enquanto passava pela fonte, julgou ouvir como que um grito sufocado, e teve a impressão de divisar, com o rabo do olho, uma luzinha se acendendo e apagando. Parou e ficou tentando ouvir algum som por trás do ruído de água gotejando. O grito e a luz tinham vindo do bosque junto ao rio, umas poucas centenas de metros dali. Briony caminhou naquela direção por meio minuto, parou e escutou outra vez. Mas não havia nada, só a massa escura do bosque discernível contra o azul acinzentado do céu para os lados do oeste. Após esperar um pouco, Briony resolveu voltar atrás. Para retomar a alameda, seguiu por um trecho diretamente em direção à casa, ao terraço, onde um lampião de parafina iluminava os copos, as garrafas e o balde de gelo a sua volta. As portas envidraçadas da sala de estar continuavam escancaradas para a noite. Briony olhou para dentro da sala. À luz de uma única luminária, viu, parcialmente coberta pela dobra de uma cortina de veludo, uma das extremidades de um sofá, acima do qual um objeto cilíndrico parecia pairar, enviesado. Foi só depois de avançar mais cinquenta metros que se deu conta de que estava vendo uma perna humana separada do corpo. Ao aproximar-se ainda mais, apreendeu a perspectiva; era a perna de sua mãe, naturalmente, que esperava os gêmeos. A maior parte de seu corpo estava atrás da cortina, e uma das pernas, envolta numa meia, apoiava-se no joelho da outra, o que lhe dava aquela curiosa aparência enviesada, como se estivesse levitando.

Ao chegar perto da casa, Briony seguiu em direção a uma janela a sua esquerda, para que Emily não a visse. Do ângulo em que estava, não podia ver os olhos da mãe. Enxergava apenas a depressão do malar formada pela órbita do olho. Briony tinha certeza de que ela estaria de olhos fechados. A cabeça estava inclinada para trás, e as mãos se encontravam pousadas sobre o colo, entrelaçadas. O ombro direito subia e descia um pouco, ao ritmo de sua respiração. Briony não via a boca da mãe, mas conhecia a curva voltada para baixo, que facilmente podia ser tomada por sinal — hieróglifo — de repreensão. Porém a impressão era falsa, pois eram infinitas a bondade e a doçura de sua mãe. Vê-la sentada ali, sozinha, tarde da noite, era triste, porém aquela tristeza era agradável. Imbuída de uma sensação de adeus, Briony ficou a contemplar a mãe. Emily tinha quarenta e seis anos, uma idade já muito avançada. Um dia ela morreria. Haveria um enterro na cidadezinha, durante o qual Briony manteria uma atitude de silêncio digno que seria um sutil indício da imensidão de sua dor. Quando seus amigos viessem murmurar seus pêsames, eles haveriam de ficar impressionados pela grandiosidade de sua tragédia. Briony imaginava-

-se sozinha, em pé, numa grande arena, dentro de um coliseu monumental, sendo vista não apenas por todas as pessoas que conhecia, mas também por todas aquelas que viria a conhecer, o elenco completo de sua existência, todos reunidos para amá--la em seu momento de perda. E no cemitério, no trecho conhecido como "canto dos avós", ela, Leon e Cecilia permaneceriam unidos num abraço interminável, diante da lápide nova, cercada de capim alto, também sendo observados. Era necessário que houvesse testemunhas. Era a piedade daqueles observadores que fazia seus olhos marejarem.

Naquele momento, poderia ter entrado em casa para abraçar-se à mãe e fazer para ela um resumo do dia. Se o tivesse feito, não teria cometido seu crime. Tantas coisas não teriam acontecido, nada teria acontecido, e a mão do tempo, que tudo aplaca, transformaria aquela noite numa noite nada memorável: apenas a noite em que os gêmeos fugiram. Quando foi mesmo, 34, 35, 36? Mas, por nenhum motivo em particular, apenas pela vaga obrigação de participar da busca e pelo prazer de estar fora de casa tão tarde, ela se afastou e, ao fazê-lo, seu ombro esbarrou numa das portas envidraçadas, fechando-a. Foi um baque nítido — pinho sobre madeira de lei —, que pareceu uma recriminação. Para ficar ali, ela teria de se explicar, e por isso fugiu para a escuridão, seguindo na ponta dos pés sobre as lajes e as ervas aromáticas que brotavam entre elas. Logo em seguida estava no gramado, entre as roseiras, onde era possível correr sem fazer barulho. Contornou a casa e chegou à frente, ao cascalho em que havia pisado descalça naquela tarde.

Ali diminuiu o ritmo dos passos ao entrar na alameda que dava na ponte. Tinha retornado ao ponto de partida e esperava ver os outros, ou ouvir seus gritos. Mas não havia ninguém. Os vultos escuros das árvores espaçadas do outro lado do parque a faziam hesitar. Alguém a odiava, era preciso lembrar-se disso, e esse alguém era imprevisível e violento. Leon, Cecilia e o sr. Marshall já estariam longe a essa altura. As árvores mais próximas, ou ao menos seus troncos, tinham forma humana. Ou podiam ocultar algum ser humano. Até mesmo um homem que estivesse parado diante de uma árvore seria invisível para ela agora. Pela primeira vez, percebeu a brisa que vinha das copas das árvores, e aquele som tão conhecido a perturbou. Milhões de agitações separadas e precisas bombardeavam seus sentidos. Quando o vento aumentou por alguns instantes, para morrer em seguida, o som foi se afastando dela, atravessando, como um ser vivo, o parque escuro. Briony parou e ficou pensando se teria coragem de seguir em frente até a ponte, atravessá-la, descer a encosta íngreme da ilha e entrar no templo. Ainda mais por não ter nenhum bom motivo para isso — apenas a intuição de que talvez os gêmeos tivessem se enfiado lá. Ao contrário dos adultos, ela estava sem lanterna. Não se esperava nada dela; todos a consideravam apenas uma criança. Os gêmeos não estavam correndo perigo.

Briony permaneceu parada no cascalho por um minuto ou dois; o medo não era forte a ponto de fazê-la voltar atrás, mas ela também não se sentia confiante o bastante para seguir em frente. Podia voltar para a mãe e fazer-lhe companhia na sala enquanto ela esperava. Podia seguir por uma rota menos perigosa, pela alameda principal, e depois retornar antes de entrar no bosque — e com isso dar a impressão de estar de fato participando da busca. Então, precisamente porque aquele dia lhe havia mostrado que ela não era mais uma criança, que ela agora era personagem de uma história mais rica e tinha de provar a si própria que merecia estar ali, obrigou-se a seguir em frente e atravessar a ponte. Sob seus pés, amplificado pelo arco de pedra, vinha o sibilar da brisa a agitar a sebe e um súbito bater de asas contra água que cessou abruptamente. Eram sons cotidianos amplificados pela escuridão. E a escuridão não era nada — não era uma substância, não era uma presença, não era nada mais do que ausência de luz. A ponte levava apenas a uma ilha artificial num lago artificial. Estava ali havia quase duzentos anos, e destacava-se de tudo o que havia a sua volta, e pertencia mais a Briony do que a qualquer outro. Ela era a única pessoa que costumava frequentar aquele lugar. Para os demais, era só um corredor pelo qual passavam quando saíam de casa ou voltavam para ela, uma ponte entre as outras, um ornamento tão familiar que se tornara invisível. Hardman ia ali com o filho duas vezes por ano para cortar a grama em torno do templo. Vagabundos haviam passado pela ilha. De vez em quando, gansos migrantes desgarrados honravam com sua presença a pequena costa coberta de grama. Fora isso, era um lugar solitário habitado por coelhos, aves marítimas e ratos-d'água.

Assim, deveria ser uma coisa simples descer a encosta, atravessar o gramado e entrar no templo. Porém mais uma vez ela hesitou, e simplesmente olhou, sem nem sequer chamar os gêmeos pelo nome. A brancura indistinta do prédio brilhava na escuridão. Quando ela olhava diretamente para ele, o templo desaparecia por completo. Estava a cem metros dela, menos que isso, e à sua frente, no centro da expansão de gramado, havia um arbusto de cuja presença ela não se recordava. Ou melhor, lembrava-se dele mais perto da água. As árvores também não estavam tal como deveriam estar, até onde ela conseguia divisá-las. O carvalho parecia bulboso demais, o olmo, esgarçado demais, e em sua estranheza os dois pareciam estar mancomunados. Quando Briony estendeu o braço para pôr a mão no parapeito da ponte, um pato assustou-a com um grasnido agudo, desagradável, quase humano em sua entonação descendente. Era a encosta íngreme, naturalmente, que a fazia hesitar, a ideia de descer, e mais o fato de não haver muito sentido em ir ali. Porém ela já tomara sua decisão. Foi descendo de costas, agarrando-se nos tufos de capim, e ao final da descida parou apenas para limpar as mãos no vestido.

Caminhou diretamente para o templo, já havia dado sete ou oito passos e estava prestes a chamar pelos gêmeos quando o arbusto que estava diretamente a sua frente — o arbusto que deveria estar mais perto da água — começou a se dissolver, ou duplicar, ou estremecer, e depois bifurcou-se. Estava mudando de forma de modo complicado, tornando-se mais fino na base ao mesmo tempo que se erguia uma coluna de mais de um metro e meio de altura. Briony teria estancado imediatamente se ainda não estivesse convencida de que o vulto era de fato um arbusto, e que aquele efeito visual era algum truque causado pela escuridão e a perspectiva. Mais um ou dois segundos, mais dois passos, e ela viu que estava enganada. Então parou. A massa vertical era um vulto humano, uma pessoa que agora se afastava dela e já começava a se confundir com as árvores mais escuras ao fundo. A outra mancha escura que permanecia no chão era também uma pessoa, que mudou de forma outra vez quando se levantou, sentou e chamou-a pelo nome.

"Briony?"

Percebeu um tom de impotência na voz de Lola — era o som que ela atribuíra a um pato —, e no mesmo instante Briony compreendeu perfeitamente. A repulsa e o medo eram tamanhos que ela sentiu náusea. Então a figura maior reapareceu, contornando a clareira e seguindo em direção à ponte pela qual ela viera. Briony sabia que devia cuidar de Lola, mas não conseguia despregar os olhos do homem que subia a rampa depressa e sem esforço, desaparecendo na estrada. Ouviu seus passos caminhando em direção à casa. Não tinha dúvida. Ela seria capaz de descrevê-lo. Não havia nada que ela não soubesse descrever.

"Lola. Você está bem?"

Briony tocou-lhe o ombro, tentando sem sucesso alcançar sua mão. Lola estava sentada no chão, inclinada para a frente, os braços cruzados sobre o peito, abraçando seu próprio corpo, balançando-se lentamente. A voz saiu fraca e distorcida, como se tolhida por algum obstáculo, uma bolha, muco na garganta. Ela precisou pigarrear. Disse, incerta: "Desculpe, eu não, desculpe…".

Briony sussurrou: "Quem era?", e, antes que tivesse resposta, acrescentou, com toda a tranquilidade de que era capaz. "Eu vi. Eu *vi*."

Submissa, Lola concordou: "É".

Pela segunda vez naquela noite, Briony sentiu uma onda de ternura pela prima. Juntas, estavam encarando terrores de verdade. Elas duas estavam próximas. Briony, de joelhos, tentava abraçar Lola e puxá-la para si, mas aquele corpo ossudo e resistente estava fechado em si mesmo como uma concha. Uma ostra. Lola se abraçava e balançava.

Disse Briony: "Foi ele, não foi?".

Ela sentiu contra o peito, mais do que viu, sua prima fazer que sim, lenta e pensativamente. Talvez fosse exaustão.

Depois de vários segundos, Lola disse, no mesmo tom fraco e submisso: "Foi. Foi ele".

De repente, Briony quis que a prima pronunciasse o nome dele. Para selar o crime, emoldurá-lo com a maldição da vítima, determinar seu destino com o ato mágico de pronunciar um nome.

"Lola", cochichou ela, sentindo um entusiasmo estranho que não seria capaz de negar. "Lola. Quem foi?"

Ela parou de se balançar. Tudo na ilha estava totalmente imóvel. Sem exatamente mudar de posição, Lola parecia se afastar, ou recuar, numa espécie de dar de ombros, para fugir ao toque amoroso de Briony. Virou o rosto para o outro lado, contemplando o vazio na direção do lago. Talvez estivesse a ponto de dizer alguma coisa, de dar início a uma longa confissão em que descobriria o que ela própria estava sentindo ao falar e se arrancar daquele torpor, em direção a algo que parecia ao mesmo tempo terror e felicidade. O gesto de virar para o lado talvez não fosse um distanciamento, e sim um ato de intimidade, uma maneira de se acalmar para poder começar a expressar seus sentimentos para a única pessoa que lhe parecia, ali, tão longe de sua casa, digna de confiança. Talvez já tivesse respirado fundo e entreaberto os lábios. Mas não adiantaria, porque Briony já estava se preparando para interrompê-la, e a oportunidade seria perdida. Tantos segundos já haviam se passado — trinta? quarenta e cinco? —, e a menina mais jovem não conseguia se conter. Tudo fazia sentido. Fora ela que descobrira. A história era dela, a história que estava se escrevendo por si própria a sua volta.

"Foi o Robbie, não foi?"

O psicopata. Ela queria pronunciar a palavra.

Lola não disse nada e permaneceu imóvel.

Briony repetiu a frase, mas dessa vez sem nenhum tom de pergunta. Era a afirmação de um fato. "Foi o Robbie."

Embora ela não tivesse se virado, nem esboçado o menor movimento, claramente alguma coisa estava mudando em Lola, um calor a emanar de sua pele e um ruído de quem engole em seco, uma convulsão dos músculos da garganta que parecia uma sucessão de estalos.

Briony disse outra vez. Simplesmente. "Robbie."

De outro lado do lago veio o som gordo e redondo de um peixe saltando da água, um som preciso e solitário, pois a brisa havia morrido por completo. Agora não havia nada de assustador nas copas das árvores nem na sebe. Por fim Lola virou-se lentamente e encarou-a.

Disse ela: "Você viu".

"Como que ele pôde fazer isso?", gemeu Briony. "Como?"

Lola pôs a mão no antebraço nu da prima e agarrou-o. As palavras tranquilas saíram bem espaçadas. "Você viu."

Briony puxou Lola mais para perto e cobriu-lhe a mão com a sua. "Você nem sabe ainda o que aconteceu na biblioteca, antes do jantar, logo depois da nossa conversa. Ele estava atacando a minha irmã. Se eu não entro na hora, nem sei o que ele era capaz de fazer..."

Embora estivessem muito próximas uma da outra, não era possível perceber uma expressão facial. O disco escuro do rosto de Lola não demonstrava absolutamente nada, mas Briony percebeu que ela não estava prestando atenção a suas palavras, e essa impressão foi confirmada quando ela interrompeu-a para repetir: "Mas você viu. Você viu que era ele".

"Claro que eu vi. Como se fosse de dia. Era ele."

Apesar do calor da noite, Lola estava começando a estremecer, e Briony lamentava não estar usando nada que pudesse tirar e colocar sobre os ombros da outra.

Disse Lola: "Ele veio por trás, sabe. Ele me derrubou... e então... ele empurrou minha cabeça e cobriu meus olhos com a mão. Eu não, sabe, eu não consegui...".

"Ah, Lola." Briony estendeu a mão para tocar o rosto da prima e encostou-a em sua bochecha. Estava seca, mas não continuaria assim por muito tempo, disso ela sabia. "Escute o que eu estou dizendo. Eu não tenho dúvida que foi ele. Eu conheço o Robbie desde pequena. Eu vi."

"Porque eu não sei direito. Quer dizer, até podia ser ele, pela voz."

"O que foi que ele disse?"

"Nada. Quer dizer, o som da voz dele, respirando, os barulhos. Mas eu não vi. Eu não seria capaz de dizer quem era."

"Pois eu sou. Eu digo."

E assim as posições assumidas por cada uma delas, que seriam expressas em público no decorrer das semanas e dos meses que se seguiriam, e viriam atormentá-las secretamente como demônios por muitos anos, foram determinadas naqueles momentos à beira do lago, a certeza de Briony aumentando sempre que sua prima parecia manifestar dúvida. Não se exigiu muita coisa de Lola depois disso, pois ela conseguiu se recolher por trás de um ar de perplexidade vulnerável, e na condição de paciente valiosa, vítima em recuperação, criança perdida, deixou-se ser levada pela piedade e pela culpa dos adultos que a cercavam. Como pudemos permitir que uma coisa dessas acontecesse com uma criança? Lola não podia ajudá-los, e nem precisava. Briony ofereceu-lhe uma oportunidade, e ela agarrou-a instintivamente; não, menos que isso — apenas deixou que a oportunidade descesse sobre ela. Não precisava fazer muito mais do que permanecer em silêncio por trás do empenho da prima. Lola não precisou mentir, encarar o suposto agressor e reunir coragem para acusá-lo, porque todo esse serviço foi feito para ela, inocentemente, sem malícia, pela prima mais nova. De Lola só se exigia que não revelasse a verdade, que a banisse e a esquecesse por completo, e que se convencesse não de alguma versão diferente, mas apenas de sua própria incerteza. Ela não conseguiu ver nada, a mão dele cobria seus olhos, ela estava apavorada, ela não era capaz de dizer.

Briony estava lá para ajudá-la em todas as etapas. Do seu ponto de vista, tudo se encaixava; o terrível presente era a concretização do passado recente. Acontecimentos que somente ela havia testemunhado prenunciavam a calamidade vivida por sua prima. Ah, se ela, Briony, tivesse sido menos inocente, menos obtusa. Agora ela entendia tudo, as coisas eram coerentes demais, simétricas demais, para não serem tal como ela as descrevia. Ela se culpava por ter imaginado, ingenuamente, que Robbie limitaria seu interesse a Cecilia. Como pudera pensar uma coisa dessas? Ele era um psicopata, afinal de contas. Para ele, qualquer uma servia. E era fatal que atacasse a mais vulnerável — uma mocinha magra, perambulando na escuridão num lugar desconhecido, corajosamente procurando os irmãos no templo da ilha. Exatamente o que Briony ia fazer. Sua indignação tornava-se ainda mais furiosa quando se dava conta de que a vítima poderia perfeitamente ter sido ela própria. Se sua pobre prima não era capaz de afirmar a verdade, então faria isso por ela. *Eu sou. Eu digo.*

Já na semana seguinte, a superfície vítrea da certeza ostentava algumas marcas e rachaduras finas. Quando se dava conta delas, o que não acontecia com frequência, Briony era levada de volta, com uma leve sensação de vazio no estômago, à consciência de que o que ela sabia não era literalmente — ou apenas — fundamentado no que vira. Não tinham sido apenas os seus olhos que lhe disseram a verdade. Estava escuro demais para isso. Até mesmo o rosto de Lola a meio metro de distância era uma oval vazia, e o vulto estava a vários metros de distância, e deu-lhe as costas ao contornar a clareira. Mas o vulto não estava de todo invisível, e seu tamanho e seu modo de andar lhe eram familiares. Seus olhos confirmaram tudo o que ela sabia e havia vivenciado recentemente. A verdade estava na simetria, ou seja, fundamentava-se no bom senso. A verdade orientara seus olhos. Assim, ao dizer, e repetir tantas vezes, que o vira, estava dizendo a verdade, estava sendo tão honesta quanto veemente. O que ela queria dizer era bem mais complexo do que o que todos estavam prontamente dispostos a entender, e seus momentos de intranquilidade ocorriam quando ela se dava conta de que não conseguia exprimir essas nuanças. Briony não fez nenhuma tentativa séria de exprimi-las. Não havia oportunidade, não havia tempo, não havia permissão. Em apenas dois dias — não, em umas poucas horas — já havia se instaurado um processo que escapava totalmente de seu controle. Suas palavras despertaram forças terríveis naquela cidadezinha tão conhecida e pitoresca. Era como se todas aquelas autoridades aterrorizantes, aqueles agentes de uniforme, tivessem passado anos aguardando por trás das fachadas das casas tão bonitas, esperando uma catástrofe que, elas sabiam, haveria de acontecer. As autoridades sabiam o que pensavam, o que queriam, o que fazer. A pergunta lhe era repetida vezes seguidas, e, quanto mais ela dava a mesma resposta, mais o ônus da coerência a constrangia. Era necessário dizer de novo o que dissera antes. Cada pequeno desvio fazia com que testas cheias de sabedoria se franzissem, olhares solidários se tornassem um pouco mais frios. Passou a ser importante para ela agradar a seus ouvintes, e rapidamente deu-se conta de que qualquer pequena ressalva perturbaria o processo que ela própria havia desencadeado.

Briony era como uma noiva que começa a sentir uma náusea de indecisão à medida que o dia se aproxima, mas não ousa dizer o que pensa porque já foram feitos tantos preparativos em torno dela. A felicidade e o conforto de muita gente boa seriam comprometidos. São momentos passageiros de intranquilidade secreta, que só podem ser dissipados quando ela se entrega à alegria e à animação das pessoas que a cercam. Não é possível que tanta gente decente esteja enganada, e dúvidas como as dela, dizem-lhe, eram esperadas. Briony não queria voltar atrás. Achava que não tinha coragem para isso, depois de toda a sua certeza inicial e de dois ou três dias de entrevistas pacientes e bondosas com o fim de extrair seu depoimento. Porém ela teria preferido fazer uma ressalva ou, de algum modo, relativizar sua utilização do verbo "ver". Era menos ver do que saber. Nesse caso, caberia a seus interrogadores decidir se o processo poderia ir em frente com base nesse tipo de visão. Eles permaneciam impassíveis sempre que ela hesitava, e com firmeza a faziam lembrar as afirmações feitas anteriormente. Seria ela uma menina boba — era o que pareciam dar a entender — que havia desperdiçado o tempo de todo mundo? Além disso, encaravam de modo austero o aspecto visual. Ficou decidido que havia luz suficiente, das estrelas e das nuvens que refletiam a iluminação de rua da cidade mais próxima. Ou bem ela tinha visto, ou bem não tinha visto. Não havia nenhuma posição intermediária; ninguém lhe dizia isso explicitamente, porém era o que indicava a atitude brusca das pessoas. Nesses momentos, quando sentia que elas se tornavam mais frias, Briony relembrava o seu ardor inicial e repetia: eu vi. Sei que foi ele. E era confortador sentir que estava confirmando o que todos já sabiam.

Briony jamais pôde se consolar com o pensamento de que fora pressionada ou intimidada. Porque isso não aconteceu. Briony caiu numa arapuca armada por ela própria, penetrou num labirinto construído por suas próprias mãos, e era jovem demais, estava impressionada demais, excessivamente sequiosa de agradar aos outros, para insistir numa retratação. Não possuía essa independência de espírito, nem tinha idade suficiente para isso. Uma plateia imponente se congregara em torno de suas certezas iniciais, e agora estava esperando; ela não podia decepcioná-la ao pé do altar. A única maneira de neutralizar suas dúvidas era afundar ainda mais. Aferrando-se ao que julgava saber, estreitando seus pensamentos, reiterando seu depoimento, conseguiu evitar pensar na catástrofe que apenas intuía estar causando. Quando a questão foi encerrada, quando foi pronunciada a sentença e a plateia se dispersou, um implacável esquecimento juvenil, um apagamento consciente, protegeu-a durante boa parte da adolescência.

\* \* \*

"Pois eu sou. Eu digo."

Ficaram em silêncio por algum tempo, e o tremor de Lola começou a cessar. Briony julgou que devia levar a prima para casa, mas relutava em quebrar aquela intimidade momentânea — estava abraçando os ombros da menina mais velha, que parecia agora aceitar seu toque. Do outro lado do lago viram uma luzinha a oscilar — uma lanterna sendo carregada por alguém na alameda —, mas não fizeram nenhum comentário sobre ela. Quando por fim Lola falou, foi num tom reflexivo, como se estivesse ponderando sutis correntes de contra-argumentação.

"Mas não faz sentido. Ele é tão amigo da sua família. Pode não ter sido ele."

Briony murmurou: "Você não diria isso se tivesse visto o que eu vi na biblioteca".

Lola suspirou e balançou a cabeça devagar, como se tentasse conciliar-se com a verdade inaceitável.

Ficaram caladas outra vez, e poderiam ter ficado ali por mais tempo se não fosse a umidade — ainda não era orvalho — que começava a descer sobre a grama à medida que as nuvens se dissipavam e a temperatura caía.

Quando Briony perguntou num cochicho "Você acha que consegue andar?", ela fez que sim, corajosa. Briony ajudou-a a se levantar, e, primeiro de braços dados, depois com Lola apoiando seu peso no ombro de Briony, atravessaram a clareira em direção à ponte. Chegaram ao pé da encosta, e foi ali que Lola finalmente começou a chorar.

"Não vou conseguir subir isso", tentou dizer várias vezes. "Estou muito fraca." Seria melhor, Briony decidiu, correr até a casa e chamar alguém para ajudá-la, e justamente quando ia dizer isso a Lola e largá-la sentada no chão ouviram vozes vindo da estrada lá em cima, e em seguida uma lanterna iluminou seus rostos. Um milagre, pensou Briony, quando ouviu a voz do irmão. Herói de verdade que era, ele desceu a encosta com uns poucos passos ágeis e, sem nem sequer perguntar o que ocorrera, tomou Lola nos braços e levantou-a como se fosse uma criancinha. Cecilia chamava por elas com uma voz que parecia rouca de preocupação. Ninguém respondeu. Leon já estava subindo a encosta num passo tão rápido que era difícil acompanhá-lo. Mesmo assim, antes de chegarem à estrada, antes que ele pudesse largar Lola no chão, Briony começou a lhe contar o que havia acontecido, exatamente tal como ela vira.

# 14.

As lembranças do interrogatório e dos testemunhos assinados, e da impressão causada pelo prédio do tribunal, no qual não pôde entrar por ser menor de idade, não viriam supliciá-la no futuro tanto quanto as imagens fragmentárias daquela madrugada de verão. A culpa refinava os métodos de tortura que ela se infligia, enfiando uma a uma as contas dos detalhes num fio eterno, um rosário que ela passaria o resto da vida dedilhando.

Finalmente de volta à casa, teve início um período onírico marcado por semblantes sérios, lágrimas e sussurros, passos apressados no hall, e o que continha sua sonolência era aquele entusiasmo atroz. Naturalmente, Briony era madura o bastante para saber que a dona daquele momento era Lola, mas sua prima foi logo levada para seu quarto, por mãos femininas carinhosas, para lá aguardar o exame médico. Do pé da escada Briony via Lola subir, soluçando ruidosamente, ladeada por Emily e Betty, e seguida por Polly, que levava uma bacia e toalhas. Tão logo sua prima saiu de cena, Briony passou a desempenhar o papel central — ainda não havia sinal de Robbie —, e o modo como a ouviam, a deferência que lhe prestavam, o modo sutil como tentavam extrair-lhe informações, tudo isso parecia confirmar sua maturidade recém-obtida.

Deve ter sido mais ou menos nesse momento que um Humber estacionou em frente à casa e dele saltaram dois policiais e dois inspetores de polícia. Briony era a única fonte de informação, e ela obrigou-se a falar com voz tranquila. A consciência de que desempenhava um papel fundamental reforçava sua convicção. Isso foi no momento confuso antes das entrevistas formais, quando ela estava falando com os policiais em pé no hall, entre Leon e sua mãe. Mas como fora que sua mãe, antes à cabeceira de Lola, surgira assim tão subitamente? O inspetor mais velho tinha um rosto pesado, pleno de rugas, como se tivesse sido esculpido em granito. Briony sentia medo ao fazer seu relato diante daquela máscara atenta e imóvel; ao mesmo tempo sentia que um peso se desprendia de seus ombros e uma sensação cálida de submissão se espalhava do ventre em direção aos membros. Era uma espécie de amor, um amor repentino por aquele homem atento que defendia a causa do bem sem nenhum questionamento, que saía de casa a qualquer hora do dia ou da noite para combater o mal e que era apoiado por todo o poder e todo o saber humanos. Sob aquele olhar neutro, Briony sentia que sua garganta apertava e sua voz fraquejava. Queria que o inspetor a abraçasse, confortasse e perdoasse, embora ela não tivesse culpa alguma. Porém ele se limitava a olhar para ela e escutar. *Foi ele. Eu vi.* As lágrimas de Briony eram uma prova adicional da verdade que ela sentia e dizia, e quando a mão de sua mãe lhe acariciou a nuca ela caiu num pranto incontrolável e foi levada para a sala de estar.

Mas se ela estava sentada no sofá sendo consolada pela mãe, como poderia se lembrar da chegada do dr. McLaren, com seu colete preto e seu colarinho alto antiquado, e mais a maleta que havia assistido aos três nascimentos e a todas as doenças infantis da família Tallis? Leon reuniu-se com o médico, inclinando-se em direção a ele para lhe passar, num murmúrio viril, um resumo dos acontecimentos. Onde estava a leveza despreocupada de Leon agora? Aquela conversa silenciosa foi típica das horas que se seguiram. Cada nova pessoa que chegava era submetida ao mesmo sussurro; as pessoas — policiais, o médico, familiares, criados — reuniam-se em grupos que se desfaziam e voltavam a se formar nos cantos dos cômodos, no hall e no terraço, perto das portas envidraçadas. Nada era amplamente compartilhado ou formulado em público. Todos conheciam os detalhes terríveis da violação, porém o crime permanecia na condição de segredo comum a todos, discutido em cochichos pelos grupos que logo se dissolviam quando seus membros iam muito sérios cuidar de outros assuntos. Ainda mais grave, potencialmente, era a questão das crianças desaparecidas. Porém a opinião geral, repetida constantemente como se fosse uma fórmula mágica, era a de que estariam dormindo tranquilamente em algum ponto do parque. Assim, a maioria das atenções estava concentrada na pobre moça recolhida a um quarto no andar de cima.

Paul Marshall voltou da busca e foi informado do ocorrido pelos inspetores. Andava pelo terraço de um lado para outro com eles, um de cada lado, oferecendo-lhes cigarros de uma cigarreira de ouro. Quando a conversa terminou, ele deu um tapinha no ombro do inspetor mais velho, como se os despachasse. Em seguida, entrou na casa para reunir-se com Emily Tallis. Leon levou o médico ao andar de cima, e este desceu algum tempo depois, de certo modo engrandecido pelo contato profissional que tivera com o centro de todas as preocupações. Também ele conversou um bom tempo com os dois inspetores, depois com Leon, e por fim com Leon e a sra. Tallis.

Pouco antes de ir embora, o médico se aproximou de Briony, pôs a mãozinha seca em sua testa, tomou-lhe o pulso e deu-se por satisfeito. Pegou a maleta, mas, antes de sair, ainda teve uma última conversa murmurada junto à porta da frente.

Onde estava Cecilia? Rondando as periferias, sem falar com ninguém, fumando sem parar, levando o cigarro aos lábios com um movimento rápido e faminto e depois retirando-o com uma repulsa nervosa. Às vezes andava pelo hall torcendo um lenço com as mãos. Em circunstâncias como aquela, o normal seria que ela assumisse o controle, administrando os cuidados com Lola, tranquilizando sua mãe, ouvindo os conselhos do médico, consultando Leon. Briony estava perto quando seu irmão veio falar com Cecilia, a qual lhe deu as costas, incapaz de ajudar, incapaz de até mesmo falar. Quanto à mãe, ao contrário do que era de esperar, enfrentou a crise sem enxaqueca e sem necessidade de ficar sozinha. Ela parecia crescer enquanto sua filha mais velha recolhia-se ao sofrimento íntimo. Havia momentos em que Briony, mais uma vez chamada para dar depoimento ou repetir algum detalhe, via sua irmã aproximar-se o bastante para ouvir o que estava sendo dito e contemplar a cena com um olhar feroz e impenetrável. Briony começou a temê-la e a manter-se próxima da mãe. Os olhos de Cecilia estavam vermelhos. Enquanto os outros se reuniam em grupos e cochichavam, ela andava de um lado para outro, inquieta, de um cômodo para o outro, e pelo menos duas vezes saiu de casa e se colocou junto à porta. Nervosa, passava o lenço de uma mão para a outra e enrolava-o nos dedos; depois o desenrolava, formando uma bola com ele, passava-o para a outra mão e acendia outro cigarro. Quando Betty e Polly traziam chá, Cecilia recusava-se a prová-lo.

Espalhou-se a notícia de que Lola, a quem o médico dera um sedativo, estava finalmente dormindo, e todo mundo ficou temporariamente aliviado. Naquele momento, por coincidência, todos estavam reunidos na sala de estar, tomando chá em silêncio, exaustos. Ninguém dizia nada, mas estavam esperando por Robbie. Além disso, o sr. Tallis estava para chegar de Londres a qualquer momento. Leon e Marshall encontravam-se debruçados sobre um mapa do terreno da casa, que estavam desenhando para o inspetor. Este tomou o mapa, examinou-o e entregou a seu assistente. Os dois policiais, junto com outras pessoas, continuavam procurando por Pierrot e Jackson, e mais policiais, segundo se dizia, estariam a caminho do bangalô, na possibilidade de encontrar Robbie ali. Tal como Marshall, Cecilia estava isolada dos outros, sentada no banco do cravo. Quando se levantou para pedir que o irmão lhe acendesse o cigarro, o inspetor-chefe apressou-se para oferecer seu isqueiro. Briony estava sentada no sofá ao lado da mãe, e Betty e Polly serviam chá a todos. Briony depois não se lembraria do que lhe deu a ideia de repente. Muito límpida e convincente, a ideia pareceu-lhe brotar do nada, e ela não precisou anunciar sua intenção, nem pedir permissão para a irmã. Uma prova cabal, totalmente independente da versão por ela apresentada. Confirmação. Ou até mesmo um outro crime, diferente. Ela assustou os outros com sua interjeição e quase derrubou a xícara de chá que estava no colo da mãe quando se levantou.

Todos a viram sair às pressas da sala, mas ninguém lhe perguntou nada, de tão cansados que estavam. Briony, enquanto isso, subia a escada dois degraus de cada vez, movida pela consciência de estar fazendo o bem, de estar sendo boa, de estar prestes a fazer uma revelação inesperada que certamente lhe granjearia elogios. Era mais ou menos como o que uma pessoa sente, numa manhã de Natal, antes de dar um presente que certamente deliciará a pessoa presenteada, uma sensação de júbilo, de amor-próprio sem culpa.

Briony seguiu correndo pelo corredor do segundo andar até chegar ao quarto de Cecilia. Como sua irmã conseguia viver naquela bagunça? As duas portas do armário estavam escancaradas. Vários vestidos pendiam tortos, e alguns estavam presos aos cabides apenas por um dos lados. Havia dois vestidos embolados no chão, um preto, um rosa, roupas aparentemente caras, de seda, e a seu lado sapatos largados de qualquer jeito. Briony foi contornando e saltando por cima daquele caos até chegar à penteadeira. Qual seria o impulso que impedia Cecilia de tampar ou fechar todos os seus cosméticos e perfumes? Por que motivo jamais esvaziava seu cinzeiro fedorento? Nem fazia a cama, nem abria a janela para deixar entrar ar fresco? A primeira gaveta que Briony resolveu explorar só abriu uns poucos centímetros — estava abarrotada de frascos e mais uma caixa de papelão. Embora Cecilia fosse dez anos mais velha que ela, sob certos aspectos era totalmente incapaz. Briony preocupava-se com o olhar esgazeado da irmã, mas mesmo assim era certo, pensava enquanto abria a outra gaveta, ela estar ali, pensando com clareza, agindo em prol da irmã.

Cinco minutos depois, quando voltou triunfante para a sala de estar, ninguém lhe deu nenhuma atenção, e tudo estava exatamente como antes — um monte de adultos cansados e infelizes tomando chá e fumando em silêncio. Afobada, Briony não havia resolvido a quem daria a carta; na sua imaginação, todos a leriam ao mesmo tempo. Decidiu entregá-la a Leon. Atravessou a sala em direção ao irmão, mas, quando se viu diante dos três homens, mudou de ideia e pôs a folha de papel dobrada nas mãos do policial com rosto de granito. Se havia em sua face alguma expressão, ela não mudou quando ele pegou a carta, nem mesmo depois que a leu, o que fez rapidamente, quase com uma única vista de olhos. Seu olhar se encontrou com o de Briony, depois voltou-se para Cecilia, que estava olhando para outro lado. Com um movimento mínimo do pulso, fez sinal ao seu colega para que ele lesse a carta. Quando terminou, passou-a para Leon, que leu e devolveu-a ao inspetor-chefe. Briony ficou impressionada com aquela reação muda — eram mesmo muito sofisticados aqueles três homens. Foi só então que Emily Tallis se deu conta do objeto de interesse deles. Em resposta à pergunta que ela fez sem muita ênfase, Leon respondeu: "É só uma carta".

"Quero ler."

Pela segunda vez naquela noite, Emily viu-se obrigada a afirmar seu direito de ler mensagens escritas que circulavam por sua casa. Percebendo que nada mais se exigia dela, Briony voltou para o sofá e ficou vendo, do ponto de vista da mãe, o mal-estar cavalheiresco de seu irmão e dos dois policiais.

"Quero ler."

Falou no mesmo tom de voz de antes, o que era algo ameaçador. Leon deu de ombros e forçou um sorriso de quem pede desculpas — que objeção poderia ele fazer? —, e o olhar tranquilo de Emily voltou-se para os dois inspetores. Ela pertencia a uma geração que tratava os policiais como criados, qualquer que fosse sua posição hierárquica. Obedecendo ao sinal que lhe fez seu superior, o inspetor mais jovem atravessou a sala e entregou a carta a ela. Finalmente Cecilia, que devia estar com a cabeça muito longe, manifestou interesse. Agora a carta estava exposta, no colo da mãe, e Cecilia se levantou do banco de repente, aproximando-se dos homens.

"Que ousadia! Mas que ousadia de vocês!"

Leon levantou-se também, e tentou acalmá-la com um gesto de mãos abertas. "Cee..."

Quando ela fez menção de arrancar a carta da mãe, constatou que não apenas seu irmão como também os dois inspetores estavam na sua frente. Marshall também estava em pé, porém não interferia.

"É minha", gritava ela. "Vocês não têm o direito, de jeito nenhum!"

Emily nem sequer levantou os olhos, porém se permitiu ler a carta várias vezes. Quando terminou, encarou a fúria da filha com uma versão mais fria do mesmo sentimento.

"Se você tivesse agido corretamente, mocinha, com toda a instrução que você teve, e tivesse me mostrado isso, então a gente poderia ter agido a tempo e a sua prima não teria passado por esse pesadelo."

Por um momento, Cecilia ficou parada no meio da sala, agitando os dedos da mão direita, olhando fixamente para uma pessoa de cada vez, incapaz de acreditar que tinha ligação com aquela gente, incapaz até mesmo de começar a dizer a todos o que ela sabia. E, embora Briony sentisse que a reação dos adultos lhe dava razão e estivesse começando a experimentar um êxtase interior delicioso, também dava graças por estar sentada ao lado da mãe no sofá, onde os homens em pé à sua frente protegiam-na parcialmente dos olhos de sua irmã, vermelhos e cheios de desprezo. Cecilia manteve a todos transfixados por seu olhar durante alguns segundos, e em seguida virou-se e saiu da sala. Quando passava pelo hall, emitiu um grito de dor que foi amplificado pela acústica do piso de ladrilhos. Na sala, houve uma sensação de alívio, quase de relaxamento, enquanto ouviam seus passos subindo a escada. Quando Briony voltou a pensar na carta, esta já se encontrava nas mãos de Marshall, que a devolveu ao inspetor, o qual a guardou desdobrada numa pasta que o policial mais jovem abrira para ele.

As horas da noite iam se desprendendo dela, e Briony ainda não estava cansada. Ninguém se lembrava de mandá-la se deitar. Depois que Cecilia subiu, decorreu um intervalo incomensurável até que Briony fosse com a mãe à biblioteca para ter sua primeira entrevista formal com a polícia. A sra. Tallis permaneceu em pé; Briony sentou-se de um lado da escrivaninha enquanto os inspetores sentaram do outro. O homem com rosto de pedra, que foi quem fez as perguntas, revelou-se dotado de uma bondade infinita; falava sem pressa com uma voz rouquenha que era ao mesmo tempo bondosa e triste. Como ela podia mostrar-lhes o local exato em que Robbie atacara Cecilia, foram todos para aquele canto para ver de perto. Briony espremeu-se entre as estantes para mostrar a posição em que sua irmã estava, e viu os primeiros sinais azulados da manhã nas vidraças das janelas altas da biblioteca. Depois saiu dali e virou-se para demonstrar a posição do agressor e indicar onde ela própria ficara.

Perguntou Emily: "Mas por que você não me disse nada?".

Os policiais olharam para Briony e ficaram esperando. Era uma boa pergunta, mas jamais lhe teria ocorrido incomodar sua mãe. O único resultado teria sido uma enxaqueca.

"Chamaram a gente pra jantar, e depois os gêmeos fugiram."

Ela explicou como a carta foi parar em sua mão, na ponte ao pôr do sol. O que a levou a abri-la? Difícil explicar o impulso daquele momento, em que ela não se permitiu pensar nas consequências antes de agir, explicar que a escritora que ela se tornara naquele exato dia precisava saber, compreender tudo o que encontrasse.

Ela respondeu: "Não sei. Fui terrivelmente intrometida. Eu fiquei com raiva de mim mesma".

Foi mais ou menos nesse momento que um policial pôs a cabeça dentro da biblioteca para dar uma notícia que parecia bem apropriada àquela noite catastrófica. O motorista do sr. Tallis havia ligado de uma cabine telefônica perto do aeroporto de Croydon. O carro do ministério, que fora cedido em caráter de emergência pelo próprio ministro, havia pifado num subúrbio. Jack Tallis estava dormindo sob um cobertor no banco de trás, e provavelmente teria de seguir viagem no primeiro trem da manhã. Depois que esses fatos foram absorvidos e lamentados, Briony foi delicadamente levada a evocar o incidente em si, os acontecimentos da ilha do lago. Nesse primeiro momento, o inspetor teve o cuidado de não oprimir a menina com perguntas invasivas, e dentro daquele espaço criado com sensibilidade ela conseguiu construir e dar forma a sua narrativa com suas próprias palavras, determinando os fatos básicos: a luminosidade, embora parca, era suficiente para ela reconhecer um rosto familiar; quando ele recuou dela e contornou a clareira, seus movimentos e sua altura também lhe eram familiares.

"Então você o viu."

"Eu sei que foi ele."

"Vamos deixar de lado o que você sabe. Você está dizendo que o viu."

"Vi, sim."

"Tal como você está me vendo."

"Isso mesmo."

"Você o viu com seus próprios olhos."

"Vi, sim. Eu vi. Eu vi."

Assim terminou sua primeira entrevista formal. Enquanto ela esperava na sala de estar, finalmente sentindo cansaço, mas não querendo ir deitar, sua mãe foi interrogada, depois Leon e Paul Marshall. O velho Hardman e seu filho Danny também foram ouvidos. Briony ouviu Betty dizer que Danny passou a noite inteira em casa com o pai, que pôde testemunhar em seu favor. Vários policiais que tinham ido procurar os gêmeos chegavam à entrada da frente e eram conduzidos à porta da cozinha. No intervalo confuso e nada memorável das primeiras horas daquela manhã, Briony entendeu que Cecilia se recusava a sair do quarto e descer para ser entrevistada. Nos dias que se seguiram, foi-lhe explicado que ela não tinha opção, e quando por fim Cecilia apresentou sua própria versão do que acontecera na biblioteca — a qual foi, de certo modo, muito mais chocante do que a versão de Briony, embora o encontro tivesse sido consensual —, o efeito foi apenas o de confirmar a ideia geral que já havia se formado: o sr. Turner era um homem perigoso. Cecilia insistia que deviam estar interrogando Danny Hardman, mas essa sugestão era ouvida em silêncio. Era compreensível, ainda que lamentável, que aquela jovem tentasse proteger seu amigo jogando suspeitas sobre um menino inocente.

Algum tempo depois das cinco, quando começava a se falar de preparar o café da manhã — ao menos para os policiais, pois ninguém mais estava com fome —, espalhou-se pela casa a notícia de que um vulto que talvez fosse Robbie fora divisado no parque, aproximando-se da casa. Talvez alguém estivesse olhando por uma janela do segundo andar. Briony não sabia quem tomara a decisão de que todos sairiam de casa para esperá-lo. De repente lá estavam todos, a família inteira, Paul Marshall, Betty e suas ajudantes, os policiais, um comitê de recepção amontoado em torno da porta da frente. Apenas Lola, sedada, e Cecilia, furiosa, permaneciam no andar de cima. Talvez a sra. Tallis não quisesse que a presença do criminoso poluísse seu lar. O inspetor talvez temesse uma cena de violência, e nesse caso seria melhor estar do lado de fora, onde havia mais espaço para realizar a captura. Toda a magia do amanhecer já se dissipara, substituída por uma manhã cinzenta, com uma névoa de verão que logo haveria de evaporar.

De início ninguém viu nada, embora Briony julgasse escutar passos na alameda. Em seguida, todos passaram a ouvir o ruído, e um murmúrio coletivo emergiu do grupo inquieto quando divisaram um vulto indefinível, apenas uma mancha cinzenta contra o fundo branco, a quase cem metros de distância. À medida que o vulto foi se tornando nítido, o grupo voltou a silenciar-se. Impossível acreditar naquela forma que começava a surgir. Certamente era um efeito da névoa e da luminosidade. Ninguém, naquela era de telefones e automóveis, poderia acreditar que gigantes de dois metros e meio de altura existissem numa região densamente povoada como Surrey. Pois era o que viam, uma aparição inumana e determinada. A coisa era impossível e inegável, e estava se aproximando deles. Betty, que era católica, fez o sinal da cruz, e todos se aproximaram um pouco mais da porta. Apenas o inspetor-chefe deu dois passos à frente, e nesse momento tudo se esclareceu. A pista foi um segundo vulto, bem pequeno, que surgiu saltitante ao lado do primeiro. Claro — era Robbie, com um dos meninos sentado em seus ombros e o outro de mãos dadas com ele, seguindo um pouco atrás. Quando estava a menos de dez metros, Robbie parou, e parecia prestes a dizer alguma coisa, porém esperou que o inspetor e os outros policiais se aproximassem dele. O menino sentado em seus ombros parecia estar dormindo. O outro encostou a cabeça na cintura de Robbie e puxou-lhe a mão sobre seu peito, para se proteger ou aquecer.

A primeira reação de Briony foi de alívio, de ver que os meninos estavam bem. Mas, vendo Robbie aguardando calmamente, sentiu um lampejo de indignação. Então ele julgava que poderia ocultar seu crime por trás de uma bondade aparente, por trás da imagem de bom pastor? Sem dúvida, era uma tentativa cínica de conseguir perdão por um ato imperdoável. Mais uma vez, confirmava-se para ela a ideia de que o mal era complexo e enganador. De repente sentiu as mãos de sua mãe apertando-lhe os ombros com força e virando-a em direção à casa, entregando-a aos cuidados de Betty. Emily queria que sua filha ficasse bem distante de Robbie Turner. Finalmente chegara a hora de ir para a cama. Betty segurou-lhe a mão com firmeza e foi levando-a para dentro enquanto sua mãe e seu irmão iam buscar os gêmeos. A última coisa que Briony viu quando olhou para trás foi Robbie levantando as duas mãos, como se estivesse se rendendo. Ele levantou o menino que estava sentado em seus ombros e colocou-o delicadamente no chão.

Uma hora depois, estava deitada na sua cama de baldaquino, com a camisola limpa de algodão branco que Betty havia encontrado para ela. As cortinas estavam fechadas, mas a luz do dia brilhava com força em torno delas, e, apesar de o cansaço ser tanto que sua cabeça rodava, Briony não conseguia dormir. Vozes e imagens se agitavam ao redor de sua cama, presenças nervosas e importunas, entrechocando-se e fundindo-se, resistindo a suas tentativas de ordená-las. Estariam de fato todas contidas num único dia, num único período ininterrupto de vigília, entre o inocente ensaio de sua peça e o momento em que o gigante surgiu da névoa? O que se intercalava entre os dois eventos era tumultuado demais, fluido demais para ser compreendido, embora ela tivesse a impressão de que tivera sucesso, que até triunfara. Chutou para o lado o lençol e virou o travesseiro para encontrar um trecho mais fresco onde encostar a face. No estado de tonteira em que se encontrava, não sabia exatamente em que consistia seu sucesso; se tinha naquele dia conquistado a maturidade, não a percebia agora, pois sentia-se tão indefesa, tão infantil mesmo, por causa da falta de sono, que não lhe seria difícil começar a chorar. Se era um ato de coragem identificar uma pessoa totalmente má, então não estava certo essa pessoa surgir com os gêmeos daquela maneira, e ela sentia-se lograda. Quem acreditaria nela, agora que Robbie bancava o salvador das crianças perdidas? Todo o seu trabalho, toda a sua coragem e sangue-frio, tudo o que ela fizera para trazer Lola para casa — tudo isso por nada. Agora todos lhe dariam as costas, sua mãe, os policiais, seu irmão, e se reuniriam com Robbie Turner num conluio de adultos. Ela queria a mãe, queria abraçar o pescoço da mãe e puxar o lindo rosto dela para perto do seu, mas sua mãe não viria agora, ninguém viria ficar com Briony, ninguém ia querer falar com ela agora. Virou o rosto para o travesseiro e deixou que as lágrimas escorressem, sentindo que a perda era ainda maior por não haver ninguém para testemunhar seu sofrimento.

Estava deitada na penumbra havia meia hora, saboreando aquela tristeza, quando ouviu o ronco do carro de polícia estacionado abaixo de sua janela. O carro deu a partida, avançou alguns metros sobre o cascalho, depois parou. Ouviram-se vozes e passos. Ela se levantou e entreabriu as cortinas. A névoa persistia, mas estava mais clara, como se iluminada por dentro, e Briony apertou um pouco os olhos enquanto eles se adaptavam à claridade. As quatro portas do Humber da polícia estavam escancaradas, e havia três policiais à espera junto ao carro. As vozes vinham de um grupo diretamente embaixo de sua janela, perto da porta da frente, que não lhe era possível ver. Então ouviram-se passos outra vez, e saíram os dois inspetores, com Robbie entre eles. Algemado! Briony viu que seus braços estavam voltados para a frente, e lá do alto era possível perceber o brilho do aço sob os punhos da camisa. A vergonha da cena horrorizou-a. Era mais uma confirmação de que ele era culpado e que se iniciava sua punição. Aquilo parecia uma danação eterna.

Chegaram ao carro e pararam. Robbie virou-se, mas Briony não conseguiu ver sua expressão. Permanecia ereto, vários centímetros mais alto que o inspetor, a cabeça erguida. Talvez se orgulhasse de seu feito. Um dos policiais sentou-se no banco do motorista. O inspetor mais moço foi até a porta de trás do outro lado, enquanto o chefe levava Robbie para o banco de trás. Ouviram-se gritos diretamente abaixo da janela e a voz de Emily Tallis, enérgica; e de repente surgiu uma figura correndo em direção ao carro o mais rápido que se pode correr com um vestido apertado. Cecilia diminuiu a velocidade ao aproximar-se. Robbie se virou e deu meio passo em direção a ela; surpreendentemente, o inspetor deu um passo para trás. As algemas eram plenamente visíveis, mas Robbie não parecia ter vergonha, nem sequer ter consciência delas quando encarou Cecilia e ouviu muito sério o que ela dizia. Os policiais assistiam à cena impassíveis. Se ela estava fazendo a acusação séria que Robbie merecia ouvir, não era o que sua expressão dava a entender. Embora não pudesse ver o rosto de Cecilia, Briony julgou que sua irmã falava num tom nem um pouco veemente. Suas acusações se tornariam ainda mais poderosas por estarem sendo murmuradas. Agora estavam mais próximos um do outro, e foi a vez de Robbie falar, rapidamente, levantando um pouco as mãos presas para logo depois deixá-las cair. Cecilia tocou-lhe as mãos, dedilhou sua lapela, depois agarrou-a e sacudiu-a de leve. Parecia um gesto amoroso, e Briony ficou enternecida de ver como sua irmã era capaz de perdoar, se era isso mesmo que estava acontecendo. Perdão. Antes aquela palavra nunca significara nada para ela, embora já tivesse ouvido tantos louvores ao conceito em mil e uma ocasiões na escola e na igreja. Enquanto isso, sua irmã compreendia muito bem o que era o perdão. Naturalmente, Briony desconhecia muita coisa a respeito de Cecilia. Porém haveria tempo de descobrir, pois essa tragédia certamente as aproximaria.

O inspetor bondoso com rosto de granito achou que já fora indulgente demais, pois deu um passo à frente, afastou a mão de Cecilia e se interpôs entre os dois. Robbie ainda disse alguma coisa para ela rapidamente por cima do ombro do policial, antes de se virar para o carro. Por consideração, o inspetor pôs a mão sobre a cabeça de Robbie e empurrou-a para baixo, para que ele não desse uma cabeçada ao entrar no carro. Os dois inspetores instalaram-se um de cada lado do prisioneiro. As portas se fecharam, e o único policial que não entrara no carro levou a mão ao capacete, fazendo continência, quando o automóvel deu a partida. Cecilia permaneceu onde estava, olhando para a alameda, tranquilamente observando o carro que se afastava, mas o tremor de seus ombros revelava que estava chorando, e Briony sentiu que jamais amara sua irmã mais do que naquele momento.

Deveria ter terminado assim, aquele dia inconsútil que se estruturara em torno de uma noite de verão, deveria ter concluído com o Humber desaparecendo na distância. Porém restava um confronto final. Mal o carro se afastara vinte metros quando começou a perder velocidade. Um vulto que Briony não percebera agora se aproximava pelo centro da alameda, sem manifestar qualquer intenção de sair da frente do automóvel. Era uma mulher, baixa, com um vestido estampado de florzinha, que caminhava gingando, levando na mão o que de início parecia ser um bastão, mas era na verdade um guarda-chuva masculino, que terminava numa cabeça de ganso. O carro parou e começou a buzinar, e a mulher postou-se diretamente diante da grade do radiador. Era a mãe de Robbie, Grace Turner. Ela levantou o guarda-chuva e gritou. O policial que vinha no banco do carona saltou e falou com ela, depois segurou-a pelo cotovelo. O outro policial, o que batera continência, corria em direção ao carro. A sra. Turner livrou-se com um safanão, ergueu o guarda-chuva outra vez, agora usando as duas mãos, e baixou-o com força, batendo com a cabeça do ganso no capô reluzente do Humber, com um ruído que foi como um tiro de pistola. Os policiais foram-na empurrando para o lado, e ela começou a gritar uma única palavra tão alto que dava para Briony ouvi-la de seu quarto.

"Mentira! Mentira! Mentira!", urrava a sra. Turner.

Com a porta da frente completamente aberta, o carro passou por ela devagar e parou para que o outro policial entrasse. Sozinho, o policial que ficou teve dificuldade de dominá-la. Ela conseguiu desferir mais um golpe com seu guarda-chuva, mas acertou a capota apenas de leve. O homem arrancou-lhe das mãos o guarda-chuva e o jogou para trás no gramado.

"Mentira! Mentira!" Grace Turner continuava gritando; ainda deu uns poucos passos desanimados em direção ao carro e depois parou, as mãos nos quadris, vendo o automóvel passar pela primeira ponte, atravessar a ilha, depois a segunda ponte, até desaparecer na brancura.

SEGUNDA PARTE

Horrores não faltavam, mas foi o detalhe inesperado que o impressionou e depois ficou a martelar em sua cabeça. Quando chegaram à passagem de nível, após caminhar cinco quilômetros por uma estrada estreita, ele viu o caminho que estava procurando, bifurcando-se para a direita, descendo e depois subindo em direção a um capão que cobria um morro baixo em direção ao noroeste. Pararam para que ele pudesse consultar o mapa. Porém o mapa não estava onde ele imaginava encontrá-lo. Não estava no bolso, nem enfiado no cinto. Teria caído no chão, ou teria sido largado na última parada? Ele deixou cair o capote, e já estava colocando a mão dentro da túnica quando se deu conta. O mapa estava na sua mão esquerda, e devia estar lá havia mais de uma hora. Ele olhou de relance para os dois homens, mas ambos estavam voltados para o outro lado, um afastado do outro, fumando em silêncio. O mapa continuava na sua mão. Ele o havia arrancado dos dedos de um capitão do Royal West Kent Regiment, que estava caído dentro de uma vala perto de... de onde mesmo?

Aqueles mapas da retaguarda eram bem raros. Levou também o revólver do morto. Não estava tentando bancar o oficial. Havia perdido o fuzil, e apenas queria sobreviver.

O caminho que procurava tinha início ao lado de uma casa bombardeada, razoavelmente nova, talvez uma cabana de ferroviário reconstruída depois da última guerra. Havia trilhas de animais na lama em volta de uma poça d'água dentro de um sulco deixado por um pneu. Provavelmente cabras. Por toda parte viam-se farrapos de pano listrado com as bordas enegrecidas, restos de cortinas ou roupas, e uma esquadria de janela quebrada em torno de um arbusto; era forte o cheiro de fuligem úmida. Era o caminho deles, o atalho. Ele dobrou o mapa e, ao se levantar após pegar o capote no chão e jogá-lo sobre os ombros, viu a coisa. Os outros, percebendo o movimento que ele fizera, se viraram e olharam na mesma direção. Era uma perna numa árvore. Um plátano grande, em que as folhas estavam começando a brotar. A perna estava a sete metros de altura, enfiada na primeira bifurcação do tronco, nua, cortada acima do joelho. Vista dali de baixo, não havia sinal de sangue nem de carne dilacerada. Era uma perna perfeita, clara, lisa, pequena o bastante para pertencer a uma criança. Do modo como estava colocada na forquilha, parecia estar em exibição, para eles, com fins didáticos: isto é uma perna.

Os dois cabos soltaram uma interjeição de repulsa e pegaram seus pertences. Recusavam-se a ser atraídos. Nos últimos dias, já tinham visto até demais.

Nettle, o motorista do caminhão, pegou outro cigarro e disse: "Então, pra que lado a gente vai, chefe?".

Era assim que o chamavam, para resolver a questão difícil da hierarquia. Ele penetrou no caminho com passos rápidos, quase correndo. Queria se distanciar, para que ninguém o visse vomitar, ou cagar, ele não sabia direito. Atrás de um celeiro, ao lado de uma pilha de telhas quebradas, seu corpo optou pela primeira alternativa. Sua sede era tamanha que ele não podia se dar ao luxo de perder tanto líquido. Bebeu de seu cantil e contornou o celeiro. Aproveitou aquele momento de solidão para examinar sua ferida. Era na ilharga direita, logo abaixo das costelas, do tamanho de meia coroa. Não estava com um aspecto tão mau assim, depois que ele lavou o sangue ressecado da véspera. Embora a pele em torno estivesse vermelha, o ferimento não estava muito inchado. Porém havia alguma coisa ali dentro. Ele sentia quando caminhava. Talvez algum estilhaço.

Quando os cabos o alcançaram, ele já havia enfiado a camisa dentro das calças e fingia examinar o mapa. Na companhia deles o mapa era seu único pretexto de privacidade.

"Pra que essa pressa toda?"

"Ele viu alguma mulher."

"É o mapa. Ele está na dúvida de novo, porra."

"Não há nenhuma dúvida, meus caros. O caminho é esse."

Pegou um cigarro, e o cabo Mace acendeu-o para ele. Então, para que ninguém visse o tremor de suas mãos, Robbie Turner foi adiante, e os outros o seguiram, tal como o estavam seguindo havia dois dias. Ou seriam três? Turner era subalterno em relação a eles, porém os outros o seguiam e faziam tudo o que ele sugeria; para proteger seu amor-próprio, brincavam com ele. Quando caminhavam pelas estradas ou atravessavam os campos e ele ficava muito tempo sem dizer nada, Mace perguntava: "Chefe, pensando em mulher de novo?". E Nettle respondia: "Está na cara que está, está na cara". Eram citadinos que não gostavam do campo e sentiam-se perdidos ali. Os pontos cardeais não significavam nada para eles. Era uma parte do treinamento que não haviam assimilado. Haviam concluído que, para chegar até o litoral, precisavam de Turner. Não era fácil para eles. Turner agia como um oficial, mas não ostentava uma única divisa. Na primeira noite, quando estavam no abrigo para bicicletas de uma escola incendiada, o cabo Nettle disse: "Como é que um soldado raso como você fala que nem um oficial?".

Turner não precisava dar satisfação a eles. Queria sobreviver, tinha um bom motivo para sobreviver, e pouco se importava se eles o seguissem ou não. Os dois haviam conseguido ficar com seus fuzis. Já era alguma coisa, e Mace era um homenzarrão forte, de ombros largos, com mãos capazes de abarcar uma oitava e meia no piano de bar que ele dizia tocar. Turner também não se incomodava com as brincadeiras. A única coisa que lhe interessava agora, enquanto seguiam por aquele caminho secundário e se afastavam da estrada principal, era esquecer aquela perna. Chegaram a um outro caminho que passava por entre dois muros de pedra e descia até um vale que não podia ser visto da estrada. No fundo do vale passava um riacho de águas pardacentas, que eles atravessaram pisando em pedras que pareciam fixas num tapete de plantas miúdas.

O caminho foi virando para o oeste à medida que iam subindo a encosta do vale, sempre ladeados pelos muros antiquíssimos. Mais adiante, o céu começava a limpar um pouco, brilhando como uma promessa. Tudo o mais era cinzento. Quando se aproximavam do alto, atravessando um arvoredo de castanheiras, o sol já baixo surgiu por entre as nuvens e captou a cena, ofuscando as vistas dos três soldados. Poderia ter sido tão bonito, terminar um dia de caminhada no interior da França encontrando o sol poente. Sempre um ato de esperança.

Saindo do arvoredo, ouviram bombardeiros se aproximando; assim, voltaram para baixo das árvores e ficaram à espera, fumando. Dali não podiam divisar os aviões, porém tinham uma bela vista à sua frente. Os morros que se estendiam pela paisagem eram bem baixos, meras rugas na superfície, ecos fracos de acidentes enormes mais distantes. Cada dobra do terreno era mais pálida do que a anterior. Turner via uma expansão de tons cinzentos e azuis que terminava numa névoa na vizinhança do sol, como uma cena oriental num prato de porcelana.

Meia hora depois estavam atravessando uma serra mais larga, que se estendia para o norte e os levou por fim a um outro vale, com um outro riacho no fundo. Este fluía com mais força, e os homens o atravessaram por uma ponte de pedra recoberta de esterco de vaca. Os cabos, que não estavam tão cansados quanto ele, se divertiram, fingindo nojo. Um deles jogou um pedaço de bosta seca nas costas de Turner. Ele não olhou para trás. Os farrapos de pano — estava começando a pensar — talvez fossem de um pijama de criança. Um menino. Os bombardeios costumavam ocorrer pouco depois do amanhecer. Estava tentando afastar aquele pensamento, mas não conseguia. Um menino francês dormindo em sua cama. Turner queria colocar mais distância entre ele próprio e aquela cabana bombardeada. Agora não eram apenas o exército e a força aérea alemães que o estavam perseguindo. Se houvesse lua, ele gostaria de caminhar a noite toda. Os cabos não aprovariam a ideia. Talvez tivesse chegado a hora de se livrar deles.

Depois da ponte, rio abaixo, havia uma fileira de choupos cujas copas brilhavam aos últimos raios do sol. Os soldados seguiram na direção oposta e logo estavam num caminho estreito que se afastava do riacho. Foram seguindo a senda tortuosa, por entre arbustos de folhas gordas e reluzentes. Havia também carvalhos mirrados, em que as folhas apenas começavam a surgir. As plantas que pisavam tinham um cheiro adocicado e úmido; ocorreu a Turner que devia haver algo de errado naquele lugar, por ser tão diferente de tudo o que já tinham visto antes.

Mais adiante ouviram máquinas zumbindo. O ruído foi ficando mais alto, mais irado, como o som de volantes rápidos ou turbinas elétricas girando em altíssima velocidade. Estavam penetrando num salão imenso, cheio de ruídos e força.

"Abelhas!", gritou ele. Teve de se virar e repetir para que os outros o ouvissem. O ar já estava mais escuro. Ele conhecia as histórias. Se uma delas se prendesse no cabelo de uma pessoa e a picasse, ela enviava uma mensagem química para as outras antes de morrer, e todas as abelhas que a captassem inevitavelmente vinham picar e morrer no mesmo lugar. Convocação geral! Depois de tantos perigos, aquilo era uma espécie de insulto. Os três cobriram as cabeças com os capotes e atravessaram correndo o enxame. Ainda em meio às abelhas, chegaram a uma vala fedorenta, cheia de lama, que atravessaram por uma prancha bamba. Alcançaram os fundos de um celeiro, onde de repente se fez o silêncio. Mais adiante havia um pátio de fazenda. Tão logo chegaram, cães começaram a latir, e uma velha veio correndo, tentando enxotar os homens como se fossem galinhas. Agora os cabos dependiam do francês de Turner. Ele avançou e esperou até que a mulher o alcançasse. Tinha ouvido histórias de civis que vendiam água aos soldados a dez francos a garrafa, mas nunca vivera nada semelhante. Os franceses com quem tivera contato eram generosos ou então estavam entregues à sua própria desgraça. A velha era frágil, porém enérgica. Tinha um rosto duro e enrugado, e um olhar feroz. Sua voz era áspera.

"C'est impossible, M'sieu. Vous ne pouvez pas rester ici."

"Vamos ficar no celeiro. Precisamos de água, vinho, pão, queijo e qualquer outra coisa que a senhora puder nos dar."

"Impossível!"

Disse ele em voz baixa: "Estamos lutando pela França".

"Não pode ficar aqui."

"Vamos embora quando o sol nascer. Os alemães ainda estão…"

"Não são os alemães, M'sieu. São os meus filhos. Eles são uns animais. E vão estar de volta daqui a pouco."

Turner passou pela mulher e foi até a bomba-d'água, que ficava num canto do pátio, perto da cozinha. Nettle e Mace o seguiram. Enquanto ele bebia, uma menina de uns dez anos e um irmão pequeno que lhe segurava a mão ficaram olhando para ele da porta. Depois que terminou e encheu seu cantil, Turner sorriu para as crianças e elas fugiram. Os cabos ocuparam a bomba juntos, bebendo ao mesmo tempo. De repente a mulher estava atrás dele, puxando seu cotovelo. Antes que ela começasse a falar de novo, ele disse: "Por favor, traga o que pedimos, senão vamos entrar e pegar nós mesmos".

"Meus filhos são uns brutos. Eles vão me matar."

Turner teve vontade de dizer: pois que matem. Em vez disso, porém, foi andando e disse, virando-se para trás: "Eu falo com eles".

"E depois, M'sieu, eles vão matar o senhor. Vão trucidar o senhor."

O cabo Mace trabalhava como cozinheiro na mesma unidade do cabo Nettle. Antes de se alistar, trabalhava na Heal's, um estabelecimento atacadista na Tottenham Court Road. Disse que entendia alguma coisa de conforto, e no celeiro foi ele quem preparou as acomodações. Turner teria se contentado em se jogar sobre a palha. Mace encontrou uma pilha de sacos e, com a ajuda de Nettle, encheu-os de modo a formar três colchões. Usou fardos de feno à guisa de cabeceiras, levantando-os com uma só mão. Improvisou uma mesa instalando uma porta sobre pilhas de tijolos. Tirou meia vela do bolso.

"Vamos aproveitar pra ter conforto", murmurava ele de vez em quando. Era a primeira vez que falavam sobre alguma coisa que não fosse sexo. Os três homens deitaram e ficaram fumando, à espera. Agora que não tinham mais sede, pensavam na comida que iam ganhar; um ouvia o estômago do outro roncando na penumbra, o que os fazia rir. Turner contou-lhes a conversa que tivera com a velha, relatando suas palavras a respeito dos filhos.

"Deve ser tudo quinta-coluna", disse Nettle. Ele só parecia pequeno ao lado do amigo, porém tinha as feições bem definidas dos homens pequenos e também uma expressão simpática de roedor, acentuada pelo hábito de apoiar os dentes da arcada superior no lábio inferior.

"Ou então nazistas franceses. Simpatizantes dos alemães. Que nem o nosso Mosley", disse Mace.

Ficaram calados por algum tempo, e então Mace acrescentou: "Ou então são que nem caipira em tudo que é lugar, que nasce de miolo mole porque o pai é primo da mãe".

"Seja lá o que for", disse Turner, "acho melhor vocês testarem as armas e ficarem com elas bem à mão."

Os dois obedeceram. Mace acendeu a vela, e eles executaram os procedimentos rotineiros. Turner examinou sua pistola e deixou-a a seu alcance. Quando terminaram, os cabos apoiaram seus Lee-Enfields num caixote e deitaram-se de novo. Algum tempo depois entrou a menina com um cesto. Largou-o junto à porta do celeiro e foi embora correndo. Nettle pegou o cesto e foi colocando na mesa o que nele havia. Um pão preto redondo, um pedaço pequeno de queijo macio, uma cebola e uma garrafa de vinho. O pão era duro de cortar e tinha gosto de mofo. O queijo estava bom, porém foi devorado em segundos. A garrafa foi passada de mão em mão, e logo estava vazia. Assim, ficaram mastigando pão velho com cebola.

Nettle disse: "Isso não se dá nem pra um cachorro, porra".

"Eu vou lá", disse Turner, "e pego alguma coisa melhor."

"A gente vai também."

Porém permaneceram por algum tempo deitados em silêncio. Ninguém tinha vontade de enfrentar a velha naquele momento.

Então ouviram passos, viraram-se e perceberam dois homens parados na entrada. Cada um tinha uma coisa na mão, talvez um porrete, ou uma arma de fogo. Naquela luz fraca não dava para ver. Também não conseguiam enxergar os rostos dos irmãos franceses.

A voz era suave. "Bonsoir, Messieurs."

"Bonsoir."

Ao levantar-se de sua cama de palha, Turner pegou o revólver. Os cabos estenderam as mãos em direção aos fuzis. "Calma aí", sussurrou ele.

"Anglais? Belges?"

"Anglais."

"Nós temos uma coisa para vocês."

"Que coisa?"

"O que é que ele está dizendo?", perguntou um dos cabos.

"Que eles têm uma coisa para nós."

"Puta merda."

Os homens deram mais dois passos para a frente e levantaram o que tinham nas mãos. Certamente seriam armas. Turner destravou sua pistola. Ouviu Mace e Nettle fazendo o mesmo. "Calma", murmurou.

"Larguem as suas armas, Messieurs."

"Larguem as suas."

"Espere um minuto."

O vulto que havia falado estava com a mão no bolso. Tirou uma lanterna e apontou-a não para os soldados, e sim para o irmão, para o que ele tinha na mão. Uma bisnaga. E para o que levava na outra mão, um saco de lona. Então mostrou-lhes as duas baguetes que ele próprio trazia.

"Temos também azeitona, queijo, patê, tomate e presunto. E, naturalmente, vinho. Vive l'Angleterre."

"Ah — vive la France."

Sentaram-se em torno da mesa de Mace, a qual os franceses, Henri e Jean-Marie Bonnet, educadamente, professaram admirar; elogiaram também os colchões. Eram homens baixos e atarracados, cinquentões. Henri usava óculos, o que Nettle disse achar estranho num fazendeiro. Turner não traduziu o comentário. Além de vinho, traziam também copos de vidro. Os cinco homens ergueram os copos num brinde aos exércitos francês e britânico e à derrota da Alemanha. Os soldados comiam, observados pelos irmãos. Por intermédio de Turner, Mace disse aos franceses que nunca tinha provado, nem sequer ouvido falar, de patê de fígado de ganso, mas que de agora em diante não ia querer saber de outra coisa. Os franceses sorriram, porém estavam visivelmente constrangidos e não pareciam dispostos a se embebedar. Disseram que tinham ido no caminhão da fazenda até um vilarejo perto de Arras para procurar uma prima jovem e seus filhos. Tinha havido uma grande batalha na cidade, porém eles não faziam ideia de quem estava tentando tomá-la, quem a estava defendendo e quem estava ganhando. Seguiam por estradas secundárias para evitar o caos dos refugiados. Viram casas de fazenda incendiadas, depois encontraram mais de dez soldados ingleses mortos na estrada. Precisaram saltar do caminhão e arrastar os corpos para a beira da estrada, senão teriam de passar por cima deles. Mas dois dos corpos estavam quase cortados ao meio. Certamente teria sido um grande ataque de metralhadoras, talvez executado do ar, talvez uma emboscada. Quando voltaram para o caminhão, Henri vomitou dentro da cabine, e Jean-Marie, que estava dirigindo, entrou em pânico e jogou o veículo dentro de uma vala. Foram até uma aldeia, pediram a um fazendeiro dois cavalos emprestados e tiraram o Renault do buraco. Isso levou duas horas. Quando recomeçaram a viagem, acharam tanques e carros blindados incendiados, alguns alemães, outros britânicos e franceses. Porém não viram soldados. A batalha havia seguido adiante.

Quando chegaram ao vilarejo, já entardecia. O lugar havia sido totalmente destruído e encontrava-se abandonado. A casa da prima estava destroçada, com furos de bala pelas paredes, porém o telhado ainda permanecia no lugar. Entraram em todos os cômodos e constataram aliviados que não havia ninguém ali. Certamente ela teria levado as crianças e se juntado aos milhares de refugiados nas estradas. Temendo dirigir à noite, estacionaram num bosque e tentaram dormir na cabine. Passaram a noite inteira ouvindo a artilharia bombardeando Arras. Parecia impossível que alguém, ou alguma coisa, conseguisse sobreviver àquele ataque. Voltaram por uma outra rota, muito mais longa, para evitar passar pelos soldados mortos. A essa altura, explicou Henri, ele e seu irmão estavam exaustos. Quando fechavam os olhos, viam aqueles corpos mutilados.

Jean-Marie encheu os copos outra vez. O relato, com a interpretação simultânea de Turner, levara quase uma hora. Toda a comida tinha sido consumida. Turner pensou em contar a eles aquele único detalhe que o assombrava. Porém não queria acrescentar mais um horror, nem tampouco dar vida à imagem quando ela permanecia distante, mantida afastada pelo vinho e pela sensação de camaradagem. Em vez disso, contou-lhes que havia se desgarrado de sua unidade no início da retirada, durante um bombardeio executado por Stukas. Não mencionou seu ferimento para que os cabos não ficassem sabendo. Disse também que estavam caminhando pelo campo até Dunquerque para evitar os bombardeiros que atacavam as estradas principais.

Disse Jean-Marie: "Então é verdade o que estão dizendo. Vocês estão indo embora".

"Nós vamos voltar." Porém não acreditava em suas próprias palavras.

O vinho estava exercendo seu efeito sobre o cabo Nettle. Ele começou a fazer um elogio confuso do "mulherio francês" — elas eram abundantes, fáceis, deliciosas. Pura fantasia. Os irmãos olharam para Turner.

"Ele está dizendo que as mulheres francesas são as mais bonitas do mundo."

Os irmãos concordaram com a cabeça, muito sérios, e levantaram os copos.

Todos ficaram calados por alguns momentos. Aquela noitada estava quàse terminando. Ouviam os sons noturnos a que já haviam se acostumado — o ronco da artilharia, tiros dispersos, uma explosão forte ao longe —, provavelmente sapadores explodindo uma ponte ao fazer a retirada.

"Pergunta sobre a mãe deles", sugeriu o cabo Mace. "Vamos pôr essa história em pratos limpos."

"Nós éramos três irmãos", explicou Henri. "O mais velho, Paul, o primeiro filho que ela teve, morreu perto de Verdun em 1915. Um obus caiu bem em cima dele. Não sobrou nada para enterrar, só o capacete. Nós dois tivemos sorte. Escapamos sem um arranhão. Desde essa época ela odeia soldado. Mas agora, aos oitenta e três anos, está ficando com a cabeça ruim, e isso virou uma obsessão. Francês, inglês, belga, alemão — ela não faz distinção nenhuma. Para ela, é tudo a mesma coisa. A gente tem medo que os alemães cheguem e ela parta para cima deles com um forcado e leve um tiro."

Exaustos, os dois irmãos se levantaram. Os soldados os imitaram.

Disse Jean-Marie: "Nós gostaríamos de receber vocês na mesa da cozinha. Mas, para fazer isso, só trancando mamãe no quarto".

"Mas foi um banquete magnífico", disse Turner.

Nettle estava cochichando no ouvido de Mace, que concordava com a cabeça. Nettle pegou em sua mochila dois pacotes de cigarros. Claro — era o gesto obrigatório. Os franceses, por delicadeza, fingiram recusar, mas Nettle contornou a mesa e colocou os presentes em seus braços. Pediu que Turner traduzisse.

"Só vocês vendo, quando chegou a ordem de destruir os estoques. Vinte mil cigarros. A gente pegou o que queria."

Todo um exército estava fugindo para o litoral, armado de cigarros para enganar a fome.

Os franceses agradeceram efusivamente, elogiaram o francês de Turner, depois se debruçaram sobre a mesa para recolher os copos e as garrafas vazias, que colocaram no saco de lona. Não havia sentido em fingir que voltariam a se ver.

"Vamos embora assim que o dia raiar", disse Turner. "Por isso queremos nos despedir."

Trocaram um aperto de mãos.

Henri Bonnet comentou: "Toda aquela luta vinte e cinco anos atrás. Tantos mortos. Agora os alemães estão de volta na França. Dentro de dois dias vão estar aqui, levando tudo o que temos. Quem poderia imaginar?".

Pela primeira vez, Turner sentiu toda a ignomínia da retirada. Teve vergonha. Disse, com ainda menos convicção do que antes: "Vamos voltar para expulsar todos eles, eu prometo".

Os irmãos fizeram que sim e, com os últimos sorrisos de adeus, afastaram-se do frágil círculo de luz em torno da vela, cruzando a escuridão em direção à porta aberta do celeiro. Os copos tilintavam ao chocar-se com as garrafas dentro do saco.

Ele ficou um bom tempo fumando deitado, olhando para o negrume do telhado cavernoso. Os roncos dos cabos subiam e desciam em contraponto. Estava exausto, mas não tinha sono. A ferida latejava de modo incômodo, com pulsações precisas e dolorosas. O que havia ali dentro, fosse o que fosse, era afiado e estava próximo à superfície; dava vontade de tocá-lo com a ponta do dedo. A exaustão o deixava vulnerável aos pensamentos que mais queria evitar. Estava pensando no menino francês dormindo em sua cama e na indiferença com que os homens lançavam bombas sobre uma paisagem. Ou sobre uma cabana adormecida ao lado de uma estrada de ferro, sem saber nem querer saber quem estava dentro dela. Ele próprio já vira as unidades da Royal Artillery em ação, grupos coesos, que trabalhavam vinte e quatro horas por dia, orgulhosos da velocidade com que conseguiam montar acampamento, de sua disciplina, das sessões de ordem-unida, do treinamento, do trabalho de equipe. Eles nunca precisavam ver o resultado de tudo aquilo — um menino desaparecido. Desaparecido. Enquanto formava a palavra em seus pensamentos, o sono se apoderou dele, mas apenas por alguns segundos. Logo em seguida estava acordado, deitado na cama, olhando para cima, vendo a escuridão em sua cela. Era capaz de sentir que estava lá outra vez. Sentia o cheiro do chão de concreto, do mijo no balde, da tinta nas paredes, e ouvia os roncos dos outros prisioneiros do corredor. Três anos e meio de noites assim, sem conseguir dormir, pensando em outro menino desaparecido, outra vida desaparecida que outrora fora sua, aguardando o amanhecer, a hora de esvaziar o balde, outro dia desperdiçado. Ele não sabia como conseguira sobreviver àquela idiotice cotidiana. A idiotice e a claustrofobia. A mão apertando sua garganta. Estar ali, abrigado num celeiro, com um exército em retirada, ali onde uma perna de criança no alto de uma árvore podia ser ignorada por homens normais, onde todo um país, toda uma civilização estava prestes a cair, era melhor do que estar lá, numa cama estreita sob uma luz elétrica fraca, esperando por nada. Ali havia vales cobertos de árvores, riachos, choupos ensolarados que ninguém podia tirar dele, a menos que o matassem. E havia esperança. *Vou esperar por você. Volte.* Havia uma possibilidade, apenas uma possibilidade, de voltar. Em seu bolso levava a última carta dela, com o endereço novo. Era por isso que ele precisava sobreviver, usar sua astúcia e evitar as estradas principais onde os bombardeiros, voando em círculos, aguardavam suas presas como aves de rapina.

Mais tarde, jogou para o lado o capote, levantou-se, calçou as botas e saiu do celeiro tateando para urinar lá fora. Estava tonto de cansaço, mas ainda não estava preparado para dormir. Indiferente aos cachorros que rosnavam, encontrou um caminho que levava a um trecho mais alto, coberto de grama, e de lá ficou a contemplar as luzes que brilhavam no céu meridional. Aquela tempestade anunciava a aproximação dos carros blindados alemães. Ele levou a mão ao bolso de cima, onde o poema que ela mandara estava dobrado dentro da carta. *No pesadelo da noite sem fim, Todos os cães da Europa a latir.* As outras cartas estavam no bolso de dentro do capote. Subiu na roda de um trailer abandonado para ver outras partes do céu. Os brilhos vinham de todos os lados, menos do Norte. O exército derrotado fugia por um corredor que fatalmente se tornaria mais estreito e em breve seria fechado. Não haveria possibilidade de fuga para os retardatários. Na melhor das hipóteses, a prisão outra vez. No campo de prisioneiros. Dessa vez ele não sobreviveria. Quando a França caísse, não haveria perspectiva de fim da guerra. Não haveria mais cartas, não haveria mais retorno. Não poderia negociar um encurtamento da pena em troca do alistamento na infantaria. A mão na garganta outra vez.

Pela frente, mil, milhares de noites na prisão, revelando o passado na insônia, aguardando o dia em que sua vida recomeçaria, sem saber se esse dia haveria de chegar. Talvez devesse partir agora antes que fosse tarde demais, e seguir em frente, a noite inteira, o dia inteiro, até chegar à Mancha. Escapulir, entregar os cabos à sorte. Virou-se e começou a descer a ladeira, e pensou melhor. Mal dava para enxergar o chão à sua frente. Ele não conseguiria avançar muito na escuridão e poderia muito bem quebrar uma perna. E talvez os cabos não fossem tão inúteis — Mace e seus colchões de palha, Nettle que lembrara de dar o presente aos irmãos.

Guiado pelos roncos, voltou para a cama. Mas mesmo assim não conseguiu dormir, apenas cochilando em mergulhos rápidos dos quais emergia com a cabeça cheia de pensamentos que não lhe era possível escolher nem conduzir. Eram eles que o perseguiam, os velhos temas. Mais uma vez, seu único encontro com ela. Seis dias fora da prisão, um dia antes de apresentar-se ao exército perto de Aldershot. Quando combinaram de se encontrar na casa de chá Joe Lyons no Strand, em 1939, já não se viam havia três anos e meio. Ele chegou cedo e escolheu um lugar no canto de onde dava para ver a entrada. A liberdade ainda era uma coisa nova. O ritmo e os ruídos, as cores dos casacos e das saias, as vozes alegres e estridentes das pessoas que faziam compras no West End, a simpatia da garçonete que o atendeu, o espaço abundante, a ausência de ameaças — ele relaxou e se entregou ao abraço do cotidiano. Havia ali uma beleza a que somente ele sabia dar valor.

Durante o tempo na prisão, a única mulher que podia visitá-lo era sua mãe. Para que ele não ficasse excitado, diziam. Cecilia escrevia todas as semanas. Apaixonado por ela, disposto a conservar a sanidade mental para ela, naturalmente apaixonara-se por suas palavras. Quando lhe respondia, fingia ser quem era antes, simulando uma sanidade mentirosa. Temendo o psiquiatra que censurava a correspondência, jamais se permitiam sensualidade, nem qualquer emoção. Aquela prisão era considerada moderna, progressista, apesar do ambiente friamente vitoriano. O diagnóstico que fora feito de seu caso, com precisão clínica, era de excesso mórbido de sexualidade, de modo que ele precisava não apenas de punição, como também de ajuda. Era importante que não fosse estimulado. Algumas cartas — tanto dele quanto dela — foram confiscadas por conterem alguma tímida manifestação de afeto. Por isso escreviam sobre literatura, utilizando personagens como uma espécie de código. No tempo de Cambridge, um passava pelo outro na rua. Tantos livros, tantos casais felizes ou trágicos sobre os quais jamais haviam conversado! Tristão e Isolda, o duque Orsino e Olívia (e Malvolio também), Troilo e Créssida, o sr. Knightley e Emma, Vênus e Adônis. Turner e Tallis. Uma vez, em desespero, referiu-se a Prometeu, acorrentado a uma pedra, seu fígado devorado todos os dias por um abutre. Às vezes ela era a paciente Griselda. As menções a "um canto silencioso de uma biblioteca" significavam, naquele código, o êxtase sexual. Relatavam também amorosamente suas rotinas cotidianas, com todos os seus detalhes tediosos. Ele falava sobre tudo da vida na prisão, porém jamais mencionava o que havia de idiotice naquilo. Não era preciso. Nunca disse a ela que temia afundar de vez. Também isso estava claro. Ela jamais escrevia que o amava, se bem que o faria se achasse que a carta não seria censurada. Mas ele sabia.

Ela contou que havia se separado da família. Nunca mais voltaria a falar com os pais e os irmãos. Ele acompanhou de perto os passos que ela tomou até se formar enfermeira. Quando ela escreveu "Fui à biblioteca hoje pegar o livro de anatomia sobre o qual lhe falei. Encontrei um canto silencioso e fingi estar lendo", ele sabia que ela estava se alimentando das mesmas lembranças que o consumiam todas as noites, sob os finos cobertores da prisão.

Quando ela entrou na casa de chá, com seu boné de enfermeira, ele despertou de repente de seu estupor agradável, levantou-se rápido demais e derrubou o chá. Incomodava-o aquele terno tão grande que sua mãe economizara para comprar. O paletó parecia não tocar seus ombros em nenhum ponto. Sentaram-se, entreolharam-se, sorriram e desviaram a vista. Robbie e Cecilia vinham se amando havia anos — por correspondência. Naquelas cartas em código, haviam se aproximado muito, mas agora aquela proximidade parecia artificial, quando começaram a trocar banalidades, num catecismo inevitável de perguntas e respostas educadas. À medida que a distância entre eles ia se abrindo, davam-se conta do quanto haviam se adiantado de si próprios nas cartas. Aquele momento fora imaginado e desejado por tanto tempo que agora não podia estar à altura das expectativas. Ele vivera fora do mundo e não tinha confiança para dar um passo atrás e se valer do pensamento maior. *Eu amo você, e você salvou minha vida.* Perguntou onde ela morava. Ela respondeu.

"Então, você se dá bem com a proprietária?"

Ele não conseguia encontrar nada melhor; temia o silêncio que poderia se instalar e o mal-estar que prenunciaria a afirmação dela de que era bom vê-lo de novo, mas que agora ela teria de voltar para o trabalho. Tudo o que tinham dependia de uns poucos minutos passados numa biblioteca anos antes. Seria frágil demais? Ela poderia com facilidade voltar a ser uma espécie de irmã. Estaria decepcionada? Ele havia perdido peso. Havia encolhido sob todos os aspectos. A prisão o fazia sentir desprezo por si próprio, enquanto ela parecia tão linda quanto era em suas lembranças, principalmente com aquele uniforme de enfermeira. Mas ela estava terrivelmente nervosa também, incapaz de contornar as banalidades. Em vez disso, tentava falar com bom humor da irritabilidade da proprietária. Depois de outros comentários do mesmo gênero, ela de fato consultou o pequeno relógio que usava pendurado sobre o seio esquerdo e disse que o intervalo do almoço logo terminaria. Tinha se passado meia hora.

Ele caminhou com ela até a Whitehall, em direção ao ponto de ônibus. Naqueles últimos minutos preciosos, ele passou-lhe seu endereço, uma sequência árida de siglas e números. Explicou que só voltaria a ter licença depois que terminasse o treinamento básico. Então teria duas semanas. Ela olhava para ele balançando a cabeça, numa espécie de irritação, até que, por fim ele tomou-lhe a mão e apertou-a. Aquele gesto tinha de conter tudo o que não fora dito, e ela respondeu com um aperto também. O ônibus chegou, e ela não soltou a mão. Estavam parados face a face. Ele beijou-a, primeiro de leve, mas depois aproximou-se mais, e, quando suas línguas se tocaram, uma parte desincorporada de si próprio sentiu uma gratidão abjeta, pois ele sabia que tinha agora no banco de sua memória uma lembrança a que haveria de recorrer por meses. Era o que fazia agora, num celeiro na França, altas horas da madrugada. Abraçaram-se com mais força e continuaram a se beijar enquanto as pessoas passavam por eles na fila. Um gozador gritou alguma coisa no ouvido dele. Ela chorava, suas lágrimas caíam no rosto dele, sua dor retesava seus lábios, apertados contra os dele. Chegou outro ônibus. Ela se desprendeu, apertou-lhe o pulso, entrou no ônibus sem dizer palavra e sem olhar para trás. Ele a viu encontrar um lugar e, quando o ônibus partiu, deu-se conta de que deveria ter ido com ela até o hospital. Havia desperdiçado minutos de sua companhia. Precisava reaprender a pensar e agir por conta própria. Começou a correr pela Whitehall, na esperança de alcançar um ônibus na próxima parada. Porém o ônibus já estava muito distante, e logo desapareceu perto da Parliament Square.

Durante o período de treinamento, continuaram a se corresponder. Liberados da censura e da necessidade de ser inventivos, avançavam com cautela. Impacientes com aquela vida limitada ao papel, cônscios das dificuldades, temiam ir muito além do toque de mão e do único beijo trocado no ponto de ônibus. Diziam que se amavam, tratavam-se por "querido" e "amor", e sabiam que no futuro estariam juntos, porém evitavam intimidades mais ousadas. O importante agora era permanecerem em contato até chegarem aquelas duas semanas. Por meio de uma ex-colega de faculdade, ela encontrou uma cabana em Wiltshire onde eles poderiam ficar, e, embora não pensassem em outra coisa nos momentos livres, tentavam não mencionar o assunto nas cartas, para evitar o desgaste. Agora ela estava trabalhando na maternidade, e a cada dia vivia milagres prosaicos, bem como momentos dramáticos e hilariantes. Havia tragédias, também, em comparação com as quais os problemas deles se reduziam a nada: crianças que nasciam mortas, mães que morriam no parto, jovens chorando nos corredores, mães adolescentes atônitas expulsas de casa, recém-nascidos deformados que evocavam vergonha e amor numa mistura confusa. Quando ela relatava um resultado feliz, aquele momento em que a batalha terminava e a mãe exausta recebia nos braços seu filho pela primeira vez, contemplando em êxtase o rostinho novo, era um prenúncio tácito do futuro de Cecilia, o futuro que ela compartilharia com ele, que dava às suas cartas aquele poder simples, embora na verdade ele pensasse menos em nascimento que em concepção.

Ele, por sua vez, descrevia a praça de armas, o polígono de tiro, as sessões de ordem-unida, as mesquinharias da disciplina, o alojamento. Não podia receber treinamento para o oficialato, o que era bom, pois mais cedo ou mais tarde teria encontrado no refeitório dos oficiais alguém que conhecesse seu passado. Como soldado raso, era anônimo, e, como veio a constatar, ter passado pela prisão lhe proporcionava um certo status. Deu-se conta de que já estava bem adaptado ao regime militar, aos terrores da revista geral, da necessidade de dobrar os cobertores de modo a formar um quadrado perfeito, todas as pontas alinhadas. Ao contrário de seus camaradas, não achava a comida nada má. Os dias, embora cansativos, pareciam-lhe muito variados. As marchas pelo interior lhe traziam um prazer que ele não ousava manifestar para os outros recrutas. Estava ganhando peso e força. Sua instrução e sua idade eram desvantagens, porém seu passado era uma compensação, e ninguém o incomodava. Pelo contrário, era considerado o sujeito mais velho e mais sensato, que sabia lidar com "eles", que sabia, como ninguém, preencher um formulário. Tal como Cecilia, em suas cartas Robbie limitava-se a relatar a rotina cotidiana, interrompida por um ou outro episódio engraçado ou preocupante: o recruta que se apresentou à parada com um pé de bota faltando; o carneiro que apareceu correndo enlouquecido dentro do alojamento e ninguém conseguiu expulsar; o sargento instrutor que quase foi atingido por uma bala no polígono de tiro.

Porém havia um evento externo, uma sombra que era inevitável mencionar. Desde os acontecimentos de Munique no ano anterior, ele tinha certeza, como todo o mundo, de que haveria guerra. O treinamento estava sendo acelerado e reduzido ao essencial; um novo campo de treinamento estava sendo ampliado para receber mais recrutas. A ansiedade que ele sentia não tinha ligação com a possibilidade de ter de lutar, e sim com a ameaça ao sonho das duas semanas em Wiltshire. Ela, por sua vez, refletia o mesmo medo em seus relatos dos preparativos do hospital — mais camas, cursos especiais, treinamentos de emergência. Porém para eles dois havia também algo de fantástico naquela possibilidade, remota embora provável. De novo? Não é possível — era o que todos diziam. E assim continuavam a se apegar às suas esperanças.

Havia uma outra questão, mais próxima, que o preocupava. Cecilia não falava com os pais nem com os irmãos desde novembro de 1935, quando Robbie foi condenado. Recusava-se a escrever para eles, nem sequer lhes dava seu endereço. As cartas chegavam até ela por meio da mãe dele, que vendera o bangalô e se mudara para outra cidadezinha. Era Grace que avisava à família que Cecilia estava bem e não queria qualquer contato com eles. Leon veio ao hospital uma vez, porém ela não quis falar com ele. Seu irmão passou a tarde inteira aguardando do lado de fora do portão. Quando Cecilia o viu, ela voltou para dentro e lá ficou até que ele fosse embora. Na manhã seguinte ele estava parado à porta do albergue das enfermeiras. Ela passou por ele e nem sequer olhou em sua direção. Leon segurou-a pelo cotovelo, porém ela se livrou dele com um safanão e seguiu adiante, aparentemente indiferente às súplicas do irmão.

Robbie sabia melhor do que ninguém o quanto ela gostava do irmão, como era ligada à família, como eram importantes para ela a casa e o parque. Ele jamais poderia voltar, porém incomodava-o pensar que ela estava destruindo uma parte de si própria por amor a ele. Um mês depois do início do treinamento, Robbie escreveu-lhe a respeito dessas preocupações. Não era a primeira vez que tocava no assunto, mas agora tudo se tornara mais claro.

Ela respondeu: "Eles se voltaram contra você, todos eles, até meu pai. Quando destruíram a sua vida, destruíram a minha também. Preferiram acreditar no depoimento de uma menina boba e histérica. Aliás, até a estimularam, impedindo que ela voltasse atrás. Ela só tinha treze anos, eu sei, mas não quero nunca mais falar com ela. Quanto aos outros, jamais vou perdoar o que fizeram. Agora que rompi com eles, estou começando a compreender o esnobismo que havia por trás da burrice deles. Minha mãe jamais perdoou você por ter tirado diploma de primeira classe. Meu pai preferiu mergulhar no trabalho. Leon se revelou um autêntico bobo alegre, um maria vai com as outras. Quando Hardman resolveu dar cobertura a Danny, ninguém na minha família quis que a polícia fizesse as perguntas óbvias. A polícia já tinha você para perseguir. Não queriam que atrapalhassem o caso. Sei que pareço ressentida, mas, meu amor, juro que não quero ser. Com toda a sinceridade, sou feliz na minha nova vida e com meus novos amigos. Agora sinto que posso respirar. Acima de tudo, vivo por você. A realidade é que fui obrigada a fazer uma escolha — ou eles ou você. Como poderia escolher as duas opções? Não hesitei nem por um momento. Eu amo você. Acredito em você completamente. Você é meu amor, a razão da minha vida. Cee".

Ele sabia de cor essas últimas linhas e repetiu-as agora na escuridão. A razão da minha vida. Não minha razão para viver, mas a razão da minha vida. Era esse o detalhe. E ela era a razão de sua vida, o motivo pelo qual era preciso que ele sobrevivesse. Virou-se para o lado, olhando para onde imaginava que fosse a porta do celeiro, aguardando os primeiros sinais de luz. Estava excitado demais para dormir. Só queria caminhar em direção ao litoral.

Jamais foram à cabana em Wiltshire. Três semanas antes de terminar seu treinamento, a guerra foi declarada. A resposta militar foi automática, como os reflexos de uma ostra. Todas as licenças foram canceladas. Algum tempo depois, os cancelamentos foram redefinidos como adiamentos. Uma data foi marcada, mudada, cancelada. Então, com apenas vinte e quatro horas de aviso prévio, foram distribuídas passagens de trem. Eles teriam quatro dias antes de se apresentar para servir no novo regimento. Corriam boatos de que iriam ser transferidos. Ela havia tentado mudar suas férias, e conseguido em parte. Depois tentou de novo, mas não foi mais possível. Quando recebeu o cartão dele, avisando a data de sua chegada, ela já estava a caminho de Liverpool, onde iria fazer um curso sobre traumatismos no hospital de Alder Hey. Um dia após chegar a Londres, ele tentou seguir até Liverpool, porém os trens estavam absurdamente vagarosos. Dava-se prioridade ao tráfego militar que seguia para o sul. Na estação de Birmingham New Street ele perdeu uma conexão, e o trem seguinte foi cancelado. Teria de esperar até a manhã do outro dia. Ficou meia hora andando de um lado para o outro na plataforma, num tormento de indecisão. Por fim, resolveu voltar. Apresentar-se atrasado para o serviço era uma coisa muito séria.

Quando ela voltou de Liverpool, ele já estava desembarcando em Cherbourg e tinha pela frente o inverno mais maçante de sua vida. Naturalmente, os dois compartilhavam a mesma frustração, porém Cecilia achava que cabia a ela ser positiva e animadora. "Eu não vou fugir", escreveu na primeira carta depois de Liverpool. "Vou esperar por você. Volte." Aquilo era uma citação do que ela própria dissera antes. Ela sabia que ele iria se lembrar. Daí em diante, todas as cartas que enviou a Robbie na França terminavam assim, até a última, que chegou pouco antes da ordem de recuar para Dunquerque.

Foi um inverno longo e amargo para a British Expeditionary Force no Norte da França. Pouca coisa acontecia. Cavavam trincheiras, estabeleciam linhas de abastecimento e faziam exercícios noturnos que eram ridículos para os infantes, porque o objetivo nunca era explicado e as armas eram escassas. Nas horas de folga, todos se tornavam generais. Até mesmo o mais humilde soldado raso havia concluído que a guerra jamais voltaria a ser disputada em trincheiras. Porém as aguardadas armas antitanque nunca chegavam. Aliás, tinham muito poucos armamentos pesados. Era um tempo de tédio e partidas de futebol disputadas com outras unidades; longas marchas com mochila completa por estradas do interior, horas a fio sem ter o que fazer senão manter o passo e se entregar a devaneios ao ritmo das botas sobre o asfalto. Robbie se perdia em pensamentos amorosos e planejava sua próxima carta, refinando as frases, tentando encontrar humor naquele tédio.

Talvez por efeito dos primeiros brotos verdes nas estradas francesas e da névoa azulada das campânulas vistas de relance nos bosques, Robbie sentiu necessidade de uma reconciliação e um recomeço. Decidiu que devia tentar mais uma vez convencê-la a fazer contato com os pais. Não era preciso que ela os perdoasse, nem que retomasse os velhos argumentos. Bastava escrever um bilhete curto e simples, dizendo onde e como ela estava. Quem haveria de imaginar as mudanças que poderiam ocorrer nos anos seguintes? Ele sabia que, se um de seus pais morresse antes que ela fizesse as pazes com eles, seu remorso seria infinito. E ele jamais se perdoaria se não tentasse convencê-la.

Assim, escreveu em abril, e a resposta dela só chegou em meados de maio, quando já estavam caminhando em direção à retaguarda, pouco antes da ordem de recuar até a Mancha. Não haviam tido contato com fogo inimigo. A carta estava agora no bolso de cima. Foi a última que chegou antes de o sistema de correio ser interrompido.

... eu não ia contar isso agora para você. Ainda não sei o que pensar, e queria esperar até estarmos juntos. Mas, depois de receber a sua última carta, não faz sentido não contar. A primeira surpresa é que Briony não está em Cambridge. Ela não fez o concurso no outono passado, simplesmente não foi. Fiquei pasma porque eu sabia, pelo dr. Hall, que ela era esperada. A outra surpresa é que ela está fazendo um curso de enfermagem no meu antigo hospital. Você é capaz de imaginar Briony manejando uma comadre? Suponho que devem ter dito a mesma coisa a meu respeito. Mas ela é tão fantasiosa, como nós dois infelizmente sabemos muito bem. Tenho pena do paciente que receber uma injeção dela. A carta que ela me mandou é confusa e me confundiu. Quer se encontrar comigo. Está começando a se dar conta do que fez e das implicações de seu ato. Sem dúvida, o fato de ela não ter ido para Cambridge tem algo a ver com isso. Diz que quer ser efetivamente útil de algum modo. Mas tenho a impressão de que ela resolveu fazer enfermagem como uma espécie de penitência. Ela quer me procurar e falar comigo. Posso estar enganada, e é por isso que eu ia esperar para lhe contar isso pessoalmente, mas acho que ela quer retirar seu depoimento. Quer retirar seu testemunho e fazer isso de modo oficial e legal. Nem sei se isso é possível, já que o recurso que você impetrou foi indeferido. Precisamos nos informar mais a respeito da lei. Talvez fosse bom eu consultar um advogado. Não quero alimentar nossas esperanças em vão. Talvez ela não esteja pretendendo o que eu imagino, ou não esteja preparada para levar a coisa até o fim. Não esqueça que ela é uma sonhadora.

Não vou fazer nada até receber carta sua. Não era minha intenção lhe contar nada disso, mas, quando você me escreveu dizendo mais uma vez que eu devia entrar em contato com meus pais (admiro sua generosidade), me senti obrigada a lhe contar porque a situação pode mudar. Se não for legalmente possível Briony ir a um juiz e declarar que mudou de ideia, então ela pode pelo menos dizer isso aos nossos pais. Eles que decidam o que querem fazer. Se estiverem dispostos a apresentar um pedido de desculpas a você por escrito, talvez seja possível um recomeço.

Penso muito em Briony. Fazer enfermagem, separar-se de suas origens, é um passo maior para ela do que foi para mim. Eu pelo menos já tinha meus três anos em Cambridge e um motivo evidente para rejeitar minha família. Ela também deve ter suas razões. Não posso negar que estou curiosa. Mas estou esperando que você, meu amor, me diga o que acha. Ah, por falar nisso, ela disse também que um texto que ela enviou para a *Horizon* foi rejeitado por Cyril Connolly. Pelo menos uma pessoa não leva a sério as fantasias ridículas dela.

Você se lembra daqueles gêmeos prematuros de que lhe falei? O menorzinho morreu. Aconteceu à noite, no meu plantão. A mãe ficou muito abalada. Sabíamos que o pai era ajudante de pedreiro e acho que imaginávamos um sujeitinho atrevido com um cigarro no canto da boca. Ele estava em East Anglia, numa firma que está trabalhando para o exército, construindo defesas costeiras, e foi por isso que demorou tanto para vir ao hospital. Na verdade, era um rapaz muito bonito, de dezenove anos, com mais de um metro e oitenta de altura, cabelos louros caindo sobre a testa. Tem um pé deformado, como Byron, e é por isso que não se alistou. Jenny disse que ele parecia um deus grego. Ele foi consolar a mulher, tão carinhoso, tão paciente. Todas nós ficamos emocionadas. O mais triste é que, justamente quando ele estava conseguindo acalmá-la, terminou o horário de visitas e a enfermeira-chefe veio e o obrigou a ir embora junto com os outros. Então fomos nós que tivemos que cuidar da pobrezinha. Mas eram quatro horas, e as regras são inflexíveis.

Vou dar uma passada no correio de Balham para ver se esta carta chega à França antes do final da semana. Mas não quero terminar de modo tão triste. Na verdade, estou muito animada com essa notícia a respeito da minha irmã e o que isso pode representar para nós. Gostei bastante da história que você contou sobre as latrinas dos sargentos. Li o trecho para as meninas e elas quase morreram de rir. Que bom que o oficial de ligação descobriu que você fala francês e lhe arranjou um serviço em que você pode utilizar seus conhecimentos. Por que demoraram tanto para descobrir? Foi você que escondeu? O que você contou sobre o pão francês é verdade — dez minutos depois, a gente fica com fome de novo. É só ar, não tem substância. Balham não é tão ruim quanto eu disse da última vez, mas essa vai ficar para a próxima. Segue também um poema de Auden sobre a morte de Yeats que recortei de um número da *London Mercury* do ano passado. Vou visitar Grace no fim de semana e então procuro o seu Housman numa daquelas caixas. Preciso correr. Penso em você o tempo todo. Eu o amo. Vou esperar por você. Volte. Cee.

Foi despertado por uma bota cutucando suas costas. "Vamos lá, chefe. Hora de levantar."

Ele sentou na cama e olhou para o relógio. A porta do celeiro era um retângulo azul-escuro. Havia dormido, calculava, menos de quarenta e cinco minutos. Eficiente, Mace esvaziou os sacos de palha e desmontou a mesa. Ficaram sentados em silêncio sobre os fardos de feno, fumando o primeiro cigarro do dia. Quando saíram, encontraram um pote de barro com uma pesada tampa de madeira. Dentro, embrulhados em musselina, havia um pão e um pedaço de queijo. Turner pegou uma faca e dividiu as provisões ali mesmo.

"Para o caso de a gente se separar", murmurou.

Já havia uma luz acesa na casa, e os cães latiram frenéticos quando eles passaram. Subiram um portão e começaram a atravessar um campo em direção ao norte. Uma hora depois, pararam num capão para beber água e fumar. Turner examinou o mapa. Já os primeiros bombardeiros começavam a sobrevoar — uma formação de cerca de cinquenta Heinkels, todos seguindo em direção ao litoral. O sol estava nascendo, e as nuvens eram poucas. Um dia perfeito para a Luftwaffe. Caminharam em silêncio por mais uma hora. Não havia nem sequer uma picada, por isso Turner estabeleceu a trajetória com base na bússola, atravessando pastos com vacas e carneiros, nabos e trigo recém-brotado. Caminhar fora da estrada não era tão seguro quanto ele pensava. Um dos pastos tinha mais de dez crateras de bombas, e por um trecho de cem metros de extensão havia fragmentos de carne, osso e pele malhada espalhados. Porém cada um dos homens estava mergulhado em seus próprios pensamentos, por isso ninguém disse nada. Turner estava preocupado com o mapa. Calculava que estavam a quarenta quilômetros de Dunquerque. Quanto mais se aproximassem da cidade, mais difícil seria permanecer fora das estradas. Tudo convergia. Havia rios e canais a atravessar. Quando seguissem em direção às pontes, perderiam muito tempo se dessem a volta pelo campo como antes.

Pouco depois das dez pararam para descansar outra vez. Haviam atravessado uma cerca para chegar a uma trilha, porém ele não conseguia encontrá-la no mapa. De qualquer forma, seguia na direção correta, passando por um terreno plano, quase sem árvores. Haviam caminhado por mais meia hora quando ouviram disparos de armas antiaéreas cerca de três quilômetros à frente, onde se via o pináculo de uma igreja. Turner parou para consultar o mapa outra vez.

Disse o cabo Nettle: "Este mapa não mostra onde tem mulher".

"Xii. Ele está com dúvidas."

Turner encostou numa cerca. O ferimento doía toda vez que ele pisava com o pé direito. A coisa pontuda parecia estar espetada para fora, quase furando a camisa. Era impossível resistir à vontade de explorar o lugar com o dedo. Mas ele só encontrava carne perfurada e doída. Depois daquela noite, não era justo ele ter de ouvir as gozações dos cabos outra vez. O cansaço e a dor o estavam deixando irritado, porém não disse nada e tentou se concentrar. Encontrou a vila no mapa, mas não a trilha, embora ela certamente levasse até lá. Era tal como havia imaginado. Iriam pegar a estrada, e seria necessário seguir por ela até a linha de defesa no canal de Bergues-Furnes. Não havia outro caminho. A gozação dos cabos continuava. Ele dobrou o mapa e seguiu em frente.

"Qual o plano, chefe?"

Ele não respondeu.

"Ih! Agora ela ficou ofendida."

Além das armas antiaéreas, ouviam disparos de artilharia pesada, da artilharia inglesa, vindo do oeste. À medida que se aproximavam da vila começaram a ouvir caminhões se deslocando a baixa velocidade. Então os viram, estendendo-se numa linha para o norte, seguindo na velocidade de um homem caminhando. Era tentador pedir uma carona, mas Turner sabia por experiência própria que os caminhões seriam um alvo fácil para os aviões. A pé, podia-se ver e ouvir o que estava se aproximando.

A trilha foi dar na estrada num ponto em que esta fazia uma curva fechada e saía da vila. Descansaram os pés por dez minutos, sentados à beira de uma vala de pedra. Caminhões de três e dez toneladas, semitratores e ambulâncias faziam a curva a uma velocidade de cerca de meio quilômetro por hora, afastando-se da vila por uma estrada longa e reta ladeada à esquerda por plátanos. A estrada seguia diretamente para o norte, em direção a uma nuvem negra de óleo ardente que se destacava acima do horizonte, assinalando Dunquerque. Agora não era mais necessário usar a bússola. Ao longo do caminho havia veículos militares inutilizados. Nada seria deixado para o inimigo. Nas carrocerias dos caminhões, os feridos conscientes olhavam a sua volta, aparvalhados. Havia também carros blindados, carros de oficiais, carretas e motocicletas. Misturados com esses veículos, apinhados de objetos de uso doméstico e malas, viam-se também automóveis civis, ônibus, caminhões de fazenda e carros de mão empurrados por homens e mulheres ou puxados por cavalos. O ar estava escuro de fumaça de óleo diesel, e, em meio a esse fedor, caminhando exaustos, porém mais depressa do que o trânsito, iam centenas de soldados, a maioria deles carregando seus fuzis e os capotes pesados — inúteis naquela manhã cada vez mais quente.

Com os soldados seguiam famílias levando malas e bebês, ou dando a mão a crianças pequenas. O único som humano que Turner ouvia, em meio ao ruído dos motores, era o de bebês chorando. Havia velhos caminhando solitários. Um deles, com um terno de linho limpo, gravata-borboleta e chinelos de usar em casa, andava apoiado em duas bengalas, seguindo tão devagar que até os veículos iam mais depressa do que ele. Sua respiração era ofegante. Aonde quer que estivesse indo, sem dúvida não chegaria. Do outro lado da estrada, bem na esquina, havia uma sapataria aberta. Turner viu uma mulher com uma menina ao lado conversando com um lojista, que exibia um sapato diferente em cada mão. Os três não prestavam atenção ao desfile de veículos e pedestres na estrada. Caminhando em sentido contrário, tentando virar nessa exata curva, vinha uma coluna de carros blindados, a tinta intacta demonstrando que ainda não haviam combatido, seguindo para o sul, em direção ao exército alemão. Tudo o que conseguiriam num combate contra uma divisão Panzer seria ganhar uma hora ou duas para os soldados em retirada.

Turner levantou, bebeu um gole de seu cantil e juntou-se à retirada, colocando-se atrás de dois homens da infantaria escocesa. Os cabos o seguiram. Ele não se sentia mais responsável pelos dois agora que estavam no meio da multidão. A falta de sono exacerbava sua hostilidade. As gozações daquele dia o incomodavam; pareciam uma traição, depois da camaradagem da véspera. Na verdade, sentia-se hostil em relação a todos os que o cercavam. Seus pensamentos agora haviam se reduzido a um único ponto crítico: sua própria sobrevivência.

Querendo se livrar dos cabos, acelerou o passo, deixou para trás os escoceses e chegou até um grupo de freiras que conduziam umas vinte e poucas crianças com túnicas azuis. Pareciam os últimos alunos de algum colégio interno, como aquele em que ele havia lecionado perto de Lille no verão antes de entrar para Cambridge. Essas lembranças agora pareciam fazer parte da vida de um outro homem. Uma civilização morta. Primeiro, sua vida destruída; depois, as vidas de todos. Seguia a passos largos, irritado, sabendo que não ia conseguir andar naquele ritmo por muito tempo. Já havia caminhado numa coluna como aquela antes, no primeiro dia, e sabia o que estava procurando. Bem à sua direita havia uma vala, porém era rasa e exposta. A fileira de árvores ficava do outro lado dela. Turner atravessou a vala, bem à frente de um sedã Renault. Quando o fez, o motorista começou a buzinar com força. Aquele som estridente provocou um acesso de fúria nele. Chega! Voltou atrás num salto e com violência abriu a porta do motorista. Lá dentro havia um sujeitinho bem-vestido, com terno cinzento e chapéu, com uma pilha de malas de couro a seu lado e a família toda apertada no banco de trás. Turner agarrou o homem pela gravata e estava a ponto de dar um tapa em seu rosto apatetado quando uma outra mão, bem forte, agarrou-lhe o punho.

"Esse aí não é o inimigo, chefe."

Sem soltá-lo, o cabo Mace puxou-o dali. Nettle, que vinha logo atrás, fechou a porta do carro com um pontapé tão forte que o espelho lateral caiu. As crianças de túnica azul bateram palmas e gritaram em aprovação.

Os três atravessaram a estrada e seguiram à sombra das árvores. Agora o sol estava bem alto e fazia calor, mas a sombra ainda não se projetava sobre a estrada. Alguns dos veículos largados sobre as valas haviam sido atingidos por ataques aéreos. Em torno dos caminhões abandonados pelos quais passavam havia suprimentos espalhados por soldados que procuravam comida, bebida ou gasolina. Turner e os cabos examinaram as caixas de fitas de máquina de escrever, livros de contabilidade, mesas de metal e cadeiras giratórias, utensílios de cozinha e peças de motores, selas, estribos e arreios, máquinas de costura, troféus de futebol, cadeiras empilháveis, e mais um projetor de filmes e um gerador a gasolina que alguém havia destruído com um pé de cabra que fora largado ali. Passaram por uma ambulância, caída dentro da vala; uma de suas rodas fora arrancada. Havia na porta uma placa de latão com os dizeres: "Esta ambulância é presente dos súditos britânicos residentes no Brasil".

261

Era possível, Turner constatou, adormecer caminhando. O ronco dos motores dos caminhões de repente se interrompia, os músculos do pescoço relaxavam, a cabeça caía, e ele acordava de repente com um passo em falso. Nettle e Mace eram a favor de pedir uma carona. Mas ele já havia lhes contado na véspera o que vira naquela primeira coluna — vinte homens na carroceria de um caminhão de três toneladas mortos por uma única bomba. Ele, enquanto isso, havia se jogado dentro de uma vala, a cabeça enfiada num cano, e só fora atingido na ilharga pelos estilhaços.

"Vocês podem ir em frente", disse ele. "Eu fico aqui."

Não se falou mais no assunto. Eles não iriam sem Turner, seu talismã.

Aproximaram-se de mais um grupo de soldados escoceses. Um deles estava tocando sua gaita de foles, o que levou os cabos a imitarem o som com uma cantoria nasalada. Turner fez menção de atravessar a estrada.

"Se vocês puxarem briga, eu nem conheço vocês."

Dois escoceses já haviam se virado e estavam trocando cochichos.

"*It's a braw bricht moonlicht nicht the nicht*", disse Nettle bem alto, em pseudoescocês com forte sotaque londrino. Um episódio desagradável talvez tivesse ocorrido se não tivessem ouvido naquele momento um tiro de pistola vindo da frente. Todos se abaixaram, e a gaita de foles emudeceu. Num campo aberto, a cavalaria francesa havia se reunido; os soldados, desmontados, formavam uma fila comprida. À frente dela, um oficial matava os cavalos um por um, com um tiro na cabeça. Cada soldado permanecia em posição de sentido ao lado de sua montaria, com o quepe contra o peito, em atitude cerimoniosa. Cada cavalo aguardava sua vez, paciente.

Aquele ritual de derrota aumentou o desânimo geral. Os cabos não tinham mais vontade de implicar com os escoceses, os quais também já não lhes davam atenção. Minutos depois, passaram por cinco cadáveres numa vala, três mulheres e duas crianças. As malas estavam espalhadas em volta delas. Uma das mulheres estava de chinelos, tal como o velho de terno de linho. Turner desviou a vista, decidido a não se deixar envolver. Para que pudesse sobreviver, era preciso estar sempre de olho no céu. Seu cansaço era tanto que a toda hora esquecia. E agora o calor realmente incomodava. Alguns homens estavam largando os capotes no chão. Um dia glorioso. Em outras circunstâncias, seria o que se chama de um dia glorioso. A estrada ia subindo aos poucos, o bastante para cansar as pernas e aumentar a dor de seu ferimento. Cada passo era uma decisão consciente. Estava se formando uma bolha no calcanhar esquerdo, que o obrigava a pisar de lado. Sem parar, pegou o pão e o queijo, mas estava com tanta sede que não conseguia mastigar. Acendeu outro cigarro para disfarçar a fome e tentou reduzir sua tarefa ao mais elementar: seguir por terra até chegar ao mar. O que poderia ser mais simples que isso, desde que se eliminasse o elemento social? Ele era o único homem sobre a Terra, e seu objetivo era claro. Estava trilhando seu caminho até chegar ao canal da Mancha. Porém não havia como negar o elemento social na realidade; havia outros homens a persegui-lo, mas o fingimento o confortava e proporcionava um ritmo para seus pés. Seguin / do pe / la ter / ra até / chegar / ao canal. Um hexâmetro. Cinco jambos e um anapesto, era esse seu ritmo agora.

Vinte minutos depois, a estrada ficou plana. Olhando para trás, via o comboio estender-se ladeira abaixo por um quilômetro e meio. Olhando para a frente, não dava para ver o final. Atravessaram uma ferrovia. Segundo o mapa, estavam a vinte e cinco quilômetros do canal de Bergues-Furnes. Agora os equipamentos destruídos ao longo da estrada se estendiam de modo mais ou menos contínuo. Havia meia dúzia de canhões de vinte e cinco libras empilhados do outro lado da vala, como se houvessem sido empurrados até ali por uma máquina de terraplenagem. Mais adiante, onde começava a descida, no entroncamento com uma estrada secundária, alguma coisa estava acontecendo. Soldados riam, e vozes gritavam à beira-estrada. Quando Turner se aproximou, viu um major do Royal East Kent Regiment, um senhor à antiga, de rosto corado, quarentão, gritando e apontando para um bosque a pouco mais de um quilômetro dali, depois de dois campos. Ele estava arrancando homens da coluna, ou tentando arrancá-los. A maioria dos soldados o ignorava e seguia em frente, alguns riam dele, mas uns poucos, intimidados pela hierarquia, haviam parado, embora o major não tivesse nenhuma autoridade pessoal. Estavam reunidos em torno dele com seus fuzis, hesitantes.

"Você. É, você mesmo. Você serve."

A mão do major estava no ombro de Turner. Ele parou e bateu continência antes mesmo de se dar conta do que estava fazendo. Os cabos estavam atrás dele.

O major tinha um bigode pequeno e duro acima dos lábios finos e apertados, e pronunciava as palavras com firmeza. "Tem uns boches encurralados naquele bosque ali. Deve ser um escalão de vanguarda. Mas estão bem protegidos por duas metralhadoras. A gente tem que ir até lá pra desentocar o bicho."

Turner sentiu um arrepio de pavor, e suas pernas ficaram bambas. Exibiu ao major suas mãos vazias.

"Com o quê, major?"

"Com esperteza e trabalho de equipe."

Como resistir àquele idiota? Turner estava cansado demais para pensar, porém sabia que não ia.

"Bem, eu tenho os restos de dois pelotões a meio caminho…"

Restos, essa palavra dizia tudo; foi o que levou Mace, com toda sua lábia de caserna, a interromper.

"Por favor, major. Permissão para falar."

"Permissão negada, cabo."

"Obrigado, major. São ordens do quartel-general. Seguir a passo acelerado, sem qualquer atraso, desvio ou divagação, até Dunquerque, com o fim de proceder à evacuação imediata, por motivo de estarem nossas forças horrível e onerosamente cercadas por todos os lados. Major."

O major virou-se e enfiou o dedo indicador no peito de Mace.

"Escute aqui. Essa é a nossa última oportunidade de mostrar…"

Disse o cabo Nettle, num tom sonhador: "Foi lorde Gort que escreveu essa ordem, major, e mandou pessoalmente".

Turner ficou admirado de ver um cabo dirigir-se daquela maneira a um oficial. Além disso, era arriscado. O major não havia percebido que os homens estavam zombando dele. Ele parecia achar que quem havia falado era Turner, pois sua fala seguinte dirigia-se a ele.

"Essa retirada está uma bagunça dos diabos. Pelo amor de Deus, rapaz. Essa é sua última oportunidade de mostrar o que a gente é capaz de fazer quando toma uma resolução. Além disso…"

E disse ainda muitas outras coisas, mas Turner tinha a impressão de que um silêncio imenso havia descido sobre aquela manhã ensolarada. Dessa vez ele não estava dormindo. Estava olhando por cima do ombro do major, para a frente da coluna. Ao longe, pairando no ar, cerca de dez metros acima da estrada, deformada pelas ondas de calor, havia uma espécie de prancha de madeira, na horizontal, bojuda no centro. As palavras do major não estavam chegando até ele, nem seus próprios pensamentos límpidos. A aparição horizontal permanecia imóvel no céu sem aumentar, e, embora ele estivesse começando a compreender o que era aquilo, como num sonho, não conseguia dizer nada nem se mexer. Sua única ação foi abrir a boca, mas não emitia nenhum som e, mesmo se conseguisse, não saberia o que dizer.

Então, exatamente no momento em que o som voltou, conseguiu gritar: "Fujam!". Começou a correr diretamente para o abrigo mais próximo. A ordem fora muito vaga, nem um pouco militar, porém sentia que os cabos o seguiam a pouca distância. A impressão de estar sonhando era reforçada pelo fato de que suas pernas não conseguiam se mexer tão depressa quanto necessário. Não era dor o que ele sentia abaixo das costelas, e sim alguma coisa arranhando contra o osso. Deixou o capote cair. Cinquenta metros adiante havia um caminhão de três toneladas tombado de lado. Aquele chassi negro e sujo de graxa, aquele diferencial volumoso, era sua única proteção. Não lhe restava muito tempo para chegar lá. Um bombardeiro estava metralhando a coluna. Os tiros avançavam estrada acima à velocidade de trezentos quilômetros por hora, uma saraivada de tiros de canhão atingindo metal e vidro. Ninguém dentro dos veículos quase parados havia esboçado alguma reação. Os motoristas se limitavam a assistir ao espetáculo pelos para-brisas. Estavam exatamente onde se encontravam segundos antes. Os homens nas carrocerias dos caminhões nem chegaram a ver alguma coisa. Um sargento parado no meio da estrada levantou o fuzil. Uma mulher gritou, e então os tiros chegaram até eles no momento exato em que Turner jogou-se na sombra do caminhão caído. A estrutura de aço tremia à medida que os projéteis o atingiam com a rapidez de um rufar de tambores. Então os tiros de canhão prosseguiram, golpeando a coluna, seguidos pelo ronco do bombardeiro e de sua sombra rapidíssima. Turner enfiou-se na escuridão do chassi junto à roda da frente. O cheiro de óleo nunca antes lhe parecera tão delicioso. Aguardando o próximo bombardeiro, ficou agachado em posição fetal, pro-

266

tegendo a cabeça com os braços, os olhos bem fechados, pensando apenas em sobreviver.

Mas não veio avião nenhum. Ouviam-se somente os insetos ocupados em suas atividades normais e os cantos dos pássaros retornando após o intervalo necessário. Então, como se tivessem aguardado o sinal dos pássaros, os feridos começaram a gemer e gritar, e as crianças apavoradas a chorar. Alguém, como sempre, xingava a Royal Air Force. Turner levantou e estava tirando a poeira das roupas quando Nettle e Mace emergiram, e juntos caminharam em direção ao major, que estava sentado no chão. Seu rosto estava branco como cera, e ele apertava a mão direita.

"A bala entrou de um lado e saiu do outro", disse ele quando os homens se aproximaram. "Tremenda sorte, pensando bem."

Ajudaram o oficial a se levantar e se ofereceram para levá-lo a uma ambulância, onde um capitão do Royal Army Medical Corps e duas ordenanças já cuidavam dos feridos. Porém ele balançou a cabeça e permaneceu em pé. Em estado de choque, falava sem parar, em voz mais baixa.

"ME 109. Deve ter sido a metralhadora dele. Se fosse o canhão, minha mão tinha sumido do mapa. Vinte milímetros, você sabe. Ele deve estar desgarrado dos outros. Viu a gente voltando pra casa e não resistiu. Eu entendo o que ele fez, no fundo. Mas isso quer dizer que daqui a pouco vão aparecer outros."

Os cinco ou seis homens que ele havia reunido antes de levar o tiro estavam saindo da vala, com seus fuzis, e se dispersando. Ao vê-los, o major voltou a si.

"Vamos lá, pessoal. Todo mundo em forma."

Eles pareciam incapazes de resistir, e formaram uma pequena coluna. Tremendo um pouco agora, o major dirigiu-se a Turner.

"E mais vocês três. Em fila dupla."

"Na verdade, meu caro, pra falar com franqueza, creio que nós preferimos não ir."

"Ah, sei." Ele apertou os olhos na direção do ombro de Turner, como se estivesse vendo ali alguma insígnia de uma patente superior. Fez uma continência simpática com a mão esquerda. "Neste caso, meu senhor, se me permite, estamos de partida. Torça por nós."

"Boa sorte, major."

Sob os olhares dos outros, ele deu ordens ao destacamento relutante para seguir em direção ao bosque onde as metralhadoras aguardavam.

A coluna passou meia hora sem sair do lugar. Turner pôs-se à disposição do capitão do RAMC e ajudou os padioleiros a recolher os feridos. Depois encontrou lugar para eles nos caminhões. Os cabos haviam desaparecido. Turner foi buscar material na traseira de uma ambulância. Vendo o capitão trabalhar, suturando um ferimento na cabeça, sentiu despertar dentro de si a antiga vocação. A quantidade de sangue obscurecia os detalhes que apareciam nos livros que ele havia estudado. Naquele trecho da estrada havia cinco feridos e, coisa surpreendente, nenhum morto, se bem que o sargento que se pusera no meio da estrada fora atingido no rosto e provavelmente não viveria por muito tempo. Três veículos haviam sido danificados na frente e foram empurrados para fora da estrada. Fez-se um sifão e extraiu-se a gasolina deles; para inutilizá-los por completo, deram tiros em seus pneus.

Depois que tudo isso foi feito naquela seção da coluna, ainda assim todo o tráfego continuava parado. Turner recuperou seu capote e seguiu adiante. Estava com sede demais para ficar parado esperando. Uma senhora de idade, belga, que levara um tiro no joelho, havia bebido o resto de sua água. Sua língua estava enorme na boca, e o único pensamento que o ocupava agora era encontrar algo para beber. Também precisava ficar de olho no céu. Passou por seções como a sua, em que veículos estavam sendo inutilizados e onde feridos estavam sendo postos em caminhões. Havia caminhado por dez minutos quando viu a cabeça de Mace contra a grama, junto a uma pilha de terra. Estava a vinte e cinco metros dele, na sombra profunda de um arvoredo de álamos. Turner foi para lá, embora desconfiasse de que fosse melhor, em seu atual estado de espírito, seguir em frente. Encontrou Mace e Nettle metidos num buraco, já à altura do ombro. Estavam terminando de cavar uma sepultura. Largado no chão, atrás da pilha de terra, havia um menino de cerca de quinze anos. Sua camisa branca estava manchada de vermelho do pescoço até a cintura.

Mace apoiou-se na pá e fez uma imitação razoável. "'Creio que nós preferimos não ir.' Essa foi de mestre, chefe. Vou lembrar pra próxima vez."

"Gostei da 'divagação'. Onde foi que você arranjou essa?"

"Ele engoliu a porra do dicionário", disse o cabo Nettle, orgulhoso.

"Eu era chegado a uma palavra cruzada."

"E 'horrível e onerosamente cercadas'?"

"Foi uma música que cantaram na festa de Natal lá no cassino dos sargentos."

Ainda dentro da cova, ele e Nettle cantaram, desafinados, para Turner:

*Naquela situação tão desgraçada,*
*Horrível e onerosamente cercada.*

A coluna finalmente começava a sair do lugar.

"Vamos enfiar ele aí dentro logo", disse o cabo Mace.

Os três homens levantaram o menino e o deitaram de barriga para cima. No bolso da camisa ele levava uma fileira de canetas-tinteiro. Os cabos não fizeram nenhuma pausa cerimoniosa. Começaram a jogar terra dentro da cova, e logo o menino desapareceu.

Disse Nettle: "Garoto bonito".

Os cabos haviam amarrado dois paus de barraca com barbante para fazer uma cruz. Nettle fincou-a batendo nela com o cabo da pá. Assim que terminou, voltaram para a estrada.

Mace: "Ele estava com os avós. Eles não queriam deixar o garoto largado na vala. Pensei que vinham assistir ao enterro, mas estão num estado deplorável. Melhor a gente avisar pra eles onde o garoto está".

Porém não conseguiram encontrar os avós. Enquanto caminhavam, Turner pegou o mapa e disse: "Fiquem de olho no céu". O major tinha razão — aquele Messerschmitt passara ali por acaso, mas agora eles haveriam de voltar. Aliás, já deveriam ter voltado. O canal de Bergues-Furnes era uma linha azul grossa no mapa. Na cabeça de Turner, a impaciência de chegar ao canal se tornara inseparável da sua sede. Ele mergulharia a cabeça naquele azul e beberia fundo. Esse pensamento o fez lembrar das febres de sua infância, com sua lógica feroz e assustadora, a busca do canto mais fresco do travesseiro, a mão da mãe em sua testa. A querida Grace. Quando ele levou a mão a sua própria testa, a pele estava seca como papel. A inflamação em torno do ferimento, ele sentia, estava crescendo, e a pele ficara mais tensa, mais dura; algo que não era sangue estava sujando a camisa. Tinha vontade de examinar o ferimento a sós, mas isso era impossível ali. O comboio reassumira seu ritmo inexorável de antes. A estrada seguia paralela à costa — não haveria mais atalhos. À medida que se aproximavam, a nuvem negra, que certamente vinha de alguma refinaria incendiada em Dunquerque, ia ocupando todo o lado norte do céu. Não havia nada a fazer senão caminhar em direção a ela. Assim, mais uma vez ele abaixou a cabeça e seguiu adiante em silêncio.

A estrada não era mais protegida pelos plátanos. Vulnerável a qualquer ataque e desprovida de sombra, ela se desenrolava pelo terreno ondulado, formando uma série de letras S alongadas e rasas. Turner havia desperdiçado reservas preciosas em conversas e contatos desnecessários. O cansaço lhe arrefecera o entusiasmo e a sociabilidade. Agora restringia-se ao ritmo das botas — seguia pela terra até chegar ao canal. Tudo o que se contrapunha a ele teria de ser compensado, minimamente que fosse, por aquilo que o impelia para a frente. Num dos pratos da balança, a ferida, a sede, a bolha, o cansaço, o calor, a dor nos pés e nas pernas, os Stukas, a distância, a Mancha; no outro, *Vou esperar por você* e a lembrança do momento em que ela dissera isso, que se tornara para ele uma espécie de sacramento. E também o medo da captura. Suas lembranças sensuais — os poucos minutos na biblioteca, um beijo na Whitehall — estavam desbotadas por excesso de uso. Ele sabia de cor certos trechos das cartas dela, tinha revivido a disputa pelo vaso junto à fonte, lembrava o calor do braço dela no jantar em que os gêmeos fugiram. Essas recordações lhe davam forças, mas a coisa não era tão fácil. Muitas vezes faziam-no pensar no lugar em que se encontrava na última vez em que as evocara. As lembranças ficavam do outro lado de um grande divisor do tempo, tão importante quanto a.C. e d.C. Antes da prisão, antes da guerra, antes de a visão de um cadáver se tornar uma banalidade.

Porém essas heresias morriam quando ele lia a última carta dela. Levou a mão ao bolso interno da túnica. Era uma espécie de genuflexão. Continuava ali. Era um dado novo na balança. A possibilidade de ele se inocentar tinha a simplicidade do amor. Bastava-lhe antever essa possibilidade para se dar conta do quanto ele havia se estreitado e morrido. Seu amor à vida, nada menos que isso, todas as antigas ambições e prazeres. O que se descortinava era a possibilidade do renascimento, um retorno triunfal. Ele poderia voltar a ser o homem que uma vez atravessara um parque em Surrey na hora do pôr do sol com seu melhor terno, orgulhoso com as promessas da vida, que havia entrado na casa e com a clareza da paixão fizera amor com Cecilia — não, resolveu resgatar a palavra dos cabos: eles foderam enquanto os outros tomavam drinques no terraço. A história poderia ser recomeçada, a história que ele havia planejado naquela caminhada ao pôr do sol. Ele e Cecilia não viveriam mais isolados. O amor deles teria um espaço e uma sociedade para crescer. Ele não precisaria ir de chapéu na mão recolhendo pedidos de desculpas dos amigos que o haviam evitado. Também não ficaria recluso, orgulhoso e feroz, evitando-os em revide. Ele sabia exatamente como se comportaria. Tudo o que faria seria recomeçar. Com a ficha limpa, poderia cursar medicina quando terminasse a guerra, ou até mesmo tentar se tornar oficial agora no serviço de saúde do exército. Se Cecilia fizesse as pazes com a família, ele manteria distância sem parecer ressentido. Jamais poderia ser íntimo de Emily ou Jack. Ela o perseguira com uma ferocidade estranha, enquanto ele lhe dera as costas, desaparecendo no ministério no momento em que se fazia mais necessário.

Nada daquilo tinha importância. Vista dali, a situação parecia simples. Estavam agora passando por mais corpos na estrada, jogados nas valas e largados na pista, dezenas de cadáveres, de soldados e civis. O fedor era cruel e impregnava as dobras de suas roupas. O comboio havia penetrado numa vila bombardeada, talvez o subúrbio de uma cidade pequena — tudo fora reduzido a escombros, era difícil dizer o que havia sido um dia. Que diferença fazia? Quem seria capaz de algum dia descrever aquela confusão, de identificar as vilas e assinalar as datas para os livros de história? E adotar um ponto de vista razoável para começar a atribuir culpas? Ninguém jamais saberia a sensação que se tinha estando ali. Sem os detalhes, era impossível fazer ideia do quadro geral. Lojas, equipamentos e veículos abandonados formavam uma avenida de destroços que se estendia diante da coluna em retirada. Esses destroços, e mais os cadáveres, obrigavam-nos a caminhar pelo meio da pista. Isso não fazia diferença, pois o comboio já não estava se movendo mesmo. Os soldados saltavam e seguiam a pé, tropeçando em tijolos e telhas. Os feridos eram deixados nos caminhões, à espera. Havia uma maior concentração de corpos num espaço mais estreito, uma irritação maior. Turner mantinha a cabeça baixa e seguia o homem à sua frente, envolto em seus próprios pensamentos para se proteger.

Ele seria inocentado. Vendo a situação dali, onde ninguém se dava ao trabalho de levantar o pé para não pisar no braço de uma mulher morta, parecia-lhe que não precisaria de desculpas nem homenagens. Estar inocentado seria um estado de pureza. Sonhava com isso como um homem apaixonado, com uma ânsia simples. Sonhava com isso como outros soldados sonhavam com um lar, um pedaço de terra, um emprego antigo no mundo civil. Se ali a inocência parecia algo tão elementar, não havia por que ser diferente na Inglaterra. Que seu nome fosse inocentado, e todas as outras pessoas teriam de reajustar seu modo de pensar. Ele servira aqueles anos, agora elas teriam de fazer o trabalho. O que lhe cabia era simples. Encontrar Cecilia e amá-la, casar-se com ela e viver sem qualquer sentimento de vergonha.

Porém havia em tudo isso um detalhe em que ele não conseguia pensar direito, um vulto indistinto que todo o caos a vinte quilômetros de Dunquerque não era capaz de reduzir a um contorno simples. Briony. Ele então esbarrava nos limites daquilo que Cecilia chamava de seu espírito generoso. E sua racionalidade. Se Cecilia voltasse a se aproximar da família, se as irmãs se tornassem íntimas outra vez, não haveria como evitá-la. Porém conseguiria ele aceitá-la? Poderia ficar no mesmo cômodo que ela? Agora Briony lhe oferecia uma possibilidade de absolvição. Mas não era por ele. Ele não fizera nada de errado. Era por ela própria, pelo crime que ela cometera, que sua consciência não suportava mais. Pois então ele haveria de sentir gratidão? É claro que, em 1935, ela era uma criança. Isso ele repetia a si próprio, ele e Cecilia repetiam um para outro, inúmeras vezes. Sim, ela era apenas uma criança. Mas nem toda criança manda um homem para a prisão por causa de uma mentira. Nem toda criança é tão determinada e maligna, nem tão coerente ao longo do tempo, sem jamais vacilar, jamais inspirar dúvidas. Uma criança, mas isso não impedira que ele, na prisão, fantasiasse humilhá-la, imaginasse dezenas de maneiras de vingar-se dela. Na França, uma vez, na semana mais terrível do inverno, bêbado de conhaque, ele chegara a imaginá-la espetada em sua baioneta. Briony e Danny Hardman. Não era razoável nem justo odiar Briony, mas ajudava.

Como compreender a mente daquela criança? Havia apenas uma teoria que fazia sentido. Fora num dia em junho de 1932, um dia ainda mais belo por ter chegado de repente, depois de muitos dias de chuva e vento. Era aquela espécie rara de manhã que se declara, com uma extravagância orgulhosa de calor e luz e folhas novas, o verdadeiro começo, o portal grandioso do verão, e ele o estava atravessando com Briony, passando pela fonte do tritão, atravessando a vala e os rododendros, o portão de ferro, chegando ao caminho sinuoso e estreito que penetrava no bosque. Ela estava entusiasmada, falando pelos cotovelos. Teria seus dez anos de idade e estava começando a escrever suas histórias. Como todo mundo, ele também recebera de presente uma história encadernada e ilustrada, uma história de amor, adversidades vencidas, reencontros, terminando com um casamento. Estavam a caminho do rio, pois ele prometera lhe dar uma aula de natação. Enquanto se afastavam da casa, talvez ela estivesse lhe contando uma história que havia terminado de escrever, ou um livro que estava lendo. Talvez estivesse de mãos dadas com ele. Era uma menina calada e séria, um tanto recatada, e aquela explosão era incomum. Ele a escutava com prazer. Também ele estava entusiasmado naquela época. Tinha dezenove anos, as provas haviam quase terminado e ele achava que se saíra bem. Logo deixaria de ser um secundarista. Sua entrevista em Cambridge fora boa, e dentro de duas semanas estaria indo para a França, onde lecionaria inglês numa escola católica. Havia algo de grandioso naquele dia, nas faias e nos carvalhos colossais, com copas que apenas estremeciam de leve, e na luz que pingava como joias por entre a folhagem tenra, formando pequenas poças de sol em meio às folhas mortas do ano anterior. Aquele cenário magnífico — ele sentia com a arrogância da juventude — refletia o ímpeto glorioso de sua vida.

Ela continuava falando, e ele, contente, escutava sem muita atenção. O caminho saía do bosque e chegava à margem gramada do rio. Caminharam rio acima pouco mais de meio quilômetro e entraram no bosque outra vez. Ali, numa curva do rio, sob as copas pesadas das árvores, ficava a piscina natural, preparada no tempo do avô de Briony. Uma barragem de pedra desacelerava a correnteza; era ali que todos iam mergulhar. Porém não era um lugar ideal para principiantes. As pessoas saltavam da barragem, ou então da margem, num trecho de três metros de profundidade. Ele mergulhou e ficou batendo os pés na vertical para não afundar, esperando Briony. Havia começado a ensiná-la a nadar no ano anterior, no final do verão, quando o rio ficava mais baixo e a correnteza era mais lenta. Agora até mesmo na piscina a água puxava com força, numa espiral. A menina hesitou apenas por um momento, depois pulou da margem com um grito. Equilibrou-se na vertical até que a correnteza a levou em direção à barragem; nesse momento Turner foi até ela e puxou-a para o outro lado, para que ela começasse novamente. Briony tentou nadar de peito, após todo o inverno sem praticar, e ele teve de segurá-la, o que não era fácil porque também ele não tinha pé ali. Se tirasse a mão debaixo dela, a menina daria apenas três ou quatro braçadas e começaria a afundar. Briony achava graça no fato de que, indo no sentido contrário à corrente, nadava e permanecia no mesmo lugar. Mas na verdade não permanecia no mesmo lugar, e sim era levada de volta para a barragem, onde se agarrava a um aro de ferro enferrujado, esperando por ele, o rosto muito branco contrastando com o fundo escuro coberto de musgo e o cimento esverdeado. Nadar rio acima, era como ela descrevia a experiência. Queria repeti-la, mas a água estava gelada, e, depois de quinze minutos, ele estava cansado. Puxou-a para a margem e, ignorando os protestos dela, ajudou-a a sair.

Ele pegou as roupas dentro da cesta e embrenhou-se no bosque alguns metros para se vestir. Quando voltou, Briony continuava parada exatamente no mesmo lugar, na margem, olhando para a água, a toalha sobre os ombros.

Perguntou ela: "Se eu caísse no rio você me salvava?".

"É claro."

Ele estava debruçado sobre a cesta nesse momento e ouviu, mas não viu, Briony pular dentro da água. A toalha estava largada na margem. Além das pequenas ondas concêntricas que se estendiam pela superfície da água, não havia sinal dela. Então a menina emergiu, respirou e afundou de novo. Em desespero, ele pensou em correr até a barragem e lá pegar a menina, porém a água era de um verde barrento, opaco. Ele só poderia encontrá-la debaixo da superfície pelo tato. Não havia escolha — entrou na água com sapatos, paletó e tudo. Imediatamente encontrou o braço de Briony, pôs a mão sob seu ombro e puxou-a para cima. Para sua surpresa, ela estava prendendo a respiração. E logo em seguida ria às gargalhadas, agarrada a seu pescoço. Ele empurrou-a para a margem e, com grande dificuldade, com as roupas encharcadas, saiu também.

"Obrigada", ela dizia repetidamente. "Obrigada, obrigada."

"Que coisa mais idiota você fez."

"Eu queria que você me salvasse."

"Você não vê que podia ter se afogado?"

"Você me salvou."

O nervosismo e o alívio intensificavam sua raiva. Ele estava quase gritando. "Sua boboca. Você podia ter matado nós dois."

Ela se calou. Ele sentou na grama, tirando água dos sapatos. "Você afundou, não dava pra eu ver. As minhas roupas me puxavam pra baixo. A gente podia ter se afogado, nós dois. Você acha isso engraçado? Acha?"

Não havia mais nada a dizer. Ela se vestiu e eles voltaram pelo caminho, Briony à frente, ele atrás, com os sapatos encharcados. Tinha vontade de se expor ao sol do parque. Depois haveria uma longa caminhada até o bangalô para trocar de roupas. Sua raiva ainda não passara. Ela não era tão pequena, pensou, que não precisasse pedir desculpas. Caminhava calada, de cabeça baixa, talvez emburrada; não dava para ele ver. Quando saíram do bosque e passaram pelo portão, ela parou e se virou. Falava num tom direto, até mesmo desafiador. Não estava emburrada; pelo contrário, queria enfrentá-lo.

"Sabe por que eu queria que você me salvasse?"

"Não."

"Não está na cara?"

"Não, não está, não."

"Porque eu amo você."

Disse isso num tom de bravata, o queixo levantado, piscando rapidamente ao falar, deslumbrada pela imensidão da verdade que tinha revelado.

Ele conteve o impulso de rir. Então uma menininha estava apaixonada por ele. "Que diabo você quer dizer com isso?"

"O que todo mundo quer dizer quando diz isso. Eu amo você."

Dessa vez as palavras foram pronunciadas num tom ascendente, patético. Ele se deu conta de que deveria resistir à tentação de fazer troça. Mas era difícil. Disse então: "Você me ama, por isso se jogou dentro do rio".

"Eu queria saber se você ia me salvar."

"Agora você já sabe. Sou capaz de arriscar minha vida para salvar a sua. Mas isso não quer dizer que eu ame você."

Ela se empertigou um pouco. "Quero agradecer a você por salvar a minha vida. Serei eternamente grata."

Certamente aquela fala saíra de um dos livros dela, um dos que lera ou escrevera.

Ele disse: "Está bem. Mas não faça isso outra vez, nem comigo nem com qualquer outra pessoa. Você promete?".

Ela fez que sim e disse, ao se despedir: "Eu amo você. Agora você sabe".

Briony foi caminhando em direção à casa. Estremecendo em pleno sol, ele ficou olhando até vê-la desaparecer na distância, e então seguiu para casa. Não voltou a vê-la a sós antes de partir para a França, e em setembro, quando voltou, ela estava no colégio interno. Não muito tempo depois ele foi para Cambridge, e em dezembro passou o Natal com uns amigos. Só voltou a ver Briony em abril do ano seguinte, quando a questão já estava esquecida.

Mas estaria mesmo?

Ele tivera muito tempo a sós, tempo até demais, para pensar nisso. Não conseguia se lembrar de nenhuma outra conversa fora do comum com ela, nenhum comportamento estranho, nenhum olhar significativo, nenhuma pirraça que desse a entender que aquela paixão infantil se estendera além daquele dia em junho. Ele voltara a Surrey em quase todas as suas férias e ela tivera muitas oportunidades de procurá-lo no bangalô, ou de lhe passar um bilhete. Ele estava ocupado com sua vida nova, mergulhado nas novidades do curso universitário, e também tentava, naquele momento, distanciar-se um pouco da família Tallis. Mas certamente teria havido sinais que ele não percebera. Durante três anos ela provavelmente conservara o afeto por ele, oculto, alimentado por fantasias e ampliado nas suas histórias. Ela era o tipo de menina que vivia entregue a seus próprios pensamentos. A cena dramática ocorrida no rio talvez fosse suficiente para mantê-la absorta durante todo aquele tempo.


Essa teoria, ou certeza, baseava-se na lembrança de um único encontro — aquele ocorrido ao pôr do sol na ponte. Ele passara anos pensando naquela caminhada no parque. Ela certamente saberia que ele fora convidado para jantar. Lá estava ela, descalça, com um vestido branco sujo. Isso já era estranho. Ela estaria esperando por ele, talvez preparando um pequeno discurso, ensaiando-o em voz alta sentada no parapeito de pedra. Quando ele surgiu por fim, ela ficou muda. Só esse fato já era uma espécie de prova. Mesmo naquele momento Turner achou estranho ela não falar com ele. Entregou a carta, e a menina saiu correndo. Minutos depois, ela abria o envelope. Ficou chocada, e não apenas com aquela palavra. Na sua imaginação, ele traíra o amor dela ao preferir sua irmã. Então, na biblioteca, a confirmação de seus piores temores, quando toda a fantasia caiu por terra. Primeiro, decepção e desespero; depois, um ressentimento cada vez maior. Por fim, uma oportunidade extraordinária de se vingar na escuridão, durante a busca dos gêmeos. Ela o acusou — e ninguém, senão Cecilia e a mãe dele, duvidou de suas palavras. O impulso, a malícia súbita, a agressividade infantil que ele compreendia. O que causava espanto era a profundidade daquele rancor, a persistência com que ela sustentara uma versão que terminara levando-o para a prisão de Wandsworth. Agora era possível que ele fosse inocentado, e isso lhe dava uma sensação de felicidade. Ele reconhecia a coragem que seria necessária para que ela recorresse à justiça e negasse o testemunho que havia prestado sob juramento. Porém julgava que o ressentimento que tinha por ela jamais passaria. Sim, ela era apenas uma criança na época, mas ele não a perdoava. Jamais a perdoaria. Era esse o estrago mais duradouro.

À frente havia mais confusão, mais gritaria. Por incrível que parecesse, uma coluna de carros blindados estava forçando passagem em sentido contrário ao tráfego de soldados e refugiados. A multidão abria alas com relutância. As pessoas se espremiam nas fendas entre veículos abandonados ou contra paredes e portas destruídas. Era uma coluna francesa, pouco mais que um destacamento — três carros blindados, dois semitratores e dois transportes. Não havia nenhum sentimento de estarem todos do mesmo lado. Entre os soldados britânicos, a opinião geral era a de que os franceses os haviam deixado na mão. Faltara-lhes força de vontade para lutar por seu próprio país. Irritados por estarem sendo empurrados para o lado, os *tommies* gritavam, caçoando dos aliados: "Maginot!". Os *poilus*, por sua vez, certamente teriam ouvido boatos a respeito da evacuação. E lá iam eles, sendo enviados para proteger a retaguarda. "Covardes! Vão pegar os navios! Vão cagar nas calças!" Em seguida desapareceram, e a multidão ocupou a pista outra vez, sob uma nuvem de fumaça de óleo diesel, para tocar em frente.

Estavam se aproximando das últimas casas da vila. Num campo mais adiante, Turner viu um homem e seu collie caminhando atrás de um arado puxado por um cavalo. Tal como as mulheres na sapataria, o fazendeiro parecia não se dar conta da presença da coluna. Essas vidas eram vividas em paralelo — a guerra era um hobby para entusiastas, e nem por isso deixava de ser uma coisa séria. Tal como, no momento mais intenso de uma caçada, quando os cães se preparam para lançar-se sobre a presa, do outro lado da sebe passa um automóvel no qual, no banco de trás, uma mulher faz tricô, e no jardim de uma casa nova um homem ensina o filho a chutar uma bola. O fazendeiro continuaria a arar o campo, depois haveria alguém para fazer a colheita, alguém para processar o trigo no moinho, outras pessoas comeriam o pão, e nem todo mundo estaria morto...

Eram esses os pensamentos que iam pela cabeça de Turner quando Nettle agarrou-o pelo braço e apontou. A comoção provocada pela passagem da coluna francesa havia encoberto o som, mas era fácil vê-los. Eram pelo menos quinze, a uma altitude de dez mil pés, pontinhos no azul, sobrevoando a estrada em círculos. Turner e os cabos pararam para olhar, e todos os que estavam por perto viram também.

Uma voz exausta murmurou ao pé de seu ouvido: "Porra. Cadê a RAF?".

Um outro disse, num tom de entendido: "Eles vão partir pra cima dos franceses".

Como que para contrariar essa afirmação, um dos pontinhos destacou-se dos outros e começou a descer quase na vertical, diretamente acima de suas cabeças. Durante alguns segundos o som não chegou até eles. O silêncio crescia como uma pressão contra seus ouvidos. Nem mesmo os gritos nervosos que percorreram a estrada o dissiparam. Procurar abrigo! Dispersar! Dispersar! Depressa!

Era difícil se locomover. Ele conseguia caminhar num passo normal, e também parar, mas era necessário um esforço, um esforço de memória, obedecer àquele comando pouco familiar, afastar-se da estrada e correr. Haviam parado junto à última casa da vila. Atrás da casa havia um celeiro, e além dele ficava o campo que o fazendeiro estava arando. Agora ele estava parado embaixo de uma árvore com seu cachorro, como para se proteger de uma chuva súbita. Seu cavalo, ainda em arreios, mordiscava a grama do trecho ainda não arado. Soldados e civis corriam da estrada para todos os lados. Uma mulher passou por ele carregando uma criança que chorava, depois mudou de ideia e voltou, em seguida parou, indecisa, ao lado da estrada. Para que lado ir? Para o pátio da fazenda ou para o campo? A imobilidade da mulher liberou Turner da sua própria. Ele a empurrou pelo ombro em direção ao portão, e o urro cada vez mais alto começou. Os pesadelos haviam se transformado numa ciência. Alguém, um mero ser humano, havia se dado ao trabalho de inventar aquele urro satânico. E com que sucesso! Era o próprio som do pânico, cada vez maior, anunciando uma extinção que cada um deles, individualmente, sabia ser a sua. Não havia como não tomar aquele som como uma ameaça pessoal. Turner guiou a mulher, fazendo-a entrar no portão. Queria que ela corresse com ele para o centro do campo. Ele a havia tocado e tomado a decisão por ela, por isso agora sentia que não podia abandoná-la. Mas o menino teria pelo menos seis anos e era pesado, e juntos eles não estavam conseguindo avançar muito.

Turner arrancou a criança dos braços da mãe. "Venha", gritou.

Cada Stuka levava uma única bomba de mil libras. Para quem estava no chão, o principal era se afastar de prédios, veículos e outras pessoas. O piloto não ia desperdiçar sua carga preciosa numa figura solitária no meio de um campo. Quando ele voltasse para metralhar, a coisa seria diferente. Turner já vira um avião perseguindo, só por diversão, um homem que corria. O menino estava urinando nas calças e gritando no ouvido de Turner. A mãe parecia incapaz de correr. Estendia a mão e gritava. Queria o filho de volta. O menino esperneava em direção a ela, por cima de seu ombro. Então ouviu-se o guincho da bomba caindo. Diziam que, se você ouvisse o ruído cessar antes da explosão, era porque a sua hora havia chegado. Ao se jogar sobre a grama, ele puxou a mulher junto e empurrou-lhe a cabeça para baixo. O corpo de Turner cobria em parte o do menino quando o chão estremeceu, com um estrondo inacreditável. A onda de choque os separou da terra por uma fração de segundo. Cobriram os rostos para se proteger da saraivada de terra. Ouviram o Stuka ganhar altitude novamente ao mesmo tempo que recomeçava o grito alucinado do próximo ataque. A bomba havia atingido a estrada a menos de oitenta metros dali. Turner levava o garoto debaixo do braço e estava tentando puxar a mulher para fazê-la se levantar.

"Temos que correr de novo. Estamos muito perto da estrada."

A mulher respondeu, mas ele não compreendeu suas palavras. Mais uma vez, estavam correndo pelo campo aos tropeções. A dor em sua ilharga era como um clarão colorido. O menino estava nos braços dele, e novamente a mulher parecia estar retardando a corrida, tentando retomar o filho. Agora havia centenas de pessoas no campo, todas correndo em direção ao bosque do outro lado do campo. Ao soar o ruído estridente da bomba, todo mundo se jogou no chão. Mas a mulher não tinha instintos para situações de perigo, e Turner foi obrigado a fazê-la se deitar outra vez. Agora seus rostos estavam apertados contra a terra recém-arada. O som estridente aumentava, e a mulher começou a gritar o que parecia ser uma prece. Só então Turner se deu conta de que ela não estava falando francês. A explosão ocorreu do outro lado da estrada, a mais de cento e cinquenta metros dali. Porém agora o primeiro Stuka estava manobrando acima da vila e voltando em voo rasante para metralhar. O menino, em estado de choque, emudecera. A mãe não conseguia se levantar. Turner apontou para o Stuka que surgia acima dos telhados. Estavam bem no caminho do avião e não havia tempo para discutir. A mulher não saía do lugar. Ele se atirou dentro do sulco aberto pelo arado. As pancadas sucessivas das balas de metralhadora levantavam a terra fofa, e o ronco do motor passou por eles num átimo. Um soldado ferido gritava. Turner estava em pé. Mas a mulher se recusava a aceitar sua mão. Sentada no chão, abraçava o menino com força. Estava falando com ele em flamengo, tranquilizando-o, certamente dizendo que tudo acabaria bem. Mamãe ia dar um jeito. Turner não falava uma palavra daquele idioma. Não teria adiantado nada. Ela não lhe dava atenção. O menino olhava para ele, aparvalhado, por cima do ombro da mãe.

Turner deu um passo para trás. Então correu. Enquanto tropeçava nos sulcos, o ataque recomeçou. A terra grossa grudava-se à sola de suas botas. Só nos pesadelos os pés pesavam tanto. Uma bomba caiu na estrada, bem no centro da vila, onde estavam os caminhões de transporte. Mas um grito recobria o outro, e a bomba atingiu o campo antes que Turner tivesse tempo de se deitar. A explosão o empurrou para a frente alguns metros e o jogou de cara na terra. Quando recuperou os sentidos, a boca, as narinas e os ouvidos estavam cheios de terra. Ele tentava cuspir, mas não tinha saliva. Usou o dedo, mas foi pior ainda. Antes estava engasgado com a terra, e agora se engasgava com o dedo imundo. Assoando-se, conseguiu tirar a terra no nariz. O muco era lama pura e cobria-lhe a boca. Mas o bosque estava perto, e lá haveria riachos, cascatas, lagoas. Ele imaginava um paraíso. Quando o urro crescente de um Stuka em voo rasante voltou a se ouvir, foi-lhe difícil compreender o som. Seria o toque que assinalava o fim do ataque? Também seus pensamentos estavam engasgados. Ele não conseguia cuspir nem engolir, respirava com dificuldade, não pensava direito. Então, ao ver o fazendeiro e o cachorro ainda aguardando pacientemente sob a árvore, tudo lhe voltou à mente, ele se lembrou de tudo, e virou para olhar para trás. Onde antes estavam a mulher e o filho agora havia uma cratera. Ao mesmo tempo que via a cena, pensou que já sabia antes. Por isso tivera de abandoná-los. Sua obrigação era sobreviver, embora ele não se lembrasse por quê. Continuou seguindo em direção ao bosque.

Alguns passos adiante já estava protegido pelas árvores e sentou-se sobre a vegetação miúda, encostando-se num vidoeiro tenro. Só pensava em água. Havia mais de duzentas pessoas abrigadas no bosque, incluindo alguns feridos que haviam conseguido se arrastar até aquele ponto. Um homem, um civil, a pouca distância dali, gritava e urrava de dor. Turner levantou e se afastou mais um pouco. Toda aquela folhagem nova só lhe evocava a ideia de água. O ataque prosseguia na estrada e na vila. Turner afastou as folhas mortas e, com a ajuda do capacete, começou a cavar. A terra estava úmida, mas não aflorava água no buraco que ele abriu, nem mesmo quando chegou a meio metro de profundidade. Assim, sentou e ficou pensando em água e tentando limpar a língua contra a manga da túnica. Sempre que um Stuka mergulhava, era impossível não retesar os músculos e se encolher, embora a cada vez ele pensasse que não teria forças para isso. Já no final, vieram metralhar o bosque, mas não conseguiram nada. Folhas e galhos despencaram das copas. Por fim os aviões foram embora, e, no silêncio imenso que se instaurou sobre os campos, as árvores e a vila, não se ouvia nem sequer pássaros cantando. Depois de algum tempo, dos lados da estrada veio o sinal que indicava o fim do bombardeio. Mas ninguém se mexeu. Ele se lembrava disso da última vez. Todos estavam aparvalhados demais, estavam em estado de choque após presenciarem tantos episódios de terror. Todo voo rasante fazia com que cada homem, encurralado e apavorado, enfrentasse sua própria execução. Quando tal não acontecia, era necessário passar por toda a agonia outra vez, e o medo não diminuía. Para os vivos, o final de um ataque aéreo era a paralisia do choque, de uma sucessão de choques. Os sargentos e oficiais subalternos gritavam e chutavam os homens para que todos levantassem, mas eles estavam esgotados e, por um bom tempo, inutilizados como soldados.

Assim, Turner ficou parado, aparvalhado, como todos os outros, tal como na primeira vez, perto da vila cujo nome ele nem mesmo lembrava. Aquelas vilas francesas com nomes belgas. Quando ele se separou de sua unidade e, pior ainda para um infante, perdeu seu fuzil. Quantos dias? Não havia como saber. Examinou o revólver, entupido de terra. Retirou a munição e jogou a arma no meio do mato. Depois de algum tempo, ouviu um som atrás dele, e uma mão pousou em seu ombro.

"Toma aí. Cortesia do 19º regimento de infantaria."

O cabo Mace entregava-lhe o cantil de algum soldado morto. Como estava quase cheio, ele usou o primeiro gole para limpar a boca, mas aquilo era um desperdício. Engoliu a terra junto com a água.

"Mace, você é um anjo."

O cabo estendeu a mão e ajudou-o a se levantar. "Temos que cair fora. Estão dizendo que esses merdas desses belgas se foderam. Capaz de a gente não poder ir pro leste. Ainda tem muito chão pela frente."

Enquanto voltavam pelo campo, Nettle juntou-se a eles. Trazia uma garrafa de vinho e uma barra Amo, e as duas foram passadas de mão em mão.

"Excelente buquê", disse Turner depois de beber um bom gole.

"Francês morto."

O fazendeiro e seu collie estavam de novo atrás do arado. Os três soldados se aproximaram da cratera, onde o cheiro de cordite era forte. O buraco era um cone invertido perfeitamente simétrico, a superfície uniforme como se peneirada e alisada. Não havia nenhum vestígio humano, nenhum fiapo de roupa, nenhum fragmento de couro de sapato. Mãe e filho haviam evaporado. Turner parou para absorver esse fato, mas os cabos estavam com pressa e o impeliram para a frente; logo se juntaram aos sobreviventes na estrada. Agora era mais fácil. Só voltaria a haver tráfego quando os sapadores trouxessem suas máquinas de terraplenagem para a vila. À frente, a nuvem de óleo se elevava sobre a paisagem como um pai zangado. Bombardeiros voavam bem alto, um fluxo constante nos dois sentidos, indo e voltando de seus alvos. Ocorreu a Turner que talvez ele estivesse caminhando em direção a um massacre. Mas todos estavam indo para lá, e ele não imaginava nenhuma outra opção. A rota se desviava agora da nuvem, seguindo para a direita dela, para leste de Dunquerque, em direção à fronteira belga.

"Bray Dunes", disse ele, lembrando-se do nome que vira no mapa.

Disse Nettle: "Gosto desse som".

Passaram por homens que mal conseguiam caminhar, de tantas bolhas que tinham nos pés. Alguns iam descalços. Um soldado com o peito ferido seguia num velho carrinho de bebê empurrado por seus companheiros. Um sargento guiava um cavalo sobre o qual ia, amarrado por pés e mãos, um oficial, desacordado ou morto. Alguns soldados seguiam de bicicleta; a maioria avançava a pé, em grupos de dois ou três. Um estafeta da Highland Light Infantry passou numa Harley-Davidson. Suas pernas ensanguentadas pendiam inúteis, e era o carona, com curativos pesados nos braços, que acionava os pedais. Por toda parte havia capotes abandonados por causa do calor. Turner já havia convencido os cabos a não fazer o mesmo com seus agasalhos.

Estavam caminhando havia uma hora quando ouviram atrás deles um ruído ritmado, como se fosse um relógio gigantesco a fazer tique-taque. Viraram-se para trás. À primeira vista, tinha-se a impressão de que uma enorme porta horizontal estava se deslocando pela estrada em direção a eles. Era um pelotão da Welsh Guard em bom estado, fuzis ao ombro, comandado por um segundo-tenente. Vinham em marcha forçada, olhando fixamente para a frente, levantando bem os braços. Os remanescentes da retirada se afastaram para os lados para deixá-los passar. Apesar da atmosfera de cinismo, ninguém se arriscou a gritar um gracejo. Aquela demonstração de disciplina e coesão os envergonhava. Foi um alívio quando o pelotão desapareceu na distância e os outros puderam retomar sua caminhada introspectiva.

A cena era familiar; os objetos, os mesmos de sempre, só que agora tudo era mais numeroso: veículos, crateras de bombas, detritos. Havia mais cadáveres também. Ele seguia pela terra até... o gosto do mar chegou-lhe, trazido por uma brisa pelos campos pantanosos. O fluxo unidirecional de pessoas movidas por um mesmo objetivo, o tráfego ininterrupto de aviões arrogantes, a nuvem imensa que assinalava o lugar para o qual seguiam, tudo isso tinha o efeito de fazer com que seu cérebro exausto, porém febril, relembrasse certo episódio animado da infância, esquecido havia muito tempo — uma quermesse ou um evento esportivo para onde todos convergiam. Havia uma lembrança que ele não conseguia localizar no tempo, ele sentado nos ombros do pai, subindo uma ladeira, rumo a uma grande atração, alguma coisa muito empolgante. Sentia falta daqueles ombros agora. Seu pai desaparecido lhe deixara poucas lembranças. Um lenço de pescoço, um certo cheiro, um vulto apenas esboçado de uma presença calada e irritadiça. Teria ele conseguido escapar do serviço militar na Grande Guerra, ou teria morrido em algum lugar perto dali, sob um nome falso? Talvez houvesse sobrevivido. Grace tinha certeza de que ele era covarde demais, desonesto demais, para se alistar, mas ela tinha lá suas razões para estar ressentida. Quase todo homem ali tinha um pai que se lembrava do Norte da França, ou que fora enterrado ali. Ele queria um pai assim, morto ou vivo. Muitos anos atrás, no tempo antes da guerra, antes de Wandsworth, ele se deliciava com sua liberdade de criar uma vida para si, de projetar sua própria trajetória apenas com o auxílio distante de Jack Tallis. Agora se dava conta de que era apenas uma ilusão presunçosa. Não ter raízes era não ter nada. Queria um pai, e pelo mesmo motivo queria se tornar pai. Era bem comum, ver tanta morte e querer um filho. Comum, portanto humano, e isso o fazia desejar com mais força ainda. Quando os feridos gritavam, ele sonhava em dividir uma casinha em algum lugar, uma vida bem comum, uma família, relações com um mundo. À sua volta, homens caminhavam em silêncio, imersos em seus próprios pensamentos, reformulando suas vidas, tomando decisões. Se algum dia eu conseguir escapar desta... Seria impossível contá-los, todos aqueles filhos sonhados, mentalmente concebidos na caminhada em direção a Dunquerque, e posteriormente realizados. E ele encontraria Cecilia. O endereço dela estava na carta guardada em seu bolso, junto com o poema. *No seco deserto do coração / Súbita jorre a fonte do perdão*. Ele também encontraria seu pai. Eles sabiam encontrar pessoas desaparecidas, o Exército da Salvação. Um nome perfeito. Ele encontraria o pai, ou descobriria a história do pai morto — fosse como fosse, haveria de se tornar filho de seu pai.

Caminharam a tarde toda até que por fim, um quilômetro e meio adiante, onde a fumaça amarelenta subia em nuvens espessas dos campos ao redor, viram a ponte sobre o canal de Bergues-Furnes. Não restava nada em pé, nem uma casa, nem um celeiro. Além da fumaça, um miasma de carne podre chegava às suas narinas — mais cavalos da cavalaria abatidos, centenas deles, amontoados num campo. Ao lado, uma montanha ardente de uniformes e cobertores. Um cabo corpulento destruía máquinas de escrever e mimeógrafos com uma marreta. Duas ambulâncias estavam estacionadas à beira-estrada, as portas de trás abertas. De dentro vinham os gemidos e gritos dos feridos. Um deles berrava repetidamente, com mais raiva do que dor: "Água, quero água!". Como todos os outros, Turner seguiu em frente.

* * *

A multidão começava a crescer outra vez. Logo antes da ponte sobre o canal havia uma encruzilhada, e vindo de Dunquerque, na estrada que margeava o canal, aproximava-se um comboio de caminhões de três toneladas, que a polícia militar tentava conduzir ao campo atrás da pilha de cavalos mortos. Porém os soldados que vinham a pé pela outra estrada obrigaram o comboio a parar. Os motoristas buzinavam incessantemente, gritando insultos. A multidão seguia em frente. Homens cansados de esperar saltavam das carrocerias dos caminhões. Ouviu-se um grito: "Procurar abrigo!". E, antes que alguém tivesse tempo de olhar a sua volta, a montanha de uniformes explodiu. Começou a nevar pedacinhos de sarja verde-oliva. A pouca distância, um destacamento de artilharia destruía com martelos os visores e blocos de culatra de suas armas. Um deles, Turner percebeu, chorava ao destroçar seu morteiro. Na entrada do campo, um capelão e seu assistente encharcavam de gasolina caixas cheias de livros de orações e bíblias. Homens atravessavam o campo em direção a um depósito de lixo das forças armadas britânicas em busca de cigarros e bebidas. Quando um gritava, dezenas de outros vinham da estrada se unir a eles. Um grupo, junto ao portão da fazenda, experimentava sapatos novos. Um soldado de boca cheia passou por Turner com uma caixa de marshmallows rosa e brancos. A cem metros dali, uma pilha de botas de cano alto e máscaras contra gases estava sendo incendiada, e uma fumaça ácida envolvia os homens que avançavam sobre a ponte. Por fim os caminhões conseguiram sair do lugar e entrar no campo maior, imediatamente ao sul do canal. A polícia militar organizava a operação, fazendo os veículos pararem em filas, como funcionários de um estacionamento público. Junto com os caminhões havia semitratores, motocicletas, carretas e trailers-cozinhas. O método de destruição era, como sempre, bem simples — dava-se um tiro no radiador e deixava-se o motor ligado até ele morrer.

A ponte estava ocupada pela Coldstream Guard. Dois ninhos de metralhadoras, instalados sobre sacos de areia, cobriam a entrada. Os homens, bem escanhoados, olhares fixos, manifestavam com seu silêncio o desprezo por aquela multidão imunda e desorganizada que passava a sua frente. Do outro lado do canal, pedras pintadas de branco, dispostas em intervalos regulares, assinalavam o caminho que levava a uma cabana utilizada como sala de ordens. Na margem oposta, para o leste e o oeste, a guarda estava solidamente estabelecida em suas posições. As casas que davam para o canal haviam sido requisitadas pelo exército; telhas tinham sido arrancadas do telhado e janelas foram transformadas em ninhos de metralhadoras. Um sargento feroz mantinha a ordem na ponte. Ele estava mandando um tenente de motocicleta fazer meia-volta. Era terminantemente proibido o uso de equipamentos e veículos na ponte. Também foi despachado um homem que levava um papagaio numa gaiola. Além disso, o sargento recrutava homens para funções de defesa do perímetro, e o fazia com muito mais autoridade do que o pobre major. Um destacamento cada vez maior aguardava em posição de descansar, com muita relutância, ao lado da sala de ordens. Turner viu o que estava acontecendo ao mesmo tempo que os cabos, quando ainda estavam a uma boa distância.

"Os filhos da puta vão pegar você, companheiro", disse Mace a Turner. "Soldado de infantaria é mesmo um fodido. Se você quer voltar pra sua mulher, fique aqui entre nós dois e comece a mancar."

Sentindo-se desonrado, mas não menos decidido, pôs um braço sobre o ombro de cada um dos cabos, e os três começaram a avançar.

"É o pé esquerdo, não esquece, chefe", disse Nettle. "Quer que eu enfie a minha baioneta no seu pé?"

"Muito obrigado. Acho que não precisa, não."

Turner deixou a cabeça cair para a frente enquanto cruzavam a ponte, de modo que não viu o olhar feroz do sargento, embora sentisse o calor que dele emanava. Ouviu a ordem gritada: "Ei, você aí!". Algum infeliz que vinha atrás dele foi escolhido para ajudar a deter o ataque final que certamente ocorreria dentro de dois ou três dias, enquanto os últimos remanescentes da British Expeditionary Force eram recolhidos nos navios. O que ele viu, ainda de cabeça baixa, foi uma barca negra comprida passando por debaixo da ponte, em direção a Furnes, na Bélgica. O barqueiro estava ao leme, fumando cachimbo, olhando com indiferença para a frente. Atrás dele, a quinze quilômetros dali, Dunquerque ardia. Na proa do barco, dois garotos se debruçavam sobre uma bicicleta de cabeça para baixo, talvez consertando um pneu furado. Num varal havia roupas penduradas para secar, entre elas algumas calcinhas de mulher. Um cheiro de cebola e alho vinha da barca. Turner e os cabos atravessaram a ponte e passaram pelas pedras caiadas, que os fizeram pensar no campo de treinamento e toda aquela disciplina absurda. Na sala de ordens um telefone tocava.

Murmurou Mace: "É bom você continuar mancando até a gente sumir daqui".

Mas a terra se estendia plana por quilômetros, e não havia como saber para que lado o sargento poderia estar olhando — e eles não queriam virar para trás para saber. Depois de caminharem meia hora, sentaram-se numa plantadeira enferrujada e ficaram vendo o exército derrotado passar. A ideia era se juntar a um grupo totalmente novo para que a súbita recuperação de Turner não fosse percebida por algum oficial. Muitos dos homens que passavam se mostravam irritados por não encontrar a praia logo depois do canal. Pareciam pensar que aquilo era um erro de planejamento. Turner sabia, com base no mapa, que havia ainda pela frente mais onze quilômetros, e quando recomeçaram a caminhada foi esse o trecho mais difícil, mais inóspito que percorreram todo aquele dia. A terra ampla e nua lhes negava qualquer sensação de avanço. Embora o sol já começasse a descer por trás da parte mais baixa da nuvem de óleo, fazia mais calor do que nunca. Viam aviões sobrevoando o porto e lançando bombas do alto. Pior ainda, havia ataques de Stuka exatamente na praia para a qual estavam seguindo. Passavam pelos feridos que não conseguiam andar mais. Sentados à beira da estrada, como mendigos, pediam ajuda ou um pouco de água. Outros estavam deitados ao lado da vala, desmaiados ou tomados pelo desespero. Certamente viriam com ambulâncias do perímetro de defesa, cobrindo regularmente o caminho até a praia. Se havia tempo para caiar as pedras, teria de haver tempo para fazer isso. Nada de água. O vinho acabara e agora a sede era maior ainda. Não possuíam remédios. O que se esperava que eles fizessem? Que carregassem uma dúzia de homens nas costas quando eles próprios mal podiam caminhar?

Num súbito acesso de raiva, o cabo Nettle sentou na estrada, tirou as botas e jogou-as num campo. Disse que odiava aquelas botas, odiava-as mais do que a todos os putos dos alemães juntos. E suas bolhas o incomodavam tanto que era melhor andar sem as porras das botas.

"Ainda estamos muito longe da Inglaterra para você seguir só de meias", disse Turner. Sentia-se estranhamente zonzo enquanto procurava as botas no campo. Foi fácil achar o primeiro pé, mas o segundo levou algum tempo. Por fim encontrou-o no capim perto de uma massa negra peluda que parecia, quando ele se aproximou, estar se mexendo ou pulsando. De repente um enxame de varejeiras subiu no ar, com um zumbido furioso, revelando o cadáver apodrecido em que estavam pousadas. Turner prendeu a respiração e pegou a bota; enquanto se afastava com passos rápidos, as moscas foram pousando outra vez, e fez-se o silêncio.

Após alguma insistência, conseguiram convencer Nettle a pegar as botas, amarrá-las pelos cadarços e levá-las penduradas no pescoço. Mas ele só faria aquilo, afirmou, porque Turner estava-lhe pedindo.

Era nos momentos de clareza mental que ele se sentia perturbado. Não era a ferida, embora ela doesse com cada passo que ele dava, nem tampouco os bombardeiros que sobrevoavam em círculos a praia alguns quilômetros ao norte. Era sua cabeça. Periodicamente, alguma coisa lhe escapava. Algum princípio cotidiano de continuidade — o elemento prosaico que lhe dizia em que ponto de sua própria narrativa estava — perdia força, mergulhando-o num sonho acordado em que havia pensamentos, porém não a consciência de quem os pensava. Não havia responsabilidade, nem lembrança das horas anteriores, nem ideia do que ele estava fazendo, aonde estava indo, qual era seu plano. E não havia também nenhuma curiosidade a respeito dessas questões. Então ele se percebia dominado por certezas ilógicas.

Turner encontrava-se nesse estado quando chegaram aos limites do balneário após três horas de caminhada. Seguiam por uma rua coberta de cacos de vidro e telhas quebradas, onde crianças brincavam e viam os soldados passar. Nettle havia recolocado as botas, porém não amarrara os cadarços, que se estendiam soltos. De repente, como um boneco que pula de dentro de uma caixa, um tenente do Dorsetshire Regiment emergiu do porão de um prédio municipal que fora requisitado para servir de quartel-general. Veio se aproximando todo expedito, com uma pasta importante debaixo do braço. Quando parou diante deles, os três bateram continência. Escandalizado, o tenente mandou o cabo amarrar a bota imediatamente, senão seria punido.

Enquanto o cabo se ajoelhava para obedecer, o oficial — um homem ossudo, de ombros arredondados, com um bigodinho avermelhado e uma cara de quem jamais enfrentara outra coisa que não uma escrivaninha — disse: "É vergonhoso".

Na liberdade lúcida de seu estado onírico, a intenção de Turner era dar um tiro no peito do oficial. Seria o melhor para todos. Nem valia a pena discutir a questão antes. Tentou sacar a arma, mas arma não havia mais — ele não se lembrava mais onde a perdera —, e o tenente já estava se afastando.

Após alguns minutos caminhando sobre os cacos de vidro, fez-se silêncio sob as suas botas no ponto em que a estrada terminava na areia fina. Quando seguiram por um intervalo entre as dunas, ouviram as ondas e sentiram um gosto de sal antes de ver o mar. O sabor das férias. Desviaram-se do caminho e subiram a duna coberta de mato até o alto, onde permaneceram em silêncio por vários minutos. A brisa úmida que vinha da Mancha restituiu a clareza mental de Turner. Talvez o problema fosse apenas consequência de sua temperatura estar subindo e descendo periodicamente.

Ele pensava não ter mais nenhuma esperança — até o momento em que viu a praia. Havia imaginado que a maldita mentalidade militar, que caiava pedras enquanto aguardava o aniquilamento, também ali haveria de prevalecer. Tentou impor uma ordem à movimentação aleatória que viu diante de si, e quase conseguiu: centros de planejamento, suboficiais sentados diante de escrivaninhas improvisadas, carimbos e pastas, filas para embarcação demarcadas por cordas; sargentos gritando ordens, filas lerdas em torno de cantinas móveis. Em suma, o fim de toda e qualquer iniciativa individual. Sem se dar conta do fato, era em direção a essa praia que ele vinha caminhando todos aqueles dias. Porém a praia em si, aquela que ele e os cabos viam agora, não passava de uma variação em torno de tudo o que ocorrera antes: houve uma debandada, e aquilo era o fim da linha. Agora que tinham a cena diante de seus olhos, tudo estava bem claro — era isso que acontecia quando uma retirada caótica não podia ir adiante. Bastou um momento para se ajustarem. Turner via milhares de homens, dez, vinte mil, talvez mais, espalhados pela imensidão da praia. Vistos de longe, eram como grãos de areia negra. Mas não havia navio, apenas um único baleeiro soçobrado, ao sabor das ondas distantes. A maré estava baixa, e a faixa de areia se estendia por mais de um quilômetro. Não havia navios perto do longo cais. Turner piscou e olhou de novo. O cais era composto de homens, uma longa fileira, seis ou oito homens de espessura, com água até os joelhos, até a cintura, até os ombros, estendendo-se por quinhentos metros pelas águas rasas. Eles esperavam, porém não havia nada à vista, nada além daquelas manchas no horizonte — navios em chamas, bombardeados por aviões. Não havia nada que pudesse chegar à praia nas próximas horas. Mas os soldados permaneciam ali, enfrentando o horizonte, com seus capacetes de metal, os fuzis levantados acima do nível da água. Vistos daquela distância, pareciam tranquilos como bois.

E aqueles homens eram apenas uma pequena proporção do total. A maioria deles permanecia na praia, andando de um lado para outro, à toa. Pequenos grupos haviam se formado em torno dos feridos vitimados pelo último ataque dos Stukas. Meia dúzia de cavalos da artilharia galopavam juntos à beira-mar, tão à toa quanto os homens. Alguns soldados tentavam desvirar o baleeiro. Alguns haviam se despido para nadar. Para o leste, um grupo jogava futebol, e da mesma direção vinha o som débil de um hino de igreja cantado em uníssono, depois morrendo aos poucos. Atrás dos jogadores de futebol via-se o único sinal de atividade oficial. Na praia, caminhões estavam sendo alinhados e amarrados para formar um cais improvisado. Outros caminhões estavam sendo trazidos. Mais adiante, soldados cavavam a areia com os capacetes para fazer trincheiras individuais. Nas dunas, perto do lugar onde estavam Turner e os cabos, já havia homens instalados nos buracos que haviam cavado, olhando para fora, muito bem acomodados, donos do lugar. Como marmotas, pensou ele. Porém em sua maioria os soldados perambulavam a esmo pela areia, como aldeãos italianos passeando à tardinha. Não viam nenhum motivo imediato para entrar na fila enorme, porém não queriam se afastar da praia porque a qualquer momento poderia surgir um navio.

À esquerda ficava o balneário de Bray, uma fileira de fachadas alegres de cafés e lojinhas que, numa temporada normal, estariam alugando cadeiras de praia e bicicletas. Num parque circular com um gramado bem cuidado havia um coreto e um roda-roda pintado de vermelho, branco e azul. Ali um outro grupo, mais despreocupado, havia se instalado. Os soldados tinham aberto os cafés e estavam se embriagando nas mesas dispostas na calçada, gritando e rindo. Outros andavam de bicicleta pela pista suja de vômito. Uma colônia de bêbados se espalhava pelo gramado junto ao coreto, adormecidos. Sozinho, de cueca, um homem pegava sol, deitado de bruços sobre uma toalha; tinha manchas vermelhas nos ombros e nas pernas — sua pele era rosada e branca como um sorvete de creme com morango.

Não era difícil escolher entre esses círculos de sofrimento — o mar, a praia, o front. Os cabos já estavam se afastando. O fator decisivo foi a sede. Encontraram um caminho no lado das dunas voltado para a terra, e logo estavam atravessando um gramado cheio de areia e garrafas quebradas. Enquanto caminhavam por entre as mesas barulhentas, Turner viu um grupo de marinheiros se aproximando e parou para observá-los. Eram cinco — dois oficiais, três marinheiros —, com uniformes reluzentes em branco, azul e dourado. Nenhuma concessão à camuflagem. Empertigados e severos, com revólveres presos aos cintos, caminhavam com uma autoridade tranquila em meio à massa de homens com escuros uniformes de batalha e rostos sujos, olhando para um lado e para o outro, como se estivessem contando. Um dos oficiais tomava notas numa prancheta. Seguiram em direção à praia. Com uma sensação infantil de estar sendo abandonado, Turner ficou olhando até perdê-los de vista.

Foi atrás de Mace e Nettle, penetrando o barulho e a fumaça fedorenta do primeiro bar da orla. Duas malas abertas sobre o balcão estavam cheias de cigarros — mas não havia nada para beber. As prateleiras atrás do espelho trabalhado estavam vazias. Quando Nettle abaixou-se atrás do balcão para ver se havia alguma coisa, houve risos. Todos os que entravam faziam o mesmo. As bebidas já tinham sido consumidas havia muito tempo pelos beberrões do lado de fora. Turner abriu caminho em meio à multidão e chegou à pequena cozinha nos fundos. Estava tudo destruído, as torneiras estavam secas. Lá fora havia um mictório e pilhas de engradados de vasilhames. Um cachorro tentava enfiar a língua dentro de uma lata de sardinhas vazia, empurrando-a pelo chão de concreto. Turner voltou para a algazarra do salão principal. Não havia eletricidade, apenas uma luz natural pardacenta, como que manchada de cerveja. Nada para beber, porém o bar continuava cheio. Os homens entravam e se decepcionavam; no entanto ficavam, mantidos ali pelos cigarros de graça e pelos sinais ainda recentes da presença de bebida. Na parede estavam vazios os dosadores, de onde tinham sido arrancadas as garrafas de cabeça para baixo. Um cheiro adocicado de álcool subia do chão de cimento grudento. O barulho, a presença de tantos homens amontoados, o cheiro de cigarro no ar, tudo isso matava a saudade de uma noite de sábado no botequim. Ali era a Mile End Road, a Sauchiehall Street e todos os outros lugares compreendidos entre os dois extremos.

Turner ficou parado no meio do barulho sem saber o que fazer. Seria necessário muito esforço para sair daquela multidão. Na véspera alguns navios haviam partido, era o que ele podia concluir com base num fragmento de conversa, e talvez no dia seguinte viessem outros. Levantou-se na ponta dos pés junto à porta da cozinha e fez um sinal de "nada feito" para os cabos, que olhavam para ele do outro lado da multidão. Nettle inclinou a cabeça em direção à porta, e começaram a convergir para ela. Uma bebida agora teria sido ótimo, mas o que mais os interessava no momento era água. Só era possível avançar muito devagar em meio a tantos corpos comprimidos, e então, justamente quando eles convergiram, o caminho para a porta estava bloqueado por uma muralha densa de homens de costas, reunidos em torno de alguém.

Certamente era um homem baixo — teria menos de um metro e sessenta e cinco —, e dele Turner só enxergava um pedaço da cabeça, vista de trás.

Alguém disse: "É melhor você responder à pergunta, seu merdinha".

"Então faz a pergunta."

"Está bem, seu aviador veado. Onde você estava?"

"Onde você estava quando mataram o meu companheiro?"

Uma cusparada atingiu a cabeça do homem e caiu atrás de sua orelha. Turner andou para o lado para observar melhor. Viu em primeiro lugar uma túnica cinza-azulada, e depois um rosto mudo de pavor. Era um sujeito pequeno e musculoso, com óculos de lentes grossas e sujas que agora tinham o efeito de amplificar seu olhar apavorado. Parecia um arquivista, ou telefonista, talvez de um quartel-general que já não existia havia um bom tempo. Porém era da Royal Air Force, e os soldados o julgavam responsável. Virou-se devagar, olhando para o círculo de interrogadores. Não tinha respostas para suas perguntas, não fez nenhuma tentativa de negar sua responsabilidade pela ausência de Spitfires e Hurricanes no espaço aéreo da praia. A mão direita apertava o quepe com tanta força que os dedos tremiam. Um artilheiro parado ao lado da porta empurrou-o com força por trás, jogando-o contra o peito de um soldado que o mandou de volta com um soco de leve na cabeça. A plateia aprovou. Todos haviam sofrido, e agora alguém ia pagar.

"Então, cadê a RAF?"

Uma mão se destacou e acertou um tapa no rosto do homem, jogando seus óculos no chão. O som do tabefe foi nítido como uma chicotada. Era o sinal para que tivesse início uma nova etapa, um novo nível de envolvimento. Os olhos do homem, desprovidos das lentes, reduziram-se a pequenos pontinhos nervosos quando ele se abaixou para tatear ao redor de seus pés. Foi um erro. Um chute dado com uma bota militar de bico de aço acertou-o nas nádegas, fazendo com que ele subisse alguns centímetros. Houve risadas. A sensação de que alguma coisa gostosa ia acontecer se espalhava pelo bar e atraía mais soldados para dentro. À medida que a multidão aumentava em torno do círculo, todo e qualquer remanescente de senso de responsabilidade individual se extinguia. Uma atmosfera de ousadia arrogante se espalhava. Gritos de aprovação soaram quando alguém apagou o cigarro na cabeça do homem. Ele emitiu um grito cômico, o que provocou gargalhadas. Todos o odiavam, e ele merecia o que quer que lhe acontecesse. Era por culpa dele que a Luftwaffe dominava os ares; ele era responsável por todos os ataques de Stuka, por todos os amigos mortos. Aquele corpo mirrado continha a causa da derrota de um exército. Turner pensou que não poderia fazer nada para ajudá-lo sem se arriscar a ser linchado também. Mas era impossível não fazer nada. Participar seria melhor do que não agir. Dominado por uma excitação desagradável, foi avançando. Agora um homem com sotaque galês era quem perguntava:

"Cadê a RAF?"

Era estranho o homem não gritar por socorro, nem implorar, nem afirmar sua inocência. Seu silêncio parecia uma forma de consentimento. Seria idiota a ponto de não perceber que corria o risco de morrer? Ao menos tivera a sensatez de guardar os óculos no bolso. Sem os óculos, seu rosto ficava vazio. Como uma toupeira à luz do dia, olhava para os que o atormentavam a sua volta, sem enxergar, os lábios entreabertos, mais por incredulidade do que por estar prestes a dizer alguma coisa. Como não viu o soco tomar forma, recebeu-o bem no meio da cara, sem tentar se esquivar. Pela primeira vez, um soco dado com um punho cerrado. Enquanto sua cabeça era jogada para trás, uma outra bota acertou-lhe a canela; houve gritos de estímulo, até mesmo um ensaio de aplauso, como se estivessem assistindo a uma luta livre numa arena. Seria loucura defender o homem, seria repugnante não defendê-lo. Ao mesmo tempo, Turner compreendia a atmosfera de entusiasmo que se apossara da multidão e a possibilidade insidiosa de que ele também fosse envolvido por ela. Ele próprio poderia fazer alguma barbaridade com sua faca e conquistar a estima de cem homens. Para afastar esse pensamento, obrigou-se a contar os dois ou três soldados naquele círculo que lhe pareciam maiores ou mais fortes do que ele. Porém o verdadeiro perigo vinha da multidão em si, de sua certeza de que estava cheia de razão. Ela não aceitaria que lhe negassem aquele prazer.

Na situação a que se chegara, o próximo golpe só mereceria a aprovação geral se fosse engenhoso ou engraçado. Havia no ar uma ansiedade de ser criativo para agradar. Ninguém queria fazer soar uma nota destoante. Por alguns segundos, essas condições tolheram os homens. E em algum momento, em breve — Turner sabia disso com base em sua experiência da cadeia —, o golpe único se transformaria numa cascata. Então não haveria como voltar atrás, e para o homem da RAF só um fim seria possível. Uma mancha rosada se formara em seu malar direito. Ele havia recolhido os punhos sob o queixo — ainda estava agarrando o quepe —, e seus ombros estavam curvos. Podia ser uma atitude de defesa, mas era também um gesto de fraqueza e submissão que inevitavelmente provocaria violências maiores. Se ele dissesse alguma coisa, o que quer que fosse, talvez os soldados que o cercavam se dessem conta de que era um homem, não um coelho a ser esfolado. O galês que havia falado era um indivíduo baixo e atarracado, da equipe de sapa. Ele exibiu um cinto de lona, perguntando:

"O que vocês acham, hein, pessoal?"

Aquele tom preciso e insinuante sugeria horrores que Turner não conseguiu apreender de imediato. Agora era sua única chance de agir. Enquanto seu olhar procurava os cabos, ouviu-se um rugido vindo de perto, como de um touro ferido. A multidão se desequilibrou enquanto Mace a atravessava para chegar até o círculo interior. Com um uivo enlouquecido, como o Tarzan de Johnny Weissmuller, ele agarrou o homem da RAF por detrás, levantando-o a meio metro do chão, e começou a sacudir a criatura apavorada de um lado para o outro. Os homens gritavam, assobiavam, batiam o pé como caubóis.

"Eu sei o que eu quero fazer com ele", gritou Mace. "Quero afogar esse puto no mar!"

Em resposta, a multidão voltou a gritar e bater os pés. Nettle de repente estava do lado de Turner, e os dois se entreolharam. Entenderam o que Mace ia fazer e começaram a se deslocar em direção à porta, sabendo que teriam de ser rápidos. Nem todos eram a favor de afogar a vítima. Até mesmo no frenesi do momento, alguns se lembraram de que a maré estava baixa e que seria preciso caminhar mais de um quilômetro pela areia. O galês, em particular, parecia frustrado. Continuava a exibir o cinto e a gritar. Ouviam-se vaias além de gritos de aprovação. Ainda levantando o homem, Mace correu em direção à porta. Turner e Nettle seguiam à sua frente, abrindo alas. Quando chegaram à entrada — por sorte, uma porta que só dava passagem a uma pessoa de cada vez —, deixaram Mace sair e depois bloquearam o vão, ombro a ombro, embora sem dar a entender que era isso que faziam, pois gritavam e sacudiam os punhos como os outros. Sentiram contra suas costas uma massa humana colossal, atiçada, e só conseguiram resistir por alguns segundos. Mas foi tempo suficiente para Mace correr não em direção ao mar, e sim para a esquerda, depois para a esquerda outra vez, subindo uma rua estreita e curva que passava pelos fundos das lojas e dos cafés e se afastava da praia.

A multidão exultante saiu do bar numa explosão, como champanhe de uma garrafa, empurrando Turner e Nettle para o lado. Alguém julgou ver Mace na areia, e por meio minuto a multidão foi para lá. Quando constataram o engano e começaram a voltar, não havia sinal de Mace nem do aviador. Também Turner e Nettle já haviam sumido.

A praia imensa, os milhares de homens que nela aguardavam e o mar sem qualquer navio fizeram com que os *tommies* caíssem de volta na realidade. Emergiram de um sonho. Para o leste, onde já começava a chegar a noite, a linha do perímetro estava sob fogo cerrado de artilharia. O inimigo se aproximava, e a Inglaterra estava bem longe. Na penumbra cada vez mais densa, não restava muito tempo para encontrar um lugar onde dormir. Um vento frio vinha da Mancha, e os capotes haviam sido abandonados em estradas distantes. A multidão começou a se dispersar. O homem da RAF foi esquecido.

Turner tinha a impressão de que ele e Nettle haviam saído em busca de Mace e depois o esqueceram. Perambularam pelas ruas por um tempo, querendo dar-lhe os parabéns por aquela salvação e rir junto com ele. Turner não sabia como ele e Nettle haviam chegado àquela rua estreita. Não se lembrava de nenhum intervalo de tempo anterior, não sentia cansaço nos pés — no entanto, lá estava ele, dirigindo-se da maneira mais cortês a uma senhora de idade parada à porta de uma casa de fachada lisa, igual às outras do quarteirão. Quando falou em água, ela o olhou desconfiada, como se soubesse que ele queria algo mais do que água. Era uma mulher ainda bonitona, de pele morena, expressão orgulhosa, nariz longo e reto; usava um lenço florido amarrado no cabelo grisalho. Turner compreendeu na mesma hora que era cigana, que não se deixara enganar pelo fato de que ele falava francês. A mulher encarou-o e viu seus defeitos, e percebeu que ele já estivera preso. Então olhou com repulsa para Nettle e por fim apontou para a rua, onde um porco fuçava a sarjeta.

"Traga ela de volta", disse, "que eu vejo o que posso dar a vocês."

"Ora, vá se foder", reagiu Nettle quando Turner traduziu as palavras da mulher. "A gente só está pedindo a porra de um copo d'água. A gente entra e pega na marra."

Porém Turner, sentindo que uma irrealidade bem conhecida começava a se instaurar, não podia ignorar a possibilidade de que a mulher possuísse certos poderes. No lusco-fusco, o espaço acima da cabeça da velha pulsava ao ritmo de seu coração. Ele procurou o ombro de Nettle para equilibrar-se. A mulher estava lhe impondo um teste que ele era experimentado demais, cauteloso demais, para recusar. Era macaco velho. Já tão perto de casa, não ia cair em nenhuma armadilha. Melhor ter cuidado.

"A gente pega o porco", disse ele a Nettle. "É coisa de um minuto."

Nettle já estava bastante acostumado a seguir as sugestões de Turner, pois eram normalmente sensatas, mas, enquanto caminhavam pela rua, ele murmurou: "Você está meio esquisito, chefe".

As bolhas nos pés tolhiam os movimentos de ambos. A porca era jovem e rápida, e ciosa de sua liberdade. E Nettle tinha medo dela. Quando a encurralaram na frente de uma loja, a porca correu em direção ao cabo e ele pulou para o lado, com um grito que não era inteiramente de brincadeira. Turner recorreu à mulher para pedir uma corda, mas ninguém veio à porta, e ele não tinha certeza se era mesmo aquela casa. Mas agora tinha certeza de que, se não conseguissem capturar a porca, jamais voltariam para a Inglaterra. Estava febril de novo, ele sabia, mas nem por isso sua ideia parecia falsa. A porca era o sinal do sucesso. Quando menino, Turner uma vez tentara se convencer de que era uma bobagem tentar impedir a morte súbita de sua mãe evitando pisar nas rachaduras do cimento perto do playground da escola. Porém nunca pisara nelas, e sua mãe não morrera.

Quando voltaram a subir a rua, a porca continuava além de seu alcance.

"Foda-se", disse Nettle. "A gente tem mais o que fazer."

Mas não havia escolha. De um poste telegráfico caído, Turner arrancou um pedaço de fio e com ele fez um laço. Estavam perseguindo a porca por uma rua já nos limites do balneário, onde havia pequenos jardins cercados à frente dos bangalôs. Abriram todos os portões dos dois lados da rua. Então pegaram um desvio por uma transversal de modo a chegar à porca por trás e fazê-la correr de volta pelo caminho por onde ela viera. E deu certo: logo ela entrou num jardim e começou a fuçar a terra. Turner fechou o portão e, debruçado sobre a cerca, laçou a cabeça do animal.

Os dois precisaram de todas as suas forças para arrastar a porca relutante de volta para casa. Por sorte Nettle sabia onde ela morava. Quando por fim a criatura foi recolocada na minúscula pocilga nos fundos da casa, a velha trouxe duas jarras de pedra cheias de água. Observados por ela, os dois bebiam em pé, num êxtase, na pequena área junto à porta da cozinha. Mesmo quando seus ventres pareciam a ponto de estourar, suas bocas ainda pediam mais, e eles continuavam a beber. Então a mulher trouxe-lhes sabão, flanelas e duas tigelas esmaltadas para que se lavassem. O rosto quente de Turner deixou na água um tom marrom-escuro. Massas de sangue ressecado que estavam grudadas a seu lábio superior se destacaram inteiras. Quando terminou, ele sentia uma leveza agradável no ar a seu redor, que fluía com um toque sedoso por sua pele e lhe penetrava as narinas. Despejaram a água suja num canteiro de bocas-de-leão que, segundo Nettle, o deixava com saudades do jardim da casa de seus pais. A cigana encheu-lhes os cantis e entregou a cada um deles um litro de vinho tinto semidesarrolhado e um salaminho, que eles guardaram nos bornais. Quando estavam prestes a se despedir, ela teve ainda outra ideia e entrou em casa. Voltou com dois saquinhos de papel, contendo cada um meia dúzia de amêndoas açucaradas.

Trocaram um aperto de mãos solene.

"Não esqueceremos a sua bondade pelo resto das nossas vidas", disse Turner.

A mulher concordou com a cabeça, e ele entendeu que ela disse: "Minha porca sempre me lembrará de vocês". A severidade de sua expressão não se alterou, e não tinha como saber se havia insulto, humor ou uma mensagem oculta naquele comentário. Julgaria ela que eles não eram merecedores da sua bondade? Turner saiu da casa andando de costas, sem jeito, e quando já estavam na rua traduziu as palavras da mulher para Nettle. Este não teve dúvida:

"Ela mora sozinha e adora a porca. Está na cara. Ficou muito grata a nós." Então acrescentou, desconfiado: "Você está se sentindo bem, chefe?".

"Muitíssimo bem, obrigado."

Incomodados com as bolhas, seguiam mancando em direção à praia, pensando em encontrar Mace e compartilhar com ele a bebida e a comida. Mas, tendo capturado a porca, raciocinou Nettle, eles tinham direito a abrir uma garrafa agora. Sua confiança em Turner fora recuperada. Passavam a garrafa um para o outro enquanto caminhavam. Apesar de já estar quase escuro, ainda dava para ver a nuvem sombria pairando sobre Dunquerque. Na direção oposta, viam agora clarões de explosões. O ataque era contínuo no perímetro de defesa.

"Coitados daqueles fodidos", disse Nettle.

Turner sabia que ele se referia aos homens naquela sala de ordens improvisada. Disse: "Não vão conseguir se manter lá por muito tempo".

"Vamos ser invadidos."

"Por isso é bom a gente embarcar amanhã."

Agora que não tinham mais sede, pensavam no jantar. Turner imaginava uma sala tranquila e uma mesa quadrada coberta por uma toalha de guingão verde, com um daqueles lampiões a querosene de cerâmica que se usam na França, pendurado do teto por uma roldana. E pão, vinho, queijo e salaminho espalhados numa tábua.

Disse então: "Eu me pergunto se a praia seria o melhor lugar para jantar".

"Lá são capazes de roubar tudo o que a gente tem", disse Nettle.

"Acho que sei qual o melhor lugar pra nós."

Estavam de volta à rua atrás do bar. Quando olharam para o beco pelo qual haviam corrido antes, viram vultos em movimento, em silhueta na penumbra contra os restos de claridade do mar, e muito além deles, num dos lados, uma massa mais escura que talvez fossem soldados na praia ou a vegetação sobre as dunas ou até mesmo as próprias dunas. À luz do dia já não seria fácil encontrar Mace; agora era impossível. Assim, continuaram andando, procurando um lugar. Naquele trecho do balneário havia então centenas de soldados, muitos deles em grupos barulhentos que percorriam as ruas cantando e gritando. Nettle guardou a garrafa no bornal. Sentiam-se mais vulneráveis sem Mace.

Passaram por um hotel que havia sido bombardeado. Turner se perguntou se era mesmo num hotel que estava pensando. Nettle teve a ideia de pegar lá dentro colchões e roupas de cama. Entraram por um buraco na parede, foram avançando na escuridão às apalpadelas, passando por cima de entulho e vigas caídas, e encontraram uma escada. Mas dezenas de homens já haviam tido a mesma ideia. Havia até uma fila ao pé da escada, e soldados descendo, carregando pesados colchões de crina. No patamar superior — Turner e Nettle só viam botas e pernas andando com dificuldade de um lado para o outro —, uma briga se desenrolava, com gemidos e baques de punhos contra carne. Houve um grito súbito, e vários homens caíram para trás, rolando escada abaixo, sobre os que estavam no lance inferior. Alguns riram, outros xingaram; homens se levantavam apalpando pernas e braços. Um não se levantou e permaneceu caído sobre a escada, troncho, as pernas mais altas que a cabeça, gritando com uma voz rouca, quase inaudível, como se estivesse num pesadelo. Alguém acendeu um isqueiro junto a seu rosto e viu os dentes expostos, a espuma branca nos cantos da boca. Ele partiu a coluna, disse alguém; mas ninguém podia fazer nada, e agora havia homens passando por cima dele carregados de cobertores e almofadões, e outros disputavam a vez de subir.

Saíram do hotel e voltaram a andar em sentido contrário à praia, em direção à casa onde morava a velha com sua porca. A eletricidade, que vinha de Dunquerque, certamente teria sido cortada, mas pelas bordas de algumas janelas cobertas por cortinas espessas dava para ver o brilho amarelado da luz de velas e lampiões. Do outro lado da rua havia soldados batendo às portas, mas agora ninguém abria. Foi nesse momento que Turner resolveu descrever para Nettle o tipo de lugar que ele imaginava para jantar. Ia acrescentando detalhes para se tornar mais persuasivo, incluindo portas envidraçadas que davam para uma sacada de ferro batido na qual se enroscava uma velha glicínia, e uma vitrola sobre uma mesa redonda coberta por um pano de chenile verde, com um tapete persa jogado sobre uma chaise longue. Quanto mais avançava na descrição, mais se convencia de que aquela sala estava ali perto. Suas palavras tinham o efeito de materializá-la.

Nettle, os dentes incisivos apoiados no lábio inferior, com um ar simpático de roedor aparvalhado, deixou-o falar até o fim e disse: "Eu sabia. Eu sabia, porra".

Estavam parados diante de uma casa bombardeada cujo porão estava em parte exposto; parecia uma caverna gigantesca. Nettle agarrou-o pela túnica e o fez descer uma escada cheia de pedaços de tijolos. Cauteloso, ajudou-o a atravessar o porão escuro. Turner sabia que não era aquele o lugar, porém não conseguia resistir à determinação inusitada de Nettle. Surgiu um ponto de luz à frente, e depois outro, e mais um terceiro. Os cigarros dos homens que já estavam abrigados lá.

Disse uma voz: "Pô. Cai fora. Aqui já está cheio".

Nettle riscou um fósforo e o levantou. Encostados contra todas as paredes havia vários homens, sentados, em sua maioria dormindo. Uns poucos estavam deitados no meio do chão, mas ainda havia lugar, e, quando o fósforo apagou, Nettle pressionou os ombros de Turner para fazê-lo se sentar. Enquanto afastava as pedras do chão no lugar em que ia se acomodar, Turner sentiu a camisa encharcada. Talvez fosse sangue, ou algum outro fluido, mas no momento não sentia dor. Nettle dispôs o capote nos ombros do outro. Agora que seus pés estavam livres do peso, um êxtase de alívio espalhou-se por todo seu corpo, subindo a partir dos joelhos, e ele sentiu que não ia mais sair dali naquela noite, por mais que isso decepcionasse Nettle. O movimento rítmico da caminhada longuíssima então se transferira para o chão. Sentado na total escuridão, Turner sentia o assoalho balançar e inclinar-se sob ele. O problema agora era comer sem que os outros se jogassem sobre a comida. Sobreviver requeria egoísmo. Mas por ora permaneceu imóvel, a mente esvaziada. Depois de algum tempo, Nettle acordou-o com uma cutucada e pôs a garrafa de vinho nas suas mãos. Ele levou o gargalo à boca, inclinou a garrafa e bebeu. Alguém ouviu-o engolir.

"O que é isso que vocês têm aí?"

"Leite de ovelha", disse Nettle. "Ainda está quentinho. Toma um pouco."

Ouviu-se o som de alguém escarrando, e alguma coisa morna e gelatinosa caiu sobre as costas da mão de Turner. "Você é um porco."

Uma outra voz, mais ameaçadora, disse: "Cala a boca. Estou tentando dormir".

Movendo-se em silêncio, Nettle enfiou a mão em seu bornal, encontrou o salaminho, cortou-o em três e passou uma fatia a Turner junto com um pedaço de pão. Ele deitou-se no chão de concreto, cobriu a cabeça com o capote para não deixar escapar o cheiro de carne e o som de seus dentes mastigando, e então, na atmosfera abafada de seu próprio hálito, pedaços de tijolo e terra espetando-lhe o rosto, começou a fazer a melhor refeição de sua vida. De seu rosto vinha um cheiro de sabonete. Mordia o pão, que tinha gosto de lona, e dilacerava e chupava o salaminho. À medida que o alimento chegava ao estômago, um calor ia desabrochando em seu peito, alcançando a garganta. Ele havia passado a vida inteira caminhando por aquelas estradas, pensou. Quando fechava os olhos, via asfalto em movimento, e suas botas apareciam e desapareciam de seu campo de visão. Ainda mastigava quando sentiu que transpunha as fronteiras do sono, durante segundos intermináveis. Penetrou numa outra extensão de tempo, e agora, encostada em sua língua, havia uma amêndoa açucarada, cuja doçura pertencia a um outro mundo. Ouvia os homens queixando-se do frio do porão e regozijava-se por estar protegido pelo capote; sentia um orgulho paternal por ter impedido os cabos de jogar fora seus agasalhos.

Entrou um grupo de soldados procurando abrigo e riscando fósforos, tal como ele e Nettle haviam feito. Turner sentia hostilidade por aqueles homens, e seus sotaques do Sudoeste o irritavam. Como todos os outros ocupantes do porão, queria que fossem embora. Mas eles encontraram um lugar perto de seus pés. Turner sentiu um cheiro de conhaque, e sua má vontade intensificou-se ainda mais. Os homens fizeram barulho ao se ajeitar para dormir, e, quando uma voz veio de perto da parede e gritou "Seus caipiras de merda!", um dos recém-chegados partiu naquela direção, e por um momento pareceu que uma briga ia estourar. Porém a escuridão e os protestos exaustos dos que já estavam instalados tiveram o efeito de manter a paz.

Em pouco tempo não se ouvia nada além da respiração regular e dos roncos dos soldados. Turner continuava sentindo que o chão se inclinava, depois se movia no ritmo de uma caminhada, e mais uma vez não conseguia dormir por estar sob o impacto de impressões fortes, febril e exausto demais. Através do tecido da túnica, apalpou o maço de cartas. *Vou esperar por você. Volte.* As palavras tinham um sentido, porém não o comoviam agora. Era muito simples — uma pessoa esperando por outra era como uma operação aritmética, uma coisa tão desprovida de emoção quanto uma soma. Esperar. Simplesmente uma pessoa ficar sem fazer nada, durante algum tempo, enquanto outra se aproximava. Esperar era uma palavra pesada. Ele sentia a pressão dela, pesada como um capote. Todos naquele porão estavam esperando, todos na praia. Ela estava esperando, sim, mas e daí? Tentou fazer com que a voz dela pronunciasse aquelas palavras, porém só ouvia sua própria voz, um pouco mais baixa que as batidas de seu coração. Não conseguia nem sequer formar a imagem do rosto dela. Obrigou seus pensamentos a se dirigirem à nova situação, aquela que o tornaria feliz. Os detalhes complexos lhe escapavam, a sensação de urgência estava extinta. Briony mudaria seu depoimento, reescreveria o passado, e o culpado se tornaria inocente. Mas o que significava a culpa naqueles tempos? Era uma coisa barata. Todo mundo era culpado, e ninguém era. Ninguém seria redimido por uma mudança de depoimentos, pois não havia gente bastante, papel e tinta bastante, paciência e paz bastante, para registrar todos os depoimentos de todas as testemunhas e reunir todos os fatos. Também as testemunhas eram culpadas. Passamos o dia inteiro um testemunhando os crimes do outro. Você não matou ninguém hoje? Mas quantos você não deixou entregues à morte? Aqui no porão não vamos tocar no assunto. A gente dorme e a coisa passa, Briony. A amêndoa açucarada tinha gosto daquele nome, um nome que parecia tão antiquado, tão improvável que Turner chegou a pensar que talvez não se lembrasse dele direito. O nome de Cecilia também. Então ele nunca havia percebido como eram estranhos aqueles nomes? Até mesmo essa pergunta era difícil manter em mente por mais tempo. Ele tinha tanta coisa a terminar ali na França que o mais sensato seria adiar a partida para a Inglaterra, embora já estivesse de malas feitas, aquelas malas estranhas e pesadas. Ninguém as veria se ele as deixasse ali e voltasse. Bagagem invisível. Ele precisava retornar e pegar o menino na árvore. Já havia feito aquilo antes. Havia voltado aonde ninguém mais fora e encontrado os meninos sob uma árvore, e carregado Pierrot sobre os ombros e Jackson nos braços, e atravessado todo o parque. Tão pesados! Estava apaixonado por Cecilia, pelos gêmeos, pelo sucesso, pelo amanhecer e por aquela névoa estranha e luminosa. E como fora recebido! Agora já estava acostumado com esse tipo de coisa, isso que se via na beira de todas as estradas, mas naquele tempo, antes do endurecimento e do entorpecimento geral, quando ainda era uma novidade, quando tudo era novo, ele sentiu, e muito. Ficou comovido quando ela atravessou a pista de cascalho para falar com ele junto ao carro da polícia. *Ah, quando eu te amava, Eu era limpo e bravo.* Assim, ele voltaria pelo caminho por onde viera, atravessando os inóspitos pântanos drenados, passando pelo sargento feroz na ponte, pela vila bombardeada, pela estrada que se estendia como uma fita por tantos quilômetros de fazendas onduladas, atento para a pista à esquerda logo depois da vila, em frente à sapataria, e três quilômetros depois passaria pela cerca de arame farpado, atravessaria o bosque e os campos e dormiria na fazenda dos irmãos, e no dia seguinte, à luz amarelada da manhã, seguindo a agulha da bússola, cruzaria aquela terra gloriosa, com vales pequenos, riachos e enxames de abelhas, e subiria pelo caminho até chegar à cabana triste junto à estrada de ferro. E a árvore. Recolher da lama os pedaços de pano listrado queimado, os farrapos do pijama, e então pegá-lo na árvore, o pobre menino pálido, e lhe dar um enterro decente. Um menino bonito. Que os culpados enterrem os inocentes, e que ninguém mude o depoimento. E onde estava Mace, para ajudá-lo a cavar? Aquele urso corajoso, o cabo Mace. Mais uma coisa pelo meio, mais um motivo para não partir. Precisava encontrar Mace. Mas primeiro teria de percorrer todos aqueles quilômetros e voltar para o Norte, até o campo onde o fazendeiro e seu cão ainda caminhavam atrás do arado, e perguntar à mulher flamenga e a seu filho se eles o julgavam responsável por suas mortes. Pois às vezes a gente assume culpa demais, tem ataques orgulhosos de autopunição. Talvez ela dissesse não — em flamengo. Você tentou nos ajudar. Você não podia carregar-nos os dois. Você carregou os gêmeos, mas nós, não. Não, você não é culpado. Não.

Ouviu um cochicho e sentiu o calor de um hálito em seu rosto ardente. "Muito barulho, chefe."

Atrás da cabeça do cabo Nettle viu uma faixa larga de céu de um azul profundo e, traçado contra ele, em água-forte, a linha irregular e negra do teto destruído do porão.

"Barulho? O que é que eu estava fazendo?"

"Gritando 'não' e acordando todo mundo. Tem um pessoal aí que estava começando a se irritar."

Tentou levantar a cabeça e constatou que não conseguia. O cabo riscou um fósforo.

"Puta que o pariu. Você está com uma cara horrível. Vamos. Bebe."

Levantou a cabeça de Turner e levou o cantil a seus lábios.

A água tinha gosto de metal. Quando terminou, uma longa onda oceânica de exaustão começou a se quebrar sobre ele. Ele caminhara sobre a terra até cair no oceano. Para não assustar Nettle, tentou fingir que estava mais lúcido do que na verdade estava.

"Olha, resolvi ficar. Tem umas coisas que eu tenho que fazer."

Com a mão suja, Nettle enxugava a testa de Turner. Não entendia por que Nettle achava necessário colocar seu rosto, seu rosto de rato preocupado, tão perto do dele.

Dizia o cabo: "Chefe, você está me ouvindo? Está me escutando? Mais ou menos uma hora atrás eu saí pra dar uma mijada e adivinha o que eu vi. A marinha estava chegando pela estrada, chamando os oficiais. Eles estão se organizando na praia. Os navios estão voltando. Estamos indo pra casa, companheiro. Tem um tenente do East Kent Regiment que vai pôr a gente em forma às sete. Dorme mais um pouco e para com essa porra dessa gritaria".

Agora ele estava caindo, e dormir era o que ele queria, mil horas de sono. Era mais fácil. A água era horrível, mas ajudava, ela e também a notícia, e o sussurro tranquilizador de Nettle. Iam entrar em forma na estrada e depois marchariam até a praia. Direita, volver. A ordem seria restaurada. Lá em Cambridge eles não ensinavam as vantagens de uma boa sessão de ordem-unida. Lá eles cultivavam os espíritos livres e rebeldes. Os poetas. Mas o que os poetas sabiam a respeito da sobrevivência? Sobreviver em grupo. Nada de sair na debandada, em direção aos navios; quem chegou primeiro se deu bem, quem chegou por último se deu mal, nada disso. As botas não fariam nenhum ruído ao atravessar a areia em direção à água. Sobre as obras, mãos benévolas manteriam a amurada estável enquanto seus companheiros subissem a bordo. Mas o mar estava tranquilo, e, agora que ele também estava tranquilo, é claro que compreendia como era bom ela estar esperando. A aritmética que se danasse. *Vou esperar por você* era fundamental. Era a razão que lhe garantira a sobrevivência. Era a maneira comum de dizer que ela recusaria todos os outros homens. Só você. *Volte*. Ele ainda sentia o cascalho sobre as solas finas dos sapatos, ainda sentia agora, e o toque gélido das algemas nos punhos. Ele e o inspetor pararam junto ao carro e se viraram ao ouvi-la se aproximar. Como poderia ele esquecer aquele vestido verde, bem justo na curva dos quadris, dificultando seus passos apressados, revelando a beleza dos ombros. Mais alva que a névoa. Não ficou surpreso quando a polícia os deixou conversar. Nem pensou naquilo. Ele e Cecilia se comportaram como se estivessem a sós. Ela não se permitiu chorar enquanto lhe dizia que acreditava nele, que confiava nele, que o amava. Ele lhe disse simplesmente que não esqueceria aquilo, querendo dizer que pretendia manifestar a gratidão que sentia, especialmente naquele momento, especialmente agora. Então ela pôs um dedo nas algemas e disse que não sentia vergonha, que não havia motivo para vergonha. Segurou a ponta de sua lapela e sacudiu-a de leve, e foi então que disse: "Vou esperar por você. Volte". Disse isso a sério. O tempo haveria de mostrar que ela falara a sério. Depois eles o obrigaram a entrar no carro, e ela falou depressa, antes das lágrimas que não conseguia mais conter, e disse que o que acontecera entre eles era só deles, só deles. Referia-se à biblioteca, é claro. Era deles. Ninguém podia lhes tirar. "É o nosso segredo", ela gritou, na frente de todo mundo, pouco antes de se fechar a porta.

"Não vou dizer nada", disse ele, embora a cabeça de Nettle já não estivesse mais junto à sua havia um bom tempo. "Me acorda antes das sete. Prometo que não vou mais dizer nem uma palavra."

TERCEIRA PARTE

O mal-estar não estava confinado ao hospital. Parecia crescer com o rio turvo e turbulento, inchado pelas chuvas de abril, e à noite estendia-se sobre a cidade escurecida pelo blecaute como um crepúsculo mental que todo o país sentia, um espessamento silencioso e maligno, inseparável daquele final de primavera frio, bem oculto dentro de sua benevolência crescente. Alguma coisa estava chegando ao fim. Os médicos mais velhos, reunidos em grupos compenetrados nas interseções dos corredores, cultivavam um segredo. Os mais jovens, um pouco mais altos, caminhavam com um passo mais agressivo; o consultor parecia desconcentrado em sua rotina, e numa certa manhã foi até a janela e ficou uns bons minutos contemplando a outra margem do rio, enquanto atrás dele as enfermeiras, paradas ao lado dos leitos, esperavam. Os atendentes idosos pareciam deprimidos, empurrando pacientes de um lado para o outro nas enfermarias, e aparentemente tinham esquecido os bordões alegres que imitavam dos programas humorísticos de rádio; talvez Briony se sentisse até apaziguada se ouvisse mais uma vez aquela frase deles que a irritava tanto: ânimo, meu bem, quem sabe nem vai acontecer.

Porém ia acontecer, sim. O hospital já vinha se esvaziando lentamente, imperceptivelmente, havia muitos dias. De início, parecia um mero acaso, uma epidemia de saúde que as enfermeiras aprendizes eram tentadas a atribuir à melhoria de suas técnicas. Foi só aos poucos que começaram a perceber que era proposital. Leitos vazios se espalhavam pela enfermaria, e pelas outras enfermarias, como óbitos na noite. Briony imaginava que os passos nos corredores largos e encerados, diminuindo aos poucos, tinham um som abafado, como se pedissem desculpas, quando antes eram animados e eficientes. Os operários que vieram instalar mangueiras de incêndio novas nos patamares ao lado dos elevadores, trazendo baldes de areia para combater o fogo, trabalharam o dia inteiro sem interrupção, sem falar com ninguém, nem mesmo com os atendentes, e foram embora. Na enfermaria, apenas oito dos vinte leitos estavam ocupados, e, mesmo que o trabalho fosse ainda mais pesado do que antes, uma certa inquietação, um temor quase supersticioso, impedia que as enfermeiras estagiárias trocassem queixas quando se viam a sós na hora do chá. Todos estavam, de modo geral, mais calmos, menos queixosos. Não ficavam mais abrindo as mãos para comparar frieiras.

Além disso, havia também o pavor constante de cometer erros, comum às estagiárias. Todas morriam de medo da enfermeira-chefe Marjorie Drummond, com seu sorriso magro e ameaçador, o jeito brando que precedia os acessos de fúria. Briony sabia que recentemente havia acumulado uma série de deslizes. Quatro dias antes, apesar das instruções cuidadosas, uma paciente sob seus cuidados havia bebido o gargarejo de ácido carbólico — segundo o atendente que testemunhou a cena, de um gole só, como se fosse um copo de Guiness — e vomitou violentamente sobre as roupas de cama. Briony sabia também que fora vista pela enfermeira-chefe Drummond carregando apenas três comadres de uma vez só, quando agora se esperava delas que atravessassem a enfermaria com uma pilha de seis muito bem equilibrada, como garçons eficientes do La Coupole. Talvez tivesse cometido outros erros também, que o cansaço a fizera esquecer, ou que nem sequer percebera. Com frequência incorria em erros de atitude — quando distraída, tendia a deslocar o peso para cima de um único pé, um gesto que muito irritava sua superiora. Lapsos e fracassos por vezes se acumulavam por vários dias seguidos: uma vassoura guardada erradamente, um cobertor dobrado com a etiqueta virada para cima, um colarinho engomado ligeiramente torto, os rodízios da cama desalinhados e virados para dentro, uma caminhada de um lado para o outro da enfermaria de mãos abanando — tudo isso era observado em silêncio, até ser atingido o ponto de saturação, e, então, quem não havia percebido os sinais espantava-se com a explosão de raiva. Justamente quando a estagiária achava que estava se saindo bem.

Nos últimos tempos, porém, a enfermeira-chefe já não dirigia seu sorriso tétrico às estagiárias, nem falava com elas com aquela voz mais baixa que o normal que as apavorava. Mal lhes dava atenção. Estava com a cabeça em outro lugar, e muitas vezes ficava no pátio junto à enfermaria de cirurgia dos homens, tendo longas conversas com sua contraparte, ou então desaparecia durante dois dias seguidos.

Num contexto diferente, numa outra profissão, ela pareceria uma figura maternal, com aquele corpo gorducho, ou até mesmo sensual, pois os lábios jamais pintados eram naturalmente vermelhos e delicadamente curvos; e o rosto, com aquelas bochechas de boneca, arredondadas, de um tom rosado saudável, indicava uma natureza bondosa. Tal impressão foi dissipada logo no início, quando uma estagiária do mesmo ano de Briony, uma moça grandalhona, boa, de gestos lerdos, com um olhar bovino inofensivo, sofreu a fúria da enfermeira-chefe com todo seu ímpeto dilacerador. A enfermeira Langland fora cedida à enfermaria de cirurgia dos homens, e lhe foi pedido que ajudasse a preparar um jovem soldado para uma apendicectomia. Quando foi deixada sozinha com ele por um ou dois minutos, puxou conversa e fez comentários tranquilizadores sobre a operação. O rapaz certamente fez a pergunta óbvia, e foi então que ela quebrou a regra sagrada. Era claramente enunciada no manual, embora ninguém imaginasse o quanto era considerada importante. Horas depois, o soldado emergiu da anestesia e murmurou o nome da estagiária no momento em que a enfermeira-chefe estava por perto. A enfermeira Langland foi enviada de volta para sua enfermaria, tendo caído em desgraça. As outras foram obrigadas a se reunir e escutar com atenção. Se a pobre Susan Langland tivesse matado duas dúzias de pacientes por descuido ou crueldade, não teria sido punida com mais rigor. Quando a enfermeira-chefe Drummond terminou de lhe dizer que ela havia conspurcado as tradições de Florence Nightingale às quais ela aspirava, e que devia se considerar uma pessoa de sorte por passar o próximo mês organizando a roupa suja, não apenas Langland como também metade das outras moças estavam chorando. Briony não chorou, mas aquela noite, na cama, ainda um pouco trêmula, folheou o manual mais uma vez, para ver se havia algum outro detalhe de etiqueta de que ela não se lembrava. Releu e decorou o mandamento: a enfermeira não deve em hipótese alguma comunicar ao paciente seu primeiro nome.

As enfermarias se esvaziavam, porém o trabalho aumentava. Todas as manhãs os leitos eram empurrados para o centro a fim de que as estagiárias pudessem passar um esfregão tão pesado que mal conseguiam deslizá-lo de um lado para outro. Os assoalhos precisavam ser varridos três vezes por dia. Toda vez que um armário era esvaziado, era preciso esfregá-lo; os colchões eram fumigados; cabides, maçanetas e fechaduras de latão eram lustrados. O madeiramento — não só o rodapé como as portas — era lavado com solução de ácido carbólico, tal como as camas de ferro e suas molas. As estagiárias esvaziavam, limpavam e enxugavam comadres e papagaios até deixá-los brilhando como pratos de porcelana. Caminhões militares de três toneladas encostavam-se às câmaras de descarga e despejavam mais camas, velhas e imundas, que tinham de ser esfregadas muitas vezes antes de serem levadas para a enfermaria, enfileiradas e submetidas a um banho de ácido carbólico. Entre uma e outra tarefa, mais de dez vezes por dia, as estagiárias esfregavam as mãos rachadas, cheias de frieiras, em água gelada, até sangrar. A guerra contra os micróbios era incessante. As estagiárias eram iniciadas no culto à higiene. Aprendiam que não havia nada mais nojento do que um tufo saído de um cobertor escondido debaixo de um leito, ocultando em suas formas um batalhão, uma divisão inteira, de bactérias. A prática cotidiana de ferver, esfregar, polir e limpar se transformava no maior motivo de orgulho profissional das estagiárias e exigia o sacrifício rigoroso do conforto pessoal.

Os atendentes traziam das câmaras de descarga grandes quantidades de suprimentos que era necessário desembrulhar, classificar e armazenar — curativos, cubas rim, seringas, três autoclaves novas e muitos pacotes rotulados "sulfadiazina de prata", cuja utilização ainda não fora explicada. Um novo armário de remédios foi instalado e lavado três vezes seguidas; logo estava cheio. Foi trancado, e a chave ficou com a enfermeira-chefe Drummond, porém uma vez Briony viu que ele continha fileiras de frascos de morfina. Sempre que ia fazer alguma tarefa numa outra enfermaria, observava que também lá estavam fazendo preparativos semelhantes. Numa das enfermarias já não havia mais nenhum paciente; ela brilhava num silêncio espaçoso, à espera. Porém não se podia fazer perguntas. No ano anterior, imediatamente antes da declaração de guerra, as enfermarias do andar de cima tinham sido fechadas completamente, como proteção contra bombardeios. Agora as salas de operação ficavam no subsolo. As janelas do térreo estavam protegidas com sacos de areia, e todas as claraboias tinham sido fechadas com cimento.

Um general do exército inspecionou o hospital, com meia dúzia de consultores a seu lado. Não houve qualquer cerimônia, nem sequer se fez silêncio quando eles vieram. Normalmente, dizia-se que, nessas visitas importantes, o nariz de cada paciente devia estar alinhado com o vinco central do lençol que o cobria. Mas não havia tempo para preparativos. O general passou pela enfermaria, cercado por sua comitiva, murmurando e acenando com a cabeça; depois foram embora.

O mal-estar aumentava, mas não havia muita oportunidade para especulações, as quais, aliás, estavam oficialmente proibidas. Quando não se encontravam de plantão, as estagiárias ficavam assistindo a aulas ou demonstrações práticas, ou então estudando sozinhas. As refeições e a hora de deitar eram supervisionadas tal como se elas fossem calouras na Roedean School. Quando Fiona, que dormia na cama ao lado da de Briony, empurrou o prato e anunciou a ninguém em particular que se considerava "clinicamente incapaz" de comer legumes cozidos com extrato de carne concentrada, a enfermeira-chefe do alojamento permaneceu parada a seu lado até que ela tivesse terminado de comer a última garfada. Fiona era, por definição, amiga de Briony; no dormitório, na primeira noite do treinamento preliminar, ela pedira a Briony que lhe cortasse as unhas da mão direita, explicando que não conseguia usar a tesoura com a mão esquerda e que sua mãe era quem sempre fazia aquilo para ela. Era ruiva e sardenta, o que fez com que Briony ficasse imediatamente desconfiada. Ao contrário de Lola, porém, Fiona era barulhenta e alegre, com covinhas nas costas das mãos e seios imensos que levavam as outras meninas a dizer que mais cedo ou mais tarde ela se tornaria enfermeira-chefe. Sua família morava em Chelsea. Uma noite ela cochichou, já deitada, que seu pai aguardava um convite para participar do gabinete de guerra de Churchill. Porém, quando o gabinete foi anunciado, o sobrenome esperado não apareceu; nada foi dito, e Briony achou melhor não fazer perguntas. Naqueles primeiros meses após o treinamento preliminar, Fiona e Briony não tiveram tempo de verificar se de fato simpatizavam uma com a outra. Era conveniente para elas presumir que sim. Eram das poucas que não tinham nenhuma base em medicina. A maioria das outras havia feito um curso de primeiros socorros, e algumas tinham servido como voluntárias da Cruz Vermelha e já tinham visto sangue e cadáveres — ou, pelo menos, assim afirmavam.

Mas não era fácil cultivar uma amizade. As estagiárias cumpriam seus turnos de trabalho nas enfermarias, estudavam três horas por dia nas horas vagas e dormiam. O único luxo era a hora do chá, entre as quatro e as cinco, quando pegavam nas prateleiras de madeira os pequenos bules pardos, cada um com um nome de uma moça, e se reuniam numa saleta perto da enfermaria. A conversação era difícil. A enfermeira-chefe do alojamento estava sempre presente, para supervisionar e manter o decoro. Além disso, no momento em que se sentavam eram dominadas pelo cansaço, pesado como três cobertores dobrados. Uma vez uma das moças adormeceu com a xícara e o pires na mão e queimou a coxa — uma boa oportunidade, disse a enfermeira-chefe Drummond quando veio ver o motivo da gritaria, para praticar o tratamento de queimaduras.

E ela própria representava um obstáculo à amizade. Naqueles primeiros meses, Briony costumava pensar que seu único relacionamento era com a enfermeira-chefe Drummond. Ela estava sempre presente, na extremidade de um corredor, aproximando-se com uma determinação terrível, e logo, parada ao lado de Briony, murmurava em seu ouvido que ela não havia prestado atenção, durante o treinamento preliminar, nos procedimentos corretos para fazer a higiene em pacientes do sexo masculino no leito: era só depois da segunda troca da água que a flanela ensaboada e a toalha deviam ser entregues ao paciente para que ele pudesse "terminar sozinho". O estado mental de Briony dependia em grande parte da opinião que a enfermeira-chefe tinha dela no momento em questão. Sentia um frio no estômago toda vez que o olhar da enfermeira-chefe se voltava para ela. Era impossível saber se havia se saído bem na tarefa. Briony tinha pavor das críticas que ela lhe fazia. Elogios jamais ocorriam. O máximo que se podia esperar era indiferença.

Nos poucos momentos livres que tinha, normalmente no escuro, minutos antes de adormecer, Briony imaginava uma vida paralela espectral, em que ela se via no Girton College, lendo Milton. Poderia estar na faculdade de sua irmã em vez de no hospital dela. Briony pensara que faria parte do esforço de guerra. Na verdade, reduzira sua vida ao relacionamento com uma mulher quinze anos mais velha, a qual exercia sobre ela um poder muito maior do que o de uma mãe sobre uma criança pequena.

Esse estreitamento da sua existência, que era acima de tudo um desnudamento da identidade, teve início semanas antes de ela até mesmo ter ouvido falar na enfermeira-chefe Drummond. No primeiro dia dos dois meses de treinamento preliminar, a humilhação de Briony diante da turma fora instrutiva. Era assim que ia ser. Briony havia se aproximado da enfermeira-chefe para lhe dizer, delicadamente, que havia um erro no seu crachá. Ela era B. Tallis, e não, como dizia o pequeno broche retangular, E. Tallis.

A resposta foi tranquila. "Você vai ficar tal como foi designada. Seu nome de batismo não interessa nem um pouco. Agora, por favor, vá sentar-se, *enfermeira* Tallis."

As outras moças teriam rido, se tivessem coragem, pois todas tinham a mesma inicial, porém perceberam com acerto que não podiam fazer isso. Estava na hora das aulas de higiene, em que se praticava fazer higiene no leito usando modelos de tamanho real — a sra. Mackintosh, Lady Chase e o pequeno George, cujo físico raquítico lhe permitia fazer também o papel de menina. Era tempo de se adaptar a uma obediência cega, de aprender a carregar comadres empilhadas e de se lembrar de uma regra fundamental: jamais atravesse uma enfermaria sem voltar trazendo alguma coisa. O desconforto físico ajudava a fechar os horizontes mentais de Briony. Os colarinhos altos, engomados, deixavam seu pescoço em carne viva. De tanto lavar as mãos dezenas de vezes por dia em água gelada com barrilha, pela primeira vez teve frieiras. Os sapatos que foi obrigada a comprar com seu próprio dinheiro apertavam seus dedos impiedosamente. O uniforme, como todos os uniformes, anulava a identidade, e a atenção cotidiana que exigia — passar a ferro para manter o franzido, prender a touca, endireitar os vincos, engraxar os sapatos, principalmente os saltos — dava início a um processo que pouco a pouco levava à exclusão de todas as outras preocupações. Quando as moças estavam prontas para trabalhar como estagiárias nas enfermarias sob a supervisão da enfermeira-chefe Drummond e submeter-se à rotina diária "da comadre ao fortificante", suas vidas anteriores já começavam a perder a nitidez. Suas mentes estavam até certo ponto esvaziadas, suas defesas, erodidas, de modo que não era difícil convencê-las da autoridade absoluta da enfermeira-chefe. Era importante que não houvesse resistência, para que ela pudesse encher-lhes as mentes vazias.

Embora isso jamais fosse dito de modo explícito, o modelo por trás do processo era militar. A srta. Nightingale, a quem jamais ninguém devia se referir como Florence, estivera na Crimeia tempo suficiente para compreender o valor da disciplina, das linhas de comando inflexíveis, dos soldados bem treinados. Assim, deitada no escuro, ouvindo Fiona dar início a seus roncos incessantes — ela dormia de barriga para cima —, Briony já percebia que sua vida paralela, que lhe era tão fácil imaginar com base nas visitas que fizera quando menina a Leon e Cecilia em Cambridge, logo começaria a divergir de sua vida real. Aquela agora era sua vida de estagiária, aqueles quatro anos, aquele regime que englobava tudo, e ela não tinha vontade própria, não tinha liberdade para ir embora. Estava se entregando a uma rotina de restrições, regras, obediência, trabalho doméstico e medo constante da reprovação. Ela era membro de uma leva de estagiárias — de tantos em tantos meses chegava mais outra — e sua única identidade era aquele crachá. Ali não havia aulas extras, ali ninguém se preocuparia com os problemas de seu desenvolvimento intelectual individual. Briony esvaziava e lavava as comadres, varria e encerava o assoalho, preparava chocolate quente e fortificante, levava e trazia — e se libertava da introspecção. A partir de um certo ponto, segundo lhe diziam as alunas do segundo ano, sua competência começaria a lhe dar prazer. Briony já antegozara essa sensação alguns dias antes, quando foi encarregada de tomar o pulso e a temperatura dos pacientes e anotar os dados numa tabela, sob supervisão. Quanto a tratamentos médicos, já havia passado violeta de genciana

330

num paciente com tinha, germicida num corte e água de Goulard numa contusão. Mas na maior parte do tempo ela trabalhava como empregada, uma criada, e, nas horas vagas, estudava coisas simples. Era bom ter um pouco de tempo para pensar em outros assuntos. Mas quando, de penhoar, ia até o patamar da escada, antes de se deitar, e olhava para a cidade às escuras do outro lado do rio, lembrava-se do mal-estar que havia lá fora, nas ruas, tanto quanto nas enfermarias, semelhante à própria escuridão. Nada em sua rotina, nem mesmo a enfermeira-chefe Drummond, poderia protegê-la daquilo.

Na última meia hora antes de apagarem as luzes, depois do chocolate, as meninas entravam umas nos quartos das outras, sentavam-se nas camas e escreviam cartas para familiares ou namorados. Algumas ainda choravam de saudade, e então trocavam-se abraços e palavras tranquilizadoras. Aquilo parecia teatral a Briony, mulheres feitas chorando por sentirem falta das mães, ou — como disse uma das estagiárias, entre soluços — do cheiro do cachimbo do papai. As consoladoras pareciam estar se divertindo um pouco além da conta. Naquela atmosfera melosa, Briony às vezes escrevia cartas para os pais, textos concisos que quase nada diziam além de que ela não estava doente, não se sentia infeliz, não precisava de sua mesada e não havia mudado de ideia, ao contrário do que sua mãe previra. As outras moças relatavam com orgulho suas cansativas rotinas de trabalho e estudo para impressionar os pais amorosos. Briony só confiava essas questões ao seu caderno, e mesmo assim não entrava em detalhes. Não queria que sua mãe soubesse que ela era obrigada a fazer trabalho braçal. Um dos seus objetivos ao se tornar enfermeira era trabalhar para ser independente. Era importante para ela que seus pais, especialmente sua mãe, soubessem o mínimo possível a respeito de sua vida.

Além de conter uma série de perguntas repetidas que permaneciam sempre sem resposta, as cartas de Emily falavam principalmente sobre os evacuados. Três mães com sete filhos, todos moradores da área de Hackney, em Londres, tinham sido instalados na casa dos Tallis. Uma das mães deu um vexame no pub da cidadezinha e foi proibida de voltar lá. A outra era uma católica devota, que todos os domingos caminhava mais de seis quilômetros com os três filhos para assistir à missa. Mas Betty, embora também fosse católica, não tinha qualquer sensibilidade para essas diferenças. Odiava todas as mães e seus respectivos filhos. Elas lhe haviam dito na primeira manhã que não gostavam da comida que ela preparava. Betty dizia também que vira a mulher católica cuspindo no chão do corredor. O menino mais velho, que embora tivesse treze anos parecia ter no máximo oito, havia entrado na fonte, subido na estátua e quebrado o chifre e o braço do tritão, até a altura do cotovelo. Jack disse que seria fácil consertar o estrago. Porém a parte quebrada, que havia sido deixada na copa da casa, tinha sumido. Com base no que lhe dissera o velho Hardman, Betty acusou o menino de jogá-la no lago. O garoto disse que não sabia de nada. Falou-se em esvaziar o lago, porém os cisnes estavam em plena temporada de acasalamento. A mãe defendeu o filho com ferocidade, dizendo que era um perigo ter uma fonte numa casa com crianças e que ia escrever para o parlamentar. Sir Arthur Ridley era padrinho de Briony.

Assim mesmo, Emily achava que era até uma sorte eles terem recebido evacuados, pois chegou-se a pensar que toda a casa seria requisitada pelo exército. Acabaram escolhendo a casa de Hugh van Vliet, porque lá havia uma mesa de sinuca. A outra notícia era que sua irmã Hermione continuava em Paris, mas pensava em se mudar para Nice. Além disso, as vacas tinham sido levadas para três pastos no lado norte, para que se pudesse plantar trigo no parque. Dois quilômetros e meio de uma cerca de ferro instalada em meados do século XVIII haviam sido arrancados para a fabricação de Spitfires. Até mesmo os operários que vieram retirar a cerca disseram que aquele metal não servia. Uma casamata de cimento e tijolo fora construída perto do rio, bem na curva, em meio às sebes, destruindo os ninhos dos marrecos e das lavandiscas. Uma outra estava sendo construída na estrada principal, bem na entrada da cidadezinha. Todas as peças frágeis estavam sendo guardadas nos porões, inclusive o cravo. A infeliz da Betty deixou cair o vaso do tio Clem quando o carregava, e ele se espatifou na escada. Ela disse que um pedaço simplesmente se soltou em sua mão, mas ninguém acreditava nela. Danny Hardman havia entrado para a marinha, mas todos os outros rapazes da cidadezinha estavam no East Surrey Regiment. Jack andava trabalhando demais. Foi a uma reunião especial e quando voltou parecia cansado e magro, e não pôde dizer a ela onde estivera. Ficou furioso com a história do vaso, chegou a gritar com Betty, coisa que era tão rara nele. Ainda por cima, ela perdera um livro de registro de racionamento, o que os obrigou a passar duas semanas sem açúcar. A mãe que foi expulsa do Red Lion veio sem sua máscara contra gás e não foi possível encontrar outra. O inspetor encarregado das precauções antiaéreas, que era irmão do policial Vockins, viera pela terceira vez para ver se estavam fazendo blecaute. Era um verdadeiro ditador em miniatura. Ninguém gostava dele.

Ao ler essas cartas após um dia cansativo, Briony sentia uma nostalgia sonhadora, um vago anseio por uma vida que fora perdida havia muito tempo. Não podia se entregar à autocomiseração. Fora ela que resolvera se desligar da família. Nas férias de uma semana antes do treinamento preliminar, antes de seu ano de estágio, ela ficara com seus tios em Primrose Hill e fora obrigada a resistir à mãe pelo telefone. Por que Briony não podia visitá-la, mesmo que fosse apenas por um dia? Todos adorariam vê-la, todos queriam muito ouvi-la falar sobre sua nova vida. E por que ela escrevia tão pouco? Era difícil dar uma resposta direta. Por ora, era necessário se manter afastada.

Na gaveta de seu armário de cabeceira ela guardava um caderno de papel almaço com capa de cartolina marmorizada. Havia um barbante preso com fita adesiva à lombada, no qual estava amarrado um lápis. Era proibido usar tinta na cama. Briony começou o diário ao final do primeiro dia do treinamento preliminar e conseguia escrever pelo menos dez minutos quase todas as noites antes de apagarem as luzes. Suas anotações incluíam manifestos artísticos, reclamações triviais, descrições de personagens e relatos simples de seu dia que cada vez mais terminavam se perdendo na fantasia. Ela raramente relia o que havia escrito, mas gostava de folhear as páginas cheias. Ali, por trás do crachá e do uniforme, estava seu eu verdadeiro, guardado em segredo, acumulando-se em silêncio. Briony jamais perdera aquele prazer infantil de ver páginas cobertas com sua própria letra. Quase não fazia diferença o que ela escrevia. Como a gaveta não tinha tranca, suas descrições da enfermeira-chefe Drummond eram sempre cuidadosamente disfarçadas. Também os nomes dos pacientes eram modificados. E, uma vez que os nomes tinham sido mudados, tornava-se mais fácil transformar as circunstâncias e inventar. Agradava-lhe escrever o que imaginava serem os pensamentos das pessoas. Não tinha nenhuma obrigação de dizer a verdade, não prometera uma crônica a ninguém. Aquele era o único lugar em que podia ser livre. Briony criava pequenas histórias — não muito convincentes, num estilo um pouco amaneirado — em torno das pessoas que via na enfermaria. Por algum tempo imaginou-se uma espécie de Chaucer da medicina, inventando enfermarias cheias de tipos interessantes, camaradas, beberrões, velhos caturras e senhoras encantadoras com segredos sinistros para contar. Anos depois ela se arrependeria por não ter sido mais fiel aos fatos, por não ter reunido um estoque de matéria-prima. Teria sido interessante saber o que aconteceu, como era, quem estava lá, o que foi dito. Naquele momento, o diário preservava sua dignidade: ela parecia uma estagiária de enfermagem, levava a mesma vida que todas as outras, mas na verdade era uma escritora importante disfarçada. E, numa situação em que estava desligada de tudo o que conhecia — família, casa, amigos —, a escrita era o fio da continuidade. Era a coisa que ela sempre fizera.

Eram raros os momentos do dia em que sua mente tinha liberdade para se soltar. Às vezes mandavam-na ir até a farmácia, e ela era obrigada a esperar a volta do farmacêutico. Então caminhava pelo corredor até a escada, onde havia uma janela que dava vista para o rio. Imperceptivelmente, seu peso se deslocava para o pé direito enquanto ela olhava para o edifício do Parlamento sem conseguir vê-lo, e pensava não em seu diário, e sim na longa narrativa que havia escrito e enviado para uma revista. Quando estava em Primrose Hill, pediu emprestada a máquina de escrever do tio, instalou-se na sala de jantar e datilografou a versão final, usando apenas os dedos indicadores. Passou a semana inteira trabalhando na história, mais de oito horas por dia, até sentir dores nas costas e no pescoço, enquanto letras e símbolos emaranhados rodopiavam diante de seus olhos. Porém quase não imaginava prazer maior do que aquele, quando, no final, ao ajeitar a pilha completa de páginas — cento e três! — sentiu nas pontas dos dedos machucados o peso de sua criação. Era tudo dela. Ninguém mais poderia ter escrito aquilo. Guardando uma cópia feita com papel-carbono, embrulhou seu conto (não era o termo correto) em papel pardo, foi de ônibus para Bloomsbury, caminhou até o endereço em Lansdowne Terrace, a redação da nova revista, *Horizon*, e entregou o pacote à jovem simpática que veio abrir a porta.

O que a entusiasmava em seu texto era a concepção, a geometria pura, a incerteza definidora, que refletiam, pensava ela, uma sensibilidade moderna. A era das respostas definidas havia terminado. Como também a era dos personagens e dos enredos. Apesar dos esboços que incluía em seu diário, no fundo ela não acreditava mais em personagens. O personagem era uma criação antiquada do século XIX. O próprio conceito se baseava em erros que já haviam sido denunciados pela psicologia moderna. O enredo, também, era como um mecanismo enferrujado, com rodas que não giravam mais. O romancista moderno não podia mais criar personagens e enredos, tal como o compositor moderno não podia fazer uma sinfonia de Mozart. O que a interessava era o pensamento, a percepção, as sensações, a mente consciente como um rio atravessando o tempo, e o objetivo era representar o movimento da consciência, bem como todos os afluentes que a engrossavam e os obstáculos que a desviavam de seu curso. Ah, se ela pudesse reproduzir a luz límpida de uma manhã de verão, as sensações de uma criança olhando por uma janela, a curva e a descida do voo de uma andorinha sobre uma lagoa! O romance do futuro seria totalmente diferente dos que existiram no passado. Briony tinha lido *As ondas* de Virginia Woolf três vezes, e achava que uma grande transformação estava ocorrendo na própria natureza humana; apenas a ficção, um novo tipo de ficção, poderia captar a essência dessa mudança. Penetrar uma consciência e mostrá-la em funcionamento, ou sofrendo uma influência externa, e fazer isso dentro de um projeto simétrico —

seria um triunfo artístico. Era o que pensava a enfermeira Tallis enquanto esperava a volta do farmacêutico, contemplando a outra margem do Tâmisa, sem pensar no perigo que corria se a enfermeira-chefe Drummond a descobrisse com o peso deslocado sobre uma perna.

Três meses haviam se passado, e Briony não recebera nada da *Horizon*.

Um segundo texto também não teve resposta. Briony tinha ido até o edifício da administração para descobrir o endereço de Cecilia. No início de maio ela havia escrito para a irmã. Agora estava começando a achar que o silêncio era a resposta de Cecilia.

Nos últimos dias de maio, as entregas de suprimentos médicos aumentaram. Mais casos sem urgência foram mandados para casa. Muitas enfermarias estariam completamente vazias se não tivessem sido internados quarenta marinheiros — um tipo raro de icterícia estava se espalhando por toda a marinha. Briony já não tinha tempo para perceber essas coisas. Haviam iniciado novos cursos sobre enfermagem hospitalar e anatomia preliminar. As alunas de primeiro ano corriam dos plantões para as aulas, das refeições para o estudo individual. Após três páginas de leitura, era difícil permanecer acordada. As batidas do Big Ben assinalavam cada mudança do dia, e havia momentos em que a solene nota única que marcava o quarto de hora provocava gemidos de pânico contido, lembrando às moças que elas deviam estar em outro lugar.

Quando um paciente estava em repouso total, sua condição em si já era considerada um procedimento médico. A maioria dos pacientes, qualquer que fosse seu estado, não tinha permissão de andar até o banheiro, ainda que próximo. Assim, os dias começavam com as comadres. A enfermeira-chefe não gostava de ver comadres carregadas de um lado para outro da enfermaria "como se fossem raquetes de tênis". Elas deviam ser erguidas "para a glória de Deus" e já deviam estar esvaziadas, lavadas, esterilizadas e guardadas às sete e meia, a hora de começar a servir a refeição matinal. O dia inteiro carregando comadres, fazendo a higiene dos pacientes, lavando o chão. As moças se queixavam de dor nas costas de tanto fazer camas e de ardência nos pés por ficar o dia inteiro em pé. Uma atribuição adicional das enfermeiras era cerrar as cortinas negras do blecaute de toda a longa enfermaria. No final do dia, mais comadres, o esvaziamento de canecos de catarro, a preparação do chocolate. Quase não havia tempo entre o final do turno e o início da aula para voltar ao dormitório e pegar cadernos e livros. Duas vezes num mesmo dia, Briony foi repreendida pela enfermeira-chefe por estar correndo no corredor, e em ambas as ocasiões a repreensão foi feita com uma voz despida de emoção. As hemorragias e os incêndios eram as únicas justificativas plausíveis para uma enfermeira correr.

Porém o lugar mais frequentado pelas estagiárias de primeiro ano era a sala de esterilização. Falava-se na futura instalação de máquinas automáticas de lavar comadres e papagaios, mas eram apenas boatos de uma terra prometida. Por ora, o jeito era fazer tal como sempre se fizera no passado. No dia em que foi repreendida duas vezes por estar correndo, Briony foi enviada à sala de esterilização por um turno a mais. Talvez fosse um mero acaso determinado pela lista não escrita dos revezamentos, mas ela achava que não. Entrou na sala, fechou a porta e prendeu na cintura o pesado avental de borracha. Na hora de esvaziar, o jeito — na verdade, a única maneira como ela conseguia fazer aquilo — era fechar os olhos, prender a respiração e desviar a cabeça. Depois vinha a imersão numa solução de ácido carbólico. Caso se esquecesse de verificar se os cabos ocos das comadres estavam lavados e secos, ela teria ainda mais problemas com a enfermeira-chefe.

Finda essa tarefa, Briony foi direto arrumar a enfermaria, já quase sem pacientes, no final do dia — endireitar armários, esvaziar cinzeiros, recolher os jornais. Automaticamente olhou de relance para uma folha dobrada do *Sunday Graphic*. Estava acompanhando o noticiário em fragmentos dispersos. Nunca tinha tempo de sentar e ler o jornal direito. Sabia que a Linha Maginot fora rompida, que Roterdã tinha sido bombardeada, que o exército holandês havia se rendido, e na véspera ouvira algumas das moças comentando que a queda da Bélgica era iminente. A guerra ia mal, mas algum dia a coisa ia virar. Foi uma frase inofensiva que atraiu sua atenção agora — não o que ela dizia, e sim o que aquela linguagem eufêmica tentava ocultar. O exército britânico no norte da França estava "realizando retiradas estratégicas para posições previamente preparadas". Até mesmo Briony, que nada sabia de estratégia militar nem das convenções do jornalismo, entendeu o verdadeiro significado daquela retirada. Talvez ela tenha sido a última pessoa no hospital a compreender o que estava acontecendo. O esvaziamento das enfermarias, o fluxo de suprimentos, tudo aquilo lhe parecera apenas parte dos preparativos gerais para a guerra. Ela estivera demasiadamente envolvida em suas próprias preocupações. Agora entendia de que modo as diferentes notícias se encaixavam e se dava conta do que todo mundo certamente já sabia. Briony percebera o sentido dos preparativos que estavam sendo feitos pela administração do hospital. Os alemães haviam chegado à Mancha, o exército britânico estava passando por dificuldades. Tudo dera errado na França, embora ninguém soubesse exatamente o tamanho do desastre. Aquele pressentimento, aquele terror contido, era o que ela vinha sentindo a seu redor.

Mais ou menos nessa época, no dia em que os últimos pacientes foram retirados da enfermaria, chegou uma carta de seu pai. Após uma saudação e perguntas sobre seu curso e sua saúde, todas perfunctórias, ele passava uma informação que lhe fora dada por um colega e confirmada pela família: Paul Marshall e Lola Quincey iam se casar dentro de uma semana, no sábado, na Church of the Holy Trinity, em Clapham Common. Não explicava por que achava que ela estaria interessada na notícia e tampouco fazia qualquer comentário. Simplesmente assinava com o rabisco costumeiro — "com amor, como sempre".

A manhã inteira, enquanto cumpria suas obrigações, Briony pensava na notícia. Não via Lola desde aquele verão; assim, a figura que imaginava diante do altar era uma menina magricela de quinze anos de idade. Briony ajudava uma paciente que estava tendo alta, uma senhora idosa de Lambeth, a fazer sua mala, tentando prestar atenção às queixas dela. Ela havia quebrado o dedo do pé, e lhe fora garantido que passaria doze dias de cama, mas só havia ficado sete. Foi ajudada a se sentar numa cadeira de rodas, e um atendente a levou embora. De plantão na sala de esterilização, Briony fez as contas. Lola estava com vinte anos, Marshall teria vinte e nove. Não era uma surpresa; o choque estava na confirmação. Briony não estava apenas envolvida nessa união; fora ela que a tornara possível.

Aquele dia inteiro, subindo e descendo a enfermaria, passando pelos corredores, Briony sentiu a culpa de sempre a persegui-la com um ímpeto novo. Esfregava os armários esvaziados, ajudava a lavar camas com ácido carbólico, varria e encerava o assoalho, ia e voltava velozmente da farmácia e do serviço social, mas sem chegar a correr; foi enviada com outra estagiária para ajudar a fazer um curativo num furúnculo de um paciente na enfermaria geral masculina e substituiu Fiona, que tinha de ir ao dentista. Naquele dia, o primeiro dia realmente bonito de maio, ela suava sob o uniforme engomado. Tudo o que queria fazer era trabalhar, depois tomar um banho e dormir até chegar a hora de trabalhar de novo. Mas nada daquilo adiantava, ela sabia. Por mais que se esfalfasse em trabalhos braçais e nas tarefas mais humildes da enfermagem, por melhores e mais intensos que fossem seus esforços, por mais que houvesse aberto mão dos conhecimentos que lhe proporcionaria o estudo, da oportunidade de viver no campus de uma universidade, ela jamais poderia desfazer o mal que causara. Ela não tinha perdão.

Pela primeira vez em muitos anos pensou que gostaria de conversar com seu pai. Ela sempre o vira como uma pessoa distante e jamais esperara alguma coisa dele. Talvez ao lhe mandar aquela notícia ele estivesse tentando dizer que sabia a verdade. Depois do chá, quando só lhe restava muito pouco tempo, foi até o telefone público perto da entrada do hospital junto à ponte de Westminster e tentou ligar para seu pai no trabalho. A telefonista conectou-a com uma voz nasalada e simpática, mas a linha caiu e ela teve de começar outra vez. A mesma coisa aconteceu, e na terceira tentativa a linha caiu no momento em que uma voz disse "Estou tentando fazer a ligação".

A essa altura Briony não tinha mais troco e já era hora de voltar para a enfermaria. Parou junto à cabine telefônica para admirar os enormes cúmulos que se formavam contra o azul-claro do céu. O rio, que a maré de primavera puxava com velocidade em direção ao mar, refletia aquela cor com laivos de verde e cinzento. O Big Ben parecia estar incessantemente desabando para a frente contra aquele céu inquieto. Apesar da fumaça dos carros, havia um cheiro de vegetação recém-brotada, talvez da grama aparada nos jardins do hospital ou das árvores tenras à beira-rio. Embora a luminosidade estivesse forte, havia um frescor delicioso no ar. Briony não via nem desfrutava nada tão agradável havia dias, talvez semanas. Passava muito tempo dentro do hospital, sentindo cheiro de desinfetante. Quando partiu em direção ao hospital, dois jovens oficiais do exército, médicos do hospital militar de Millbank, lhe dirigiram um sorriso simpático ao passar. Automaticamente, olhou para baixo e, no instante seguinte, lamentou não ter pelo menos enfrentado seus olhares. Eles atravessavam a ponte, na direção contrária à dela, imersos numa conversa animada. Um deles fez um gesto, imitando alguém que tentasse pegar alguma prateleira alta, e seu companheiro riu. No meio da ponte pararam para admirar um navio de guerra que passava naquele momento. Briony pensou que os médicos do exército pareciam muito animados e livres — ela devia ter retribuído aqueles sorrisos. Havia partes de si própria que ela esquecera por completo. Estava atrasada e tinha todos os motivos para correr, por mais que os sapatos lhe apertassem os pés. Ali, na calçada suja, onde jamais era passado ácido carbólico, as regras da enfermeira-chefe Drummond não valiam. Mesmo não havendo hemorragia nem incêndio, era um prazer físico surpreendente, um gosto rápido de liberdade, correr na medida em que era possível correr, com aquele avental engomado, até a entrada do hospital.

Agora uma atmosfera langorosa de espera se instaurara no hospital. Só os marinheiros com icterícia permaneciam internados. As enfermeiras, fascinadas e deliciadas, não tinham outro assunto. Aqueles marujos durões se recostavam na cabeceira da cama e remendavam suas meias; insistiam em lavar à mão suas cuecas, que depois penduravam para secar em varais improvisados presos nas serpentinas da calefação. Os que ainda estavam acamados preferiam sofrer torturas indizíveis a pedir o papagaio. Dizia-se que os marinheiros saudáveis insistiam em manter a enfermaria arrumada eles próprios, havendo assumido as tarefas de varrer e passar o esfregão pesado. As moças jamais haviam conhecido homens com tais prendas domésticas, e Fiona comentou que só se casaria com alguém que houvesse servido na Royal Navy.

Sem nenhum motivo aparente, as estagiárias ganharam um dia livre, sem ter de estudar, embora devessem permanecer uniformizadas. Depois do almoço, Briony andou com Fiona até o outro lado do rio, passando pelo edifício do Parlamento, chegando ao St. James's Park. Caminharam em torno do lago, compraram chá numa banca, alugaram espreguiçadeiras e ficaram ouvindo velhos do Exército da Salvação tocando peças de Elgar adaptadas para banda militar. Naqueles dias de maio, quando ainda não se entendia bem o que havia acontecido na França, antes de começarem os bombardeios de setembro, Londres tinha os sinais exteriores, mas ainda não a mentalidade, da guerra. Uniformes, cartazes advertindo para a presença de quinta-colunistas, dois grandes abrigos antiaéreos escavados nos gramados do parque, e, por toda parte, oficiais carrancudos. Enquanto as moças estavam sentadas em suas espreguiçadeiras, um homem de quepe, com uma faixa no braço, aproximou-se e exigiu que Fiona lhe mostrasse sua máscara contra gás — estava parcialmente coberta por sua capa. Fora isso, ainda eram tempos de inocência. As ansiedades a respeito da situação na França, que absorviam a atenção de todo o país, haviam se dissipado por um momento no sol daquela tarde. Os mortos ainda não estavam presentes, ainda se presumia que os ausentes estivessem vivos. Havia algo de sonho na normalidade daquela cena. Carrinhos de bebê passavam pelas alamedas do parque, bem abertos para que entrasse sol neles, e bebês muito brancos, de crânios macios, olhavam boquiabertos para o mundo exterior pela primeira vez. Crianças que pareciam ter escapado da evacuação corriam pelos gramados gritando e rindo, a banda tentava tocar uma música difícil demais para ela, e o aluguel de uma espreguiçadeira ainda custava dois pence. Era difícil acreditar que a trezentos quilômetros dali estava ocorrendo uma catástrofe militar.

Os pensamentos de Briony permaneciam fixos em seus temas de sempre. Talvez Londres fosse atacada por gases venenosos, ou tomada por paraquedistas alemães auxiliados por quinta-colunistas, antes que o casamento de Lola pudesse se realizar. Briony ouvira um atendente bem informado dizer, num tom que parecia de satisfação, que agora nada poderia deter o exército alemão. Eles dominavam todas as táticas novas e nós não, eles já haviam se modernizado e nós não. Os generais deviam ter lido o livro de Liddell Hart, ou então ter frequentado os chás dos atendentes do hospital e prestado atenção nas conversas.

Fiona, a seu lado, falava sobre seu irmãozinho adorado e o comentário inteligente que ele fizera no jantar, enquanto Briony fingia prestar atenção e pensava em Robbie. Se ele estivesse combatendo na França, talvez já tivesse sido capturado. Ou coisa pior. Como Cecilia sobreviveria a uma notícia daquelas? Enquanto a música, animada por dissonâncias que não estavam na partitura, chegava a um clímax animado, ela se agarrava à cadeira, fechando os olhos. Se alguma coisa acontecesse com Robbie, se Cecilia e Robbie jamais pudessem ficar juntos... Sua tortura secreta e a comoção pública da guerra antes pareciam mundos separados, mas agora ela se dava conta de que a guerra poderia agravar seu crime ainda mais. A única solução concebível seria o passado não ter acontecido. Se Robbie não voltasse... Briony ansiava pelo passado de outra pessoa, por ser outra pessoa, talvez como Fiona, tão alegre, com sua vida impoluta que se estendia pelo futuro, e sua família afetuosa, enorme, com cachorros e gatos com nomes latinos, morando numa casa frequentada pelos artistas de Chelsea. Para Fiona, a única coisa a fazer era viver a vida, seguir a estrada à sua frente e descobrir o que ia acontecer. Já Briony tinha a impressão de que sua vida seria vivida por todo o sempre dentro de um quarto sem porta.

"Briony, você está bem?"

"O quê? Claro, estou bem. Estou bem, obrigada."

"Não parece. Quer que eu pegue água para você?"

Enquanto os aplausos aumentavam — pelo visto, ninguém se importava com o fato de a banda ser tão ruim —, Briony ficou vendo Fiona atravessar o gramado, passar pelos músicos e pelo homem de casaco marrom que alugava espreguiçadeiras, e chegar ao pequeno café entre as árvores. Agora os músicos do Exército da Salvação estavam começando a tocar "Bye bye blackbird", que pareciam conhecer bem melhor. As pessoas sentadas das cadeiras começaram a cantar também, e algumas batiam palmas ritmadas. Havia algo de levemente coercitivo naquelas cantorias grupais — pessoas desconhecidas se entreolhavam quando subiam o tom — que a fazia se sentir decidida a resistir. Assim mesmo, a música a animava, e quando Fiona voltou com uma xícara cheia de água e a banda passou a tocar um pot-pourri de velhas canções bem conhecidas, começando com "It's a long way to Tipperary", elas começaram a conversar sobre o trabalho. Fiona envolveu Briony nas fofocas do hospital — quais as enfermeiras de que elas gostavam, quais as que as irritavam, e a enfermeira-chefe Drummond, cuja voz Fiona sabia imitar, e a administradora que era quase tão orgulhosa e distante quanto um médico consultor. Evocaram as excentricidades de vários pacientes e trocaram queixas — Fiona se indignava por não ser permitido manter suas coisas sobre o parapeito da janela, e Briony detestava a prática de apagar as luzes às onze horas —, porém falavam com um prazer evidente, rindo cada vez mais, de modo que algumas cabeças começaram a se virar para elas, e dedos foram levados aos lábios em gestos teatrais. Mas esses gestos não eram de todo a sério, e os que se viravam para elas em sua maioria sorriam com indulgência, pois havia algo na figura de duas jovens enfermeiras — enfermeiras em tempo de guerra —, com suas túnicas roxas e brancas, suas capas azul-escuro, suas toucas impecáveis, que as tornava tão irrepreensíveis quanto freiras. As moças tinham consciência de sua imunidade e riam cada vez mais alto, dando gargalhadas de hilaridade e deboche. Fiona se revelou uma imitadora excelente e, apesar de toda a sua alegria, havia em seu humor um toque cruel que agradava a Briony. Tinha uma maneira toda sua de imitar o sotaque dos cockneys de Lambeth, e com um exagero impiedoso captava a ignorância de alguns dos pacientes, com suas vozes submissas e queixosas. É o meu coração, não sabe, dona enfermeira? Ele já nasceu do lado errado. Minha mãe era assim também. É verdade que o bebê sai de debaixo da gente, dona enfermeira? Porque se é assim não sei não como é que vai ser comigo, que eu tô sempre entupida. Eu tinha seis guri, e não é que um dia eu vou e esqueço um deles no ônibus, o 88 lá de Brixton. Acho que eu larguei ele no banco. Nunca mais que eu não vi ele não, dona enfermeira. Fiquei muito aperreada. Chorei de dar dó.

No caminho de volta, seguindo em direção à Parliament Square, Briony ainda tinha as pernas um pouco bambas de tanto rir. Estava espantada consigo própria, ao se dar conta da rapidez com que seu estado de espírito podia mudar. Suas preocupações não desapareciam, porém recuavam, e o poder emocional delas se exauria temporariamente. De braços dados, as moças atravessaram a ponte de Westminster. A maré estava vazante, e a luminosidade forte emprestava um brilho arroxeado à lama, onde milhares de furos de minhocas projetavam minúsculas sombras nítidas. Ao virar à direita na Lambeth Palace Road, as moças viram uma fileira de caminhões do exército parada junto à entrada principal. Elas gemeram, bem-humoradas, ao pensar que teriam de guardar tantos novos suprimentos.

Então viram as ambulâncias entre os caminhões e, ao se aproximar, viram as padiolas, dezenas delas, largadas de qualquer jeito no chão, e uma massa de uniformes de guerra de um verde sujo e curativos manchados. Havia também soldados em pé, em grupos, apatetados e imóveis, envoltos, tais como os homens no chão, em curativos imundos. Uma ordenança recolhia fuzis da plataforma de um caminhão. Cerca de vinte atendentes, enfermeiras e médicos caminhavam em meio à multidão. Cinco ou seis macas com rodas haviam sido trazidas para a porta do hospital — claramente, não seriam suficientes. Por um momento Briony e Fiona ficaram paradas olhando, e depois, ao mesmo tempo, começaram a correr.

Em menos de um minuto estavam entre os homens. O ar fresco de primavera não conseguia dissipar o fedor de óleo diesel e feridas purulentas. Os rostos e as mãos dos soldados estavam negros; com a barba crescida, o cabelo grudento e as etiquetas que haviam recebido nos hospitais de campo, pareciam idênticos, uma tribo de selvagens vinda de um mundo terrível. Os que estavam em pé pareciam dormir. Mais enfermeiras e médicos saíam do hospital. Um consultor coordenava a operação, e o sistema improvisado de triagem já estava em funcionamento. Alguns dos casos mais urgentes estavam sendo colocados nas macas. Pela primeira vez em seu estágio, Briony foi abordada por um médico, um residente que ela nunca vira antes.

"Você aí, pegue esta padiola."

O próprio médico segurou a extremidade oposta. Briony nunca havia carregado uma padiola antes, e ficou surpresa com o peso. Já haviam entrado no prédio e avançado dez metros no corredor quando ela se deu conta de que seu pulso esquerdo não ia aguentar. Ela segurava a padiola pela extremidade dos pés do paciente. As divisas indicavam que era um sargento. Estava sem botas, e os dedos dos pés, azulados, fediam. A cabeça estava envolta num curativo encharcado, vermelho e negro. Na altura da coxa o uniforme desaparecia no meio de uma ferida. Briony julgou estar vendo a protuberância branca de um osso. A cada passo que davam, o homem sentia mais dor. Os olhos estavam apertados, mas ele abria e fechava a boca numa agonia silenciosa. Se a mão esquerda de Briony cedesse, a padiola certamente se inclinaria para o lado. Seus dedos estavam se soltando quando ela e o médico chegaram ao elevador, entraram e largaram a padiola no chão. Enquanto subiam lentamente, o médico tomou o pulso do homem e respirou fundo. Não se dava conta da presença de Briony. Enquanto se aproximavam do segundo andar, ela só pensava nos trinta metros de corredor que teriam de atravessar até chegar à enfermaria; não sabia se iria aguentar. Tinha a obrigação de dizer ao médico que não ia conseguir. Porém ele estava de costas para ela quando abriu a porta do elevador, e ele mandou-a suspender o seu lado. Briony torcia para que tivesse mais força no braço esquerdo e para que o médico caminhasse mais depressa. Ela não suportaria a vergonha se fracassasse. O homem de rosto enegrecido abria e fechava a boca como se mastigasse. Sua língua estava coberta de manchas brancas. Seu pomo de adão negro subia e descia, e ela se obrigou a fixar a atenção nesse detalhe. Entraram na enfermaria; por sorte uma cama de emergência já estava armada ao lado da porta. Seus dedos começavam a escorregar. Uma enfermeira-chefe e uma enfermeira formada estavam à espera. Quando a padiola estava sendo colocada ao lado do leito, os dedos de Briony perderam a força, ela não tinha mais controle sobre eles, e o jeito foi levantar o joelho esquerdo para aparar o peso. O cabo de madeira esbarrou em sua perna. A padiola oscilou, e foi a enfermeira-chefe que se apressou para segurá-la. O sargento ferido emitiu um som de espanto, como se jamais tivesse imaginado que uma dor poderia ser tão imensa.

"Pelo amor de Deus, menina", murmurou o médico. Com cuidado colocaram o paciente sobre o leito.

Briony ficou esperando para ver se precisavam dela. Mas agora os três estavam ocupados e a ignoravam. A enfermeira estava removendo o curativo da cabeça, e a enfermeira-chefe cortava as calças do soldado. O residente aproximou-se da luz para examinar as notas rabiscadas na etiqueta presa à camisa dele. Briony pigarreou de leve, a enfermeira-chefe levantou a vista e se irritou ao ver que ela ainda estava ali.

"Não fique aí parada, enfermeira Tallis. Vá lá embaixo ajudar."

Briony foi embora humilhada, com uma sensação de vazio se espalhando no estômago. No momento em que a guerra tocou sua vida, no primeiro momento de pressão, ela havia fracassado. Se a mandassem carregar outra padiola, ela não conseguiria nem sequer chegar até o elevador. Porém se lhe dessem a ordem não ousaria se recusar a obedecer. Se deixasse a padiola cair, simplesmente iria embora, pegaria suas coisas, faria a mala e iria para a Escócia trabalhar na lavoura. Seria melhor para todo mundo. Enquanto atravessava apressada o corredor do térreo, viu Fiona vindo na direção oposta, carregando uma padiola. Ela era mais forte que Briony. O rosto do homem que ela levava estava completamente recoberto pelos curativos, restando uma oval escura no lugar da boca. Os olhares das moças se encontraram, e alguma coisa passou entre elas, choque ou vergonha de estarem rindo no parque enquanto essas coisas aconteciam.

Briony foi até a rua e viu com alívio que as últimas padiolas estavam sendo colocadas sobre rodízios e que havia atendentes prontos para empurrá-las. Mais de dez enfermeiras formadas estavam paradas ali perto, com suas malas. Briony reconheceu algumas delas, que eram de sua enfermaria. Não havia tempo para lhes perguntar para onde estavam sendo levadas. Alguma coisa pior estava acontecendo em outro lugar. A prioridade agora eram os feridos que conseguiam andar. Ainda havia mais de duzentos deles. Uma enfermeira-chefe lhe disse para levar quinze homens até a enfermeira Beatrice. Eles a seguiram em fila indiana pelo corredor, como crianças num passeio de escola. Alguns dos homens tinham os braços em tipoias, outros traziam feridas na cabeça ou no peito. Três estavam de muletas. Ninguém falava. Havia um engarrafamento diante dos elevadores, com macas esperando para serem levadas às salas de operação no subsolo e ainda outros soldados tentando subir às enfermarias. Briony encontrou um lugar recuado onde os homens com muletas podiam se sentar; disse-lhes que não saíssem dali e levou os outros para cima pela escada. Subiam devagar, parando em cada patamar.

"Falta pouco", ela repetia, mas eles não pareciam ter consciência de sua presença.

Quando chegaram à enfermaria, o protocolo exigia que ela se apresentasse à enfermeira-chefe. Mas a enfermeira-chefe não estava em sua sala. Briony virou-se para a fila de soldados que haviam se amontoado numa multidão atrás dela. Eles não olhavam para ela. Seus olhares estavam perdidos no espaço vitoriano da enfermaria, nos pilares altos, nas palmeiras em vasos, nos leitos cuidadosamente alinhados, nos lençóis imaculados.

"Esperem aqui", disse ela. "A enfermeira-chefe vai arranjar camas para todos vocês."

Foi andando rapidamente para a extremidade oposta da enfermaria, onde a enfermeira-chefe e duas enfermeiras cuidavam de um paciente. Ouviu passos atrás dela. Os soldados a estavam seguindo.

Horrorizada, ela agitou as mãos para eles. "Voltem, por favor, voltem e esperem."

Porém eles já estavam se espalhando pela enfermaria. Cada homem tinha visto o leito que seria seu. Sem que nada lhes fosse dito, sem retirar as botas, sem ter passado pelo banho nem pela operação de remoção de piolhos, sem vestir os pijamas do hospital, estavam se deitando nas camas. Os cabelos imundos, os rostos enegrecidos repousavam sobre os travesseiros. A enfermeira-chefe se aproximava num passo rápido, vindo do outro lado da enfermaria, os saltos de seus sapatos a ressoar naquele espaço venerando. Briony se aproximou de um dos leitos e puxou a manga de um soldado que estava deitado com o rosto virado para cima, segurando o braço que havia escapado da tipoia. Ao espichar as pernas, ele deixou uma marca de óleo no cobertor. Tudo culpa dela.

"Você tem que se levantar", disse ela no momento em que a enfermeira-chefe chegou. Acrescentou, sem ânimo: "Existe uma rotina".

"Os homens precisam dormir. A rotina fica para depois." Era uma voz irlandesa. A enfermeira-chefe pôs a mão no ombro de Briony e virou-a para poder ler seu nome no crachá. "Volte para a sua enfermaria, enfermeira Tallis. Imagino que estejam precisando de você por lá."

Com um delicado empurrão, Briony foi despachada. Aquela enfermaria não precisava de disciplinadoras como ela. Os homens à sua volta já estavam dormindo, e mais uma vez ela bancara a idiota. Claro que eles precisavam dormir. Ela só quisera fazer o que imaginava fosse necessário. Afinal, não fora ela que inventara aquelas regras. Havia meses que a obrigavam a aprendê-las, os mil detalhes da rotina de internação. Como ela poderia saber que na prática nada daquilo tinha importância? Esses pensamentos indignados a atormentaram quase até ela chegar a sua enfermaria, quando se lembrou de repente dos homens de muletas no térreo, aguardando para serem levados ao elevador. Desceu a escada correndo. Os homens não estavam mais no lugar onde os deixara, nem nos corredores. Briony não queria expor sua incompetência perguntando por eles às enfermeiras e atendentes. Alguém certamente os havia levado ao andar de cima. Nos dias que se seguiram, ela não os viu mais.

Sua enfermaria havia sido escolhida para receber os casos graves de cirurgia que não cabiam na enfermaria apropriada, porém tais definições de início não queriam dizer nada. Era como se estivessem num ponto de triagem na linha de combate. Enfermeiras-chefes e enfermeiras mais graduadas haviam sido trazidas para ajudar, e cinco ou seis médicos trabalhavam com casos mais urgentes. Havia dois capelães; um estava conversando com um homem deitado de lado; o outro rezava junto a um vulto coberto por um lençol. Todas as enfermeiras estavam de máscara, e tanto elas quanto os médicos haviam arregaçado as mangas. As enfermeiras-chefes movimentavam-se rapidamente entre os leitos, dando injeções — provavelmente morfina — e administrando as agulhas de transfusão que conectavam os feridos aos frascos de sangue ou soro que pendiam como frutas exóticas dos suportes altos com rodas. Estagiárias andavam de um lado para o outro com pilhas de sacos de água quente. Um rumor suave de vozes, vozes de médicos, enchia o ambiente, interrompido regularmente por gemidos e gritos de dor. Todos os leitos estavam ocupados, e os recém-chegados eram deixados nas padiolas estacionadas entre as camas para que eles pudessem utilizar os mesmos suportes de frascos. Duas ordenanças se preparavam para recolher os mortos. Junto a vários leitos havia enfermeiras retirando curativos sujos. Tinha-se sempre de decidir se era melhor agir com delicadeza e devagar ou com firmeza e rapidez, para que o momento de dor fosse o mais breve possível. Naquela enfermaria o segundo método era o preferido, o que explicava os gritos. Por toda parte havia um verdadeiro festival de cheiros — o cheiro azedo e grudento de sangue fresco, e também de roupas imundas, suor, óleo, desinfetante, álcool, e, pairando acima de tudo, o fedor da gangrena. Dois dos casos levados à sala de cirurgia resultaram em amputação.

Como as enfermeiras mais graduadas haviam sido enviadas para outros hospitais que estavam recebendo soldados e como não paravam de chegar mais feridos, as enfermeiras formadas davam ordens a todos, e as estagiárias do grupo de Briony receberam responsabilidades novas. Uma enfermeira mandou Briony retirar o curativo e limpar a ferida na perna de um cabo que estava estendido numa padiola perto da porta. Ela só devia fazer um novo curativo depois que um médico examinasse o ferimento. O cabo estava deitado de bruços e fez uma careta quando ela se ajoelhou para que ele falasse em seu ouvido.

"Se eu gritar, não liga não", murmurou ele. "Limpa essa perna, enfermeira. Não quero ficar sem ela, não."

A perna da calça havia sido cortada. O curativo exterior parecia relativamente novo. Briony começou a desenrolá-lo e, quando não dava mais para passar a mão por baixo da perna, usou a tesoura para cortar fora o esparadrapo.

"Me trataram lá no cais, em Dover."

Agora só restava a gaze, negra de sangue coagulado, ao longo de toda a extensão da ferida, que ia do joelho até o tornozelo. A perna em si estava negra, sem pelos. Briony temia o pior e respirava pela boca.

"Mas como é que você foi arrumar uma coisa dessas?" Obrigou-se a assumir um tom despreocupado.

"Veio o obus e me jogou em cima de uma cerca de metal corrugado."

"Você teve azar. Bem, eu preciso tirar esse curativo."

Ela levantou uma ponta, e o cabo estremeceu.

Disse ele: "Conta assim, um dois três, e seja rápida".

O cabo cerrou os punhos. Ela pegou a ponta que havia libertado, agarrou-a com força entre o indicador e polegar e arrancou o curativo de uma vez só. Veio-lhe à mente uma lembrança da infância, uma festa de aniversário em que alguém fez o famoso truque de retirar a toalha. O curativo saiu inteiro, mas com um som áspero.

Disse o cabo: "Vou vomitar".

Havia uma cuba rim à mão. Ele fez menção de vomitar, mas não saiu nada. Havia gotas de suor nas dobras de pele atrás de seu pescoço. O ferimento se estendia por meio metro, talvez mais, traçando uma curva atrás do joelho. Os pontos que havia recebido eram malfeitos e irregulares. Aqui e ali uma das beiras da pele rompida se sobrepunha à outra, revelando as camadas de gordura, e pequenas erupções que pareciam minúsculos cachos de uvas vermelhas emergiam da fissura.

Disse ela: "Não se mexa. Vou limpar em volta, mas não vou pegar na ferida". Não ia tocá-la ainda. A perna estava negra e macia, como uma banana madura demais. Briony embebeu algodão em álcool. Temendo que a pele se desprendesse por completo, passou o algodão de leve pela batata da perna, cinco centímetros acima do ferimento. Depois passou-o de novo, com um pouco mais de pressão. A pele estava firme, por isso ela apertou o algodão até o homem estremecer. Ela retirou a mão e viu a faixa de pele branca que agora se revelava. O algodão estava negro. Não era gangrena. Ela não conseguiu conter uma interjeição de alívio. Sentiu até mesmo a garganta apertar.

O cabo perguntou: "O que foi, enfermeira? Pode me falar". Tentou se erguer e olhar por cima do ombro. Havia medo em sua voz.

Briony engoliu e disse, num tom neutro: "Acho que vai cicatrizar".

Ela pegou mais algodão. Era óleo, ou graxa, misturada com areia de praia, e era difícil soltar. Limpou uma área de dez centímetros, contornando o ferimento.

Estava trabalhando havia alguns minutos quando uma mão pousou em seu ombro e uma voz de mulher disse-lhe ao pé do ouvido: "Muito bem, enfermeira Tallis, mas você tem que trabalhar mais depressa".

Briony estava de joelhos, debruçada sobre a padiola, espremida contra uma cama, e não era fácil se virar para trás. Quando conseguiu, só viu o vulto conhecido se afastando. O cabo já estava dormindo no momento em que ela começou a limpar junto aos pontos. Seu corpo estremeceu, mas ele não chegou a acordar de todo. A exaustão o anestesiara. Quando por fim ela se levantou e recolheu a tigela e todo o algodão sujo, chegou um médico que a despachou.

Briony lavou bem as mãos e foi cumprir outra tarefa. Tudo era diferente para ela agora que havia conseguido realizar uma coisa pequena. Mandaram-na servir água aos soldados que estavam derrubados de exaustão. Era importante que não se desidratassem. Vamos, soldado Carter. Beba isso que depois você pode continuar dormindo. Levante um pouquinho agora... Ela levava-lhes aos lábios um pequeno bule esmaltado branco e deixava que eles sugassem a água do bico enquanto repousavam suas cabeças imundas no avental dela, como se fossem bebês gigantescos. Briony se lavou outra vez e depois percorreu a enfermaria com as comadres. Essa tarefa nunca a incomodara tão pouco. Disseram-lhe que cuidasse de um soldado com ferimentos no estômago que havia perdido também uma parte do nariz. Olhando para a cartilagem ensanguentada, dava para ver até o interior da boca e a parte de trás da língua dilacerada. Sua tarefa era limpar o rosto do homem. Mais uma vez, óleo misturado com areia que havia penetrado na pele com o impacto. Ele estava acordado, ao que parecia, porém mantinha os olhos fechados. A morfina o acalmara, e sua cabeça balançava ligeiramente de um lado para outro, como se estivesse ouvindo uma música interior. Quando suas feições começaram a surgir por trás da máscara negra, Briony pensou naqueles livros de páginas em branco, de papel brilhante, em que, quando menina, ela esfregava um lápis de ponta rombuda para fazer uma imagem surgir. Pensou também que um daqueles homens poderia ser Robbie; ela cuidaria de seus ferimentos sem saber quem era e com algodão limparia seu rosto delicadamente até que as feições tão conhecidas emergissem; ele se viraria para ela cheio de gratidão e a reconheceria, seguraria sua mão e a apertaria em silêncio, perdoando-a. Então ela o deixaria dormir.

Suas responsabilidades aumentavam. Munida de fórceps e cuba rim, mandaram-na a uma enfermaria adjacente, cuidar de um aviador que tinha estilhaços na perna. O homem olhou-a desconfiado quando ela dispôs seus instrumentos.

"Se é para tirar, prefiro uma operação."

As mãos de Briony tremiam. Mas ela se surpreendeu ao constatar como lhe vinha com facilidade a voz seca de enfermeira durona. Fechou o biombo em torno da cama.

"Não seja bobo. A gente vai tirar isso num instante. Como foi que aconteceu?"

Enquanto ele explicava que seu trabalho era construir pistas de pouso nos campos do norte da França, seus olhos voltavam a toda hora para o fórceps de aço que ela retirara da autoclave. Estava largado, pingando, sobre a cuba rim de borda azul.

"A gente começava a trabalhar, aí vinham os boches e jogavam as bombas. Aí a gente recuava, começava tudo outra vez num outro campo, aí lá vinham os boches de novo e a gente recuava de novo. Até que a gente caiu dentro do mar."

Ela sorriu e puxou para o lado as cobertas. "Posso dar uma olhada?"

O óleo e a sujeira haviam sido retirados de suas pernas, revelando uma área abaixo da coxa em que estilhaços de metal estavam cravados na carne. Ele semiergueu-se, observando-a com ansiedade.

Disse ela: "Fique deitado pra eu poder ver como é que está".

"Eles não estão me incomodando nem nada."

Vários pedaços estavam espalhados por uma área com um diâmetro de trinta centímetros. Havia inchamentos e pequenas inflamações em torno de cada ruptura na pele.

"Eu não ligo não, enfermeira. Por mim eles ficavam aí onde estão." Riu sem convicção. "Para mostrar pros netos."

"Estão infeccionando", disse ela. "E podem afundar."

"Afundar?"

"Na sua carne. Entrar no sangue e ser levados pro coração. Ou pro cérebro."

Ele pareceu acreditar. Deitou-se de novo e suspirou, olhando para o teto distante. "Porra. Quer dizer, desculpa, enfermeira. Acho que hoje não vou aguentar."

"Vamos contar os estilhaços juntos, está bem?"

Foi o que fizeram, em voz alta. Oito. Ela pressionou de leve o peito do aviador.

"Eles têm que sair. Agora deite direito. Vou trabalhar o mais depressa possível. Se isso ajudar, agarre a cabeceira atrás de você."

A perna dele estava tensa e trêmula quando ela tomou o fórceps.

"Não prenda a respiração. Tente relaxar."

Ele soltou uma interjeição de deboche. "Relaxar!"

Com a mão esquerda Briony firmou a direita. Seria mais fácil se ela se sentasse na beira da cama, mas isso não era profissional, era absolutamente proibido. Quando pôs a mão esquerda na parte não afetada da perna do homem, ele estremeceu. Ela escolheu o menor estilhaço que encontrou na periferia do ferimento. A parte que estava de fora formava um triângulo oblíquo. Ela o agarrou, fez uma pausa breve, depois o arrancou com firmeza, mas sem sacudi-lo.

"Caralho!"

A palavra que escapara ricocheteou em torno da enfermaria, dando a impressão de que foi repetida várias vezes. Fez-se silêncio, ou pelo menos baixou o nível de ruído que vinha de fora do biombo. Briony ainda segurava no fórceps o fragmento de metal ensanguentado. Tinha dois centímetros de comprimento e sua ponta era afiada. Passos decididos se aproximavam. Ela largou o estilhaço na cuba rim no momento em que a enfermeira-chefe Drummond abriu o biombo com um gesto decidido. Perfeitamente calma, olhou de relance para o pé da cama, onde estava anotado o nome do homem e, provavelmente, seu estado físico; depois se aproximou dele e o olhou nos olhos.

"Mas que ousadia", disse a enfermeira-chefe, em voz baixa. E repetiu: "Mas que ousadia a sua, falar assim na frente de uma das minhas enfermeiras".

"Desculpe. Saiu sem querer."

A enfermeira-chefe Drummond olhou com desdém para a

cuba rim. "Em comparação com alguns dos casos que recebemos nas últimas horas, aviador Young, seus ferimentos são superficiais. O senhor devia se considerar uma pessoa de sorte. E exibir uma coragem condizente com o seu uniforme. Continue, enfermeira Tallis."

No silêncio que se instaurou depois que a enfermeira-chefe foi embora, Briony disse, num tom animado: "Vamos continuar, está bem? Só faltam sete. Quando terminar, eu lhe trago uma dose de conhaque".

O homem suava, todo seu corpo estremecia; estavam brancos os nós dos dedos que apertavam a cabeceira de ferro. Mas ele não produziu nenhum som enquanto ela arrancava os outros fragmentos.

"Pode gritar se quiser."

Mas ele não queria receber outra visita da enfermeira-chefe Drummond, e Briony compreendia. Estava guardando o maior para o final. Esse não saiu de uma vez só. O aviador estrebuchou na cama, sibilando entre os dentes trincados. Na segunda tentativa, três centímetros do estilhaço ficaram para fora da carne. Briony conseguiu extraí-lo na terceira tentativa e exibiu-o para ele, um estilete ensanguentado de aço irregular, com seis centímetros de comprimento.

O homem olhou espantado para aquilo. "Passa uma água nele, enfermeira. Esse eu vou levar pra casa." Então enfiou o rosto no travesseiro e começou a chorar. Talvez fosse tanto por efeito da palavra "casa" quanto da dor. Briony foi pegar o conhaque e parou na sala de esterilização para vomitar.

Ficou um bom tempo retirando curativos dos ferimentos mais superficiais, lavando-os e fazendo curativos novos. Então veio a ordem que ela mais temia.

"Quero que você vá fazer um curativo no rosto do soldado Latimer."

Ela já havia tentado alimentá-lo antes, enfiando uma colher de chá no que restava da sua boca, procurando lhe poupar a humilhação de babar. Ele afastou a mão dela. Engolir doía demais. Metade de seu rosto fora destruído. O que ela mais temia, mais do que a retirada do curativo, era a expressão de censura naqueles grandes olhos castanhos. O que vocês fizeram comigo? Seu meio de comunicação era um "aah" suave que vinha do fundo da garganta, um pequeno gemido de decepção.

"Vamos consertar você já, já", ela repetia o tempo todo, sem saber que outra coisa dizer.

E agora, aproximando-se daquela cama com seu material de trabalho, Briony disse, num tom alegre: "Oi, soldado Latimer. Sou eu de novo".

Ele olhou para ela sem parecer reconhecê-la. Enquanto soltava a bandagem que estava presa ao alto de sua cabeça, Briony disse: "Vai dar tudo certo. Daqui a uma ou duas semanas você vai sair daqui andando, você vai ver. Coisa que muita gente não vai poder fazer".

Isso era um conforto. Sempre havia alguém pior. Meia hora antes haviam feito uma amputação múltipla num capitão do East Surrey Regiment — o regimento para o qual haviam entrado os rapazes da cidadezinha. E havia também os que morriam.

Com uma pinça de cirurgião, começou a retirar cuidadosamente as faixas de gaze encharcadas, cheias de sangue coagulado, da cavidade que havia de um dos lados de seu rosto. Quando removeu a última, a semelhança entre aquele rosto e o modelo que usava nas aulas de anatomia era muito pequena. Aquilo era uma ruína, vermelha, em carne viva. A ausência de bochecha permitia que ela visse os molares superiores e inferiores e a língua lustrosa, horrivelmente comprida. Mais acima,

360

onde ela mal ousava olhar, viam-se descobertos os músculos em torno da órbita do olho. Uma coisa tão íntima, que não era para ser vista. O soldado Latimer havia se transformado em um monstro, e ele certamente adivinhara isso. Haveria uma moça que o amava antes? Ela continuaria a amá-lo?

"Vamos consertar você já, já", ela mentiu outra vez.

Começou a recolocar no rosto maços de gaze limpa encharcada de ácido bórico. Enquanto prendia os pinos, ele emitiu aquele som triste outra vez.

"Quer que eu traga o papagaio?"

Ele balançou a cabeça e repetiu o som.

"Essa posição está desconfortável?"

Não.

"Água?"

Fez que sim com a cabeça. De seus lábios só restava um pequeno canto. Ela inseriu o bico do pequeno bule e inclinou-o. Cada vez que ele engolia, seu corpo se contraía de dor, e essa contração por sua vez proporcionava uma agonia em torno dos músculos do rosto que não estavam mais lá. Ele não suportava mais, porém, quando ela retirou o bule, ele levantou a mão em direção a seu pulso. Ele precisava de mais água. Melhor a dor que a sede. E a coisa continuou assim por alguns minutos — ele não suportava a dor, ele precisava de água.

Briony queria ficar com ele, mas havia sempre outra tarefa a fazer, sempre uma enfermeira-chefe exigindo ajuda ou um soldado chamando de seu leito. Precisou sair da enfermaria por um momento quando um homem que acordava da anestesia vomitou em seu colo, obrigando-a a procurar um avental limpo. Surpreendeu-se quando se deu conta, ao passar por uma janela do corredor, de que estava escuro lá fora. Cinco horas haviam transcorrido desde que ela e Fiona voltaram do parque. Ela estava no depósito de roupas limpas, vestindo o avental, quando a enfermeira-chefe Drummond se aproximou. Era difícil dizer o que havia mudado — continuava silenciosa e distante, emitindo ordens inquestionáveis. Talvez, por trás da autodisciplina, um toque de solidariedade na adversidade.

"Enfermeira, vá aplicar os sacos de sulfadiazina de prata nos braços e nas pernas do cabo MacIntyre. O resto do corpo você vai tratar com ácido tânico. Se houver qualquer problema, venha diretamente a mim."

E se virou para dar instruções a outra enfermeira. Briony vira o cabo chegando ao hospital. Era um dos vários homens que haviam se queimado com óleo fervente numa barca que afundou perto de Dunquerque. Fora recolhido do mar por um destróier. O óleo viscoso que se grudara a ele foi consumindo o tecido. O que estava estendido no leito eram os restos de um tição humano. Briony não acreditava que ele sobreviveria. Não foi fácil encontrar uma veia para lhe dar morfina. Em algum momento nas últimas duas horas, ela havia ajudado duas outras enfermeiras a colocá-lo sobre uma comadre, e ele gritara assim que as mãos encostaram em sua pele.

A sulfadiazina de prata vinha em grandes sacos de celofane. O membro queimado flutuava lá dentro, numa solução salina que tinha de ser mantida exatamente na temperatura certa. Não se tolerava uma variação de um grau. Quando Briony se aproximou, uma estagiária com um fogareiro a óleo portátil, instalado sobre uma maca com rodas, já estava preparando a solução. Era necessário trocar os sacos com frequência. O cabo MacIntyre estava deitado em decúbito dorsal numa cama elevatória porque o contato dos lençóis com a pele era insuportável para ele. Ele pedia água, numa lamúria lastimável. As vítimas de queimaduras sempre ficavam muito desidratadas. Ele não podia receber fluidos via oral porque os lábios estavam destruídos e inchados, e a língua estava coberta de feridas. O soro havia saído do lugar; a agulha não parava na veia danifica-da. Uma enfermeira formada que Briony jamais vira antes esta-va colocando um novo saco de soro no suporte. Briony prepa-rou o ácido tânico numa tigela e pegou o rolo de algodão. Resolveu começar pelas pernas do paciente, para não atrapa-lhar a enfermeira, que começava a procurar uma veia no braço enegrecido.

Porém a enfermeira lhe perguntou: "Quem mandou você aqui?".

"A enfermeira-chefe Drummond."

A outra foi seca, falando sem levantar a vista: "Ele está so-frendo demais. Não quero que mexam nele enquanto eu não conseguir que ele se hidrate. Vá encontrar outra coisa pra fazer".

Briony obedeceu. Não sabia quantas horas haviam se pas-sado — talvez já fosse de madrugada — quando a mandaram buscar toalhas limpas. Encontrou a enfermeira parada à entrada da enfermaria, chorando discretamente. O cabo McIntyre havia morrido. Seu leito já estava ocupado por outro paciente.

As estagiárias e as segundanistas trabalhavam doze horas sem descanso. As outras treinandas e as enfermeiras formadas trabalhavam direto; ninguém sabia dizer havia quanto tempo elas estavam nas enfermarias. Toda a formação que ela recebe-ra, Briony pensou mais tarde, fora importante, mas tudo o que sabia a respeito do trabalho de enfermagem aprendera naquela noite. Nunca tinha visto homens chorando antes. De início, fi-cou chocada, mas em menos de uma hora se acostumou. Por outro lado, o estoicismo de alguns dos soldados a deixava atôni-ta, por vezes até horrorizada. Homens que acabavam de sofrer amputações sentiam-se compelidos a fazer piadas terríveis. Co-mo é que eu vou poder chutar minha patroa agora, hein? Todos os segredos do organismo eram postos a nu — osso emergindo da carne, exposições sacrílegas dos intestinos ou do nervo óptico. A partir desse ponto de vista novo e íntimo, ela aprendeu uma coisa simples e óbvia que sempre soubera, e que todos sabiam: uma pessoa é, acima de tudo, uma coisa material, fácil de danificar e difícil de consertar. Briony jamais chegaria mais perto do campo de batalha do que ali, pois cada paciente de que ela cuidava continha alguns de seus elementos essenciais — sangue, óleo, areia, lama, água do mar, balas, estilhaços, graxa de motor, e também o cheiro de cordite, e uniformes de combate úmidos e suados, em cujos bolsos ainda se encontravam restos de comida rançosa, junto com fragmentos encharcados de barras Amo. Com frequência, quando ela voltava mais uma vez à pia onde havia torneiras altas e um bloco de soda, o que mais saía de seus dedos era areia de praia. Ela e as outras estagiárias de seu grupo só se davam conta da presença das outras como enfermeiras, não como amigas: praticamente não registrou o fato de que uma das moças que a haviam ajudado a colocar o cabo MacIntyre sobre a comadre era Fiona. Às vezes, quando um soldado de quem Briony cuidava estava com muita dor, ela sentia-se tomada por uma ternura impessoal que a afastava do sofrimento, permitindo-lhe que trabalhasse com eficiência e sem se horrorizar. Nesses momentos ela se dava conta do que era a enfermagem e ansiava por fazer jus àquele título, àquele distintivo. Percebia que seria capaz de abrir mão de suas ambições literárias e dedicar sua vida a esse trabalho, em troca daqueles momentos de amor elevado e generalizado.

Por volta das três e meia da madrugada, disseram-lhe que fosse ter com a enfermeira-chefe Drummond. Ela estava sozinha, fazendo uma cama. Antes, Briony a vira na sala de esterilização. Ela parecia estar em todos os lugares, executando tarefas de todos os níveis. Automaticamente, Briony começou a ajudá-la.

Disse a enfermeira-chefe: "Se não me engano, você fala um pouco de francês".

"Só o que aprendi na escola."

Ela fez um sinal em direção à extremidade da enfermaria. "Está vendo aquele soldado sentado na cama, lá no final? Caso grave de cirurgia, mas não precisa usar máscara. Arranje uma cadeira, vá lá conversar com ele. Segure a mão dele e converse com ele."

Briony não conseguiu não se sentir ofendida. "Mas eu não estou cansada, enfermeira-chefe. Sério."

"Faça o que estou mandando."

"Sim, senhora."

Ele parecia um menino de quinze anos, mas, segundo o quadro afixado à cama, tinha a mesma idade que ela, dezoito. Estava sentado, apoiado em vários travesseiros, observando a atividade à sua volta com uma espécie de deslumbramento abstraído, como uma criança. Era difícil vê-lo como um soldado. Tinha um rosto belo e delicado, com sobrancelhas negras e olhos verde-escuros, lábios cheios e macios. O rosto era alvo e tinha um brilho estranho, e os olhos eram morbidamente radiantes. A cabeça estava envolta em muitos curativos. Quando Briony trouxe a cadeira e se sentou, ele sorriu, como se estivesse esperando por ela, e, quando ela lhe tomou a mão, ele não pareceu se surpreender.

"Te voilà enfin." As vogais francesas tinham uma ressonância musical, mas ela conseguia compreendê-lo. A mão dele estava fria e untuosa.

Disse ela: "A enfermeira-chefe me disse para vir conversar com você". Não sabendo o termo em francês, traduziu "enfermeira-chefe" como "irmã".

"Sua irmã é muito simpática." Então inclinou a cabeça e acrescentou: "Sempre foi. E está tudo bem com ela? O que ela anda fazendo?".

Havia tanta amizade e encantamento em seu olhar, uma ânsia tão intensa de envolvê-la, que Briony não pôde deixar de entrar no delírio dele.

"Ela é enfermeira também."

"Claro. Você já tinha me dito. Ela ainda é feliz? Ela se casou com aquele rapaz que ela amava tanto? Sabe, não consigo me lembrar do nome dele. Espero que você me perdoe. Desde que me feri, minha memória está fraca. Mas dizem que logo vai voltar. Como era mesmo o nome dele?"

"Robbie. Mas…"

"E eles agora estão casados e felizes?"

"Ah… espero que em breve estejam."

"Fico muito feliz por ela."

"Você ainda não me disse seu nome."

"Luc. Luc Cornet. E o seu?"

Ela hesitou. "Tallis."

"Tallis. Muito bonito." Do jeito que ele o pronunciava, de fato era bonito.

Ele desviou a vista do rosto de Briony e olhou para a enfermaria, virando a cabeça devagar, num deslumbramento silencioso. Então fechou os olhos e começou a delirar, falando em voz baixa. O vocabulário de Briony era pequeno, e não lhe era fácil acompanhá-lo. Algumas coisas ela conseguia entender: "Você conta devagar, na mão, nos dedos… a echarpe da minha mãe… você escolhe a cor e tem que viver com ela".

Passou alguns minutos em silêncio. Sua mão apertava a de Briony com mais força. Quando voltou a falar, seus olhos continuavam fechados.

"Vou lhe dizer uma coisa estranha. Sabe que essa é a primeira vez que venho a Paris?"

"Luc, você está em Londres. Logo vamos mandar você pra casa."

"Me disseram que as pessoas aqui eram frias e antipáticas, mas é exatamente o contrário. São muito simpáticas. E é muita bondade sua vir me ver outra vez."

Por algum tempo, Briony pensou que ele houvesse adormecido. Sentada pela primeira vez depois de muitas horas, ela sentiu seu cansaço pesando por trás dos olhos.

Então Luc voltou a olhar a sua volta, rodando a cabeça devagar como antes; olhou para ela e disse: "Claro, você é a moça que tem sotaque inglês".

Ela perguntou: "Me conte o que você fazia antes da guerra. Onde você morava? Você lembra?".

"Lembra aquela Páscoa que você foi a Millau?" Num gesto débil, balançava a mão de Briony de um lado para o outro enquanto falava, como se para lhe reavivar a memória, e seus olhos verde-escuros perscrutavam-lhe o rosto, expectantes.

Ela achou que não era direito enganá-lo. "Nunca estive em Millau..."

"Lembra a primeira vez que você entrou na nossa loja?"

Ela aproximou a cadeira da cama. O rosto pálido e oleoso do soldado oscilava diante de seus olhos. "Luc, quero que você me escute."

"Acho que foi minha mãe quem atendeu você. Ou então uma das minhas irmãs. Eu estava trabalhando com meu pai nos fornos, lá nos fundos. Ouvi o seu sotaque e vim dar uma olhada em você..."

"Eu queria lhe dizer onde você está. Você não está em Paris..."

"Então você voltou no dia seguinte, e dessa vez eu estava lá, e você disse..."

"Daqui a pouco você vai dormir. Eu venho visitar você amanhã, prometo."

Luc levou a mão à cabeça e franziu a testa. Disse, num tom mais grave: "Quero lhe pedir um favorzinho, Tallis".

"Claro."

"Esse curativo está muito apertado. Dava pra você afrouxar um pouquinho?"

Briony levantou-se e olhou para a cabeça do soldado. Os laços de gaze estavam amarrados de modo a permitir que fossem afrouxados com facilidade. Enquanto ela puxava com jeito os laços, ele continuava falando:

"A minha irmã menor, a Anne, você se lembra dela? É a garota mais bonita lá de Millau. Ela passou na prova tocando uma pecinha de Debussy, uma coisa tão leve, tão divertida. Quer dizer, é o que a Anne diz. A música não sai da minha cabeça. Talvez você conheça."

Começou a cantarolar umas notas soltas. Briony estava desenrolando a camada de gaze.

"Ninguém sabe de onde veio esse talento dela. O resto da família não leva o menor jeito pra música. Quando ela toca, fica perfeitamente aprumada. Ela só sorri depois que termina. Ah, está começando a melhorar. Acho que foi a Anne quem atendeu você a primeira vez que você entrou na loja."

Não era sua intenção remover a gaze, mas, no momento em que Briony a desapertou, a toalha esterilizada que estava por baixo dela escorregou, levando junto consigo uma parte do curativo ensanguentado. Faltava um lado da cabeça de Luc. O cabelo fora raspado em torno da parte do crânio que não estava mais lá. Abaixo da linha irregular de osso via-se a massa esponjosa e sanguinolenta do cérebro, numa extensão de vários centímetros, desde o topo da cabeça até quase a ponta da orelha. Briony pegou a toalha antes que caísse no chão e segurou-a um pouco até que a náusea passasse. Só então se deu conta da coisa imprudente e antiprofissional que fizera. Luc permanecia imóvel, à espera. Ela olhou para o outro lado da enfermaria. Ninguém estava prestando atenção. Recolocou a toalha esterilizada, fixou a gaze e refez os laços. Sentou-se de novo, tomou a mão do soldado e tentou encontrar algum apoio naquele toque frio e úmido.

Luc estava delirando outra vez. "Eu não fumo. Prometi dar minha ração a Jeannot... Olha, se espalhou pela mesa... debaixo das flores, agora... o coelho não ouve você, seu bobo..." As palavras vinham numa torrente, e Briony não conseguia mais acompanhá-las. Depois captou uma referência a algum professor que era severo demais — talvez um oficial. Por fim ele se calou. Briony enxugou-lhe a testa suada com uma toalha úmida, e esperou.

Quando abriu os olhos, Luc retomou a conversa como se não tivesse havido nenhuma interrupção.

"O que você achou das nossas baguetes e ficelles?"

"Deliciosas."

"Foi por isso que você passou a vir todo dia."

"Foi."

Ele parou para pensar nisso. Então acrescentou, cauteloso, levantando uma questão delicada: "E os nossos croissants?".

"Os melhores de Millau."

Ele sorriu. Quando falava, havia um som áspero no fundo de sua garganta que ambos fingiam não ouvir.

"Receita especial do meu pai. Tudo depende da qualidade da manteiga."

Ele contemplava Briony num êxtase. Com a outra mão cobriu a mão dela.

Disse: "Você sabe que minha mãe gosta muito de você".

"Gosta mesmo?"

"Ela fala de você o tempo todo. Ela acha que a gente devia se casar no verão."

Briony olhava-o nos olhos. Agora compreendia por que a haviam chamado. Luc estava com dificuldade de engolir, e gotas de suor se formavam na testa, ao longo da borda do curativo e no lábio superior. Ela enxugou as gotas e ia pegar água para lhe dar, mas então ele disse:

"Você me ama?"

Ela hesitou. "Amo." Nenhuma outra resposta era possível. Além disso, naquele momento, ela o amava, sim. Era um menino lindo que estava muito longe da família e muito perto da morte.

Briony deu-lhe água. Enquanto ela lhe enxugava o suor do rosto outra vez, Luc disse: "Você já esteve na Causse de Larzac?".

"Não. Nunca."

Mas ele não se ofereceu para levar Briony lá. Em vez disso, virou a cabeça sobre o travesseiro e logo recomeçou a murmurar coisas ininteligíveis. Continuava apertando a mão de Briony com força, como se tivesse consciência de sua presença.

Quando a lucidez voltou, virou-se para ela.

"Não vá embora ainda não."

"Claro que não. Vou ficar com você."

"Tallis..."

Ainda sorrindo, ele entrecerrou os olhos. De repente, retesou-se de um salto, como se uma corrente elétrica lhe percorresse os membros. Olhava para ela com surpresa, os lábios entreabertos. Então se inclinou para a frente, como se tentasse agarrá-la. Briony levantou-se de repente para impedir que ele caísse no chão. A mão ainda apertava a mão de Briony, e o braço livre estava em torno do pescoço dela. Apertava a testa contra seu ombro, o rosto contra o seu. Briony temia que a toalha escorregasse de sua cabeça. Temia não aguentar seu peso, temia não suportar ver aquela ferida outra vez. O som áspero que vinha do fundo da garganta soava bem próximo de seu ouvido. Cambaleando, ela conseguiu deitá-lo na cama e ajeitá-lo sobre os travesseiros.

"Meu nome é Briony", disse ela, de modo que apenas Luc ouvisse.

Os olhos dele estavam arregalados, numa expressão de espanto, e sua pele branca como cera brilhava à luz elétrica. Ela se aproximou mais e levou os lábios ao ouvido de Luc. Atrás dela havia uma presença, e depois uma mão pousada em seu ombro.

"Tallis, não. Você tem que me chamar de Briony", sussurrou ela, enquanto uma de suas mãos se estendia até tocar a outra e soltar seus dedos dos dedos do rapaz.

"Levante-se, enfermeira Tallis."

A enfermeira-chefe Drummond segurou-a pelo cotovelo e ajudou-a a se pôr de pé. As bochechas da mulher estavam muito vermelhas, e na altura dos malares havia uma linha reta nítida separando o vermelho do branco.

Do outro lado da cama, uma enfermeira cobria o rosto de Luc Cornet com o lençol.

Franzindo os lábios, a enfermeira-chefe endireitou o colarinho de Briony. "Isso. Agora vá lavar o sangue do rosto. Senão os outros pacientes podem ficar nervosos."

Ela obedeceu; foi ao banheiro e lavou o rosto em água fria, e minutos depois voltou para reassumir suas tarefas na enfermaria.

Às quatro e meia da madrugada as estagiárias tiveram ordem de se recolher ao alojamento para dormir, devendo voltar às onze. Briony caminhava ao lado de Fiona. Nenhuma das duas disse palavra, e, quando ficaram de braços dados, foi como se retomassem, após toda uma vida de experiência, aquela caminhada pela ponte de Westminster. Não teriam conseguido exprimir em palavras o que haviam vivenciado naquele dia e o quanto haviam mudado. Bastava-lhes poder caminhar pelos corredores vazios atrás das outras moças.

Depois que se despediu e entrou em seu pequeno quarto, Briony encontrou uma carta no chão. A letra que viu no envelope lhe era desconhecida. Uma das moças certamente a teria pegado na portaria e enfiado embaixo de sua porta. Em vez de abri-la de imediato, primeiro se despiu e preparou-se para dormir. Sentou na cama, já de camisola, com a carta no colo, e pensou no rapaz. O canto de céu que dava para se ver de sua janela já estava branco. Ela ainda ouvia sua voz, pronunciando Tallis de modo a transformar aquele sobrenome num nome de mulher. Imaginou o futuro inacessível — a boulangerie numa rua estreita e ensombrada, cheia de gatos magros, o som de um piano vindo de uma janela de sobrado, suas cunhadas rindo de seu sotaque, e Luc Cornet amando-a a sua maneira ansiosa. Teria sido bom chorar por ele, e por sua família em Millau, que aguardava notícias. Mas Briony não conseguia sentir nada. Estava esvaziada. Ficou quase meia hora sentada, numa espécie de transe, quando por fim, exausta mas ainda sem sono, amarrou o cabelo com a fita que sempre usava, deitou-se e abriu a carta.

Cara Briony Tallis:

Obrigado por nos enviar *Dois vultos junto a uma fonte* e queira aceitar nossas desculpas pela demora desta resposta. Como você há de compreender, seria extraordinário para nós publicar uma novela completa de autoria de uma escritora desconhecida, como aliás o seria mesmo que o autor fosse bem conhecido. Não obstante, lemos sua novela com a intenção de talvez poder publicá-la em parte. Infelizmente, não poderemos fazê-lo. Estou devolvendo seus originais num envelope separado.

Dito isso, constatamos (ainda que de início cônscios de que tínhamos muitas outras coisas a fazer nesta redação) que a leitura de sua novela nos despertara grande interesse. Embora não nos seja possível publicar uma parte dela, julgamos importante informá-la de que aqui há outros além de mim interessados em futuros escritos seus. Não somos complacentes com relação à idade média de nossos colaboradores, e é com prazer que publicamos escritores jovens e promissores. Gostaríamos de ver outros trabalhos seus, principalmente contos.

Julgamos *Dois vultos junto a uma fonte* uma obra merecedora de uma leitura atenta — e isso não é algo que eu costume dizer a respeito de qualquer escrito. Rejeitamos um grande número de originais, alguns deles produzidos por escritores de renome. Há no seu trabalho algumas imagens boas — gostei de "a grama alta tocaiada pelo amarelo leonino do verão" — e você ao mesmo tempo capta um fluxo de pensamento e o representa com diferenças sutis a fim de fazer tentativas de caracterização. Algo de singular e inexplicado é apreendido. No entanto, por vezes nos pareceu haver uma presença um pouco excessiva das técnicas de Virginia Woolf. O momento presente cristalino em si é, sem dúvida, um tema merecedor, especialmente no caso da poesia; ele permite que o escritor exiba seu talento, mergulhe nos mistérios da percepção, apresente uma versão estilizada dos processos de pensamento, permite a exploração das circunstâncias imprevisíveis do seu íntimo etc. Quem haverá de questionar a validade dessa experimentação? Porém esse tipo de prosa pode resvalar no preciosismo quando falta um movimento para a frente. Em outras palavras, nossa atenção teria sido cativada ainda mais se houvesse uma correnteza subjacente de simples narrativa. É preciso haver um desenvolvimento.

Veja-se, por exemplo, a criança à janela, cujo relato é apresentado em primeiro lugar — sua incapacidade de compreender a situação está muito bem captada. Como também está a decisão que ela toma em seguida e sua sensação de estar sendo iniciada nos mistérios da vida adulta. Surpreendemos essa menina no momento em que seu eu começa a se formar. Ficamos intrigados quando ela decide abandonar os contos de fadas, as histórias folclóricas e peças que ela vinha escrevendo até então (seria ótimo se pudéssemos saborear um desses escritos), porém ela talvez tenha jogado fora o bebê da técnica ficcional junto com a água das histórias folclóricas. Apesar de todos os ritmos controlados e das observações inteligentes, muito pouca coisa acontece após um início tão promissor. Um rapaz e uma moça perto de uma fonte, dois jovens que claramente têm muitos sentimentos mútuos mal resolvidos, disputam um vaso da dinastia Ming e o quebram. (Mais de um de nós achou que dinastia Ming era um pouco precioso demais para levar até a fonte. Um Sèvres ou um Nymphenburg não seria talvez mais apropriado?) A moça entra vestida na fonte para pegar os pedaços. Não seria melhor se a menina que assiste à cena não soubesse que o vaso havia se quebrado? Seria ainda mais misterioso para ela o mergulho da moça na fonte. Muita coisa poderia se desenrolar a partir dessa cena — mas você dedica dezenas de páginas ao jogo de luz e sombras, e a impressões aleatórias. Depois vemos a cena do ponto de vista do rapaz, depois da moça — mas poucas coisas novas são relevadas, apenas mais apreensões de aparências e sensações, e algumas lembranças irrelevantes. O rapaz e a moça se separam, deixando uma marca úmida no chão que rapidamente evapora — e chegamos ao fim. Há nisso algo de excessivamente estático que não faz jus ao seu talento evidente.

Se a menina compreendeu de modo tão errôneo a estranha cena que se desenrolou diante de seus olhos, ou ficou tão intrigada com ela, de que maneira esse fato poderia afetar as vidas dos dois adultos? Quem sabe a menina não interviria entre eles de algum modo desastroso? Ou os aproximaria, de propósito ou sem intenção? Não poderia ela, em sua inocência, colocá-los numa situação difícil, diante dos pais da moça, por exemplo? Certamente eles não veriam com bons olhos uma ligação entre sua filha mais velha e o filho da arrumadeira. E se o jovem casal utilizasse a menina como mensageira?

Em outras palavras, em vez de mergulhar tanto nas percepções de cada um dos três personagens, seria talvez possível colocá-los diante de nós de modo mais econômico, sem eliminar de todo algumas passagens vigorosas sobre a luz, a pedra, a água, nas quais você se sai tão bem — mas a partir daí começar a criar uma tensão, um jogo de luz e sombras dentro da própria narrativa. Seus leitores mais sofisticados talvez estejam informados sobre as teorias da consciência de Bergson, mas estou certo de que eles ainda guardam em si o desejo infantil de ouvir uma história, de ficar em suspense, de saber o que acontece. A propósito, com base na sua descrição a peça de Bernini que você tem em mente é a da Piazza Barberini, não a da Piazza Navona.

Para simplificar: o que falta a você é a espinha dorsal de uma história. Talvez você goste de saber que uma das suas leitoras mais entusiasmadas foi a sra. Elizabeth Bowen. Ela pegou a pilha de folhas datilografadas por acaso, quando passava por esta sala a caminho do almoço, pediu para levá-la para casa a fim de lê-la e terminou a leitura naquela mesma tarde. De início, achou a prosa "muito carregada, muito afetada", porém "salva por toques de Rosamond Lehmann" (uma associação que jamais teria me ocorrido). Em seguida, ficou "absorta por algum tempo" e por fim nos passou algumas anotações, que acabaram incorporadas nas observações acima. Talvez você se sinta perfeitamente satisfeita com seu texto tal como está, ou indignada com nossas restrições, ou tão desesperada que nunca mais vá querer olhar para ele. Sinceramente, esperamos que não. Gostaríamos muito que você tomasse nossos comentários — que vêm acompanhados de um entusiasmo sincero — como ponto de partida para uma segunda versão.

A carta que acompanhou sua novela foi de uma concisão admirável, mas nela você dá a entender que no momento não tem quase nenhum tempo livre. Caso essas circunstâncias venham a mudar, seria para nós um grande prazer recebê-la com uma taça de vinho e discutir mais um pouco o seu texto. Esperamos que você não se sinta desestimulada. Talvez fique mais animada se lhe dissermos que nossas cartas de rejeição normalmente contêm no máximo três frases.

Você pede desculpas, de passagem, por não escrever sobre a guerra. Estamos lhe encaminhando um exemplar do nosso último número, que contém um editorial relevante. Como você verá, não somos da opinião de que todo artista tem a obrigação de assumir uma atitude em relação à guerra. Pelo contrário, achamos que é sábio e correto ignorá-la e dedicar-se a outros temas. Como os artistas são politicamente impotentes, eles devem usar seu tempo para se desenvolver em níveis emocionais mais profundos. O seu trabalho, o seu trabalho de guerra, é cultivar o seu talento e seguir na direção que ele exige. A guerra, como observamos, é inimiga da atividade criativa.

Seu endereço indica que você é médica ou então está padecendo de uma doença prolongada. Se a segunda opção for a correta, então todos nós lhe desejamos uma rápida recuperação.

Por fim, uma de nós gostaria de saber se você tem uma irmã mais velha que estudou no Girton College seis ou sete anos atrás.

Atenciosamente,

CC

Nos dias que se seguiram, a volta a um sistema de turnos organizado fez com que passasse a sensação de estar flutuando fora do tempo que caracterizara aquelas primeiras vinte e quatro horas. Briony se considerava uma pessoa de sorte por ter um turno determinado de trabalho, das sete às vinte horas, com intervalos de meia hora para fazer as refeições. Quando seu despertador tocava às quinze para as seis, ela emergia de um fosso macio de exaustão e durante uma breve terra de ninguém entre o sono e a plena consciência sentia uma excitação, como antegozando um presente ou se vendo diante de alguma mudança importante. Era assim que se sentia ao despertar no Natal quando menina — a empolgação sonolenta, antes de se dar conta do motivo. Com os olhos ainda fechados para bloquear a claridade de manhã de verão, tateava até encontrar o botão do relógio e afundava de novo no travesseiro, e só então a coisa lhe voltava à mente. Justamente o contrário do Natal. O contrário de tudo. Os alemães estavam prestes a invadir o país. Era o que todo mundo dizia, desde os atendentes, que estavam organizando uma unidade de voluntários de defesa local, até o próprio Churchill, que evocava a imagem da nação subjugada e esfomeada, em que só a Royal Navy continuava livre. Briony sabia que seria terrível, que haveria combates corpo a corpo nas ruas e enforcamentos públicos, um retrocesso à escravidão, a destruição de tudo o que é bom. Porém naquele momento, sentada na beira da cama desfeita, ainda quente, calçando as meias, Briony não conseguia impedir nem negar o horrível sentimento de empolgação. Como todo mundo dizia o tempo todo, agora o país estava sozinho, e era melhor assim.

Já as coisas começavam a parecer diferentcs — o padrão de flor-de-lis de sua toalha, a moldura de massa rachada do espelho, seu rosto refletido nele no momento em que ela escovava o cabelo, tudo parecia mais vivo, mais nítido. A maçaneta que ela girava estava mais fria e dura. Quando saiu para o corredor e ouviu passos pesados na escada ao longe, pensou nas botas dos alemães e sentiu uma pontada no estômago. Antes do café da manhã, tinha um ou dois minutos de solidão para aproveitar, caminhando à beira-rio. Mesmo àquela hora, sob um céu limpo, havia um brilho feroz nas águas que deslizavam rápidas diante do hospital. Seria mesmo possível que os alemães se apossassem do Tâmisa?

A claridade de tudo o que ela via, tocava, ouvia, certamente não era causada pelo sentimento de renovação e abundância do início do verão; era a consciência inflamada de um desfecho que se aproximava, de eventos que convergiam para um ponto final. Aqueles eram os últimos dias, Briony sentia, e eles viriam a brilhar na memória de um modo especial. Aquela luminosidade, aquele fascínio duradouro dos dias ensolarados, era a última extravagância da história antes que se iniciasse uma nova era. As primeiras tarefas da manhã, a sala de esterilização, a distribuição do chá, a troca dos curativos e o contato renovado com todos os estragos irremediáveis não atenuavam aquela percepção acentuada — que condicionava tudo o que Briony fazia e era um pano de fundo constante. E emprestava uma sensação de urgência a todos os seus planos. Parecia-lhe que não havia muito tempo. Se adiasse, pensava, os alemães poderiam vir, e talvez ela jamais tivesse outra oportunidade.

Novos pacientes chegavam a cada dia, mas não era mais um dilúvio. O sistema estava se adaptando, e havia um leito para cada um. Os casos de cirurgia eram preparados para ser encaminhados à sala de operações no subsolo. Depois, os pacientes, em sua maioria, iam convalescer em outros hospitais. Os óbitos eram frequentes, e para as estagiárias isso não era mais nenhuma tragédia, apenas uma rotina: os biombos se fechavam em torno dos murmúrios do capelão sentado à cabeceira, o lençol era puxado até cobrir a cabeça, os atendentes eram chamados, a cama era desfeita e refeita. Rapidamente um morto dava lugar a outro, de modo que o rosto do sargento Mooney se transformava no do soldado Lowell, e seus ferimentos fatais se confundiam com os de outros homens cujos nomes elas já não recordavam.

Agora que a França havia caído, presumia-se que o bombardeio de Londres, a preparação para a invasão, começaria em breve. Ninguém deveria ficar na cidade desnecessariamente. Mais sacos de areia foram colocados nas janelas dos andares térreos, e empreiteiros civis caminhavam pelos telhados testando a solidez das chaminés e das claraboias cimentadas. Com frequência realizavam-se ensaios da evacuação das enfermarias, com muitos apitos e gritos severos. Simulavam-se também emergências de incêndio e convocações gerais, e eram praticados os métodos de colocação de máscaras de gases em pacientes incapazes ou desacordados. Enfatizava-se que as enfermeiras deviam antes de mais nada colocar as máscaras em si próprias. Elas não sentiam mais medo da enfermeira-chefe Drummond. Agora que já haviam passado pela prova de fogo, ela não as tratava mais como crianças na escola. Quando lhes dava instruções, adotava um tom frio, neutro, profissional, o que as lisonjeava.

Nesse novo ambiente, foi relativamente fácil para Briony trocar seu dia de folga com Fiona, que teve a generosidade de lhe ceder seu sábado em troca de uma segunda-feira.

Por causa de alguma trapalhada da administração, certos soldados estavam convalescendo no hospital. Depois que se recuperaram da exaustão, após muitas horas de sono, e que voltaram a se habituar a fazer refeições regulares, ganhando um pouco de peso, tornaram-se mal-humorados, rabugentos, até mesmo alguns dos que não haviam sofrido nenhum dano permanente. Eram em sua maioria infantes. Ficavam deitados fumando, olhando para o teto em silêncio, remoendo suas lembranças mais recentes. Às vezes se reuniam para conversar, em pequenos grupos de conspiradores. Tinham raiva de si próprios. Alguns contaram a Briony que não haviam chegado a disparar um único tiro. Mas tinham mais raiva ainda dos "chefões" e de seus próprios oficiais, que os haviam abandonado na retirada, e dos franceses, que haviam capitulado sem oferecer resistência. Reagiam com sarcasmo ao tom entusiástico dos jornais, a celebrar a evacuação milagrosa e o heroísmo dos pequenos barcos.

"Uma bagunça do caralho", ouvia-os murmurar. "Esses putos da RAF."

Alguns homens chegavam a se rebelar até mesmo quanto a seu tratamento, pois já não faziam distinção entre os generais e as enfermeiras. De seu ponto de vista, eram todos iguais, autoridades idiotas. Foi necessária uma visita da enfermeira-chefe Drummond para que eles se comportassem.

Na manhã de sábado Briony saiu do hospital às oito sem tomar o café da manhã e caminhou com o Tâmisa à sua direita, rio acima. Quando estava diante dos portões do palácio de

Lambeth, três ônibus passaram. Agora a placa que indicava o itinerário do ônibus estava em branco. Para confundir os invasores. Para ela, que havia decidido ir a pé, não tinha importância. Também não adiantava ela haver decorado alguns nomes de ruas. Todas as placas haviam sido retiradas ou pintadas de preto. O plano um tanto vago de Briony era seguir pela margem do rio por uns três quilômetros e então sair para a esquerda, ou seja, para o sul. Quase todos os mapas da cidade haviam sido confiscados. Por fim ela conseguira pegar emprestado um mapa com os roteiros dos ônibus de 1926. As dobras estavam rasgadas, justamente no trecho que lhe interessava. Cada vez que o desdobrava, o mapa corria o risco de se despedaçar. E Briony temia a impressão que poderia causar. Os jornais falavam de paraquedistas alemãs, disfarçadas de enfermeiras e freiras, se espalhando pelas cidades e se infiltrando na população. O que as caracterizava era estarem sempre consultando mapas; ao falar com elas, podia-se identificá-las atentando para seu inglês excessivamente bem falado e pelo fato de que desconheciam as tradicionais cantigas infantis inglesas. Depois que a ideia se instalou em sua cabeça, Briony não conseguia deixar de pensar que parecia um tanto suspeita. Antes achava que seu uniforme a protegeria ao atravessar território desconhecido. Mas, ao contrário, ele agora a fazia parecer uma espiã.

Enquanto caminhava no sentido oposto ao do fluxo do trânsito matinal, mentalmente recitava as cantigas infantis de que se lembrava. Ela só conhecia muito poucas do começo ao fim. A sua frente, um leiteiro havia saltado da carroça para apertar os arreios do cavalo. Quando Briony aproximou-se dele, o homem estava sussurrando para o animal. No instante em que, parada atrás dele, ela pigarreava discretamente, veio-lhe à mente a imagem do velho Hardman e sua carruagem. Quem tivesse seus setenta anos agora teria tido a mesma idade que ela em 1888. Resquícios da era de ouro dos cavalos, ao menos nas ruas, que os velhos não queriam que acabasse.

Quando Briony lhe fez a pergunta, o leiteiro foi bem simpático, dando uma explicação longa e confusa do caminho que ela devia seguir. Era um homem grandalhão, com uma barba branca manchada de fumo. Sofria de algum problema das adenoides que fazia com que suas palavras se embolassem, misturadas com um zumbido que vinha de suas narinas. Ele indicou uma rua que saía para a esquerda, debaixo de um viaduto ferroviário. Briony tinha a impressão de que ainda não havia caminhado o suficiente para começar a se afastar do rio, mas, enquanto seguia adiante, sentia que o homem a olhava, e achou que seria indelicado não levar em conta as instruções que ele lhe dera. Talvez aquela rua fosse um atalho.

Surpreendia-se ao se dar conta do quanto era desajeitada e envergonhada, depois de ter aprendido e vivenciado tanta coisa. Sentia-se incompetente, assustada por estar ali sozinha, afastada de seu grupo. Havia meses que levava uma vida fechada, em que todas as horas eram assinaladas num cronograma. Conhecia bem seu lugar humilde na enfermaria. À medida que foi se tornando mais proficiente em seu trabalho, aprendeu a cumprir ordens e seguir procedimentos rotineiros, e parou de pensar de modo independente. Havia muito tempo que não fazia nada por iniciativa própria. Desde aquela semana em Primrose Hill, em que passou a limpo sua novela; e o entusiasmo que sentira então, agora lhe parecia uma bobagem.

Estava caminhando debaixo do viaduto quando um trem passou por ele. O ruído trovejante e rítmico ressoava em seus ossos. Aço deslizando e sacolejando-se sobre aço, grandes placas do mesmo metal aparafusadas passando por cima de sua cabeça na penumbra, um cheiro inexplicável que penetrava os tijolos, grandes canos de ferro fundido presos por suportes enferrujados, transportando sabe-se lá o quê — uma invenção brutal que era obra de uma raça de super-homens. Enquanto isso, ela lavava assoalhos e fazia curativos. Teria mesmo forças para empreender aquela viagem?

Quando saiu de debaixo do viaduto, atravessando uma nesga poeirenta de sol matinal, o trem emitia uns estalidos inofensivos, suburbanos, ao se afastar. O que lhe faltava, Briony disse a si própria mais uma vez, era espinha dorsal. Passou por um minúsculo parque municipal com uma quadra de tênis, onde dois homens com roupas de flanela jogavam uma bola de um lado para o outro, aquecendo-se para uma partida, com uma autoconfiança preguiçosa. Perto deles, duas moças com shorts cáqui, sentadas num banco, liam uma carta. Briony lembrou-se de sua carta, a carta de rejeição edulcorada. Levara-a no bolso durante seu turno, e a segunda página ganhara uma mancha de ácido carbólico em forma de caranguejo. Ela havia chegado à conclusão de que, sem qualquer intenção, a carta era uma acusação pessoal importante. *Quem sabe a menina não interviria entre eles de algum modo desastroso?* E como. E, tendo feito tal coisa, não poderia ela obscurecer o fato inventando uma história leve, superficialmente inteligente, e satisfazer sua própria vaidade enviando-a a uma revista? Aquelas páginas intermináveis sobre luz, pedra e água, a divisão da narrativa entre três pontos de vista diferentes, a imobilidade de ação em que quase nada parecia acontecer — nada disso conseguia ocultar sua covardia. Será que ela realmente achava que podia se esconder por trás de alguns conceitos de literatura moderna emprestados de outros escritores e afogar sua culpa num fluxo de consciência — não um, três? As evasões daquela novela eram precisamente as de sua vida. Tudo o que ela não queria enfrentar também fora eliminado da novela — e a novela se ressentia dessa falta. O que ela haveria de fazer agora?

O que lhe faltava não era a espinha dorsal de uma história. Era espinha dorsal.

Briony deixou para trás o parque e passou por uma pequena fábrica; a vibração de suas máquinas fazia a calçada tremer. Não havia como saber o que estava sendo fabricado atrás daquelas janelas altas e imundas, nem por que uma fumaça amarela e preta jorrava de uma única chaminé fina de alumínio. Do outro lado da rua, instaladas em diagonal numa esquina, as portas duplas escancaradas de um bar lembravam um palco de teatro. Lá dentro, onde um rapaz atraente, com ar pensativo, esvaziava cinzeiros num balde, o ar da noite da véspera ainda parecia azulado. Dois homens com aventais de couro descarregavam barris de cerveja por uma rampa encostada a uma carroça. Briony nunca vira tantos cavalos nas ruas. Os militares deviam ter requisitado todos os caminhões. Alguém estava abrindo por dentro as portas do porão. Elas se chocaram contra a calçada, levantando poeira, e um homem com tonsura, cujas pernas ainda estavam abaixo do nível da rua, parou e se virou para vê-la passar. Do ponto de vista de Briony, ele parecia uma peça de xadrez gigantesca. Os homens da carroça também olhavam para ela, e um deles deu um assobio provocante.

"Está tudo bem, meu anjo?"

Ela não se incomodava, mas nunca sabia como reagir. Tudo bem, obrigada? Sorriu para todos eles, sentindo-se protegida pelas dobras de sua capa. Todos, imaginava, estavam pensando na invasão, mas não havia nada a fazer senão tocar para a frente. Mesmo se os alemães viessem, as pessoas continuariam jogando tênis, fofocando, tomando cerveja. Talvez cessassem os assobios como os daquele homem. A rua fez uma curva e estreitou-se, e o tráfego constante parecia mais ruidoso, soltando uma fumaça quente bem no rosto de Briony. Havia uma fileira de casas vitorianas, de tijolo vermelho, que davam direto para a calçada.

Uma mulher com avental estampado varria com um vigor enlouquecido o trecho em frente de sua casa, de cuja porta aberta vinha um cheiro de fritura. Ela abriu espaço para que Briony passasse, pois ali a calçada era estreita, mas desviou os olhos de repente quando a moça lhe deu bom-dia. Vinham em sua direção uma mulher e quatro meninos com orelhas de abano, munidos de malas e mochilas. Os garotos vinham fazendo algazarra, chutando um sapato velho. Ignoravam os gritos exaustos da mãe, obrigando Briony a se encostar contra a parede para que eles passassem.

"Cês parem com isso, viu! Deixa a enfermeirinha passar."

A mulher dirigiu-lhe um sorriso torto de quem pede desculpas. Faltavam-lhe dois incisivos. Exalava um perfume forte e levava entre os dedos um cigarro não aceso.

"Isso tudo é só porque eles vai pro interior. Nunca estivero lá, dá pra acreditar?"

Disse Briony: "Boa sorte, e espero que vocês fiquem com uma boa família".

A mulher, que também tinha orelhas de abano, parcialmente ocultadas pelo cabelo cortado rente, deu uma gargalhada alegre. "Eles não imagina o abacaxi que eles vai pegar!"

Por fim Briony chegou a uma confluência de ruas decrépitas; segundo o pedaço do mapa que havia se destacado do resto, ali era Stockwell. A rua que dava para o sul era dominada por uma casamata; junto a ela havia um punhado de membros da guarda nacional entediados, apenas um dos quais possuía um fuzil. Um sujeito velhusco de chapéu, guarda-pó e braçadeira, com bochechas caídas que lembravam um buldogue, destacou-se dos outros e pediu-lhe que mostrasse sua carteira de identidade. Com um gesto arrogante, fez sinal para que ela seguisse em frente. Briony achou melhor não lhe pedir informações. Segundo seus cálculos, teria de seguir pela Clapham Road por uns bons três quilômetros. Ali havia menos gente e tráfego, e a rua era mais larga do que a de onde ela vinha. O único som que se ouvia era o ronco de um bonde se afastando. Junto a uma fileira de belos prédios de apartamentos do início do século, bem recuados da pista, Briony permitiu-se parar e ficar sentada por meio minuto sobre um muro baixo, à sombra de um plátano, para examinar uma bolha no calcanhar. Um comboio de caminhões de três toneladas passou, seguindo em direção ao sul, saindo da cidade. Automaticamente, ela olhou para a carroceria, meio que esperando ver homens feridos. Mas só viu engradados de madeira.

Quarenta minutos depois, chegou à estação de metrô de Clapham Common. Uma igreja baixa, de pedra carcomida, estava trancada. Pegou a carta de seu pai e releu. Uma mulher numa sapataria indicou-lhe o rossio, o *common*. Mesmo depois de atravessar a rua e começar a caminhar sobre a grama, Briony de início não viu a igreja. Estava meio escondida entre as árvores já cheias de folhas, e não era o que ela esperava. Imaginava encontrar a cena de um crime, uma catedral gótica flamejante, com arcos inundados por uma luz escarlate e anil, projetada por vitrais que representassem tormentos indizíveis. O que surgiu entre as árvores frescas à medida que Briony se aproximou foi uma espécie de celeiro de tijolo, de dimensões elegantes, como um templo grego, com um telhado de telhas negras, janelas de vidro comum e um pórtico baixo, com colunas brancas, sob uma torre de relógio de proporções harmoniosas. Perto do pórtico estava estacionado um Rolls-Royce negro reluzente. A porta do motorista estava entreaberta, mas não havia nenhum motorista por perto. Ao passar pelo carro Briony sentiu o calor do radiador, íntimo como o calor de um corpo humano, e ouviu o metal estalar, contraindo-se. Subiu a escada e empurrou a pesada porta ornamentada.

Sentiu o cheiro adocicado de madeira encerada e de pedra úmida comum a todas as igrejas. Ao se virar para silenciosamente fechar a porta, percebeu que a igreja estava quase vazia. As palavras do vigário faziam contraponto com o eco de sua voz. Briony permaneceu parada junto à porta, semiencoberta pela pia batismal, esperando que os olhos e os ouvidos se adaptassem. Então avançou até o último banco e foi seguindo até a ponta, de onde ainda era possível ver o altar. Briony tinha ido a vários casamentos de sua família, embora fosse jovem demais para estar presente à grandiosa cerimônia na catedral de Liverpool que assinalou a união do tio Cecil com a tia Hermione, cujo vulto e cujo chapéu complexo ela já divisava na primeira fileira. A seu lado estavam Pierrot e Jackson, nove ou dez centímetros mais compridos, instalados entre seus pais separados. Do outro lado da nave estavam três membros da família Marshall. Mais ninguém. Uma cerimônia discreta. Não havia jornalistas da sociedade. Briony não devia estar ali. Ela conhecia o ritual suficientemente bem para perceber que ainda não havia ocorrido o momento em si.

"Em segundo lugar, foi instituído como remédio contra o pecado e para evitar a fornicação, a fim de que as pessoas que não possuem o dom da castidade pudessem se casar e permanecer como membros impolutos do corpo de Cristo."

De frente para o altar, emoldurados pelo vulto alvo e dominador do vigário, viam-se os noivos. Ela estava de branco, com toda a indumentária tradicional, inclusive, pelo que Briony podia ver lá de trás, um véu espesso. O cabelo estava preso numa única trança infantil que pendia em meio aos babados de tule e organdi, estendendo-se ao longo de sua coluna. Marshall estava empertigado; os contornos das ombreiras de seu paletó se destacavam nitidamente contra a sobrepeliz do vigário.

"Em terceiro lugar, foi instituído para a associação, o auxílio e o conforto mútuos, para que um pudesse contar com o outro…"

Vieram-lhe as lembranças, os detalhes incômodos, como um ataque de urticária, como sujeira na pele: Lola entrando em seu quarto em lágrimas, os pulsos machucados, e os arranhões no ombro de Lola e no rosto de Marshall; o silêncio de Lola na escuridão à beira-lago quando ela deixou sua prima mais jovem, tão séria, tão ridícula, tão pudica — incapaz de separar a realidade das histórias que lhe povoavam a cabeça —, proteger o homem que a atacara. Pobre Lola, tão vaidosa e vulnerável, com sua gargantilha de pérolas, com seu perfume de leite de rosas, que ansiava por se livrar das últimas cadeias da infância e fora salva da humilhação apaixonando-se, ou convencendo a si própria de que estava apaixonada, e que tivera a sorte de encontrar Briony a seu lado, insistindo em falar e acusar. Muita sorte de Lola, sim — mal saída da infância, tomada à força —, de se casar com o homem que a havia estuprado.

"… Assim, se algum presente conhecer um motivo justo que impeça estes dois de se unirem legalmente, que fale agora, ou então se cale para sempre."

Estaria aquilo acontecendo mesmo? Estaria ela se levantando de fato agora, com pernas bambas e estômago vazio a contrair-se e coração gaguejando, seguindo em direção ao centro da nave e expondo suas razões, os motivos justos, numa voz desafiadora e firme, avançando com sua capa e touca, como uma noiva de Cristo, em direção ao altar, em direção ao vigário boquiaberto que nunca, em toda a sua longa carreira, fora interrompido, em direção à congregação, toda virada para ela, e aos noivos pálidos, semivirados para trás? Ela não havia planejado nada, mas a pergunta, da qual ela havia se esquecido por completo, a pergunta saída do *Livro de oração comum*, era uma provocação. E quais eram mesmo os impedimentos? Agora teria sua oportunidade de proclamar em público toda sua angústia secreta, de purgar-se de todos os males que cometera. Diante do altar daquela igreja, a mais racional de todas.

Porém os arranhões e as contusões já haviam sarado havia muito tempo, e todas as declarações que ela dera na época tinham sido em sentido contrário. Tampouco a noiva parecia uma vítima; além disso, tinha a aprovação dos pais. Mais que aprovação, sem dúvida: um magnata do chocolate, o criador da barra Amo. A tia Hermione devia estar esfregando as mãos. Então Paul Marshall, Lola Quincey e ela, Briony Tallis, haviam conspirado com silêncio e mentiras para enviar à cadeia um inocente? Mas as palavras que o haviam condenado tinham sido dela, lidas em seu nome no tribunal do condado. A sentença já fora cumprida. A dívida estava paga. O veredicto continuava válido.

Briony permanecia sentada, o coração disparado, as palmas das mãos encharcadas de suor; com humildade, baixou a cabeça.

"A vós dois ordeno, pois que por isso havereis de responder no terrível dia do Juízo, quando os segredos de todos os corações serão revelados, que, se um de vós conheceres algum impedimento à celebração deste matrimônio, que o confesses agora."

Com base em todas as estimativas, faltava muito tempo para o dia do Juízo, e até então a verdade que apenas Marshall e sua noiva conheciam em primeira mão estava sendo emparedada dentro do mausoléu daquele casamento. Ali ela haveria de permanecer na escuridão, até que todos os interessados estivessem mortos. Cada palavra pronunciada na cerimônia era mais um tijolo que se encaixava em seu lugar.

"Quem entrega esta mulher em matrimônio a este homem?"

O tio Cecil, com seu jeito de passarinho, apressou-se a se apresentar, sem dúvida ansiando para que aquela história toda terminasse logo e ele pudesse voltar a seu santuário no All Souls College, Oxford. Tentando detectar algum vestígio de dúvida em suas vozes, Briony ouviu Marshall, depois Lola, repetir as palavras do vigário. Marshall falava com uma voz tonitruante, desprovida de expressão; Lola, com uma vozinha doce e firme. Com que sensualidade flagrante suas palavras ecoaram diante do altar: "Com meu corpo eu te adoro".

"Oremos."

Então abaixaram-se as seis cabeças delineadas em silhueta nas fileiras da frente, e o vigário tirou os óculos de tartaruga, ergueu o queixo e, de olhos fechados, dirigiu-se às potências celestes, numa ladainha cansada e triste:

"Ó Deus Eterno, criador e preservador de toda a humanidade, que nos dai toda a graça espiritual, fonte da vida eterna; enviai Vossa bênção a estes Vossos dois servos, este homem e esta mulher..."

O último tijolo foi posto no lugar quando o vigário, tendo recolocado os óculos, fez o célebre pronunciamento — eu vos declaro marido e mulher — e invocou a Trindade que dava nome à igreja. Houve mais orações, um salmo, o padre-nosso e mais uma prece comprida, em que as cadências da bênção afirmavam uma conclusão melancólica.

"... Verta sobre vós as riquezas de Sua graça, vos santifique e vos abençoe, para que em corpo e alma vós O aprazais, e vivais unidos no amor sagrado até o fim de vossas vidas."

Imediatamente, dos tubos mais agudos do órgão desceram como confetes punhados de quiálteras, enquanto o vigário virava-se para conduzir os noivos pela nave, seguidos dos seis familiares. Briony, até então de joelhos fingindo rezar, levantou-se e virou para encarar a congregação, que já se aproximava de sua fileira. O vigário parecia um pouco apressado e estava vários metros à frente dos demais. Quando olhou para a esquerda e viu a jovem enfermeira, seu olhar alegre e a inclinação de sua cabeça indicavam ao mesmo tempo simpatia e curiosidade. Então seguiu em frente, para escancarar uma das portas grandes. Uma língua enviesada de sol se estendeu até o lugar onde Briony estava, iluminando seu rosto e sua touca. Ela queria ser vista, mas não com tanto destaque. Agora seria impossível não vê-la. Lola, que estava do lado de Briony, levantou a cabeça, e seus olhares se encontraram. O véu já estava entreaberto. As sardas haviam desaparecido, mas fora isso ela não havia mudado muito. Apenas um pouco mais alta, talvez, e mais bonita, o rosto mais suave e arredondado, as sobrancelhas severamente pinçadas. Briony limitou-se a olhá-la fixamente. Ela só queria que Lola soubesse que ela estava presente e se perguntasse por quê. O sol dificultava um pouco a visão de Briony, mas por uma fração de segundo uma discreta expressão de contrariedade talvez tenha surgido no rosto da noiva. Então ela franziu os lábios, olhou para a frente e seguiu. Paul Marshall a vira também, mas não a reconhecera, como também a tia Hermione e o tio Cecil, que não tinham qualquer contato com ela havia muitos anos. Mas os gêmeos, que fechavam o cortejo, trajando seus uniformes escolares com calças até as canelas, adoraram vê-la e fingiram horrorizar-se com seu traje, e imitaram bocejos, revirando os olhos e levando a mão à boca.

Então Briony se viu sozinha na igreja, junto com o organista invisível, que continuava tocando para seu próprio prazer. Tudo terminara depressa demais, e nada de garantido fora conseguido. Ela continuava parada em seu lugar, começando a se sentir um pouco ridícula, adiando o momento de sair. A luz do dia, a banalidade das conversas dos parentes teriam o efeito de dissipar qualquer impacto que ela tivesse tido como uma aparição luminosa. Além disso, faltava-lhe coragem para um confronto. E como haveria de explicar sua presença ali, sem ter sido convidada, para seu tio e sua tia? Eles poderiam ficar ofendidos; pior ainda, poderiam não ficar ofendidos e querer convidá-la para um café da manhã terrivelmente constrangedor num hotel, em que o jovem casal Marshall a contemplaria com horror, enquanto Hermione não conseguiria disfarçar o desprezo que lhe inspirava Cecil. Briony ficou mais um minuto ou dois, como se a música a prendesse ali; então, incomodada por sua própria covardia, saiu às pressas. O vigário já estava a pelo menos cem metros dali, caminhando pelo rossio, balançando bem os braços. Os noivos estavam no Rolls-Royce, Marshall dirigindo, engatando a marcha à ré. Briony tinha certeza de que eles a haviam visto. Ouviu-se um ruído metálico estridente quando ele engatou a marcha — um bom sinal, talvez. O carro se afastou, e, por uma janela lateral, Briony viu o vulto alvo de Lola inclinado sobre o braço do motorista. Quanto à congregação, ela havia desaparecido por completo em meio às árvores.

Com base no mapa, ela sabia que Balham ficava na outra extremidade do rossio, na direção em que estava indo o vigário. Não era muito longe, e exatamente esse fato a fazia relutar em seguir. Ela chegaria cedo demais. Não havia comido nada, estava com sede, e seu calcanhar, que grudara no sapato, latejava. A manhã estava quente, e Briony teria de atravessar um extenso gramado desprovido de sombra, interrompido por caminhos retos de asfalto e abrigos públicos. Ao longe via-se um coreto, onde homens com uniformes azul-escuros andavam de um lado para o outro. Briony pensou em Fiona, cujo dia de folga ela estava gozando, e da tarde que passaram no St. James's Park. Parecia uma lembrança remota, de um tempo de inocência, e no entanto fora apenas dez dias antes. Naquele momento Fiona estaria passando as comadres pela segunda vez. Briony permanecia à sombra do pórtico da igreja, pensando no pequeno presente que levaria para sua amiga — alguma guloseima, uma banana, laranjas, chocolate suíço. Os atendentes sabiam como obter essas coisas. Ela os ouvira dizer que qualquer coisa, fosse o que fosse, podia ser obtida, desde que se pagasse o preço. Briony via o tráfego contornando o rossio, indo na mesma direção que ela, e pensava em comida. Fatias de presunto, ovos pochê, uma coxa de galinha assada, um cozido irlandês, merengue de limão. Uma xícara de chá. Só se deu conta da música enervante, insistente, que vinha detrás dela, no momento em que cessou, e naquele silêncio súbito, que parecia lhe conferir liberdade, resolveu tomar o café da manhã. Não havia nenhum estabelecimento comercial na direção em que ela teria de seguir, apenas uma sucessão de prédios de apartamentos de tijolo de um tom escuro de laranja.

Passaram-se alguns minutos e o organista saiu da igreja, com o chapéu numa das mãos e um chaveiro pesado na outra. Ela pensou em lhe perguntar onde ficava o café mais próximo, mas o homem parecia nervoso, tão nervoso quanto a música que tocava, e aparentemente estava determinado a ignorar a presença de Briony ao fechar a porta da igreja e abaixar-se para trancá-la. Enfiou o chapéu na cabeça e saiu apressado.

Talvez aquele fosse o primeiro passo no sentido de abrir mão de seu plano, mas ela já estava andando para trás, voltando por onde tinha vindo, na direção de Clapham High Street. Tomaria seu café e pensaria bem. Perto da estação do metrô passou por um bebedouro de pedra e sentiu vontade de mergulhar o rosto naquela água. Encontrou um pequeno café, de janelas sujas, o chão recoberto de pontas de cigarro, mas a comida não podia ser pior do que aquela que Briony se acostumara a comer.

Pediu chá, três torradas e margarina, e também uma geleia de morango de um tom pálido de rosa. Pôs bastante açúcar no chá, pois havia autodiagnosticado hipoglicemia. A doçura do chá não ocultava de todo um gosto de desinfetante.

Tomou uma segunda xícara, felizmente morna, o que lhe permitia beber em grandes goles, e depois utilizou um banheiro fedorento, sem assento na privada, que ficava do outro lado de um pátio pavimentado com pedras, atrás do café. Mas não havia fedor que pudesse impressionar uma estagiária de enfermagem. Enfiou papel higiênico dentro do sapato. Desse modo conseguiria caminhar mais uns dois ou três quilômetros. Uma pia com uma só torneira ficava acorrentada a uma parede de tijolo. Havia um pedaço de sabonete cinzento, estriado, que Briony preferiu não pegar. Quando abriu a torneira, a água do ralo caiu diretamente em suas canelas. Enxugou-as com as mangas e penteou o cabelo, tentando imaginar seu rosto na parede de tijolo. Porém seria impossível retocar o batom sem um espelho. Passou um lenço encharcado no rosto e deu tapinhas nas bochechas para realçar-lhes a cor. Uma decisão fora tomada — sem que ela tivesse sido consultada, era a impressão que tinha. Ela estava se preparando para uma entrevista, e o cargo a que aspirava era o de irmã caçula querida.

Saiu do café e, enquanto seguia pelo rossio, sentia ampliar-se a distância que a separava de uma outra Briony, não menos real que ela, que estava voltando para o hospital. Talvez a Briony que seguia em direção a Balham fosse a pessoa imaginária ou espectral. A sensação de irrealidade foi acentuada quando, meia hora depois, chegou a outra High Street, mais ou menos semelhante à que deixara para trás. Londres era isso, quando se saía do centro: um aglomerado de cidadezinhas sem graça. Briony tomou a decisão de jamais morar em nenhuma delas.

A rua que ela procurava ficava a três quarteirões da estação de metrô, a qual era outra réplica. As casas do início do século, todas iguais, com cortinas de filó e uma aparência decrépita, se estendiam por quase um quilômetro. O número 43 da Dudley Villas ficava mais ou menos na metade, um prédio idêntico aos outros sob todos os aspectos, exceto pela presença de um velho Ford 8, sem rodas, apoiado sobre pilhas de tijolos, que ocupava todo o jardim da frente. Se não houvesse ninguém em casa, Briony poderia ir embora, dizendo a si própria que tinha tentado. A campainha não funcionava. Bateu com a aldraba duas vezes e deu um passo para trás. Ouviu uma voz irritada de mulher, depois uma porta batendo e passos pesados. Deu mais um passo atrás. Não era tarde demais para ir embora. Ouviu alguém mexendo com a tranca e um suspiro mal-humorado, e a porta foi aberta por uma mulher alta, de traços ásperos, na faixa dos trinta, que estava sem fôlego por ter feito algum esforço terrível. Estava furiosa. Havia sido interrompida em plena briga e não conseguira ajustar sua expressão — a boca aberta, o lábio superior um pouco repuxado — quando olhou para Briony.

"O que você quer?"

"Estou procurando a senhorita Cecilia Tallis."

Ela deu de ombros e virou a cabeça para trás, como se reagisse a um insulto. Olhou Briony dos pés à cabeça.

"Você parece com ela."

Atônita, Briony limitou-se a olhar para a outra.

A mulher soltou outro suspiro, que soou quase como uma escarrada, e foi até o pé da escada.

"Tallis!", gritou. "Visita!"

Seguiu pelo corredor até chegar à porta de sua sala, dirigiu a Briony um olhar cheio de desprezo e desapareceu, batendo a porta com estrépito após entrar.

O prédio mergulhou no silêncio. Pela porta da frente Briony via uma extensão de linóleo com um padrão de flores, e os primeiros sete ou oito degraus da escada, cobertos por um carpete vermelho espesso. No terceiro degrau faltava a vareta de latão que prendia o carpete. Mais ou menos na metade do corredor encontrava-se uma mesa semicircular encostada à parede, e sobre ela via-se um porta-cartas de madeira polida, que parecia uma torradeira. Estava vazio. O linóleo passava pela escada e seguia até uma porta de vidro fosco que provavelmente dava para a cozinha nos fundos. Também o papel de parede tinha um motivo floral — um ramalhete de três rosas alternando-se com um floco de neve. Desde a entrada até o início da escada, Briony contou quinze rosas, dezesseis flocos de neve. Nada auspicioso.

Por fim ouviu uma porta se abrindo no andar de cima, talvez a mesma que ela ouvira sendo fechada com estrondo no momento em que bateu na aldraba. Então a escada rangeu, e pés calçados em meias grossas apareceram, depois uma extensão de pele nua, em seguida um roupão de seda azul que ela reconheceu. Finalmente, o rosto de Cecilia, inclinado para o lado, tentando divisar quem estava à porta para se poupar o trabalho de descer o resto da escada vestida como estava. Levou alguns momentos para reconhecer sua irmã. Desceu devagar mais três degraus.

"Ah meu Deus."

Sentou-se e cruzou os braços.

Briony permanecia parada, um pé ainda pisando no caminho do jardim, o outro no degrau da porta. Um rádio na sala da proprietária foi ligado, e o riso de uma plateia foi aumentando à medida que as válvulas esquentavam. Em seguida, ouviu-se o monólogo gaiato de um comediante, interrompido ao final por aplausos, e uma banda alegre começou a tocar. Briony deu um passo à frente e entrou no hall.

Murmurou: "Preciso falar com você".

Cecilia estava prestes a se levantar, mas mudou de ideia. "Por que não avisou que vinha aqui?"

"Você não respondeu à minha carta, por isso eu vim."

Cecilia ajeitou o roupão e apalpou o bolso, provavelmente à procura de um cigarro. Sua pele estava muito mais escura, e também as mãos estavam pardas. Não havia encontrado o que procurava, mas por um momento não fez menção de se levantar.

Ganhando tempo mais do que mudando de assunto, disse: "Você é estagiária".

"Sou."

"Qual enfermaria?"

"A da enfermeira-chefe Drummond."

Não havia como saber se Cecilia conhecia aquele nome, ou se a incomodava o fato de que sua irmã mais moça estava estagiando no mesmo hospital. Havia uma outra diferença evidente — Cecilia sempre se dirigira a ela num tom maternal ou condescendente. Maninha! Agora não havia mais espaço para isso. Sua voz tinha um toque de dureza que impedia Briony de fazer qualquer pergunta a respeito de Robbie. Ela deu mais um passo à frente, cônscia de que a porta estava aberta atrás dela.

"E você, está onde?"

"Perto de Morden. É um SME."

Um hospital de serviços médicos de emergência, requisitado pelas forças armadas, provavelmente um dos que estavam lidando com o grosso — o grosso, mesmo — da evacuação. Havia coisas demais que não podiam ser ditas, nem perguntadas. As duas irmãs se entreolharam. Embora Cecilia estivesse com a cara amassada, como se tivesse acabado de se levantar, estava mais bonita do que a imagem que Briony guardava dela. Aquele rosto comprido sempre parecera estranho e vulnerável, uma cara de cavalo, como todos diziam, mesmo nas melhores circunstâncias. Agora o rosto era abertamente sensual, com lábios cheios, arroxeados, de uma curvatura acentuada. Os olhos estavam escuros e aumentados, talvez pelo cansaço. Ou pela dor. O nariz longo e fino, as narinas delicadamente largas — havia algo de máscara, de esculpido, naquele rosto, totalmente imóvel. E indecifrável. A aparência de sua irmã aumentou o mal-estar de Briony, fazendo-a se sentir desajeitada. Ela mal conhecia aquela mulher, a quem não encontrava havia cinco anos. Não podia pressupor nada. Estava procurando algum outro assunto neutro, mas não havia nada que não levasse aos temas delicados — os temas que ela teria de confrontar de qualquer modo; e foi por não conseguir suportar mais o silêncio e aquele olhar fixo que perguntou por fim:

"Você tem tido notícias do velho?"

"Não."

O tom decrescente deixava claro que ela não queria ter notícias dele e que, se tivesse, não responderia.

Cecilia perguntou: "E você?".

"Recebi um bilhete rabiscado há umas duas semanas."

"Bom."

Agora não havia mais nada a ser dito sobre esse assunto. Após uma outra pausa, Briony tentou outra vez:

"E lá de casa?"

"Não. Perdi o contato. E você?"

"Ela escreve de vez em quando."

"E que notícias ela dá, Briony?"

A pergunta e o uso de seu nome eram sarcásticos. Enquanto forçava a memória, sentia que estava se revelando uma traidora da causa de sua irmã.

"Eles receberam evacuados, e a Betty odeia todos eles. O parque está sendo usado para plantar trigo." Calou-se. Era absurdo ficar parada ali, em pé, enumerando aqueles detalhes.

Mas Cecilia disse, fria: "Continue. O que mais?".

"Todos os rapazes da cidadezinha entraram para o East Surrey Regiment, menos..."

"Menos o Danny Hardman. É, eu estou sabendo disso tudo." Sorriu um sorriso alegre e artificial, esperando que Briony continuasse.

"Construíram uma casamata junto ao correio e tiraram toda aquela grade antiga. Hm. A tia Hermione está morando em Nice, e... ah, sim, a Betty quebrou o vaso do tio Clem."

Só então a frieza de Cecilia foi perturbada. Ela descruzou os braços e apertou a mão contra a bochecha.

"Quebrou?"

"Deixou cair na escada."

"Quebrou, mesmo, de espatifar em mil pedacinhos?"

"É."

Cecilia pensou. Por fim, disse: "Isso é terrível".

"É", concordou Briony. "Coitado do tio Clem." Finalmente sua irmã não estava mais numa atitude de desprezo. O interrogatório prosseguiu.

"Eles guardaram os pedaços?"

"Não sei. A Emily disse que o velho gritou com a Betty."

Nesse momento, a porta se abriu e a proprietária postou-se bem à frente de Briony, tão perto que dava até para sentir o cheiro de hortelã no hálito da mulher. Ela apontou para a porta do prédio.

"Isto aqui não é uma estação de trem. Ou bem você está dentro ou bem você está fora, mocinha."

Cecilia estava se levantando, sem nenhuma pressa, e reamarrando o cordão de seda do roupão. Disse, lânguida: "Essa aqui é a minha irmã, senhora Jarvis. Tente ser educada quando falar com ela".

"Na minha casa eu falo como quiser", respondeu a sra.

Jarvis. Virou-se para Briony. "Se é pra ficar, pode ficar, senão vá embora e feche a porta."

Briony olhou para a irmã, imaginando que a essa altura ela provavelmente não quereria que ela fosse embora. A sra. Jarvis acabara se revelando uma aliada sua, ainda que sem querer.

Cecilia falou como se elas duas estivessem a sós. "Não ligue pra proprietária. Estou indo embora no final da semana. Feche essa porta e vamos lá pra cima."

Sob o olhar da sra. Jarvis, Briony começou a seguir sua irmã, subindo a escada.

"E quanto à senhora, Lady Lama", gritou a proprietária.

Mas Cecilia virou de repente e interrompeu-a. "Chega, senhora Jarvis. Por ora, já chega."

Briony reconheceu aquele tom. Puro Nightingale, para ser usado com pacientes difíceis ou estagiárias chorosas. Levava-se anos para aperfeiçoá-lo. Cecilia certamente já teria sido promovida a enfermeira-chefe.

No patamar do segundo andar, quando estava prestes a abrir a porta, Cecilia dirigiu a Briony um olhar, um olhar gélido cujo sentido era que nada havia mudado, nada havia se atenuado. Do banheiro do outro lado do corredor vinha um ar úmido e perfumado, e um ruído de algo a gotejar. Cecilia estava se preparando para tomar banho quando Briony chegou. Ela entrou no apartamento, e a irmã seguiu-a. Algumas das enfermeiras mais impecáveis da enfermaria moravam em quartos bagunçados, de modo que Briony não teria ficado surpresa se encontrasse uma nova versão do velho caos de Cecilia. Porém a impressão que se tinha ali era de uma vida simples e solitária. Um quarto de dimensões medianas havia sido dividido numa cozinha comprida e estreita e, imaginava-se, um quarto. As paredes eram cobertas por um papel com um padrão de listras verticais, como um pijama de menino, o que acentuava a sensação de confinamento. O linóleo compunha-se de pedaços irregulares do andar de baixo, e em alguns lugares viam-se as tábuas cinzentas do assoalho. Junto à única janela havia uma pia, com uma só torneira, e um fogão a gás de uma só boca. Encostada contra a parede, deixando pouco espaço para quem passasse por ela, havia uma mesa coberta por uma toalha de guingão amarelo. Sobre ela, um pote de geleia com flores azuis, talvez campânulas, um cinzeiro cheio e uma pilha de livros. Embaixo da pilha, a *Anatomia* de Gray e as obras completas de Shakespeare; acima, nas lombadas mais finas, nomes em letras douradas ou prateadas desbotadas — Briony pôde identificar Housman e Crabbe. Junto aos livros, duas garrafas de cerveja preta. No canto que ficava mais longe da janela via-se a porta do quarto, na qual estava pregado um mapa do norte da Europa.

Cecilia pegou um cigarro do maço junto ao fogão e, dando-se conta de que a irmã não era mais uma criança, ofereceu-lhe um. Havia duas cadeiras de cozinha perto da mesa, mas Cecilia, que se encostou na pia, não convidou Briony a sentar-se. As duas mulheres fumaram, esperando — foi a impressão que Briony teve — que o ar se livrasse da presença da proprietária.

Disse Cecilia, num tom tranquilo e equilibrado: "Quando recebi a sua carta, fui consultar um advogado. A coisa não é fácil, a menos que haja provas concretas novas. A sua mudança de opinião não é suficiente. Lola vai continuar dizendo que não sabe. Nossa única esperança era o velho Hardman, mas ele morreu".

"O Hardman?" Os elementos envolvidos — o fato de sua morte, sua relevância para o caso — confundiram Briony, e ela vasculhou sua memória. Hardman também saiu procurando os gêmeos naquela noite? Ele viu alguma coisa? Fora dito algo no tribunal de que ela não estava sabendo?

"Você não sabia que ele tinha morrido?"

"Não. Mas..."

"Inacreditável."

A tentativa de Cecilia de manter um tom neutro e informativo estava fracassando. Agitada, afastou-se da pia, passou pela mesa, espremendo-se, e foi até o lado oposto do cômodo, colocando-se junto à porta do quarto. Sua voz estava ofegante; ela tentava controlar a raiva.

"Estranho Emily não dar essa notícia e falar só no trigo e nos evacuados. Ele estava com câncer. Talvez com medo do castigo divino, estivesse dizendo coisas nos seus últimos dias que ninguém estava interessado em ouvir a essa altura dos acontecimentos."

"Mas, Cee..."

Então ela explodiu: "Não me chame assim!". Repetiu, num tom mais suave: "Por favor, não me chame assim". Seus dedos estavam pousados na maçaneta da porta do quarto, e parecia que a entrevista chegava ao fim. Ela estava prestes a desaparecer.

Com uma demonstração de tranquilidade um tanto implausível, ela resumiu a situação para Briony.

"O que eu paguei dois guinéus pra descobrir é o seguinte: não vai haver recurso só porque cinco anos depois você decidiu dizer a verdade."

"Não compreendo o que você está dizendo..." Briony queria voltar a Hardman, mas Cecilia precisava dizer o que certamente lhe havia passado pela cabeça muitas vezes nos últimos tempos.

"Não é difícil. Se você mentiu naquela época, por que é que o tribunal vai acreditar em você agora? Não há fatos novos, e você não é uma testemunha confiável."

Briony levou para a pia seu cigarro fumado até o meio. Sentia náusea. Pegou um pires no secador de pratos para usar como cinzeiro. Ouvir de sua irmã a confirmação de seu crime era uma coisa terrível. Mas aquele ponto de vista era novo. Fraca, burra, confusa, covarde, esquiva — ela se odiava por tudo que havia sido, mas jamais vira a si própria como mentirosa. Como era estranho, e como aquilo deveria parecer claro a Cecilia. Era óbvio, era irrefutável. E no entanto, por um momento, chegou a pensar em se defender. Ela não tivera intenção de enganar, não agira movida por malícia. Mas quem acreditaria nisso?

Estava agora no lugar onde Cecilia estivera antes, de costas para a pia, e, sem poder encará-la de frente, disse: "O que eu fiz foi terrível. Não espero que você me perdoe".

"Não se preocupe com isso", disse ela, tranquilizadora, e por um ou dois segundos, enquanto tragava fundo a fumaça do cigarro, Briony sentiu que suas esperanças renasciam, de modo nada realista. "Não se preocupe", insistiu sua irmã. "Nunca vou perdoar você."

"E se eu não posso recorrer à justiça, posso pelo menos dizer a todo mundo o que eu fiz."

Quando sua irmã soltou uma risada feroz, Briony se deu conta do medo que Cecilia lhe inspirava. Seu desprezo era ainda mais difícil de enfrentar do que sua raiva. Aquele quarto estreito, com listras que pareciam grades, continham sentimentos que ninguém era capaz de imaginar. Briony insistiu. Afinal, aquela parte da conversa ela já havia ensaiado.

"Vou até Surrey falar com Emily e o velho. Vou contar tudo."

"Foi o que você disse na sua carta. Quem é que está impedindo você de ir? Por que você já não foi lá?"

"Eu queria antes falar com você."

Cecilia afastou-se da porta do quarto e foi até a mesa. Deixou a guimba cair dentro de uma garrafa de cerveja. Ouviu-se um silvo curto, e um fio de fumaça elevou-se da garrafa escura.

O gesto de sua irmã reavivou a náusea de Briony. Ela pensava que as garrafas estivessem vazias. Começou a achar que comera alguma coisa estragada no café da manhã.

Cecilia disse: "Eu sei por que você ainda não foi. Porque você pensa o mesmo que eu. Eles não querem ouvir falar mais nada sobre o assunto. Essa história desagradável é coisa do passado, graças a Deus. O que está feito, feito está. Por que remexer nessas coisas agora? E você sabe muito bem que eles acreditaram na história de Hardman".

Briony andou da pia até a mesa, do outro lado da qual estava sua irmã. Não era fácil encarar aquela bela máscara.

Disse ela, falando bem devagar: "Não entendo o que você está dizendo. O que ele tem a ver com isso? Fiquei triste de saber que ele morreu, e de eu não saber de nada…".

Ao ouvir um ruído, ela se assustou. A porta do quarto estava se abrindo, e Robbie apareceu diante delas. As calças, a camisa e as botas engraxadas eram do exército, e os suspensórios estavam soltos, na cintura. Estava com a barba por fazer e despenteado, e olhava apenas para Cecilia. Ela havia se virado para ele, mas não saiu do lugar. Nos segundos que se seguiram, enquanto os dois se entreolhavam em silêncio, Briony, que estava parcialmente oculta pela irmã, encolheu-se dentro de seu uniforme.

Ele se dirigiu a Cecilia em voz baixa, como se estivessem a sós: "Ouvi vozes e imaginei que fosse alguma coisa ligada ao hospital".

"Tudo bem."

Ele consultou o relógio. "Está na hora."

Ao atravessar o quarto, logo antes de sair para o corredor, ele acenou de leve na direção de Briony. "Com licença."

Ouviram a porta do banheiro se fechar. No silêncio, Cecilia disse, como se não houvesse nada entre ela e sua irmã: "Ele tem um sono tão profundo. Não quis acordá-lo". Depois acrescentou: "Achei que seria melhor vocês dois não se encontrarem".

Os joelhos de Briony estavam começando a tremer. Apoiando-se com uma das mãos na mesa, ela afastou-se da pia para que Cecilia pudesse encher a chaleira. Queria muito sentar. Mas não se sentaria, a menos que fosse convidada a fazê-lo, e jamais pediria. Assim, encostou-se na parede, tentando não demonstrar que estava se escorando nela, e ficou olhando para a irmã. O que a surpreendia era a rapidez com que o alívio de constatar que Robbie estava vivo foi suplantado pelo terror de enfrentá-lo. Agora que o vira atravessar a sala, a outra possibilidade, a de que ele tivesse morrido, parecia absurda, totalmente improvável. Não faria sentido. Briony olhava para as costas da irmã enquanto ela andava de um lado para o outro da cozinha minúscula. Queria dizer-lhe como era maravilhoso Robbie ter voltado são e salvo. Que alívio! Mas tal comentário seria banal. E ela não tinha o direito de fazê-lo. Temia a irmã, o desprezo dela.

Ainda sentindo náusea, e agora também calor, Briony encostou o rosto na parede. Não estava mais fresca que seu rosto. Ansiava por um copo d'água, mas não queria pedir nada à irmã. Com gestos eficientes, Cecilia realizava suas tarefas, misturando leite e água com ovo em pó, colocando um pote de geleia e três pratos e xícaras na mesa. Briony registrou o fato, mas ele não lhe proporcionou nenhum conforto. Pelo contrário, aumentava ainda mais sua apreensão quanto ao encontro que ocorreria em seguida. Será que Cecilia realmente pensava que naquela situação eles podiam se sentar juntos e ainda ter apetite para comer ovos mexidos? Ou estaria apenas mantendo-se ocupada para se acalmar? Briony estava atenta para o som de passos lá fora e, para distrair-se, tentou assumir um tom normal. Tinha visto a capa pendurada atrás da porta.

"Cecilia, agora você é chefe de enfermaria?"

"Sou, sim."

Disse isso num tom que encerrava o assunto. A profissão que tinham em comum não seria um vínculo entre elas. Nada as vincularia, e não havia assunto sobre o qual pudessem conversar antes que Robbie voltasse.

Por fim ela ouviu a porta do banheiro ser aberta. Ele estava assobiando enquanto atravessava o patamar. Briony afastou-se da porta, indo em direção ao canto mais escuro do quarto. Porém estava bem na linha de visão de Robbie quando ele entrou. Robbie começou a levantar a mão direita para apertar a dela, enquanto a esquerda ia fechar a porta. Só então ele se deu conta do que estava acontecendo, mas sua reação imediata não foi nem um pouco dramática. Assim que seu olhar encontrou o de Briony, ele deixou cair os braços e soltou um pequeno suspiro, mas continuou a olhar para ela fixamente. Por mais intimidada que estivesse, Briony achou que não podia desviar os olhos. Sentiu um leve cheiro de creme de barbear. O que a chocava era constatar que ele parecia muito mais velho, principalmente em torno dos olhos. Será que tudo era culpa dela?, pensou, aparvalhada. Não poderia também ser culpa da guerra?

"Então era você", disse ele por fim. Fechou a porta com o pé. Cecilia veio colocar-se a seu lado, e ele olhou-a.

Ela fez um resumo preciso, mas mesmo que tivesse tentado não teria conseguido conter o sarcasmo.

"Briony vai contar a verdade a todo mundo. Queria falar comigo antes."

Ele deu as costas a Briony. "Você acha que eu devia estar aqui?"

A preocupação imediata de Briony era não chorar. Naquele momento, nada teria sido mais humilhante. Alívio, vergonha, autocomiseração, ela não sabia o motivo, mas ia chorar. A onda veio subindo aos poucos, apertando sua garganta, impossibilitando-a de falar, e então, enquanto ela se continha, tensionando os lábios, foi descendo, e por fim Briony viu que estava livre. Não chorou, mas sua voz saiu num sussurro lastimável.

"Eu não sabia se você estava vivo."

Disse Cecilia: "Se vamos conversar, é melhor sentar".

"Não sei se vou conseguir." Ele se afastou, impaciente, para a parede ao lado, uma distância de mais de dois metros, e encostou-se nela, de braços cruzados, olhando ora para Briony, ora para Cecilia. Quase imediatamente mexeu-se outra vez, indo até a porta do quarto, onde se virou para voltar, mudou de ideia e ficou parado, as mãos nos bolsos. Era um homem grande, e o cômodo parecia ter encolhido. Naquele espaço confinado seus movimentos eram desesperados, como se ele estivesse sufocando. Tirou as mãos dos bolsos e ajeitou o cabelo na nuca. Depois apoiou as mãos nos quadris. Depois deixou-as cair. Foi necessário todo esse tempo, todos esses movimentos, para que Briony se desse conta de que ele estava irritado, muito irritado, e no momento exato em que ela o percebeu, ele disse:

"O que você está fazendo aqui? Não me fale em Surrey. Ninguém está impedindo você. Por que você está aqui?"

Disse ela: "Eu precisava falar com Cecilia".

"Ah, sim. Sobre o quê?"

"Sobre a coisa terrível que eu fiz."

Cecilia estava se aproximando dele. "Robbie", murmurou ela. "Amor." Pôs a mão no braço dele, mas ele se safou.

"Não sei por que você deixou que ela entrasse." Então disse a Briony: "Vou ser totalmente franco com você. Estou dividido entre partir o seu pescoço aqui e agora ou arrastar você para fora e jogar pela escada abaixo".

Se não fossem suas experiências recentes, Briony teria ficado apavorada. Às vezes ouvia soldados na enfermaria, reduzidos a uma situação de impotência, extravasando sua raiva. No auge da emoção, era bobagem chamá-los à razão ou tentar tranquilizá-los. A coisa tinha de ser posta para fora, e o melhor a fazer era ouvir. Ela sabia que até mesmo se demonstrasse querer ir embora, ele encararia aquilo como uma provocação. Assim, enfrentou Robbie e esperou o resto, o que ela tinha de ouvir. Mas não tinha medo dele, fisicamente.

Ele não levantou a voz, embora estivesse quase estourando de desprezo. "Você faz ideia do que é estar na prisão?"

Ela imaginava janelas pequenas, bem altas, numa muralha de tijolo, e pensou que talvez fizesse ideia, sim, do modo como as pessoas imaginam os diferentes tormentos do inferno. Balançou a cabeça de leve, negativamente. Para se tranquilizar, tentava concentrar-se nos detalhes da transformação sofrida por Robbie. A impressão de que ele crescera seria efeito da postura militar. Nenhum aluno de Cambridge jamais andava tão aprumado. Até mesmo quando transtornado, seus ombros ficavam bem eretos, e o queixo levantado, numa postura de boxeador.

"Não, é claro que não. E, quando eu estava preso, isso lhe dava prazer?"

"Não."

"Mas você não fez nada."

Ela havia pensado nessa conversa muitas vezes, como uma criança antevendo uma surra. Agora estava finalmente acontecendo, e era como se ela não estivesse presente. Estava assistindo à cena de longe, sentindo-se entorpecida. Mas sabia que as palavras dele haveriam de feri-la depois.

Cecilia havia se afastado. Agora voltou a pôr a mão no braço de Robbie. Ele havia perdido peso, embora parecesse mais forte, com uma ferocidade muscular esguia. Robbie começou a se virar para ela.

"Lembre", Cecilia ia dizendo, mas ele a interrompeu.

"Você acha que eu ataquei sua prima?"

"Não."

"E achava na época?"

Ela procurava as palavras. "Sim, sim e não. Eu não tinha certeza."

"E por que é que você tem tanta certeza agora?"

Ela hesitou, consciente de que ao responder estaria oferecendo uma espécie de defesa, uma justificativa, e que isso poderia irritá-lo ainda mais.

"Porque cresci."

Ele ficou olhando para ela, os lábios entreabertos. De fato, ele havia mudado muito em cinco anos. A dureza de seu olhar era uma novidade, os olhos estavam menores e mais estreitos, e nos cantos havia pés de galinha visíveis. Seu rosto estava mais fino do que ela se lembrava, cavado, como o rosto de um guerreiro indígena. Havia deixado crescer um bigode pequeno e fino, do tipo que é comum entre os militares. Sua beleza era surpreendente, e Briony relembrou, depois de tantos anos, do tempo em que ela tinha dez ou onze anos, a paixão que ele lhe inspirara, uma paixonite que havia durado alguns dias. Então Briony abriu-se com ele, uma manhã, no jardim, e imediatamente se esqueceu.

Briony tinha razão de agir com cautela. Robbie foi tomado por aquela espécie de raiva que se faz passar por espanto.

"Porque cresceu", repetiu. Quando levantou a voz, ela deu um salto. "Meu Deus! Você está com dezoito anos. Quanto tempo você ainda precisa crescer? Tem soldado morrendo no campo de batalha com dezoito anos. Já estão crescidos o bastante pra serem largados morrendo nas estradas. Você sabia disso?"

"Sabia."

Era uma fonte melancólica de conforto o fato de que ele não tinha como saber o que ela vira. Estranho que, apesar de sua culpa, ela sentisse necessidade de resistir a ele. Se não resistisse, seria aniquilada.

Briony fez que sim, um gesto quase imperceptível. Não ousava falar. A palavra "morrendo" desencadeara nele um sentimento avassalador, que o levara além da raiva para um extremo de confusão e repulsa. Sua respiração estava irregular e pesada, ele cerrava e relaxava o punho direito. E continuava olhando fixamente para Briony, para dentro dela, com um olhar rígido, feroz. Seus olhos brilhavam, e ele engolia com força repetidamente. Os músculos da garganta estavam tensos, rígidos. Também ele estava lutando contra uma emoção que não desejava exibir aos outros. Briony havia aprendido o pouco que sabia, os minúsculos farelos, quase insignificantes, que eram dados a uma estagiária de enfermagem, no ambiente protegido da enfermaria, à cabeceira de um paciente. Com base no que aprendera, percebeu que as lembranças lhe estavam vindo aos borbotões, e Robbie não podia fazer nada. Elas não o deixavam falar. Briony jamais saberia que cenas estavam provocando aquele tumulto. Ele deu um passo em sua direção e ela recuou, já não tão certa de que ele não lhe faria mal — como não conseguia falar, talvez tivesse de agir. Mais um passo e seu braço musculoso poderia alcançá-la. Mas Cecilia se interpôs então. De costas para Briony, encarou Robbie e pôs as mãos em seus ombros. Ele desviou o olhar de Briony.

"Olhe pra mim", murmurou ela. "Robbie. Olhe pra mim."

A resposta que ele deu Briony não conseguiu ouvir. Só percebeu que era uma recusa ou negação. Talvez fosse um palavrão. À medida que Cecilia o apertava com mais força, ele foi se contorcendo de modo a afastar-se dela, e ficaram os dois como se estivessem lutando, quando ela estendeu o braço e tentou virar a cabeça dele para si. Porém o rosto de Robbie estava inclinado para trás, os lábios retraídos, os dentes expostos numa paródia grotesca de um sorriso. Agora com as duas mãos ela agarrava-lhe as faces com força, e com esforço conseguiu virar-lhe o rosto em direção ao seu. Por fim ele a olhou nos olhos, mas ela continuava a segurá-lo pelo rosto. Puxou-o mais para perto, envolvendo-o em seu olhar, até seus rostos encostarem e ela beijá-lo de leve, demoradamente, nos lábios. Com uma ternura de que Briony se lembrava de muitos anos antes, despertando do meio da noite, Cecilia disse: "Passou... Robbie, passou".

Ele fez que sim, num gesto débil, e respirou fundo; depois expirou devagar enquanto ela relaxava os músculos das mãos e por fim retirou-as de seu rosto. No silêncio, o cômodo pareceu encolher ainda mais. Ele abraçou-a, baixou a cabeça e beijou-a, um beijo profundo, prolongado, íntimo. Briony afastou-se silenciosamente para a extremidade oposta da sala, em direção à janela. Enquanto bebia um copo de água da bica, o beijo continuava, unindo o casal numa solidão a dois. Ela sentia-se obliterada, expurgada do recinto, e aliviada.

Briony deu-lhes as costas e ficou olhando para as casas, silenciosas, em pleno sol, para o caminho pelo qual viera da High Street. Surpreendeu-se ao constatar que não tinha vontade de voltar, ainda não, embora se sentisse constrangida com aquele beijo demorado e temesse o que ainda estava por vir. Viu uma velha com um sobretudo pesado, apesar do calor. Ela vinha pela calçada oposta, trazendo pela coleira um dachshund doente e barrigudo. Cecilia e Robbie agora conversavam em voz baixa, e Briony resolveu respeitar a privacidade deles permanecendo à janela até que se dirigissem a ela. Era tranquilizador ver a mulher abrir o portão da frente, fechá-lo depois com uma precisão exagerada, e em seguida, a meio caminho da porta da casa, abaixar-se com dificuldade para arrancar uma erva daninha do canteiro estreito que seguia paralelo ao caminho. Ao fazê-lo, o cachorro aproximou-se e lambeu-lhe o pulso. A mulher e o cachorro entraram na casa, e a rua ficou vazia outra vez. Um melro pousou numa sebe de alfena e, não achando nenhum lugar onde pudesse se empoleirar, bateu asas outra vez. A sombra de uma nuvem rapidamente diminuiu a luminosidade, depois passou. Uma tarde de sábado como outra qualquer. Naquela rua de subúrbio havia poucos sinais de guerra. A cortina negra numa janela do outro lado da rua, o Ford 8 sem rodas, talvez.

Briony ouviu a irmã dizer seu nome e virou-se para trás.

"Não temos muito tempo. Robbie precisa se apresentar às seis hoje, e tem que pegar um trem. Por isso, sente-se. Tem algumas coisas que você vai fazer pra nós."

Era a voz da chefe de enfermaria. Não era propriamente autoritária. Apenas relatava o inevitável. Briony tomou a cadeira mais próxima, Robbie pegou um banco, e Cecilia sentou-se entre eles. O café da manhã que ela havia preparado foi esquecido. As três xícaras vazias permaneciam no centro da mesa. Robbie pôs no chão a pilha de livros. Enquanto empurrava o pote com as flores para o lado, onde ninguém esbarraria nele, Cecilia trocou um olhar com Robbie.

Ele pigarreou, olhando para as flores. Quando começou a falar, sua voz estava esvaziada de toda e qualquer emoção. Era como se estivesse lendo uma lista de ordens. Olhava para Briony, agora. Seu olhar era firme, e estava tudo sob controle. Porém tinha gotas de suor na testa, acima das sobrancelhas.

"A coisa mais importante, você já concordou em fazer. Vai procurar seus pais assim que puder, e dizer a eles tudo o que eles precisarem saber para se convencerem de que seu depoimento era falso. Quando é sua folga?"

"No outro domingo."

"É quando você vai lá. Leve os nossos endereços e diga a Jack e Emily que Cecilia está esperando a resposta deles. A segunda coisa você vai fazer amanhã. Cecilia diz que você tem uma hora de folga. Você vai procurar um tabelião e fazer uma declaração assinada, com testemunhas. Nela, vai dizer o que fez de errado e que retira o seu depoimento. Você vai mandar cópias para nós dois. Está claro?"

"Está."

"Depois você escreve para mim uma carta bem mais detalhada. Nela você vai incluir absolutamente tudo o que achar relevante. Tudo o que levou você a dizer que me viu à beira do lago. E por que, apesar de não ter certeza, você insistiu nesse depoimento durante todos os meses antes do julgamento. Se você sofreu pressões, da polícia ou dos seus pais, quero saber. Entendeu? Tem que ser uma carta comprida."

"Certo."

Ele olhou para Cecilia e fez que sim. "E, se você conseguir se lembrar de alguma coisa a respeito de Danny Hardman, onde ele estava, o que ele estava fazendo, a que horas, quem mais o viu — qualquer coisa que puder comprometer o álibi dele, então a gente quer saber."

Cecilia estava anotando os endereços. Briony balançava a cabeça e ia falar, mas Robbie ignorou-a e continuou falando. Estava em pé e olhava para o relógio.

"Temos muito pouco tempo. Vamos andar com você até o metrô. Eu e Cecilia queremos ficar sozinhos na última hora que eu tenho antes de ir embora. E você vai ter que passar o resto do dia de hoje escrevendo o seu depoimento e avisando os seus pais que você vai lá. E você podia começar a pensar nessa carta que vai me enviar."

Com esse resumo áspero das obrigações de Briony, Robbie afastou-se da mesa e foi em direção ao quarto.

Briony levantou-se também e disse: "O velho Hardman provavelmente estava falando a verdade. O Danny passou a noite toda com ele".

Cecilia tinha levantado o papel dobrado em que havia escrito para entregá-lo. Robbie parou à porta do quarto.

Perguntou Cecilia: "O que você quer dizer com isso? O que você está dizendo?".

"Foi o Paul Marshall."

Durante o silêncio que se seguiu, Briony tentou imaginar os ajustes que teriam de ser feitos. Depois de anos encarando as coisas por um determinado ângulo. E no entanto, por mais surpreendente que fosse, era apenas um detalhe. Nada de essencial mudava. Nada que dissesse respeito ao papel desempenhado por ela.

Robbie voltou à mesa. "Marshall?"

"Foi."

"Você o viu?"

"Vi um homem da altura dele."

"Da minha altura."

"Pois é."

Então Cecilia se levantou e olhou a sua volta — estava prestes a dar início a uma busca de cigarros. Robbie encontrou o maço e jogou-o para ela. Cecilia acendeu um e disse, enquanto soltava a fumaça: "Acho difícil de acreditar. Ele é um idiota, eu sei…".

"Um idiota ambicioso", disse Robbie. "Mas não consigo imaginar o Marshall com a Lola Quincey, mesmo durante os cinco minutos que foram necessários…"

Levando-se em conta tudo o que havia acontecido e todas as consequências terríveis, era uma frivolidade, Briony sabia, mas o fato foi que ela saboreou o prazer de lhes dar a notícia decisiva:

"Acabo de vir do casamento deles."

De novo os ajustes surpreendentes, as repetições pasmas. Casamento? Hoje? Clapham? Depois o silêncio pensativo, interrompido por comentários isolados.

"Eu quero me encontrar com ele."

"Você não vai fazer nada disso."

"Eu quero matar o Marshall."

E depois: "Está na hora".

Havia muitas outras coisas a dizer. Mas eles pareciam exauridos, pela presença dela ou pelo assunto. Ou simplesmente queriam ficar a sós. Fosse o que fosse, estava claro que aquele encontro havia chegado ao fim. Toda a curiosidade havia passado. Tudo podia esperar até que Briony escrevesse sua carta. Robbie pegou a túnica e o quepe no quarto. Briony reparou na divisa única que indicava o posto de cabo.

Cecilia estava dizendo a ele: "Ele é intocável. Ela vai sempre protegê-lo".

Perderam minutos enquanto Cecilia procurava seu livro de racionamento. Por fim, ela desistiu e disse a Robbie: "Tenho certeza que ficou em Wiltshire, na cabana".

Quando estavam prestes a sair, Robbie, segurando a porta para as irmãs saírem, disse: "Acho que devo um pedido de desculpas ao marinheiro Hardman".

Lá embaixo, a sra. Jarvis não saiu de sua sala quando eles passaram. Ouviram música de clarinetes vindo do rádio dela. Ao saírem do prédio, Briony teve a impressão de estar entrando num outro dia. Havia uma brisa forte, cheia de poeira, e a rua estava sob uma iluminação áspera, sol ainda mais intenso, ainda menos sombras do que antes. Não havia espaço suficiente na calçada para três pessoas caminharem lado a lado. Robbie e Cecilia seguiram atrás dela, de mãos dadas. Briony sentia a bolha em seu calcanhar roçando contra o sapato, mas estava decidida a não deixar que a vissem mancar. Tinha a impressão de que os dois queriam vê-la longe dali. A certa altura virou-se para trás e disse que podia perfeitamente ir sozinha até o metrô. Mas eles insistiram. Precisavam fazer compras para a viagem de Robbie. Seguiram em silêncio. Impossível conversar amenidades. Ela sabia que não tinha direito de fazer perguntas sobre o lugar onde sua irmã ia morar, nem sobre aonde Robbie estava indo de trem, nem sobre a cabana em Wiltshire. Seria de lá que vinham as campânulas? Certamente fora uma temporada idílica. Também não podia perguntar quando os dois voltariam a se encontrar. Juntos, ela, sua irmã e Robbie tinham um único assunto em comum, e ele estava fixo no passado imutável.

Pararam diante da estação de metrô de Balham, que dentro de três meses conquistaria sua fama terrível durante os bombardeios. Uma pequena multidão de pessoas fazendo compras passava por eles, obrigando-os, contra a vontade, a se juntar. A despedida foi fria. Robbie lembrou-lhe de levar dinheiro quando fosse ter com o tabelião. Cecilia disse para não esquecer os endereços quando fosse a Surrey. Então terminou. Olharam para ela, esperando que fosse embora. Mas havia ainda uma coisa que ela não tinha dito.

Briony falou devagar. "Peço mil desculpas. Causei a vocês um sofrimento terrível." Eles continuaram olhando para ela, e ela repetiu. "Peço mil desculpas."

Parecia um comentário absurdo, desproporcional, como se ela tivesse derrubado um vaso de plantas ou esquecido um aniversário.

Robbie disse, em voz baixa: "É só fazer todas as coisas que pedimos".

Era quase uma conciliação, aquele "só", mas não exatamente, não ainda.

Disse ela: "É claro", e então se virou e foi embora, sabendo que estavam olhando para ela, vendo-a atravessar a estação. Pagou a passagem até Waterloo. Quando chegou à barreira, olhou para trás e viu que eles já haviam se afastado.

Mostrou seu bilhete e passou, mergulhando na luz amarelenta do metrô; tomou a escada rolante barulhenta, começou a descer, sentindo a brisa artificial que vinha do túnel negro, o hálito de um milhão de londrinos a refrescar seu rosto e repuxar-lhe a capa. Permaneceu parada, sendo atraída para baixo pela escada, aliviada por não ter de machucar o calcanhar ainda mais. Deu-se conta, surpresa, de que estava tranquila, apenas um pouco triste. Seria decepção? Naturalmente, não esperava que a perdoassem. O que sentia era mais saudade de casa, embora não houvesse uma fonte para isso, uma casa de que tivesse saudade. Mas estava triste por separar-se de sua irmã. Era de sua irmã que tinha saudade — ou, mais precisamente, de sua irmã com Robbie. O amor deles. Nem Briony nem a guerra o haviam destruído. Era essa ideia que a tranquilizava à medida que ia descendo cada vez mais fundo sob a cidade. O modo como Cecilia o puxara para si com seu olhar. Aquela ternura na sua voz quando ela o arrancara de suas lembranças, de Dunquerque ou das estradas que o levaram até lá. Antigamente ela falava com Briony assim às vezes — no tempo em que Cecilia tinha dezesseis anos e ela era uma criança de seis —, se alguma catástrofe acontecia. Ou durante a noite, quando Cecilia vinha salvá-la de um pesadelo e a levava para sua cama. Eram essas as palavras que ela dizia. *Passou. Foi só um sonho. Passou, Briony.* Como fora fácil esquecer esse amor familiar, espontâneo. Agora ela estava atravessando aquela luz espessa e pardacenta, já quase chegando ao fundo. Não havia outros passageiros à vista, e o ar de repente se imobilizou. Ela estava calma, pensando no que tinha de fazer. A carta para os pais e a declaração formal, ela as escreveria rapidamente. Então estaria livre o resto do dia. Sabia o que se exigia dela. Não apenas uma carta, mas um novo rascunho, uma reparação, e ela estava pronta para começar.

BT
Londres, 1999

LONDRES, 1999

Que dias estranhos. Hoje, na manhã do meu aniversário de setenta e sete anos, resolvi fazer uma última visita à biblioteca do Imperial War Museum em Lambeth. Era o que pedia o curioso estado de espírito em que me encontrava. A sala de leitura, localizada bem na cúpula do prédio, fora antes a capela do Royal Bethlehem Hospital — o antigo hospício de Bedlam. Onde outrora os loucos vinham oferecer suas orações, agora estudiosos se reuniam para pesquisar a loucura coletiva da guerra. O carro que a família ia mandar para me pegar só chegaria depois do almoço, por isso resolvi me distrair, verificando detalhes finais e me despedindo do diretor da seção de documentos e dos porteiros alegres que têm me levado para cima e para baixo no elevador durante estas semanas de inverno. Além disso, eu queria doar aos arquivos as doze longas cartas que recebi do velho sr. Nettle. Foi um presente de aniversário que dei a mim mesma, creio eu, passar uma ou duas horas meio que fingindo estar ocupada, cuidando daquelas coisinhas que se tornam necessárias no final e que fazem parte do processo relutante de despedida. Ainda como parte desse estado de espírito, trabalhei em meu escritório ontem à tarde; agora os rascunhos estão organizados e datados, as fontes fotocopiadas encontram-se etiquetadas, os livros emprestados estão prontos para serem devolvidos, e tudo foi arquivado na caixa certa. Sempre gostei de deixar as coisas bem arrumadas no final.

Estava muito frio e úmido, e eu me sentia incomodada demais para tomar uma condução. Peguei um táxi no Regent's Park, e durante a longa viagem, passando pelos engarrafamentos do centro, fiquei pensando nos pobres loucos de Bedlam, que antigamente eram usados como entretenimento popular, e ocorreu-me, autocomiserativa, que em breve eu me tornaria um deles. Os resultados da tomografia chegaram, e ontem de manhã fui conversar com o médico. A notícia não era nada boa. Foi o que ele disse assim que me sentei. As dores de cabeça, a sensação de aperto nas têmporas, têm uma causa específica e sinistra. Ele mostrou umas manchas granulosas numa seção da tomografia. Percebi que a ponta do lápis tremia na mão dele e me perguntei se ele próprio estaria com algum problema neurológico. Com aquela vontade de matar o mensageiro das más notícias, torci para que ele estivesse, mesmo. Segundo o médico, eu estava sofrendo uma série de derrames minúsculos, quase imperceptíveis. O processo será lento, mas meu cérebro, minha mente, está se acabando. Os pequenos lapsos de memória que todo mundo tem a partir de certa idade vão se tornar mais evidentes, mais debilitantes, até chegar um momento em que nem vou percebê-los mais, porque terei perdido a capacidade de compreender qualquer coisa. Os dias da semana, os acontecimentos da manhã ou até mesmo de dez minutos antes estarão fora de meu alcance. Meu telefone, meu endereço, meu nome, o que fiz na minha vida, tudo isso vai desaparecer. Dentro de dois, três ou quatro anos, não vou mais reconhecer os amigos mais antigos que me restarem e, quando acordar de manhã, não vou reconhecer meu próprio quarto. E em pouco tempo não vou mais estar nele, pois será necessário que eu viva sob cuidados constantes.

Estou sofrendo de demência vascular, disse o médico, e há alguns aspectos positivos. Primeiro, o processo é muito lento, algo que ele repetiu umas dez vezes. Além disso, não é tão ruim quanto o mal de Alzheimer, que causa alterações do ânimo e agressividade. Se eu tiver sorte, o meu caso pode ser dos mais benignos. Talvez eu não sofra — vou me tornar uma velha coroca sentada numa cadeira, sem saber nada, sem esperar nada. Eu lhe pedira que falasse com franqueza, de modo que não pude me queixar. Agora ele estava querendo se livrar de mim depressa. Havia doze pessoas na sala de espera aguardando a vez. Em suma, enquanto me ajudava a vestir meu casaco, ele me deu o seguinte roteiro de viagem: perda de memória, de curto e longo prazo, o desaparecimento de palavras isoladas — talvez os substantivos simples fossem os primeiros a ir embora —, depois a própria faculdade de linguagem, juntamente com o equilíbrio e, pouco depois, todo o controle motor, e por fim o sistema nervoso autônomo. Boa viagem!

Não fiquei arrasada, pelo menos de início. Pelo contrário, fiquei muito excitada e queria contar a todos os meus amigos mais íntimos. Passei uma hora ao telefone, dando a notícia. Talvez eu já estivesse perdendo o controle. Parecia uma coisa da maior importância. Passei a tarde no escritório, andando de um lado para o outro, fazendo coisas, e quando terminei havia mais seis caixas de arquivos nas estantes. Stella e John vieram à noite, e pedimos comida chinesa pelo telefone. Eles tomaram duas garrafas de Morgon. Eu tomei chá verde. Meus amigos encantadores ficaram desolados com o relato que lhes fiz do meu futuro. Os dois já estão na casa dos sessenta, velhos o bastante para tentarem se convencer de que setenta e sete não é tão velho assim. Hoje, no táxi, enquanto atravessava Londres à velocidade de uma pessoa caminhando, na chuva gelada, quase não consegui pensar em outra coisa. Estou enlouquecendo. Não quero enlouquecer. Mas no fundo eu não conseguia acreditar. Talvez eu fosse apenas uma vítima dos diagnósticos modernos; num outro século diriam que eu estava velha e por isso estava caducando. O que eu podia querer? Estou apenas morrendo, mergulhando aos poucos na inconsciência.

Meu carro estava passando pelas ruas secundárias de Bloomsbury, pela casa onde meu pai foi morar depois que se casou pela segunda vez, e pelo apartamento de subsolo onde morei e trabalhei durante os anos 1950. Depois de uma certa idade, atravessar a cidade desperta pensamentos incômodos. Os endereços de gente morta se acumulam. Atravessamos a praça onde com heroísmo Leon cuidou de sua esposa doente e depois criou seus filhos endiabrados com uma dedicação que nos surpreendeu a todos. Um dia também vou provocar um pensamento momentâneo num passageiro de táxi. É um atalho muito utilizado, o Inner Circle do Regent's Park.

Atravessamos o rio pela ponte de Waterloo. Fiquei sentada na beira do banco para apreciar minha vista predileta da cidade e, quando virei a cabeça, rio abaixo em direção à St. Paul's Cathedral, rio acima em direção ao Big Ben, com todas as atrações turísticas de Londres entre uma e outro, senti que estava fisicamente bem e mentalmente perfeita, fora as dores de cabeça e um pouco de cansaço. Ainda que envelhecida, continuo sentindo que sou exatamente a mesma pessoa que sempre fui. Difícil explicar isso aos jovens. Apesar de nosso aspecto de réptil, não somos uma tribo à parte. Daqui a um ou dois anos, porém, não vou mais poder dizer isso. Os que sofrem de doenças graves, os que têm problemas mentais, pertencem a uma outra raça, uma raça inferior. Ninguém vai me convencer do contrário.

O motorista do táxi estava xingando. Do outro lado do rio, obras nos obrigaram a fazer um desvio, em direção ao antigo County Hall. Quando saímos do trevo, tomando o caminho de Lambeth, vi de relance o St. Thomas's Hospital. Ele foi muito danificado durante os bombardeios — eu não estava lá, graças a Deus —, e os prédios novos que fizeram, como aquele arranha-céu, são uma vergonha nacional. Trabalhei em três hospitais durante a guerra — Alder Hey e Royal East Sussex, além do St. Thomas's — e combinei elementos dos três na minha descrição, para concentrar todas as minhas experiências num lugar só. Uma distorção conveniente e um dos meus pecados menos graves contra a veracidade.

A chuva havia diminuído quando o motorista fez o balão com perícia no meio da rua para me deixar bem diante do portão principal do museu. Enquanto pegava minha bolsa, procurava uma nota de vinte libras e abria meu guarda-chuva, não percebi qual era o carro parado imediatamente a nossa frente. Só depois que o táxi foi embora vi que era um Rolls-Royce preto. Por um momento, achei que não havia ninguém nele. Na verdade, o motorista era um sujeito pequeno, que estava quase engolido pelo banco dianteiro. Não sei se o que vou contar agora constitui uma coincidência extraordinária. De vez em quando penso nos Marshall sempre que vejo um Rolls-Royce estacionado sem ninguém dentro. Virou um hábito meu no decorrer dos anos. Com frequência penso neles, normalmente sem nenhum sentimento em particular. Já me acostumei com eles. De vez em quando ainda aparecem no jornal, em alguma matéria sobre a fundação e a ajuda às pesquisas em medicina, ou sobre a coleção doada à Tate Gallery, ou os financiamentos generosos a projetos agrícolas na

África. E as festas de lady Marshall, e os vigorosos processos contra difamação que abrem contra os jornais. Não causa espanto que eu tenha pensado em lorde e lady Marshall ao me aproximar daqueles enormes canhões à frente do museu, mas levei um choque quando os vi descendo a escada e vindo em minha direção.

Um grupo de funcionários — reconheci o diretor do museu — e um único fotógrafo compunham a comissão de despedida. Dois jovens seguravam guarda-chuvas para protegê-los enquanto eles desciam a escada junto às colunas. Passei a seguir mais devagar, pois se parasse podia atrair a atenção ainda mais. Houve apertos de mãos e risos simpáticos provocados por algum comentário de lorde Marshall. Ele se apoiava numa bengala, a bengala laqueada que virou uma espécie de marca registrada dele. Com a esposa e o diretor, posou para uma foto; depois o casal seguiu adiante, acompanhado pelos rapazes de terno que levavam os guarda-chuvas. Os funcionários do museu permaneceram na escada. Minha preocupação era ver para que lado eles iam para que eu pudesse evitar um encontro frontal. Resolveram passar pelos canhões da esquerda, e eu fui para o lado oposto.

Protegida pelos canos dos canhões e por suas plataformas de concreto, e também pelo meu guarda-chuva inclinado, permaneci escondida, mas ainda assim consegui vê-los de perto. Passaram em silêncio. O rosto dele eu via sempre nos jornais. Apesar das manchas de idade e da pele frouxa e arroxeada sob os olhos, ele por fim parecia um plutocrata, com uma beleza máscula e cruel, ainda que um tanto reduzida. A idade encolhera seu rosto, emprestando-lhe aquela aparência que por um triz ele não tinha quando jovem. Era o queixo que agora parecia menor — a perda de matéria óssea lhe fora favorável. Ele caminhava com um passo um pouco cambaleante e arrastado, mas nada mau para um homem de oitenta e oito anos de idade. Essas coisas a gente aprende a julgar. Porém sua mão se apoiava com firmeza no braço da mulher, e a bengala não era apenas um adereço. Muitos já comentaram as inúmeras boas obras que ele fez. Talvez tenha passado a vida tentando compensar. Ou talvez tenha apenas tocado em frente sem pensar, vivendo a vida que sempre soubera que ia poder viver.

Quanto a Lola — minha prima riça, sempre fumando um cigarro depois do outro —, lá estava ela, ainda esguia e ágil como um cão de corrida, e ainda fiel. Quem poderia imaginar tal coisa? Aquela ali, como se dizia antigamente, não é besta de cuspir no prato onde comeu. Isso pode parecer inveja, mas foi o pensamento que me ocorreu quando olhei para ela. Estava com um casaco de zibelina e um chapéu vermelho, de aba larga. Mais ousado que vulgar. Quase oitenta anos, e ainda de salto alto. Os sapatos estalavam na calçada num passo de jovem. Nenhum sinal de cigarro. Aliás, um ar de saúde emanava dela, e sua tez ostentava um bronzeado de clínica. Estava mais alta que o marido agora, e não havia como pôr em dúvida seu vigor. Mas havia também algo de cômico nela — ou seria maldade minha? Excesso de maquiagem, realmente ridículo em torno da boca, e uma abundância de creme antirrugas e pó de arroz. Sempre fui meio puritana nessas coisas, de modo que sob esse aspecto não me considero uma testemunha confiável. Achei que havia um toque teatral de vilã em sua aparência — o corpo esguio, o casaco preto, o batom escandaloso. Bastava uma piteira e um cachorrinho de madame debaixo do braço para que ela se transformasse na Cruela Cruel.

Cruzamos por alguns segundos. Comecei a subir a escada, depois parei sob o frontão, protegida da chuva, para ver o grupo chegar até o carro. Primeiro ajudaram lorde Marshall a entrar, e vi então como ele estava debilitado. Não conseguia dobrar o corpo na cintura nem deslocar todo o peso para um dos pés. Foi preciso levantá-lo e colocá-lo no banco. A outra porta foi aberta para lady Marshall, que entrou no carro com uma agilidade terrível. Fiquei olhando enquanto o Rolls-Royce dava a partida e mergulhava no tráfego; só então entrei. Ver aqueles dois me apertou o coração; tentei não pensar naquilo, tal como agora estou tentando não sentir nada. Já tinha muito com que me preocupar naquele dia, porém fiquei pensando na saúde de Lola, enquanto entregava minha bolsa no guarda-volumes e trocava saudações efusivas com os porteiros. A regra aqui é que cada leitor tem de ser conduzido, até a sala de leitura, no elevador — um espaço apertado onde eu, ao menos, me sinto obrigada a puxar conversa. Enquanto o fazia — o tempo estava péssimo, mas diziam que ia melhorar até o fim de semana —, não conseguia não pensar no encontro que acabava de ter e em minha saúde: talvez Paul Marshall morresse antes de mim, mas Lola certamente haveria de me sobreviver. As consequências desse fato são claras. É uma questão que discutimos há anos. Como disse meu editor uma vez, a publicação do livro é processo na certa. Mas agora eu não conseguiria enfrentar algo assim. Já havia coisas demais em que eu preferia não pensar. Eu fora à biblioteca para me ocupar.

Passei algum tempo conversando com o diretor da seção de documentos. Entreguei-lhe o maço de cartas que o sr. Nettle me enviou a respeito de Dunquerque — ele as recebeu com muita gratidão. Elas vão ser guardadas junto com todas as outras que doei. O diretor havia descoberto para mim um simpático coronel do East Kent Regiment, ele próprio uma espécie de historiador amador, que lera as páginas relevantes de meus originais e me mandara via fax algumas sugestões. Agora ele me entregou as anotações do coronel — irritadas, úteis. Fiquei totalmente absorta na leitura delas, graças a Deus.

"Nenhum (sublinhado duas vezes) soldado britânico jamais diria 'on the double' [acelerado, marche]. Só um americano daria uma ordem dessas. O termo correto é 'at the double'."

Adoro esses pequenos detalhes, essa maneira pontilhista de encarar a verossimilhança, a correção de pormenores que, ao se acumularem, proporcionam tanta satisfação.

"Ninguém jamais diria 'twenty-five-pound guns' [canhão de vinte e cinco libras]. Dizia-se ou 'twenty-five pounders' ou então 'twenty-five-pounder guns'. A forma utilizada pela senhora pareceria muito estranha, até mesmo para um homem que não tivesse pertencido à Royal Artillery."

Como policiais numa equipe de busca, engatinhamos em direção à verdade.

"O homem da Royal Air Force está de boina. Creio que é um engano. Tirando as equipes dos tanques, nem mesmo o exército usava boina em 1940. O mais provável é que ele estivesse usando um gorro com pala."

Por fim, o coronel, que começara a carta dirigindo-se a mim como "srta. Tallis", traiu uma certa impaciência com meu sexo. Afinal, por que diabos uma mulher tinha de se meter a escrever sobre essas coisas?

"Madame (sublinhado três vezes) — um Stuka não pode levar 'uma única bomba de mil toneladas'. Sabia que uma fragata não pesa isso tudo? Sugiro que examine essa questão mais a fundo."

Apenas um erro de datilografia. Eu quis escrever "libras". Anotei as correções e redigi uma carta de agradecimento para o coronel. Paguei as fotocópias de alguns documentos que eu havia encomendado e organizei-as em pilhas para guardá-las em meus arquivos pessoais. Devolvi os livros que havia usado e joguei fora vários papéis soltos. Não deixei na minha mesa nenhum vestígio meu. Ao me despedir do diretor, fiquei sabendo que a Fundação Marshall ia doar uma verba ao museu. Depois de trocar apertos de mãos com os outros bibliotecários e de prometer mencionar o departamento nos meus agradecimentos, um porteiro foi chamado para me levar até a saída. Muito simpática, a moça do guarda-volumes chamou um táxi para mim, e um dos porteiros mais jovens carregou minha pasta até a calçada.

Na volta, fiquei pensando na carta do coronel — mais exatamente, no prazer que me davam aquelas alterações triviais. Se eu realmente me importasse tanto assim com os fatos, teria escrito um outro tipo de livro. Mas meu trabalho estava terminado. Não haveria outras versões. Eram esses os pensamentos que me iam pela cabeça quando entramos no velho túnel para bondes sob a estação de Aldwych. Adormeci. Quando o motorista me acordou, o táxi estava parado em frente a meu prédio, no Regent's Park.

Arquivei os papéis que trouxe da biblioteca, preparei um sanduíche, depois fiz uma mala para uma viagem de um dia. Enquanto andava de um lado para o outro do apartamento, eu pensava o tempo todo que meus anos de independência talvez terminassem em breve. Sobre a minha escrivaninha havia uma foto emoldurada de meu marido, Thierry, tirada em Marselha dois anos antes de sua morte. Em breve eu estaria perguntando quem era ele. Para me tranquilizar, fiquei um bom tempo escolhendo o vestido que usaria no meu jantar de aniversário. O processo, na verdade, tinha um efeito rejuvenescedor. Estou mais magra do que há um ano. Enquanto corria os dedos pelas roupas penduradas no armário, por alguns minutos não pensei no diagnóstico. Escolhi um vestido chemisier de caxemira cinza-arroxeado. A partir daí, as outras escolhas foram fáceis: uma echarpe de cetim branco, presa com o broche de camafeu de Emily, sapatos escarpim de verniz — de salto baixo, é claro — e um xale preto. Fechei a mala, que ficou muito mais leve do que eu imaginava, e levei-a até o hall.

Minha secretária chegaria no dia seguinte, antes que eu voltasse. Deixei-lhe um bilhete, explicando o que eu queria que ela fizesse; depois peguei um livro e uma xícara de chá e fui me sentar numa poltrona junto a uma janela com vista para o parque. Sempre soube evitar pensar nas coisas que realmente me incomodam. Mas não consegui ler. Estava excitada. Uma viagem ao campo, um jantar em minha homenagem, uma renovação dos vínculos familiares. E no entanto eu acabava de ter uma dessas conversas clássicas com o médico. Eu deveria estar deprimida. Seria possível que eu estivesse, como se diz agora, em processo de denegação? Esse pensamento em nada alterava as coisas. O carro ainda ia levar meia hora para chegar, e eu estava inquieta. Levantei-me da poltrona e andei de um lado para o outro algumas vezes. Meus joelhos doem quando fico muito tempo sentada. Eu não conseguia tirar da cabeça a imagem de Lola, a severidade daquele rosto velho e anguloso cheio de maquiagem, seu passo firme e audacioso apesar dos perigosos saltos altos, sua vitalidade ao entrar no Rolls-Royce. Estaria eu competindo com ela, ao ficar indo e voltando da lareira até o sofá? Sempre achei que aquela vida social agitada e os cigarros dariam cabo dela. Pensava assim mesmo quando ainda estávamos na casa dos cinquenta. Porém aos oitenta anos ela tem um aspecto voraz, astuto. Sempre foi a menina mais velha, mais esperta, um passo à minha frente. Mas quanto a essa questão final e fundamental, sou eu que vou estar à frente dela, enquanto ela vai chegar aos cem anos. Não vou poder publicar o livro ainda em vida.

O Rolls-Royce deve ter virado minha cabeça, porque quando o carro chegou — quinze minutos atrasado — fiquei decepcionada. Normalmente essas coisas não me incomodam. Era um minitáxi empoeirado, cujo banco de trás era forrado com náilon zebrado. Mas o motorista, Michael, era um rapaz antilhano alegre, que pegou minha mala e fez questão de chegar para a frente o banco do carona para abrir mais espaço para mim. Depois que deixei claro que não queria música barulhenta, nem mesmo em volume baixo, saindo dos alto-falantes atrás da minha cabeça, e depois que passou o aborrecimento dele, nos demos bem e conversamos sobre famílias. Ele jamais conhecera o pai, e sua mãe era médica — trabalhava no Middlesex Hospital. Ele era formado em direito na Leicester University e agora ia fazer doutorado na London School of Economics sobre o direito e a pobreza no Terceiro Mundo. Enquanto saíamos de Londres pela desolada Westway, ele resumiu sua tese para mim: se não há direito de propriedade, não há capital, e, portanto, não há riqueza.

"Conversa de advogado", disse eu. "Puxando a brasa pra sua sardinha."

Ele riu por delicadeza, embora certamente tenha me achado de uma burrice completa. Hoje em dia é absolutamente impossível adivinhar o nível de instrução de uma pessoa com base no modo como ela fala ou se veste, ou no tipo de música que prefere. O mais seguro é tratar todas as pessoas que você encontra como se fossem intelectuais de renome.

Após vinte minutos, já havíamos conversado bastante e, quando o carro pegou uma autoestrada e o ruído do motor tornou-se um ronco monótono, adormeci outra vez. Quando acordei, já estávamos numa estrada do interior, e senti um aperto doloroso na testa. Peguei na bolsa três aspirinas, que mastiguei e engoli a contragosto. Que parte da minha mente, da minha memória, fora destruída por um derrame minúsculo enquanto eu dormia? Isso eu jamais viria a saber. Foi então, no banco de trás daquele carrinho, que pela primeira vez senti uma espécie de desespero. Pânico seria uma palavra forte demais. Em parte era uma sensação de claustrofobia, de estar inevitavelmente confinada dentro de um processo de decadência física e de estar encolhendo. Dei um tapinha no ombro de Michael e pedi-lhe que ligasse o som. Ele achou que eu estava querendo lhe fazer a vontade por já estarmos quase chegando, e se recusou. Porém insisti, e recomeçou o som percussivo do baixo, como pano de fundo de um barítono que cantava, num patoá antilhano, uns versos em ritmo de cantiga infantil ou música de roda. Aquilo me fez bem. Achei graça na música. Parecia coisa de criança, embora eu desconfiasse que sentimentos terríveis talvez estivessem sendo expressos. Não pedi que ele traduzisse.

A música ainda estava tocando quando entramos no Tilney's Hotel. Mais de vinte e cinco anos haviam se passado desde a última vez que eu estivera ali, para assistir ao enterro de Emily. Notei em primeiro lugar a ausência das árvores do parque, os olmos gigantescos que haviam adoecido, eu imaginava, e os carvalhos restantes que tinham sido derrubados para dar lugar ao campo de golfe. Agora seguíamos mais devagar, para que alguns jogadores de golfe e seus *caddies* pudessem passar. Eu não conseguia ver aquelas pessoas senão como invasores. O bosque que cercava o antigo bangalô de Grace Turner continuava lá, e, quando passamos por um último arvoredo de faias, a casa principal surgiu. A nostalgia era dispensável — a casa sempre fora feia. Mas, vista de longe, tinha uma aparência nua, desprotegida. A hera que antes suavizava o impacto daquela fachada vermelha fora arrancada, talvez para preservar os tijolos. Logo estávamos passando pela primeira ponte, e já dava para ver que o lago não existia mais. A ponte cruzava por cima de um gramado perfeito, do tipo que se vê às vezes num antigo fosso de castelo. Não que o gramado em si fosse desagradável, desde que você não soubesse que antigamente havia ali carriços, patos e uma carpa gigantesca, que dois vagabundos assaram e devoraram junto ao templo da ilha, o qual também não existia mais. No lugar dele havia agora um banco de madeira e uma cesta de lixo. A ilha, que naturalmente não era mais ilha, transformara-se num morrinho alongado coberto de grama aparada, como um imenso túmulo pré-histórico, onde haviam sido plantados rododendros e outros arbustos. Havia um caminho de cascalho contornando tudo, com bancos aqui e ali, e luzes de jardim esféricas. Não tive tempo de tentar identificar o lugar exato onde tentei confortar a jovem Lady Lola Marshall, pois já estávamos passando pela segunda ponte e diminuindo a velocidade para entrar no estacionamento asfaltado que percorria toda a extensão da casa.

Michael levou minha mala para a recepção, instalada no antigo hall. Curioso eles terem se dado ao trabalho de cobrir com um carpete aqueles ladrilhos preto e branco. Creio que a acústica do ambiente sempre fora um problema, mas aquilo nunca me incomodou. Uma das *Quatro estações* de Vivaldi soava por alto-falantes ocultos. Havia uma escrivaninha decente, de pau-rosa, com um monitor de computador e um vaso de flores, e, montando guarda, duas armaduras, uma de cada lado; sobre os lambris, alabardas cruzadas e um brasão; e, em cima, o retrato que antes ficava na sala de jantar, importado por meu avô para dar uma linhagem a nossa família. Dei uma gorjeta a Michael e desejei-lhe sinceramente boa-sorte com sua tese sobre direitos de propriedade e pobreza. Era uma tentativa de desdizer meu comentário bobo a respeito dos advogados. Ele me desejou um feliz aniversário, apertou minha mão — seu aperto de mão era muito fraco, nada viril — e foi embora. A recepcionista, uma moça de terno com uma expressão severa, me entregou a chave de meu quarto e disse que a velha biblioteca estava reservada para uso exclusivo de nosso grupo. Os poucos que já haviam chegado tinham saído para dar uma caminhada. A ideia era todos se reunirem para tomar uns drinques às seis. Um empregado levaria minha mala até o quarto. Havia um elevador à minha disposição.

Ninguém para me receber, então; mas me senti aliviada. Eu preferia assimilar sozinha todas aquelas mudanças, antes que fosse obrigada a representar o papel de convidada de honra. Subi no elevador até o segundo andar, atravessei uma série de portas de vidro e caminhei pelos corredores, cujas tábuas corridas estalavam de modo familiar. Era estranho ver os quartos numerados e trancados. Naturalmente, o número de meu quarto — sete — não me dizia nada, mas creio que eu já imaginava onde ia dormir. Quando por fim parei diante da porta, não me surpreendi. Não era o meu antigo quarto, e sim o da tia Venus, que sempre fora considerado o que tinha a melhor vista — o lago, o caminho, o bosque e a serra ao longe. Charles, neto de Pierrot e organizador do encontro, certamente o reservara para mim.

Tive uma surpresa agradável ao entrar. Os dois quartos vizinhos haviam sido incorporados para criar uma suíte presidencial. Sobre uma mesinha de vidro havia um ramo gigantesco de flores de estufa. A cama enorme e alta que tia Venus ocupara por tantos anos sem se queixar não estava mais lá, nem tampouco o baú de enxoval de madeira trabalhada, nem o sofá de seda verde. Pertenciám agora ao filho mais velho do segundo casamento de Leon e estavam instalados num castelo na Escócia. Porém a mobília nova era excelente; gostei do meu quarto. Explorei a sala de visitas, onde havia uma escrivaninha e uma luminária boa, e fiquei impressionada com a imensidão do banheiro, com um pot-pourri e pilhas de toalhas num toalheiro aquecido. Era um alívio não ver tudo aquilo como sinais do novo mau gosto reinante — o que facilmente se torna um hábito com a idade. Fui até a janela para apreciar os raios de sol enviesados descendo sobre o campo de golfe e brunindo as árvores nuas na serra distante. Eu não conseguia aceitar por completo a ausência do lago, mas talvez um dia ele viesse a ser reconstruído; e o prédio em si certamente continha mais gente feliz, agora que fora transformado em hotel, do que no tempo em que eu morava nele.

Charles telefonou uma hora depois, justamente quando eu estava começando a pensar em me vestir. Propôs me pegar às seis e quinze, quando todos os outros já estariam reunidos, e me levar para o andar de baixo, para que eu fizesse uma entrada triunfal. Assim foi que entrei, com meu vestido de caxemira, naquele salão enorme, em forma de L, de braço dado com Charles, enquanto cinquenta parentes me aplaudiam e depois levantavam seus copos para me brindar. Minha primeira impressão ao entrar foi a de que não reconhecia ninguém. Nem um único rosto conhecido! Seria aquilo um prenúncio de meu estado futuro? Então, pouco a pouco, os rostos foram entrando em foco. Há que levar em conta a passagem do tempo e a rapidez com que crianças de colo se tornam peraltas de dez anos de idade. Não havia como não reconhecer meu irmão, recurvo e caído para um lado na cadeira de rodas, um guardanapo sobre o pescoço para pegar os restos do champanhe que alguém lhe levou aos lábios. Quando me debrucei para beijar Leon, ele conseguiu sorrir com a metade do rosto que ainda controla. Também não demorei a identificar Pierrot, muito encolhido e com uma careca lustrosa que dava vontade de pôr a mão nela, mas ainda sorridente como sempre e com toda sua aura de pai de família. Temos uma espécie de acordo: jamais mencionamos sua irmã.

Dei a volta na sala, com Charles a meu lado dizendo o nome de cada um. Era um prazer estar no centro de uma reunião tão simpática. Fui reapresentada aos filhos, netos e bisnetos de Jackson, que morreu faz quinze anos. Aliás, boa parte das pessoas ali descendia dos gêmeos. E Leon também não se saíra tão mal, pois que se casara quatro vezes e fora um pai dedicado. As idades iam de três meses a oitenta e nove anos. O vozerio era o mais variado, da voz mais grave à mais estridente, enquanto os garçons traziam mais champanhe e limonada. Filhos já idosos de primos distantes me saudavam como se fossem velhos amigos. Metade das pessoas queria fazer algum comentário elogioso sobre meus livros. Um grupo de adolescentes encantadores estava estudando meus livros na escola. Prometi ler o rascunho do romance do filho de alguém, que não estava presente. Bilhetes e cartões eram colocados em minha mão. Numa mesa num canto havia uma pilha de presentes, que eu teria de abrir — várias crianças me disseram — antes, e não depois, de elas irem se deitar. Fiz minhas promessas, apertei mãos, beijei rostos e lábios, admirei e fiz cócegas em bebês, e, quando estava começando a pensar que precisava urgentemente me sentar em algum lugar, percebi que estavam colocando cadeiras, todas viradas para o mesmo lado. Então Charles bateu palmas e, gritando em meio ao barulho que continuou quase inalterado, anunciou que antes do jantar haveria um espetáculo em minha homenagem. Pedia que todos nos sentássemos.

Fui levada a uma poltrona na primeira fileira. A meu lado estava o velho Pierrot, conversando com um primo à sua esquerda. Um quase-silêncio incômodo desceu sobre o salão. De um canto vinham cochichos animados de crianças, que por uma questão de tato resolvi ignorar. Enquanto esperávamos, tive, por assim dizer, alguns instantes de solidão; olhei à minha volta e foi só então que me dei conta de que todos os livros tinham sido retirados da biblioteca — os livros e as estantes também. Era por isso que o cômodo me parecia muito maior. Tudo o que havia para se ler ali eram umas revistas do interior colocadas junto à lareira. Renovaram-se os pedidos de silêncio, uma cadeira foi arrastada, e eis que surgiu diante de nós um menino com uma capa negra nos ombros. Era claro, sardento e ruivo — sem dúvida alguma, um Quincey. Calculei que teria uns nove ou dez anos. O corpinho era frágil, o que tinha o efeito de fazer com que sua cabeça parecesse grande e lhe emprestava um ar etéreo. Porém ele exalava autoconfiança ao correr os olhos pela sala, esperando que a plateia se aquietasse. Então, por fim, levantou o queixo delicado e começou a recitar, com uma voz aguda, nítida e pura. Eu estava esperando uma mágica, mas o que ouvi parecia algo sobrenatural.

*Essa é a história de Arabella, a espontânea,*
*Que fugiu com um nativo de terra estranha.*
*Seus pais muito sofreram ao constatar*
*Que ela havia escafedido-se do lar*
*Sem permissão, para padecer de uma doença séria*
*E ver-se assim reduzida à miséria.*

De súbito, lá estava ela à minha frente, aquela garotinha inquieta, convencida, metida, e não estava morta, não, pois, quando as pessoas riram baixo daquele "escafedido-se", meu coração fraco — que vaidade ridícula! — deu um pequeno salto. O menino recitava com uma limpidez emocionante e com um toque dissonante do sotaque que minha geração chamaria de cockney, se bem que não faço mais ideia do significado que tem hoje em dia um T glotal. Eu reconhecia as palavras como minhas, porém já quase não me lembrava delas, e era difícil me concentrar, de tantas que eram as perguntas e os sentimentos que me avassalavam. Onde haviam encontrado uma cópia? E aquela autoconfiança extraordinária seria sintoma de uma nova era? Olhei de relance para meu vizinho, Pierrot. Ele havia levado o lenço aos olhos, e não imagino que fosse apenas por orgulho de bisavô. Além disso, eu desconfiava de que aquilo fosse ideia dele. O prólogo chegou a seu clímax razoável:

> *Para essa moça fortuita, chegara o dia radioso*
> *De se casar com seu príncipe formoso.*
> *Porém será quase tarde demais quando ela constatar*
> *Que antes de amar devemos excogitar!*

Aplaudimos com entusiasmo. Houve até alguns assobios vulgares. Aquele dicionário, o *Oxford Concise Dictionary*. Onde estaria agora? No noroeste da Escócia? Eu o queria de volta. O menino fez uma mesura e andou dois metros para trás; então se juntaram a ele quatro outras crianças que haviam aparecido sem que eu as percebesse e que estavam até então esperando no que fazia as vezes de bastidores.

E assim teve início a encenação de *Arabella em apuros*, com a despedida dos pais temerosos e tristes. Reconheci a heroína na mesma hora: era Chloe, a bisneta de Leon. Que menina linda e séria, com uma voz grave e cálida, com o sangue espanhol que herdou da mãe. Lembro-me de seu aniversário de um ano, que parecia ter acontecido havia apenas uns poucos meses. Vi-a afundar na pobreza e no desespero, de modo bem convincente, depois que foi abandonada pelo conde malvado — que era justamente o menino que lera o prólogo com sua capa negra. Em menos de dez minutos, o espetáculo havia terminado. Na minha lembrança, distorcida pela apreensão de tempo de uma criança, o texto era tão longo quanto uma peça de Shakespeare. Eu havia me esquecido por completo de que, depois da cerimônia do casamento, Arabella e o príncipe médico, de braços dados, se aproximam da plateia e recitam, em uníssono, o dístico final:

*É o fim de tantos apuros, e o início de um amor de escol.*
*E adeus, amigos, pois singramos rumo ao arrebol!*

Realmente, não é das minhas melhores coisas, pensei. Mas todo o salão, menos Leon, Pierrot e eu, pôs-se de pé para aplaudir. Como aquelas crianças estavam bem ensaiadas! Até voltaram para receber a ovação, de mãos dadas, enfileiradas. A um sinal de Chloe, todas deram dois passos para trás, depois voltaram para a frente e fizeram outra mesura. No meio da confusão, ninguém se deu conta de que o pobre Pierrot estava terrivelmente emocionado, o rosto oculto entre as mãos. Estaria revivendo aqueles tempos terríveis, de solidão, após o divórcio dos pais? Eles queriam tanto trabalhar na peça, os gêmeos, aquela noite na biblioteca, e finalmente chegara o dia da estreia, com sessenta e quatro anos de atraso, muitos anos após a morte de seu irmão.

Ajudaram-me a levantar de minha poltrona confortável, e fiz um pequeno discurso de agradecimento. Competindo com um bebê que berrava na última fileira, tentei evocar o verão quente de 1935, quando os primos vieram do Norte. Virei-me para os atores e disse-lhes que nossa produção original não chegaria aos pés da deles. Pierrot concordava com a cabeça, enfático. Expliquei que os ensaios tinham sido interrompidos exclusivamente por minha culpa, porque de repente resolvi virar romancista. Houve risos indulgentes, mais palmas, e então Charles anunciou que o jantar estava servido. E assim a noite agradável começou a se dissolver — a refeição barulhenta, em que cheguei até mesmo a tomar um pouco de vinho; os presentes; a hora de as crianças menores irem para a cama, enquanto seus

440

irmãos mais velhos iam ver televisão. Depois, discursos na hora do café, muitos risos bem-humorados; e às dez horas eu já estava começando a pensar na magnífica suíte a minha espera, não por estar cansada, mas por estar cansada de estar cercada de gente e de ser o centro das atenções, por mais simpáticos que todos fossem. Houve mais meia hora de despedidas; então Charles e Annie, sua mulher, me levaram até meu quarto.

Agora são cinco da manhã, e continuo sentada diante da escrivaninha, pensando nesses dois últimos dias, tão estranhos. É verdade que os velhos não têm necessidade de dormir — pelo menos, não à noite. Ainda tenho muitas coisas em que pensar, e em pouco tempo, talvez daqui a um ano, usar a cabeça será bem mais difícil para mim. Estive pensando no meu último romance, que deveria ter sido o primeiro. Versão original, janeiro de 1940; última versão, março de 1999; entre uma e outra, meia dúzia de rascunhos diferentes. O segundo, junho de 1947; o terceiro... que diferença faz? A tarefa que me impus há cinquenta e nove anos finalmente foi cumprida. Cometemos um crime — Lola, Marshall e eu — e, a partir da segunda versão, resolvi narrá-lo. Achei que tinha a obrigação de não disfarçar nada — nomes, lugares, circunstâncias exatas; coloquei tudo no texto, por uma questão de exatidão histórica. Mas por conta das realidades da lei, segundo me disseram diversos editores ao longo dos anos, minhas memórias jamais poderão ser publicadas enquanto meus cúmplices estiverem vivos. Você só pode difamar a si própria e aos mortos. Os Marshall têm acionado seus advogados com frequência desde o final dos anos 1940, defendendo suas reputações com uma ferocidade extremamente dispendiosa. Com o dinheiro que têm, poderiam com facilidade levar à falência uma editora. Parece até que têm algo a esconder. Pensar, tudo bem; escrever, não. Todas as sugestões óbvias me foram dadas — deslocar, transmutar, disfarçar. Utilizar as névoas da imaginação! Para que servem os romancistas, afinal? Vá apenas até onde for estritamente necessário, monte acampamento alguns centímetros além do alcance dos dedos da lei. Mas a gente só sabe a distância exata depois que o juiz lê a sentença. Para não correr riscos, o jeito é pegar de leve e ser obscuro. Sei que só posso publicar o livro depois que eles morrerem. E, hoje, assumo que isso só vai acontecer quando eu já estiver morta. Não basta que apenas um deles morra. Mesmo depois que eu finalmente vir o rosto engelhado de lorde Marshall na seção de obituários, minha prima do Norte não vai tolerar uma acusação de conluio criminoso.

Houve um crime. Mas houve também um casal apaixonado. Essa noite toda estive pensando em casais apaixonados e finais felizes. Singrando rumo ao arrebol. Uma expressão detestável. Ocorre-me que não viajei muito, desde que escrevi aquela pecinha. Ou melhor, dei uma grande volta e terminei no ponto de partida. É só nesta última versão que o casal apaixonado termina bem, um ao lado do outro, numa calçada da zona sul de Londres, enquanto eu vou embora. Todas as versões anteriores eram impiedosas. Mas agora não posso mais achar que meu objetivo seria atingido se, por exemplo, eu tentasse convencer meu leitor, por meios diretos ou indiretos, de que Robbie Turner morreu de septicemia em Bray Dunes no dia primeiro de junho de 1940, ou que Cecilia foi morta em setembro do mesmo ano pela bomba que destruiu a estação de metrô de Balham. Que eu não cheguei a ver os dois naquele ano. Que minha caminhada por Londres terminou na igreja em Clapham Common, e que Briony, acovardada, voltou mancando para o hospital, incapaz de encarar sua irmã, que ainda se recuperava da morte recente de seu amado. Que as cartas trocadas pelo casal estão nos arquivos do War Museum. Como o romance poderia terminar assim? Que sentido, que esperança, que satisfação o leitor poderia extrair de um final como esse? Quem ia querer acreditar que eles nunca mais voltaram a se ver, nunca consumaram seu amor? Quem ia querer acreditar nisso, a menos que fosse em nome do realismo mais árido? Não consegui fazer isso com eles. Estou velha demais, assustada demais, apaixonada demais por estes farrapos de vida que ainda me restam. Tenho pela frente toda uma maré de esquecimento, e depois a anulação completa. Não tenho mais a coragem de meu pessimismo. Depois que eu morrer, e que os Marshall morrerem, e o romance for finalmente publicado, nós só existiremos como invenções minhas. Briony será uma personagem tão fictícia quanto os amantes que dormiram na mesma cama em Balham, indignando a proprietária. Ninguém estará interessado em saber quais os eventos e quais os indivíduos que foram distorcidos no interesse da narrativa. Sei que haverá sempre um tipo de leitor que se sente obrigado a perguntar: mas, afinal, o que foi que aconteceu *de verdade*? A resposta é simples: o casal apaixonado está vivo e feliz. Enquanto restar uma única cópia, um único exemplar datilografado de minha versão final, então minha irmã espontânea e fortuita e seu príncipe médico haverão de sobreviver no amor.

O problema desses cinquenta e nove anos é este: como pode uma romancista realizar uma reparação se, com seu poder absoluto de decidir como a história termina, ela é também Deus? Não há ninguém, nenhuma entidade ou ser mais elevado, a que ela possa apelar, ou com que possa reconciliar-se, ou que possa perdoá-la. Não há nada fora dela. Na sua imaginação ela determina os limites e as condições. Não há reparação possível para Deus nem para os romancistas, nem mesmo para os romancistas ateus. Desde o início a tarefa era inviável, e era justamente essa a questão. A tentativa era tudo.

Passei um tempo em pé à janela, sentindo que as ondas de cansaço venciam as forças que me restam no corpo. O assoalho parece estar ondulando sob meus pés. Vi a primeira luz pardacenta da manhã tornar visíveis o parque e as pontes sobre o lago desaparecido. E o caminho longo e estreito pelo qual levaram Robbie embora, na névoa branca. Agrada-me pensar que não é por fraqueza nem por evasão, e sim como um gesto final de bondade, uma tomada de posição contra o esquecimento e o desespero, que deixo os jovens apaixonados viver e ficar juntos no final. Dei-lhes a felicidade, mas não fui egoísta a ponto de fazê-los me perdoar. Não exatamente, não ainda. Se eu tivesse o poder de evocá-los na minha festa de aniversário... Robbie e Cecilia, ainda vivos, ainda apaixonados, sentados lado a lado na biblioteca, sorrindo de *Arabella em apuros*? Não é impossível.

Mas agora preciso dormir.

1ª EDIÇÃO [2002] 13 reimpressões

ESTA OBRA FOI COMPOSTA PELA ABORDAGEM EDITORIAL EM ELECTRA
E IMPRESSA EM OFSETE PELA GEOGRÁFICA SOBRE PAPEL PÓLEN
DA SUZANO S.A. PARA A EDITORA SCHWARCZ EM FEVEREIRO DE 2025

A marca FSC® é a garantia de que a madeira utilizada na fabricação do papel deste livro provém de florestas que foram gerenciadas de maneira ambientalmente correta, socialmente justa e economicamente viável, além de outras fontes de origem controlada.